Lilly Grünberg

Begierde

Erotischer Roman

Plaisir d'Amour Verlag

1. Auflage: Dezember 2009

Lilly Grünberg

Begierde

Erotischer Roman

Plaisir d'Amour Verlag
Postfach 11 68
D-64684 Lautertal
www.plaisirdamourbooks.com
info@plaisirdamourbooks.com

Coverlayout: Christoph Spittler
Druck & Bindung: SIA Veiters korporācija, Lettland
ISBN 978-3-938281-61-1

Die Testamentseröffnung

Das Taxi hatte Schwierigkeiten, sich durch den dichten Berufsverkehr zu schlängeln, obwohl sich der Fahrer große Mühe gab und gerade zum x-ten Mal die Spur wechselte, weil es dort schneller vorwärts ging. Marc hatte trotzdem das Gefühl, zu Fuß wäre er mindestens genauso schnell vorangekommen. Allerdings nicht so trocken. Denn es regnete in Strömen. Natürlich hätte er auch die Straßenbahn nehmen können. Die hatte wenigstens ihr eigenes Gleisbett und hielt ihre Zeiten ein. Aber bei solch miesem Wetter wusste er die Annehmlichkeiten eines Taxis durchaus zu schätzen.

Jedes Mal, wenn er geschäftlich in seiner deutschen Heimat zu tun hatte, kam ihm der Verdacht, dass es hier wesentlich mehr regnete als in Italien. Es war zumindest feuchter und kälter. Er hätte früher niemals geglaubt, dass ihm das eines Tages auffallen würde. Auch der Verkehr war quälender. Dabei war der Autoverkehr in Rom noch dichter als hier in Frankfurt. Aber irgendwie waren die Italiener flexibler, spontaner, kamen schneller voran, ohne jedoch im Übermaß die Verkehrsregeln zu brechen. Selbst wenn sich einer aufregte und wild gestikulierte, war das bei Weitem weniger ernst gemeint als in Deutschland.

Zum wiederholten Male sah er auf seine edle Schweizer Armbanduhr. Der Termin rückte unaufhaltsam näher. Auf seiner Stirn bildete sich eine Falte, und sein Blick begegnete kurz dem des Taxifahrers im Rückspiegel, der kommentarlos die Schultern hochzog. Marc hasste Unpünktlichkeit, obwohl er sich auch daran inzwischen gewöhnt haben sollte. Das *Dolce Vita* traf durchaus auch auf das italienische Verständnis von Terminen zu. Vielleicht erfasste ihn aber auch nur zuhause dieser Wahn deutscher Pünktlichkeit.

Zuhause. Bitterkeit stieg in Marc auf, wie ein Schwall Magensäure, der überfallartig die Speiseröhre emporsteigt und einen ekligen Nachgeschmack hinterlässt. Hier war schon lange nicht mehr sein Zuhause. Zuhause war dort, wo er seit einigen Jahren lebte und arbeitete, am Rande Roms, nur eine halbe Autostunde von der *Casa dell'artigianato* entfernt, der Fabrik, in der er zusammen mit Antonio del Carmine anspruchsvolle Designermöbel und Accessoires für junge Reiche herstellte. Es kam ihm vor, als hätte er schon sein halbes Leben dort verbracht.

Es war eine gute Kombination. Antonios Familie mit ihrer alt-ehrwürdigen, italienischen Herkunft, etabliert und angesehen, mit kaufmännischer Erfahrung über Generationen. Er selbst dagegen sorgte als »guter« deutscher Unternehmer für das Vertrauen der internationalen Kundschaft, verkörperte die angeblich typisch deutschen Eigenschaften wie Zuverlässigkeit und Pünktlichkeit. Obwohl er vielen Italienern immer noch zu deutsch war, zu steif, zu akkurat, war er manchen Deutschen bereits zu italienisch.

Marcs Anspannung stieg ins Unerträgliche. Viel zu spät hatte er den Brief erhalten, der ihn über den Tod seiner Stiefmutter und die Testamentseröffnung beim Notar informierte, obwohl er in Frankfurt ein kleines Kontaktbüro mit zwei Assistentinnen unterhielt, die seine Post sortierten und bearbeiteten, oder bei Bedarf nach Italien schickten. Aber die italienischen Postbeamten hatten gerade Mal wieder gestreikt, und so war der Brief mehrere Tage im Nirgendwo liegen geblieben.

Er empfand kaum Bedauern. Seine Stiefmutter war der Scheidungsgrund seiner Eltern gewesen und er hatte nie echte Gefühle für sie entwickelt. Die Abneigung beruhte auf Gegenseitigkeit. Seine Stiefmutter war nur an dem Mann interessiert gewesen, an seiner sexuellen Ausstrahlung und seinem nicht geringen Vermögen, aber nicht an dem halb erwachsenen Sohn, einem eher lästigen Anhängsel.

Anfangs weigerte Marc sich, zu begreifen und zu akzeptieren, dass seine Eltern sich trennten. Sein Vater machte keinen Hehl daraus, dass er wechselnde Geliebte hatte, und Marc schwankte damals zwischen der Bewunderung des Vaters als toller Hecht und dem Mitleid für die gekränkte Mutter. Gerade zu dieser Zeit hätte er selbst dringend ein starkes Vorbild gebraucht, eine männliche Führungsperson, die ihm mit gutem Beispiel voranging und ihn auf das Leben vorbereitete. Oh ja, sein Vater und seine Stiefmutter bereiteten ihn durchaus auf das vor, was ihn erwarten würde. Aber anders, als es wünschenswert gewesen wäre. Doch das begriff er alles erst später, als er das Verhalten seines Vaters analysierte und verurteilte. Die Streitereien, die seine Eltern lautstark ausfochten, ehe seine Mutter letztlich auszog, gellten ihm noch nachts in den Ohren, als er längst im Bett lag, der Streit vorbei war und das Haus in tiefer Stille versunken.

Zu seinem noch größeren Entsetzen verzichtete seine Mutter auf das Sorgerecht und ließ Marc bei seinem Vater zurück. Sollte das die viel gepriesene Mutterliebe sein? Er fühlte sich im Stich gelassen.

Doch nicht genug des Dramas. Zwei Wochen nach dem Auszug seiner Mutter stellte Marcs Vater ihm seine künftige Stiefmutter vor – und Victoria, genannt Vicky, seine vier Jahre jüngere Stiefschwester. Ein wenig pummelig und leichenblass, mit weit abstehenden kastanienroten Locken und zusammengepressten Lippen, hinter denen sie die Drähte ihrer Zahnspange verbarg.

Es stellte sich bald heraus, dass Vicky noch viel schockierter von dem plötzlichen Zusammenschluss zur Patchworkfamilie war als er selbst, und das linderte Marcs zunächst ablehnende Haltung. Als er eines Nachts auf Toilette gegangen war, hatte er sie durch die angelehnte Zimmertür schluchzen gehört. Er hatte einen Moment gehorcht, und war dann doch erstmal in sein Zimmer zurückgekehrt. Aber es ließ ihm keine Ruhe.

Niemanden interessierte es, ob es Vicky gut ging, ob und wie sie mit dem Umzug zurechtkam. Er empfand Mitgefühl. In seinen Augen war sie noch ein kleines unbeholfenes Mädchen. Plötzlich fühlte er sich mit seinen sechzehn Jahren viel erwachsener.

Er war leise eingetreten und hatte Vicky mit seinem »Pssst, was ist denn los«, beinahe zu Tode erschreckt, aber nachdem er sie einfach in den Arm genommen und getröstet hatte, beruhigte sie sich schnell und das Eis zwischen ihnen war gebrochen. Bis dahin hatte jeder den anderen ignoriert, als ob er an der veränderten Situation mitschuldig wäre.

Den Rest der Nacht hatten sie leise miteinander geredet, zeitweise Arm in Arm zusammen unter die Decke gekuschelt und am Frühstückstisch vor Müdigkeit fast synchron gegähnt. Aber nicht einmal das war ihren Eltern aufgefallen. Plötzlich gab es Geheimnisse, die sie zu einer Zweiergemeinschaft verband.

Ab da verbrachten sie viel Zeit miteinander und Marc sah es als seine Aufgabe an, sich nachmittags um Vicky zu kümmern und ihr, wenn nötig, bei den Hausaufgaben zu helfen. Da er noch nie ein Freund von Fußball und anderen Freizeitaktivitäten gewesen war, sich nur selten mit Freunden traf, fiel es gar nicht auf, wie viel Zeit er mit Vicky verbrachte.

Endlich erreichte er sein Ziel. Das Taxi hielt in zweiter Reihe neben dem dicht gefüllten Parkstreifen. Die zu spät eingeschaltete Warnblinkanlage entlockte dem nachfolgenden Fahrzeug ein wütendes Hupen. Der Taxifahrer winkte beschwichtigend in den Rückspiegel und stellte in aller Ruhe die von Marc gewünschte Quittung aus.

Das Notariat lag im zweiten Stock eines mehrstöckigen Geschäftshauses. Marc strich sich die regenfeuchten Haare nach hinten und prüfte den Sitz seiner Krawatte, ehe er eintrat. Er nannte der Empfangsdame seinen Namen und wurde sogleich in das Büro des Notars gebeten. Einer der Plätze am Schreibtisch war von einer langhaarigen Frau besetzt, die sich nun schwungvoll umdrehte, aufsprang und ihn zu seiner Verblüffung überschwänglich umarmte, links und rechts seiner Wangen einen Kuss andeutete, den intensiven Duft eines sportiven Parfums verbreitend.

»Marc. Ich freue mich ja so, dich zu sehen«, säuselte sie in sein Ohr.

Er murmelte irgendetwas wie »ganz meinerseits«, reichte dann dem Notar die Hand zur Begrüßung und setzte sich.

Die Sitzung mit dem Notar war kurz. Er verlas das Testament, das die Eltern gemeinsam verfasst hatten. Den beiden Stiefgeschwistern Victoria Rossmann und Marc Braun wurde das nach dem Tod des zweiten Eltern teils verbliebene Vermögen zu gleichen Teilen zugesprochen.

Als die Eltern heirateten, behielt Vicky den Namen ihres Vaters. Es war ihr egal. Am liebsten hätte sie irgendwie geheißen, wollte weder den einen noch den anderen Namen, da beide in ihren Augen unrein waren.

Marc hatte als Erbteil nicht viel erwartet. Als sein Vater vor zwei Jahren nach einem Unfall auf der Autobahn verstorben war, erfreute sich seine Stiefmutter bester Gesundheit und er war sicher, sie würde lange genug leben, um alles Geld zu verprassen. Mit ihrem plötzlichen Ableben als Folge eines Herzinfarkts war nicht zu rechnen gewesen.

Seine Aufmerksamkeit galt nur zur Hälfte dem Notar. Verstohlen musterte er seine Stiefschwester von der Seite. Aus dem Teenager von einst war eine attraktive junge Dame geworden, die mit elegant übereinandergeschlagenen Beinen den Notar anlächelte. Ihre Figur hatte angenehme frauliche Rundungen angenommen, ihr Gesicht hingegen ein wenig des weichen Babyface verloren, an das er sich erinnerte. Sie war schlank, aber nicht mager. Ihre weißliche Haut hatte ihr als Kind diverse Spitznamen eingebracht, von denen Käsekuchen und Blasskäfer die bei Weitem charmantesten gewesen waren. Es war ein Erbe ihres Vaters, dessen Haut nicht nur blass, sondern auch mit Sommersprossen übersät war, übertroffen nur noch von den feuerroten Haaren. Vickys kastanienbraunes Haar, das ihr Gesicht in üppigen großen Locken umrahmte, glich dem ihrer Mutter. Jetzt, als erwachsene Frau, gab ihr die vornehme Blässe das gewisse Extra, einen Hauch von Eleganz und ließ sie ein wenig geheimnisvoll wirken.

Ab und an nickte Vicky, als verstünde sie den Inhalt des notariellen Kauderwelschs, in dem das Testament abgefasst war. *Sie hat also ihre schauspielerischen Talente, mit denen sie schon früher fast jeden um den Finger wickelte, nicht verlernt. Ganz im Gegenteil*, dachte Marc bitter.

Seine Stiefschwester trug ein schwarzes Kostüm mit kragenloser Jacke, darunter eine weiße Bluse mit tiefem V-Ausschnitt, der Stoff leicht transparent. Der Spitzenstoff ihres BHs zeichnete sich darunter ab, dazu trug sie hauchdünne schwarze Strümpfe und High Heels. Diese Kleidung ließ sie ein wenig älter und reifer wirken, als sie in Wirklichkeit war.

Die fein gemusterte Abschlussborte ihrer Strümpfe schaute ein kleines Stück unter ihrem viel zu kurzen Rock hervor und Marc beobachtete, dass der Notar nervös immer wieder auf Vickys Schenkel starrte. Irrte er sich, oder rutschte der Rocksaum noch ein kleines Stück höher, nur weil Vicky etwas ihre Position verändert hatte? Wenn ja, dann war es die raffinierteste Masche, scheinbar unabsichtlich mehr Bein zu zeigen, die er seit Langem beobachtet hatte.

Sie öffnete die flache schwarze Handtasche, die auf ihren Beinen lag, entnahm ihr ein Notizbuch und schrieb ein paar Zeilen auf einen Zettel. Ihre Hand verdeckte den Text. Marc hätte zu gerne gewusst, was sie Wichtiges zu notieren hatte.

In diesem Augenblick beendete der Notar seinen Vortrag, fragte knapp, ob sie das Erbe annehmen würden, und als beide nickten, reichte er ihnen ein Formular zur Unterschrift. Damit war die Sitzung beendet. Marc schüttelte ihm die Hand, bedankte sich und wandte sich zur Tür. Im Augenwinkel nahm er wahr, wie Vicky den Zettel, den sie aus ihrem Notizbuch herausgerissen hatte, dem Notar reichte. Dann stolzierte sie mit einem selbstbewussten, fast als arrogant zu bezeichnenden Gesichtsausdruck an Marc vorbei, der ihr zuvorkommend die Tür aufhielt.

»Gehen wir noch zusammen etwas trinken? Wir haben uns ja solange nicht mehr gesehen.« Vicky griff nach Marcs Arm und hängte sich bei ihm ein. Es hatte inzwischen aufgehört zu regnen. In den Pfützen spiegelten sich Passanten, Straßenlaternen, Schaufensterscheiben und Autos. Der Verkehr war noch genauso dicht wie eine halbe Stunde zuvor.

»Du siehst übrigens gut aus. Mit der gebräunten Haut und deinen schwarzen Haaren gehst du sicher fast schon als Italiener unter ihresgleichen durch, oder?« Sie erwartete wohl keine Antwort, sondern plapperte munter weiter, während sie ihren Stiefbruder zielstrebig in ein kleines, nahe gelegenes Restaurant dirigierte. Ohne ihn nach seinen Wünschen zu fragen, bestellte sie bei dem herbeieilenden Ober eine Karaffe Rotwein, zwei Gläser und Mineralwasser.

Marc zog die Stirn in Falten. »Übernimmst du immer die Regie?«

Vicky lachte laut auf. »Na klar, wer denn sonst? Aber erzähl, was machst du so?«

Marc fasste sich kurz. Er hatte keine Lust, Vicky einen allzu genauen Einblick in sein Leben zu gewähren. Er erzählte in knappen Worten, dass er mit einem Kompagnon eine Fabrik für Designermöbel leite und viel unterwegs sei, um die neuesten Modelle exquisiten Läden vorzustellen. Es bedeute viel Arbeit und wenig Freizeit, ergänzte er zurückhaltend. Er vermied bewusst, Namen und Sitz der Firma zu nennen, damit Vicky keine Gelegenheit erhielt, ihn zu kontaktieren. Sie kannte nur die Adresse der deutschen Filiale. Selbst das war schon fast zuviel.

Doch viel mehr interessiere ihn, was sie mache, lenkte er von sich ab. Nach kurzem Zögern ging sie darauf ein. Denn ihre bis dahin makellose Karriere erlebte gerade einen Knick. Daran war sie zwar nicht selbst schuld, aber es nagte wohl trotzdem an ihr. Die Fluggesellschaft, für die sie als Stewardess gearbeitet hatte, war verkauft und das Flugpersonal entlassen worden. Die Bewerbungen bei Konkurrenzunternehmen liefen noch ohne Rückmeldungen. Vicky hatte nach ihrer sechsmonatigen Ausbildung zum Cabin Attendant nur gut eineinhalb Jahre für dieselbe Fluggesellschaft gearbeitet. Zudem bildete jedes Unternehmen seine Stewardessen nach eigenen Vorstellungen aus, sie würde also fast von vorne anfangen müssen und die Konkurrenz der Mitbewerberinnen war groß. Offensichtlich betrachtete sie Marc nicht als Gefahr für ihre Persönlichkeit, so offen erzählte sie ihm die ganze Wahrheit.

»Der Tod deiner Mutter scheint dich ja relativ wenig zu berühren.«

Für einen kurzen Augenblick verfinsterte sich Vickys Miene. »Du vergisst, dass sie schon vor drei Wochen gestorben ist. Ich hatte also genügend Zeit zum Tränen vergießen. Außerdem – du hast ja keine Ahnung. Seit ich mich entschieden habe, Stewardess zu werden, lag sie mir ständig in den Ohren, dass ich einen Fehler begehe und meine Talente vergeude.«

Sie lachte kurz auf, nahm einen hastigen Schluck aus ihrem Glas und Marc fiel auf, dass ihre Fingernägel sorgfältig manikürt und dunkelrot lackiert waren, mit einem Strasssteinchen in der Mitte.

»Wenn es nach ihr gegangen wäre, hätte ich irgendetwas studieren sollen. Aber ich müsste doch verrückt sein, mir vier oder fünf Jahre noch mal nichts als Lernen anzutun. Das dauert ja dann eine halbe Ewigkeit, ehe ich endlich mal zu Geld komme, mir, was leisten kann und vor allem auch was von der Welt sehe.« Sie schüttelte ihre Locken, als wollte sie ihre Worte durch diese Geste unterstreichen, und strich sich eine Strähne aus den Augen. »Nein, ich treffe inzwischen meine eigenen Entscheidungen. Es gibt soviel zu sehen und zu erleben, warum sollte ich warten, bis ich alt und grau bin? Wer garantiert mir denn einen Arbeitsplatz nach dem Studium?« Als wäre es nötig, sie zu bedauern, fügte sie noch hinzu: »Ein reicher Ehemann wäre natürlich die ideale Lösung.« Dann lächelte sie und Marc war sich nicht sicher, wie scherzhaft diese Bemerkung zu verstehen war.

Vielleicht hatte er gehofft, eine andere Vicky zu treffen, als dic, dic er in Erinnerung behalten hatte. Aber sie hatte sich in ihrem Charakter nicht verändert. »Und, wie geht's weiter?« Marc verstand Vickys Haltung nicht. Er wusste, dass sie intelligent war und eine schnelle Auffassungsgabe besaß. Außerdem hatte sie viel Talent für Sprachen. Sie hätte Dolmetscherin oder Auslandskorrespondentin oder dergleichen werden können. Ausnahmsweise musste er ihrer Mutter Recht geben. Vicky vergeudete tatsächlich ihr Potential. Ihre Mutter hatte es ihr pausenlos gepredigt, bereits als Marc noch zuhause gewohnt hatte. *Mach was aus dir, lerne, du bist klug.*

Eigentlich interessierte ihn das alles schon gar nicht mehr. Es gab eine Zeit, da hatte er an eine Rückkehr zu alten Zeiten geglaubt und hätte sich aufrichtig gefreut, Vicky seine Schwester zu nennen. Trotz seiner mehr als brüderlichen Gefühle für sie. Aber es war vorbei.

»Und nun?«

Sie lächelte ihn zuversichtlich an und neigte den Kopf mit einem schelmischen Grinsen zur Seite. »Es wird sich schon was finden. Mit der Erbschaft kann ich mich eine Weile über Wasser halten. Außerdem steht bestimmt bald ein Gespräch mit einem Personalchef an, vielleicht gelingt es mir, gleich den ersten um den Finger zu wickeln.« Sie leckte sich anzüglich über die Lippen und blinzelte ihn herausfordernd an.

Marc schüttelte innerlich den Kopf über ihre unverfrorene Offenheit. Also Vitamin B. Er verabscheute diese

Variante, sein Ziel zu erreichen. Er hatte für seinen Erfolg gekämpft, immer. Zwölf, vierzehn Stunden am Tag, bis zum Umfallen gearbeitet, häufig auch am Wochenende. Wusste Vicky überhaupt, was arbeiten bedeutete? Zeit für Freundschaften oder gar eine langfristige Beziehung gab es kaum. Und eine Partnerin für die Art sexueller Beziehung, die ihm vorschwebte, zu finden, war sowieso alles andere als einfach.

»Du solltest das Geld besser gewinnbringend für die Zukunft anlegen.«

Vicky ging nicht darauf ein, sondern lenkte mit einem anderen Thema ab. Eine Weile plauderten sie noch über belangloses Zeug, verfielen in ein paar Momente der Erinnerung an gemeinsam verbrachte Ferien, vermieden aber beide – mehr oder weniger bewusst – das Thema Partnerschaft.

Die Karaffe Wein neigte sich allmählich zuende. Marc fiel wieder der Notizzettel ein. »Was stand eigentlich auf dem Zettel, den du dem Notar zugesteckt hast, als wir gegangen sind?«

»Meine Handynummer«, erwiderte sie mit laszivem Augenaufschlag.

Marc runzelte die Stirn. »Du willst dich mit ihm treffen?« Es gärte wie Säure in seinen Eingeweiden, dass Vicky noch hemmungsloser geworden war, als er sie in Erinnerung hatte.

Vicky schüttelte unwillig den Kopf. »Ja, warum nicht«, erwiderte sie hochnäsig. »Hast du nicht bemerkt, wie gierig er mich angesehen hat? Am liebsten hätte er mir bis in den Schritt geblickt!«

Warum wollte sie den geilen Bock dann treffen? »Und was sagt dein Freund dazu, dass du dich so freizügig aufführst und mit anderen ausgehst?«

Sie warf den Kopf nach hinten und lachte kokett. »Welcher Freund? Glaubst du denn, einer reicht mir? Wie langweilig. Es gibt doch so viele attraktive Männer und ich liebe die Abwechslung.«

Sie hob das Glas, prostete ihm zu, zwinkerte mit den Augen. Scheinbar zufällig schob sie den dünnen Stoff ihres Rockes ein Stück höher, gewährte ihm einen Einblick zwischen ihre Schenkel, das kleine blasse Stückchen Haut oberhalb ihrer schwarzen Strümpfe.

Marc zwang sich, ihr ins Gesicht zu sehen. Er kam kaum gegen den Drang an, entweder auf ihre Beine oder in ihren Ausschnitt zu schauen. Ihre Brüste wölbten sich verlockend. Sein Hemd wurde im Rücken feucht. Verdammt, sie war die reinste Augenweide und bei der Vorstellung, seine Hand auf die weiße Haut ihrer Schenkel zu legen und nachzusehen, ob sie überhaupt einen Slip trug, spürte er ein verlangendes Ziehen in den Lenden. Diese Haut zu röten wäre eine wahre Freude.

Es gab viele Frauen, auch viele attraktive, aber so eine wie Vicky war ihm schon lange nicht mehr begegnet. Sie hatte Rasse. Kein Wunder, dass es für sie ein Leichtes war, die Männer zu verführen.

»Willst du damit sagen, du hast häufig wechselnde Männerbekanntschaften?«

Wenn sie nur nicht so überheblich und zufällig meine Schwester – er verbesserte sich in Gedanken – *Stiefschwester, wäre. Ich würde sie wirklich zu gerne, nein – wie absurd.* Letzten Endes trat Vicky in die Fußstapfen ihrer Mutter und aller anderen Frauen, die in seinem bisherigen Leben eine Rolle gespielt hatten. Alle legten denselben Egoismus an den Tag und dachten nur an ihre Vorteile. Was hatte sie erst vor wenigen Minuten gesagt? Am liebsten würde sie reich heiraten? Er malmte mit den Kiefern. *Dolce Vita.*

»Warum sagst du es nicht gerade raus? Du hältst mich für geil und nymphoman.« Sie lachte. »Na und? Ich schäme mich nicht deswegen. Ich liebe Sex – du etwa nicht? Aber warum immer derselbe Mann? Das ist doch öde. Ich brauche den sexuellen Kick, je öfter und überraschender – desto besser.«

Das Gespräch begann ihn zu strapazieren. Er hätte nicht kommen sollen. Allen negativen Erfahrungen zum

Trotz war er im Herzen ein Romantiker und träumte ziemlich weltfremd von der einen treuen Geliebten und Ehefrau, mit der er glücklich werden würde und Kinder zeugen, obwohl Jahr um Jahr verging und die Wirklichkeit dagegen sprach. Vicky war auf dem besten Wege, seine Träume erneut ins Wanken zu bringen. Wie alt war sie jetzt? Er rechnete wortlos nach. Dreiundzwanzig. Wie viele Männerbekanntschaften hatte sie in dieser Zeit wohl schon gehabt? Ekel stieg in ihm auf. Er sollte endlich den Tatsachen ins Auge schauen. Waren nicht alle Frauen so wie sie? Wankelmütig, egoistisch, berechnend, arrogant? Er konnte ihre Äußerungen nicht einfach im Raum stehen lassen, sondern sah sich genötigt, ihr ein letztes Mal zu widersprechen, ehe sich ihre Wege unwiderruflich trennten.

»Eine feste Beziehung hat doch auch gewisse Vorteile, die du völlig außer Acht lässt, zum Beispiel Geborgenheit, Sicherheit, Vertrauen. Und es gibt auch Männer, die das mit fantasievollen erotischen Liebesspielen vereinen und mit denen man durchaus noch nach Jahren des Zusammenseins sexuelle Abenteuer erleben kann.«

Vicky lachte schrill auf und warf den Kopf zurück. »Wenn du einem von ihnen begegnest, schick ihn bei mir vorbei. Ich würde ihn auf der Stelle heiraten und treu werden.« Sie beugte sich vor und flüsterte. »Zu was für Spielchen bist du denn bereit? Bist du deiner Freundin treu? Oder bist du vielleicht scharf auf einen Blowjob? Glaub mir, ich bin gut darin. Jetzt gleich, hier?«

Sie schaute sich um und machte Anstalten, unter dem Tisch zu verschwinden. Er packte verärgert über ihre Schamlosigkeit ihr Handgelenk und zischte: »Nicht, hör auf damit, du –« Er schluckte die *Schlampe* hinunter.

Vicky lachte schallend.

Marc beeilte sich, sein Glas auszutrinken. Ihm reichte, was er erfahren hatte. Es war, mehr als er ertragen wollte. Er war froh, dass Vicky ihn nicht weiter nach seinem Privatleben fragte, so brauchte er nicht zu lügen, denn eine Freundin hatte er derzeit überhaupt nicht. Aber das ging sie nichts an.

Marc winkte dem Ober, um zu bezahlen, und kurz darauf verabschiedeten sich beide voneinander.

In dieser Nacht lag Marc lange Zeit wach. Ohne dass er es wollte, ging Vicky ihm nicht mehr aus dem Kopf. Seine Augen taxierten ihr Gesicht, ihr Dekollete, ihre Figur, die schlanken Beine. Ihre meergrünen Augen erwiderten selbstsicher und frivol seinen Blick. Je länger er über ihre Unterhaltung nachdachte, desto mehr ärgerte er sich über ihr Verhalten. Hatte sie nur gepokert oder wäre sie wirklich für einen Blowjob unter den Tisch gekrochen? Ob sie wohl tatsächlich gut darin war? Er zuckte erschrocken zusammen. Welch ein Gedanke!

Er sprang aus dem Bett und holte sich ein Bier aus dem Kühlschrank. An Schlaf war nicht zu denken. Dabei war Vicky früher ein vollkommen unbescholtenes Geschöpf gewesen, ein ehrliches und natürliches Mädchen bis – er weigerte sich, den Gedanken zuende zu führen. Ohne Ziel wanderte er mit dem Bierglas in der Hand auf und ab. Das Ein-Zimmer-Appartement, das er bei seinen seltenen Besuchen in Frankfurt bewohnte, bot nur wenig mehr Ablenkung als Radio und Fernseher. Aber er würde nicht mehr lange bleiben. Noch ein paar Kundentermine in Frankfurt und Köln, dann ging es zurück nach Hause – nach Italien.

Schließlich setzte Marc sich in den einzigen Sessel, machte den Fernseher an und zappte wahllos durch die Kanäle, während seine Gedanken unaufhaltsam wieder bei Vicky landeten.

Vickys Freund

Marc war gestresst. Den ganzen Tag über hatte er gebüffelt wie ein Wahnsinniger. Jetzt war sein Genick steif und in seinen Schläfen pochte es. Er rieb sich die Augen und sah dann auf die Uhr. Bereits Mitternacht vorbei. Er streckte die Arme in die Höhe und dehnte sich. Die Prüfung rückte unaufhaltsam näher. Noch zwei Wochen, dann würde sich zeigen, ob er genügend und das Richtige gelernt hatte. Der Traum vom Diplom war zum Greifen nahe. Dann würde er nach Italien gehen und versuchen, seine kreativen Ideen zu Geld zu machen.

Sein Handy vibrierte. Er schaute auf das Display und lächelte. Vicky. Niemals hätte er geglaubt, dass man eine Stiefschwester derart ins Herz schließen könnte. Aber Vickys unbeschwerte fröhliche Art war wohltuend. Italien. Er war hin und hergerissen zwischen seinem Wunsch, dort zu arbeiten, und dem Schmerz, Vicky alleine zurückzulassen. Als hätte er geahnt, dass sie genau jetzt ihre SMS schicken würde, hatte er im richtigen Augenblick aufgehört zu lernen. Die Info war knapp. *Bitte hol mich ab, Marc. Vicky.*

Marc knipste die Schreibtischlampe aus und rannte polternd die alte Holztreppe hinunter. Wieder einmal waren sie am Wochenende alleine. Manchmal würde er schon gerne wissen, wohin seine Eltern dauernd fuhren. Vielleicht hatten sie heimlich ein Wochenendhaus gemietet? Aber eigentlich war er froh, wenn er sie nicht sehen musste. Das geile Herumgetue war mit einem Wort ausgedrückt: ätzend.

Er startete den alten Opel Escort, den ihm sein Patenonkel zum Führerschein geschenkt hatte. Nichts Besonderes und ganz gewiss nicht sein Traumauto, aber Patenonkel Peter hatte wenigstens Wort gehalten und ihm auch noch die Versicherung für das erste Jahr bezahlt, eine Aufgabe, die er eher von seinen Eltern erwartet hatte.

Eltern. Welch ein Hohn. Er hatte wohl irgendwelche Erzeuger. Aber Eltern? Es schien ihm, als sei das eine halbe Ewigkeit her. In dem Maße, wie das Interesse seines Vaters für seine Mutter abflaute und er sich mit Geliebten herumtrieb, schien auch das Interesse seiner eigenen Mutter an ihm, ihrem einzigen Kind nachzulassen. Als ob er an dem Zerbrechen ihrer Ehe schuld wäre. Natürlich hatte sie ihm erklärt, dass das eine nichts mit dem anderen zu tun hatte, dass sie einfach nur sehr unglücklich gewesen sei und sich deshalb vielleicht mehr zurückgezogen hatte, als für ihn verständlich war. Immerhin war er ja noch ein Kind. Dennoch begriff Marc bis heute nicht, warum sie ihn beim Vater zurückgelassen hatte. Er war gar nicht um seine Meinung gefragt worden.

Sobald er sich der Innenstadt näherte, wurde der Verkehr dichter. Samstagnacht schien die halbe Stadt unterwegs zu sein. Marc seufzte und drehte das Radio lauter. Mal wieder richtig unterwegs sein, Spaß haben – diese Sehnsucht wurde immer größer. Aber er hätte es sich niemals verziehen, wenn er sich den Abschluss durch Faulheit vermasselte und damit seinen Traum. Dieses halbe Praktikumsjahr in Italien hatte viel verändert. Zusammen mit Antonio, seinem italienischen Studienkollegen, hatte er das zum Innenarchitektur-Studium gehörende Praktikumssemester in der Firma von Antonios Vater absolviert. Einer renommierten Fabrik, die Möbel im klassisch-antiken Stil herstellte. Teuer und begehrt. Aber nicht das, was Antonio und Marc sich vorstellten. Dabei hatte sich der alte Del Carmine von ihren Inspirationen für neues Design überzeugen lassen und ihnen nach bestandenem Diplom seine Unterstützung zur Gründung einer eigenen Firma zugesagt. Seither gab es Träume, die Marc kaum zu träumen wagte.

Außerdem – er musste schließlich auch ein gutes Vorbild für Vicky sein, die jetzt mitten im Abitur stand und nur ausnahmsweise an diesem Abend ausgehen durfte, weil ihre beste Freundin Michaela, genannt Micky, ihren achtzehnten Geburtstag feierte. Da durfte Vicky natürlich nicht fehlen.

Vicky. Das schüchterne, ein wenig pummelige Stiefschwesterchen hatte damals bei ihrem Einzug ziemlich Angst vor dem neuen großen Stiefbruder gehabt. Während er die Pubertät gerade hinter sich gebracht hatte, stand Vicky diese Entwicklung noch bevor. Mit zusammengekniffenen Lippen war sie vor ihm gestanden, um ihre Zahnspange zu verbergen. Doch diese Zeit war längst vorbei. Inzwischen war aus ihr ein hübsches Mädchen geworden, das mit seinen nixengleichen, wässrig-grünen Augen wohl manchem ihrer Klassenkameraden schlaflose Nächte bereitete.

Unwillkürlich verglich Marc jede Freundin, die er bisher gehabt hatte, mit seiner Schwester. Ja *Schwester*, nicht Stiefschwester. Vicky war die Schwester, die er sich schon früher gewünscht hätte – obwohl es eine Zeit gab, zu der er Mädchen blöd fand. Er grinste. Wie dumm man doch als kleiner Junge war, wenn man noch keine Ahnung von Frauen hatte! Wäre Vicky nicht zufällig seine Schwester, hätte er sie am liebsten zur Freundin gehabt. Nein, verbesserte er sich, zur *Geliebten.* Denn eine Freundin war sie ihm auf jeden Fall. Vielleicht war dies der Grund, warum er es nicht lange mit seinen *Freundinnen* aushielt. Niemals empfand er diese Vertrautheit und Nähe, die ihn mit Vicky verband. Sie waren Seelenverwandte, brauchten sich nur anzuschauen und wussten, was der andere dachte und wie es ihm gerade ging. Sie hatten doch nur sich, und sie redeten viel miteinander, über alles. Warum sie im Gegensatz zu ihren Klassenkameradinnen noch keinen Freund hatte, verstand er allerdings nicht. Es gab bestimmt genügend Bewerber, aber mehr als Kino oder Party kam für Vicky nicht infrage. Wenn er sie fragte, warum, erwiderte sie, die Jungs seien alle so oberflächlich und albern, einfach zu jung für sie. Mit keinem könne sie so vorbehaltlos über alles reden wie mit ihm, was Marc natürlich schmeichelte und weitere Rückfragen zu diesem

Thema meistens im Keim erstickte.

Das Handy vibrierte. Vicky griff in ihre knappe Hosentasche und warf einen kurzen Blick darauf. *Bin da. Warte draußen.* Vicky atmete erleichtert auf. »Ich muss jetzt gehen.« Sie beugte sich vor, damit Chris sie verstand und schrie gegen die laute Musik an. Seine Antwort wartete sie nicht ab, sondern drehte sich um und bahnte sich einen Weg durch die eng tanzende, von der Hitze im Raum und vom Alkohol entfesselte Meute.

Endlich würde sie Chris entfliehen, der ihr schon den ganzen Abend auf die Nerven fiel. Micky zuliebe wäre sie gerne länger geblieben, aber ständig lag Chris ihr in den Ohren, dass er mit ihr gehen wolle, und versuchte sie abzuknutschen und zu begrapschen. Aber Vicky konnte den Kerl nicht ausstehen. Er war blond und durchtrainiert, gut einen Kopf größer als Vicky und durchaus sehenswert. Eine Menge Mädchen liefen ihm hinterher und machten ihm eindeutige Angebote. Aber auf Vicky wirkte er nur aufdringlich und wie ein schwankender Tanzbär, da er inzwischen auch ziemlich betrunken war. Selbst beim Tanzen hatte er die Flasche mit dem Alkopop nicht weggestellt, später durch ein Dosenbier ersetzt und ihr ungeniert seinen stinkenden Atem ins Gesicht geblasen. Sie wollte nur noch weg, egal ob es Micky passte, die irgendwo schrill im Hintergrund lachte.

Chris packte Vicky von hinten, legte seinen Arm um sie, direkt über ihre Brüste und hielt sie fest, in der Rechten schon wieder eine frisch geöffnete Dose. »Nun komm schon, Vicky, die Party fängt doch gerade erst an richtig Spaß zu machen. Sei doch kein Spielverderber.«

Vicky versuchte sich zu befreien, stemmte sich gegen seine Arme und gewann tatsächlich ein wenig Freiheit, als Chris ins Wanken geriet und sie losließ. Unter der Bewegung spritzte Bier aus der Dose heraus und über ihre Bluse.

»Verdammt, du Trottel, pass doch auf.« Vicky sah

wütend an sich herunter. Die Bluse war ruiniert.

»Ist doch nicht schlimm, hab dich nicht so.« Chris trank den Rest des Bieres in einem Satz aus und warf die leere Dose schwungvoll in den überquellenden Papierkorb, der einen Meter von ihnen entfernt stand. Dann lief er Vicky hinterher, die inzwischen weiter dem Ausgang entgegen strebte, packte sie beidhändig an den Schultern, drehte sie schwungvoll zu sich um und zog sie näher zu sich, um ihr einen Kuss aufzuzwingen.

»Nein. Lass mich gehen.« Vicky wand und wehrte sich, aber Chris gab nicht nach, er lachte, packte fester zu, fasste ihr frech mit beiden Händen an die Brüste, und als Vicky entsetzt zurückwich, hielt er sie am Ausschnitt fest. Es gab einen *Ratsch* und die Knöpfe sprangen auf Nimmerwiedersehen ab und verschwanden irgendwo am Fußboden zwischen den stampfenden, tanzenden Füßen.

Chris war so verdutzt, dass er sie nur ansah. Diesen kurzen Moment nutzte Vicky, rannte aus dem Zimmer und aus dem Haus.

Marc beugte sich hinüber zur Beifahrertür und öffnete sie, als er Vicky kommen sah. »Wie siehst du denn aus?«, schimpfte er, sobald sie im Wagen saß und er ihre schmutzige, zerrissene Bluse bemerkte, die sie sich mit beiden Händen vor der Brust zusammenhielt.

»Dieser blöde Chris, der stellt mir schon den ganzen Abend nach«, erwiderte Vicky mit hochrotem Kopf. »Die schöne neue Bluse, aber das wird er mir büßen.«

Marc runzelte die Stirn. »Wollte er dir etwa an die Wäsche? Soll ich reingehen und –«

»Nein. Bloß nicht. Fahr lieber«, entgegnete Vicky in heftiger Abwehr. »Oder willst du mich zum Gespött der anderen machen?«

Während der Fahrt schwiegen beide. Vicky brütete verärgert über den verkorksten Abend und die kaputte Bluse nach und Marc konzentrierte sich auf den Verkehr. Er war nicht scharf auf eine Kollision mit einem Be-

trunkenen.
»Danke fürs Abholen«, sagte Vicky artig, als sie vor ihm das Haus betrat.
»Stets zu ihren Diensten, *Signorina*«, antwortete Marc mit einer angedeuteten Verbeugung, während er ihr die Tür aufhielt. Die Verstimmung war immer noch an ihrer Miene abzulesen.
»Hör auf, du weißt, ich find das albern. Gute Nacht.« Sie ging vor ihm die Treppe hinauf. Er sah ihr nach. Der kurze Jeansrock war verflixt eng und betonte beide Pohälften.
»Vicky?«
Sie drehte sich auf einer Stufe um und sah von oben auf ihn herab.
»Ja?«
»Was trägst du unter deinem Rock?«
Vicky zog die Schultern hoch. »Ich weiß nicht, was du meinst – einen Slip natürlich, oder glaubst du, ich gehe nackt?«
»Du weißt sehr wohl, was ich meine. Trägst du einen String?«
Vicky kicherte. »Natürlich, ich habe doch gar nichts anderes.«
»Ist dir noch nie die Idee gekommen, wie verführerisch das auf Jungs wirken muss, wenn du so einen verdammt anliegenden Rock trägst? Man sieht die –« Er presste die Lippen zusammen und unterdrückte den Rest seines Satzes. *Die Rundung deines Pos*, hatte er sagen wollen. Es war nicht zu übersehen, dass sich der Stoff ein wenig in die Poritze schmiegte, wenn auch nicht viel, da der Rock insgesamt ziemlich stramm saß. Aber ihm genügte es.
»Ach ja? Was sieht man denn?« Vicky leckte sich lasziv über die Lippen und wackelte ein wenig mit ihrem Po. »Wirkt das auf dich auch?« Sie hickste in einem beginnenden Schluckauf. »Uups.«
»Du spinnst wohl, du bist meine Schwester. Außerdem hast du zuviel getrunken. Geh jetzt schlafen und gib in

Zukunft besser acht, wie du dich verhältst, sonst brauchst du dich nicht wundern, wenn die Jungs durchdrehen.«

Er wandte sich ab und ging ins Wohnzimmer. Sie musste nicht mitbekommen, dass sie unbewusst ins Schwarze getroffen hatte. Ja, ihr süßer Hintern gefiel ihm, obwohl er es sehr unanständig fand, dass sie so aufreizend herumlief, und man schon fast die nackten Rundungen unter dem Saum hervorblitzen sah. Vor allem aber wollte er nicht, dass sie bemerkte, wie sehr es ihn erregte. Verdammt, es war nicht richtig, so zu fühlen. Sie war schließlich seine Schwester. Aber es wäre nicht die erste Nacht, in der er träumte, sie läge in seinen Armen und er würde sie überall liebkosen. Und noch viel mehr. Sie regte seine Fantasie auf eine Weise an, von der er nicht wusste, ob das richtig war.

Montag war Marc zeitig wach und fuhr Vicky zur Schule. Sie hauchte ihm einen Kuss auf die Wange, ehe sie ausstieg und über den Hof ins Gebäude eilte.

»Hey, dein Freund?«, rief Lena ihr zu, die die Schule gewechselt hatte und erst seit Kurzem in Vickys Klasse ging. Sie hängte sich an Vickys Arm ein und schaute sie neugierig und bewundernd an.

»Mein Freund?«, wiederholte Vicky kichernd. »Hm, ja, mein Freund, der beste.«

Marc wollte gerade weiterfahren, als Michaela vor seinem Wagen über die Straße lief. Sie schaute ihn durchs Fenster an, zögerte, doch dann erkannte sie ihn, öffnete die Beifahrertür und beugte sich hinein.

»Hi, da ist ja der große Bruder, der seine Schwester viel zu früh abgeholt hat.«

»Hallo Micky.« Marc hatte Mühe, ihr ins Gesicht statt in den tiefen Ausschnitt zu blicken. Kein Wunder, wenn die Lehrer an dieser Schule manchmal fast durchdrehten. Die Mädchen liefen fast alle wie kleine Lolitas herum. Eine Zeit lang hatte das Gerücht kursiert, einer der Lehrer hätte sich nachmittags mal mit dieser, dann mit jener Schülerin zu einem Schäferstündchen getroffen, was sich in besseren Noten niedergeschlagen hätte. Dann wurde dieser Lehrer eines Tages ganz plötzlich versetzt und es blieb nicht mehr als eine Anekdote übrig. Marc bedauerte den Lehrer. Wie sollte man diesem Ansturm an Verführungen auf Dauer widerstehen?

»Na, hast du dein Schwesterchen gut nach Hause gebracht? Schade, dass sie schon so früh gegangen ist, wo sie doch soviel Spaß auf meiner Party hatte.«

Marc empfand Unbehagen. In Mickys Stimme lag so ein merkwürdiger Unterton. »Was willst du damit sagen?«

Micky lachte anzüglich und riss ihre dunklen Augen mit den sorgfältig getuschten Wimpern weit auf. »Na, wie sie sich an den Chris herangemacht und den dann im Regen stehen gelassen hat, das war schon ganz schön raffiniert. Und dann hat sie auch noch das Bier auf ihrer Bluse verschüttet, nur damit sie ihm ein schlechtes Gewissen machen kann.«

Marc runzelte die Stirn. Das klang überhaupt nicht nach Vicky.

»Hätte ich ihr gar nicht zugetraut. Da rennt sie Chris den ganzen Abend hinterher, macht ihm eindeutige Angebote, und als er nicht reagiert wie sie will, reißt sie sich schließlich sogar selbst die Bluse auf, packt seine Hände, legt sie sich auf den Busen und schnurrt wie eine Katze. Na, der war vielleicht perplex.«

Der Kloß in Marcs Magen wurde größer. Vicky, seine liebe kleine Vicky – sollte so etwas gemacht haben? Er schüttelte den Kopf. »Nein, das glaube ich nicht.«

Micky setzte sich nun doch auf den Beifahrersitz, machte die Tür hinter sich zu und flüsterte verschwörerisch. »Welche Lüge hat sie dir denn aufgetischt? Bist du immer noch ihr gutgläubiges Brüderchen? Tja, gell, es ist schwer, Veränderungen mitzubekommen. Vicky ist kein kleines Mädchen mehr, Marc.«

Ihre Nähe war Marc unangenehm. Er fühlte, wie in

seinen Handflächen der Schweiß ausbrach.

»Kam dir ihr Auftritt etwa nicht merkwürdig vor?«

Marc schluckte nervös. »Sie hat mir genau das Gegenteil erzählt. Dass dieser Chris ihr die Bluse zerrissen und sich ihr aufgedrängt hätte, und dann hat er ihr auch noch Bier drüber gekippt, weil er betrunken …«

Micky begann zu prusten. »Entschuldige bitte, aber ein Junge, der einem Mädchen an die Wäsche will, das sich so unschuldig und wohlerzogen gibt wie Vicky, der wird doch wohl nicht wie ein Tollpatsch vorgehen. Da kann er sich ja gleich ausrechnen, dass er keinen Erfolg haben wird. Wieso sollte er also dumm sein, ihr Bier drüberkippen oder die Bluse zerreißen?«

Es widerstrebte Marc, ihr Recht zu geben, deswegen schwieg er, aber erste Zweifel begannen, an Vickys Darstellung zu nagen. Wenn er sich als Freund für Vicky interessieren würde, dann würde er in der Tat ganz anders vorgehen, viel romantischer, sie langsam einwickeln und verführen, bloß nichts dem Zufall überlassen und riskieren … Er holte tief Luft.

»Ach du meine Güte, ich muss jetzt wirklich los, sonst komme ich noch zu spät – also, war schön, mal mit dir zu plaudern. Tschüß Marc.«

Ehe Marc aus der dumpfen Erstarrung, die ihn befallen hatte, wieder zu sich kam, war Micky bereits ausgestiegen und klackerte auf ihren hochhackigen Sandaletten Richtung Schulhof davon. Ihr kurzer Glockenrock wippte dabei hin und her.

Eine halbe Stunde später gab Marcs Handy zum ersten Mal das Signal, dass eine SMS eingegangen war.

Hi Marc, wusste gar nicht, dass du sooo süß bist. Hast du heute Nachmittag Zeit für mich? Micky.

Marc war hin- und hergerissen. Wenn er sich mit Micky treffen würde, würde sie ihm bestimmt noch mehr über Vicky erzählen. Andererseits – Lernen war im Augenblick wichtiger. Und überhaupt: Entsprach Mickys Version der

Wahrheit?

Er simste zurück: *Sorry, keine Zeit, muss lernen.*

Ihre Antwort war knapp und unzweideutig: *Langweiler.*

Das Handy dudelte die eingestellte Melodie eines italienischen Schlagers aus den 1960er Jahren und riss Marc abrupt aus seinen düsteren Erinnerungen.

»Pronto?«

Ein italienischer Wortschwall überfiel sein Ohr. »Signor Braun, *como sta?* – wie geht es Ihnen? Haben Sie Ihre Schwester getroffen … kaltes Wetter? … alles erledigt? … zurück?«

Marc hielt den Hörer einige Zentimeter von seinem Ohr weg, bis sich der verbale Erguss ein wenig beruhigte, dann unterbrach er Isabella, seine Assistentin. »Es ist alles in Ordnung. Wie sieht es in der Firma aus, gibt es irgendwelche Probleme?«

Isabellas Stimme verlor ein wenig von ihrer sprudelnden Fröhlichkeit, als sie antwortete. »Nein, Signor Braun, es ist alles in Ordnung. Ich wollte nur hören, wie es Ihnen geht und wann Sie zurückkommen.«

»Hm, wahrscheinlich in drei bis vier Tagen, ich weiß es noch nicht.«

»*Va bene*, *un momento*, Signor del Carmine wollte Sie natürlich auch noch sprechen, *un momento*, ich verbinde …«

Eine schwungvolle Melodie überbrückte die Wartezeit.

»Marco!«

Zum Glück hatte Marc das Handy nicht dicht an sein Ohr gepresst. Er kannte Antonios Art zur Begrüßung so laut in den Hörer zu brüllen, als müsste er die vielen Kilometer Entfernung durch Lautstärke kompensieren. Danach sprach er zum Glück normal weiter.

»Comme sta?«

»*Va bene*, bestens, alles in Ordnung. Und wie läuft's bei euch?«

»Ah, nichts Besonderes, alles nach Plan. Aber deswegen

rufe ich nicht an. Du, ich muss dir was erzählen. Ich habe eine Anzeige gelesen, die klingt wirklich interessant, vollkommen anders, das musst du dir anhören.«

Marc verdrehte die Augen. Er ahnte, was kommen würde. Seit Monaten befand sich Antonio auf Freiersfüßen, bedrängt von seinem Vater, endlich für die nächste Generation zu sorgen, aber auch selbst beseelt von dem Gedanken, die Frau fürs Leben zu finden und zu heiraten. Antonio war sogar ziemlich romantisch veranlagt und bereit, die von ihm Angebetete auf alle erdenklichen Arten zu verwöhnen. Aber obwohl er durchaus attraktiv war, regelmäßig Sport machte und auf sein Äußeres achtete, hatte er noch nicht die Richtige gefunden. In dieser Hinsicht erging es ihm ähnlich wie Marc. Interessierte junge Damen gab es genug, aber ihnen war in der Regel nur an Geld, Prestige und Party feiern gelegen. Heiraten ja, Kinder nein. Nach wenigen Monaten stellte sich ein schales Gefühl ein, weil die gemeinsame Substanz für tägliche Gespräche und ein gefühlvolles Miteinander fehlte. Es gab eben auch einen Alltag, nicht nur *dolce far niente*.

Mehrere Heiratsannoncen und Blind Dates hatten eine Enttäuschung nach der anderen ergeben, was ihn aber nicht daran hinderte, einen Tag später das Thema von Neuem anzupacken. Wie immer holte Antonio bei seiner Erzählung weit aus …

An dem Tag, an dem Micky ihm eine andere Darstellung von dem gegeben hatte, was auf der Party geschehen war, hatte er Vicky am Nachmittag zur Rede gestellt und gefragt, welches denn nun die Wahrheit sei. Vicky hatte nichts darauf erwidert, sich weder verteidigt noch zugestimmt. Sie hatte ihn nur mit großen Augen angesehen, sich dann abrupt umgedreht und war schnurstracks in ihrem Zimmer verschwunden.

An den darauf folgenden Tagen hatten sie sich kaum gesehen. Vicky ging ihm so weit wie möglich aus dem

Weg und Marc wertete dies als Schuldeingeständnis. Wenige Wochen später hatte er sein Diplom in der Tasche und zog nach Italien.

Irgendwie hatte er erwartet, Vicky hätte in der Zwischenzeit etwas dazu gelernt, wieder zu den Wurzeln ihres ursprünglich liebenswerten Wesens zurück gefunden, einen netten Freund an ihrer Seite. Doch stattdessen flatterte sie ganz offensichtlich wie ein Schmetterling von einem zum anderen und spielte mit den Männern, ähnlich wie schon ihre Mutter es getan hatte. Wie viele verheiratete - oder zumindest in einer festen Beziehung liierte - Männer sie wohl schon verführt und anschließend verstoßen hatte? Marcs Stirn zog tiefe Furchen. Ihr fehlte eindeutig ein Mann mit starker Hand, der ihr nichts durchgehen ließe. Manchmal fragte er sich, wie es wohl früher gewesen war, als die Frauen den Männern gehorchen mussten und nichts selbst bestimmen durften. Andererseits – wahrscheinlich war es recht eintönig gewesen, nur selten von Liebe und fantasievollem Sex belebt. Er seufzte. Gab es überhaupt das, was man sich so im Allgemeinen als Glück vorstellte? Er hatte mal daran geglaubt, gehofft, er würde ein Mädchen kennenlernen, das so wie seine Stiefschwester zu Anfang war, eine liebenswürdige, warmherzige Freundin. Nein, zügellose Verführerinnen wie Vicky brauchten einen Mann mit starker Hand und festem Willen, dann würde sogar sie möglicherweise eine unterhaltsame, wenn auch vielleicht anstrengende Geliebte sein. Doch er war nicht dafür geschaffen, ihr Erzieher zu sein. Sie war erwachsen und auf sich gestellt, und er musste sie möglichst bald wieder aus seinen Gedanken verbannen.

Marc zuckte erschrocken zusammen. Er hatte sich von seinen düsteren Gedanken ablenken lassen. Antonios Stimme erforderte wieder seine Konzentration. Er hatte sich in Fahrt geredet und war dabei lauter geworden, ganz mit dem sprühenden südländischen Temperament, das Marc liebte und manchmal auch fürchtete – wenn sie um ein Design stritten und sich nicht so schnell einig wurden.

»… ist es etwas ganz anderes. Ich spüre das, glaube mir, das ist keine normale Heiratsannonce – warte, ich lese dir mal den Text vor …«

Diesmal hörte Marc genau zu. Diese Heiratsvermittlungsanzeige klang in der Tat ein wenig anders als die vielen, die Antonio ihm in seiner verzweifelten Suche nach einer Ehefrau schon vorgelegt hatte – und sie klang dabei auch vielversprechender. Dass es so etwas gab?

»Kannst du sie bitte noch mal vorlesen?«, fragte er.

»Aaah, bist du also auch interessiert? *Va bene*, es wird sowieso Zeit, dass du auch eine Frau findest, sonst vertrocknet noch deine Männlichkeit.« Er lachte anzüglich. »Also …«

Während Antonio ihm erneut die Annonce vorlas, sah Marc Vickys Gesicht vor sich, ihren nixenhaften Ausdruck, hörte sie kokett lachen. Würde sie sich natürlicher und aufrichtiger geben, wäre sie eine wunderschöne und begehrenswerte Frau. Die absolute Traumfrau. Selbst für ihn. Ein kalter Schauer jagte Marcs Rücken hinunter und er schüttelte bei diesem Gedanken den Kopf. So ein Unsinn. Aber er konnte nicht zulassen, dass sie weiter mit den Männern spielte. Er musste sie auf den rechten Weg zurückbringen, aber wie?

Er konzentrierte sich auf Antonios Stimme. Der Text der Anzeige klang eigenartig. Wenn man ihn interpretierte, dann konnte man meinen – er musste fast lachen – es handelte sich nicht um ein Vermittlungsinstitut, sondern um das Verschachern von Sklavinnen.

Sie haben eine oder mehrere Enttäuschungen hinter sich? Sie suchen immer noch nach der perfekten Ehefrau, die gleichzeitig eine fantasievolle Geliebte ist? Sie legen Wert darauf, der unumstrittene und respektierte Herr im Haus zu sein? Das ist kein unerfüllbarer Wunschtraum. Vereinbaren Sie mit uns einen Termin und überzeugen Sie sich selbst. Wir vermitteln junge hübsche Frauen, die wohlerzogen sind, die Lust am Sex haben, und für die es selbstverständlich ist, ihrem Ehemann bedingungslos zu gehorchen. In jeglicher Hinsicht.

Antonio gluckste vor Freude. »Marco, kannst du dir das vorstellen? Eine gehorsame Ehefrau?«

»Ehrlich gesagt, nein. Wahrscheinlich ist das nur irgendeine neue Methode, Kunden zu fangen. Außerdem – gegen diesen Anzeigentext müssten die Frauenverbände doch Sturm laufen.« Insgeheim fragte er sich jedoch, ob es vielleicht doch wahr wäre. *Eine gehorsame Ehefrau, hübsch, gut erzogen und mit Lust auf Sex.* »Wahrscheinlich bieten sie dir eine verarmte Asiatin an, die von ihrer Familie aus Not verschachert wird. Und wenn du erst mit ihr verheiratet bist, verlangt sie, dass du ihre Familie in der fernen Heimat unterstützt, und mit Sex läuft auch nichts so, wie du dir das vorstellst.«

Bot die Annonce irgendeine, auch auf ihn zutreffende Alternative an?

»Hm, vielleicht hast du recht, aber das lässt sich ja herausfinden – ich rufe dich wieder an. Ciao.«

»Antonio?«

Das Telefon blieb stumm. Antonio hatte tatsächlich ganz plötzlich aufgelegt.

Marc verfiel wieder in tiefes Grübeln. Wütend ballte er die Faust – warum nur beschäftigte ihn Vicky so sehr. Was hatte sie doch gleich wieder zu ihm gesagt? Immer derselbe Mann wäre ihr zu langweilig? Er musste herausfinden, ob sie nur geblufft hatte. Vielleicht hatte er Glück und traf sie in einer der exklusiven Bars an. Immerhin hatte sie beim Abschied noch provokant gemeint, sie könnten sich ja abends im Joey's treffen.

Zehn Minuten später verließ er das Appartement.

Zügellosigkeit

Das Joey's lag zentral und erstreckte sich über eineinhalb Stockwerke. Im Erdgeschoss befand sich in der Mitte die Musikanlage, die alle zwei Stunden von einem anderen DJ bedient wurde, um für Abwechslung zu sorgen. Drumherum war eine großzügige Tanzfläche angelegt, an zwei gegenüberliegenden Wänden Bars, an einer Seite gab es gemütliche kleine Sitznischen, an der vierten Wand einige Bistrotische und eine Metalltreppe, die zur Empore führte. Die Fläche wurde von mehreren Pflanzenkübeln unterbrochen, in denen Palmen wuchsen, die sich fast bis zur oberen Etage erstreckten. Rundum auf der Empore waren genügend Stehplätze und auch hier Bistrotische mit Barhockern zum Verweilen aufgestellt, und man konnte über die Metallbrüstung nach unten auf die Tanzfläche schauen.

Eigentlich war diese Mischung aus Bar und Disco nichts Besonderes. Trotzdem war das Joey's gut besucht, seit es von den Stars einer Vorabendserie zu ihrem Kultlokal auserkoren worden war. Inzwischen ließen diese sich zwar nur noch selten blicken, auch das Publikum war mittlerweile ein wenig älter geworden, der Grundstock war jedoch gelegt und das Joey's wegen seiner ausgewählten Musik und seiner guten Citylage weiterhin beliebt.

Marc bestellte sich ein Bier, lehnte sich an einem der Tische auf und sah sich um. Die meisten Gäste waren Anfang bis Ende dreißig, einige auch älter. Eigentlich hatte er ein jüngeres flippiges Publikum erwartet, das eher Vickys Alter entsprochen hätte. Er verstand nicht, was sie ausgerechnet hierher zog. Außerdem schien es ihm, als ob nur Pärchen unterwegs waren, aber keine Singles.

Da entdeckte er Vicky. Schräg gegenüber von ihm flirtete sie während des Tanzens ungeniert mit einem Mann. Vorsichtig schob er sich durch die Menge näher zu ihr und bezog Stellung hinter dem dicken Stamm einer

Palme. Er hoffte, dass sie ihn in dem diffusen Licht nicht entdecken würde.

Vicky trug ein eng anliegendes knallrotes Kleid und rote Stilettos. Das Kleid spannte über ihren Formen. Der Ausschnitt war so tief, dass ihre Brüste fast herausfielen. Marc hielt den Atem an. Sie war wunderschön und konnte es sich leisten, ihre Reize zu zeigen. Dennoch hätte er sich gewünscht, dass sie nicht so offenherzig herumlaufen würde. Wie war es nur möglich, dass sie sich derart verändert hatte? Als junges Mädchen hatte sie ihn oft um Rat gefragt, war eher schüchtern mit ihrer erwachenden Weiblichkeit umgegangen. Erst wenn er sein Okay zu einer neuen Kleidung gegeben hatte, hatte sie sich getraut, sie auch tatsächlich zu tragen, gleichgültig, was ihre Freundinnen dazu meinten.

Es gelang ihm nicht, seinen Blick zu kontrollieren. Automatisch folgten seine Augen dem Ausschnitt, den Rundungen und blieben an ihren Brustwarzen hängen, die sich prall und nahe am Rande des Stoffes durch das feine Gewebe abzeichneten. Er biss sich auf die Unterlippe. Vickys Gegenüber war ein durchaus attraktiver Mann, etwa Anfang bis Mitte vierzig. Er hätte fast ihr Vater sein können.

Was reizte sie nur an dem Typen, der beim Tanzen beide Hände fest an ihre Taille presste? Für einen Moment fiel ihm wieder ein, wie sie dem Notar ihre Telefonnummer gegeben hatte. Unglaublich. Sie lächelte den Fremden geradezu herausfordernd an. Was sie sprach, konnte Marc infolge der lauten Musik nicht hören. Langsam glitten die Hände des Mannes höher, legten sich im Schutze der engen Nähe auf Vickys Brüste. Marc verspürte einen Stich in der Herzgegend. Seine Vicky, berührt von einem Kerl, den sie vermutlich nicht einmal kannte. Es war bitter. Es hatte einmal eine Zeit gegeben, da waren sie sich ähnlich nah gekommen, er und Vicky. Da hatten sich ihre Körper berührt, jedoch ohne den Anstand zu verletzen.

Vicky hatte Marc längst entdeckt. Sie war nicht davon ausgegangen, dass er wirklich kommen würde und sie merkte, wie er sich bemühte, unentdeckt zu bleiben. Ihr Lächeln verstärkte sich. Seine Miene drückte Missbilligung aus, Verachtung, vielleicht sogar tiefen Schmerz. Sie würde ihm ein Schauspiel liefern, das ihm in Erinnerung blieb und hoffentlich gelang es ihr damit, ihn aus ihrem eigenen Gedächtnis zu löschen.

Früher einmal hätte sie sich gewünscht, dass er derjenige gewesen wäre, der ihre Brüste auf diese Weise liebkoste. Aber das war lange her, bevor er sie eines Tages unrechtmäßig als Flittchen bezeichnet hatte. Dieser unselige Tag hatte alles zerstört, das unbegrenzte Vertrauen, das sie ihm entgegengebracht hatte, ihre gesamte reine Liebe. Sie fühlte unwillig, wie eine Woge unaussprechlichen Herzschmerzes ihr die Luft nahm. Bewusst und zugleich widerstrebend wandte sie sich dem Mann zu, den sie sich für ihre abendliche Verführung ausgesucht hatte. Er ähnelte in Aussehen und Verhalten Marcs Vater zu jener Zeit, als ihre Mutter ihn umgarnt hatte. Ein Mann mit einem Ehering am Finger, in seiner ungestillten Geilheit zu einem Abenteuer bereit.

Entsetzt sah Marc, wie Vicky die linke Hand des Mannes von ihrer Brust nahm, langsam nach unten und unter ihren kurzen Saum zwischen die Schenkel schob. Der überraschte, dann umso gierigere Gesichtsausdruck ihres Tanzpartners verriet Marc alles. Vicky trug nichts, absolut nichts unter diesem Kleid. Unter anderen Umständen, bei einer anderen Frau, an einem anderen Ort, wäre dies ein stimulierender Gedanke. Jedoch, der hämmernde Puls in einer Ader an seiner Schläfe kündigte beginnende Kopfschmerzen an.

Der Mann schob Vicky ungeduldig aus der Menge heraus, rückwärts über die Tanzfläche, bis an die nächste Wand, in einen dunkleren Bereich, wo sie kaum beobachtet würden. Marc folgte ihnen unauffällig, duckte sich hinter den anderen Tanzenden, um nicht entdeckt zu werden.

Vicky hatte den Kopf zurückgelegt und ihre Hand auf den Schoß des Mannes gepresst, der sie gierig zu küssen versuchte und seine Hose öffnen wollte. Doch Vicky hielt ihn zurück. Sie sagte irgendetwas zu ihm und der Mann schob erneut eine Hand zwischen ihre Schenkel und entblößte mit der anderen ihre linke Brust, um an ihrer Brustwarze zu saugen.

Marc verspürte eine plötzlich aufsteigende Übelkeit. Seine Stiefschwester ließ sich in aller Öffentlichkeit wie eine Hure begrapschen. Er wollte sich abwenden, aber er schaffte es nicht. Sie war schön, ihr Körper so verdammt begehrenswert. Die perfekte Mischung aus Engel und Teufel gab sich vor seinen Augen der Lust hin.

Er wünschte, seine Hände könnten sie so berühren wie – ein Stöhnen bahnte sich den Weg aus seiner Kehle empor, als Vicky nun selbst auch ihre andere Brust entblößte und den Kopf des Mannes hinüber schob.

Ihre Schultern und ihre Brüste lagen bloß, und obwohl es in der Nische vergleichsweise dunkel war, so sah Marc doch alles. Ihre Brustwarze war steil und prall vom Saugen, glänzte vom Speichel des Mannes, und Marc fühlte, wie ihn dieser Anblick abstieß und gleichzeitig weiter erregte.

Beide Männerhände hielten nun besitzergreifend Vickys wundervolle Brüste, zwirbelten ihre Brustwarzen zwischen zwei Fingern, und sie selbst drückte ihren Kopf mit geschlossenen Augen zurück an die Wand, stöhnte hemmungslos voller Lust, presste seinen Kopf mit einer Hand fester auf ihre Brust, wand sich voller Erregung und verschaffte sich nun mit einer Hand unter ihrem Rock selbst zusätzliche Lust.

Marc starrte sie wie paralysiert an. Sie war verdammt aufreizend in ihrer Erregung. Er hatte sich aus lauter Verzweiflung so fest auf die Unterlippe gebissen, dass er Blut schmeckte. Vickys Mund war in einem stummen Aufschrei geöffnet, sie bewegte ihren Unterleib rhythmisch vor und zurück, bäumte sich in ihrem Orgasmus auf – und im nächsten Moment stieß sie den Mann roh von sich und zog den Stoff ihres Kleides wieder über ihre Brüste. Der Mann taumelte zurück, schaute sie fassungslos an, machte dann einen Schritt nach vorn, um Vicky erneut zu umarmen und zu entblößen, aber sie holte aus, gab ihm eine schallende Ohrfeige und stieß ihn heftiger als zuvor zurück.

Abrupt wandte Marc sich ab. Er hatte genug gesehen und er ertrug diesen Anblick nicht mehr. Fluchtartig verließ er die Bar. Sie spielte also mit den Männern. Er wollte nicht wissen, wie das Spiel weiterging, ob es zu ihrer Strategie gehörte, den Fremden zu reizen, um von ihm mit Gewalt erobert zu werden. Vielleicht mochte sie es härter und wollte, dass der Mann zurückschlug.

Ihm genügte, was er gesehen hatte. Es war ekelerregend. Seine Stiefschwester war durch und durch schamlos.

Marc konnte sich kaum entsinnen, welchen Weg er durch die Straßen genommen hatte. Er war viel zu aufgewühlt und blind vor Wut, um bewusst eine bestimmte Richtung einzuschlagen, doch plötzlich stand er vor dem richtigen Haus. Ungeduldig fischte er seinen Hausschlüssel aus der Innentasche seines Jacketts und riss sich im Fahrstuhl die Krawatte herunter.

Er zwang sich dazu, die Jacke ordentlich auf einen Bügel zu hängen, obwohl er am liebsten einfach alles von sich geworfen hätte. Aber er wusste, dass er sich am Morgen zusätzlich ärgern würde, wenn alles unordentlich aussah. Zuletzt nahm er das Mobiltelefon aus der Jackentasche, schaltete es ein und legte es auf den Nachttisch.

Er zog sich aus, suchte im Badezimmerschrank erfolglos nach einer Kopfschmerztablette und stellte sich unter die Dusche. Das Wasser schoss in kaltem Strahl auf ihn herab, bis er es nicht mehr ertrug. Er brauste sich warm ab, dann setzte er sich im Pyjama vor den Fernseher. Was er jetzt brauchte, war Ablenkung.

Vickys Bild schien vor seinem inneren Auge wie eingebrannt. Ihre vollen nackten Brüste, ihre prallen Brustwarzen, der enge Stoff um ihre Taille, ihre langen schlanken Beine … es war wie eine Erlösung, als auf einmal das Handy klingelte.

»Ja?«

»Na endlich nimmst du mal ab, Marco – natürlich wollten sie mir am Telefon nicht allzu viel sagen, aber ich habe gleich heute einen Termin erhalten und bin hingefahren.«

»Wovon sprichst du, Antonio? Weißt du eigentlich, wie spät es ist?«

Antonio überging Marcs vorwurfsvollen Unterton. »Na – das Heiratsinstitut. Ich habe dort angerufen, nachdem du den Verdacht geäußert hast, sie könnten illegalen Mädchenhandel mit Asiatinnen betreiben. Aber es ist alles in Ordnung. Stell dir vor …«

Die neuesten Informationen sprudelten in einem ungebremsten Wortschwall aus Antonio heraus und mit jedem Satz wurde Marc hellhöriger. Dieses Heiratsinstitut war in der Tat anders als alle anderen, mit äußerst interessanten Aspekten. Etwas völlig Neues, Ungewohntes, und auf einmal reifte in Marc eine Idee.

Das war es! Jetzt wusste er, was er zu tun hatte. Er würde Vicky auf den rechten Weg bringen und ihr den Ehemann verschaffen, bei dem sie zu ihrem Wort stehen, sittsam und treu sein musste. Er würde ihrem liederlichen Treiben ein jähes Ende bereiten.

Ein zynisches Lächeln spielte um seine Lippen und er fühlte sich mit einem Schlag besser und ruhiger. Seine Kopfschmerzen waren wie weggeblasen.

Vicky brauchte eine gehörige Portion Erziehung, damit sie ihrem Künftigen nicht auf der Nase herumtanzte, und er wusste jetzt, wo sie die erhalten würde. Sie würde ihren bisherigen Lebenswandel noch bereuen!

»Das sind hervorragende Nachrichten, mein Freund. Morgen, Antonio, ich komme morgen nach Hause«, war seine Antwort auf Antonios abschließende Frage, ehe er auflegte.

Der Verlust der Freiheit

Der Abend war amüsant gewesen, ganz nach Vickys Geschmack. Marc hatte sie nicht wiedergesehen, obwohl sie sich nach ihrer Begegnung vor einer Woche instinktiv immer wieder umgeschaut hatte, ob er sie noch mal heimlich observierte. Sie hatte amüsiert seinen plötzlichen Abgang in der Disco zur Kenntnis genommen und ging erleichtert davon aus, dass er abgereist war. Es war unvorstellbar, wie nahe sie sich einmal gestanden hatten. Jetzt war es ihr lieber, er war fort, weit fort. Für immer und ewig fort aus ihrem Leben. Sie musste ihn endlich vergessen.

Ihre augenblickliche Arbeitslosigkeit gab Vicky mehr Zeit als sonst, die nächtlichen Ausflüge auszudehnen und zu genießen. Schließlich musste sie nicht früh aufstehen, sondern durfte solange schlafen, wie sie wollte. Sie hatte ein paar Absagen erhalten, die sie aber gelassen hinnahm, da weitere Bewerbungen unterwegs waren und die Aussicht bestand, zum nächsten Ersten bei einer Airline als Stewardess engagiert zu werden. Sicher war es zwar noch nicht, aber ihr ungebrochener Optimismus hatte sich bislang immer bestätigt.

Sie genoss den ausgedehnten Schönheitsschlaf, ein ausgiebiges Bad, das Eincremen und Pflegen ihres Körpers, ihre Nägel zu maniküren und in den Tag hinein zu träumen. Jedenfalls galt es, die freie Zeit bis dahin zu nutzen, hauptsächlich damit, des Abends Männer zu verführen und zu demütigen. Wie eingebildet sie doch waren. Sobald eine hübsche Frau auf ihre Flirtversuche einging, glaubten sie, sie würden von ihr angehimmelt und wären die Götter auf Erden. Vickys Mund nahm einen verächtlichen Zug an. Sie zeigte ihnen, dass sie allesamt Trottel waren.

Auf das abrupte Ende dieses Abends war sie jedoch nicht gefasst. Niemals hätte sie geglaubt, dass die Nacht und ihre Spielerei für sie Gefahren bergen könnten. Bis zu diesem Moment fühlte sie sich so verdammt sicher.

Die Demütigung begann bereits kurz nach Vickys Ankunft. Mehr als einmal hatte sie das Gefühl, ihr Herz müsse jeden Moment vor Angst und Schamgefühl aussetzen und sie ohnmächtig zu Boden sinken lassen. Aber diese Gnade wurde ihr nicht gewährt. Ihr Kreislauf war viel zu stabil, um zusammenzubrechen.

Sie war das Opfer einer Entführung geworden. Es musste sich um eine Verwechslung handeln, was sonst. Etwas anderes gestattete ihre Vorstellungskraft nicht. Zwar meldeten die Medien immer wieder einmal Entführungsfälle. Junge, unmündige Mädchen wurden verschleppt und sie gestattete sich nicht, sich auszumalen, was mit den armen Geschöpfen geschehen mochte. Sicher fristeten sie ihr Leben in einem Bordell, wurden ins Ausland verschleppt und verschwanden auf Nimmerwiedersehen. Nein, ihr Leben war voller Verdrängung unangenehmer Gedanken. Allenfalls die Rache eines verschmähten Liebhabers käme noch infrage, aber sie traute keinem dieser Männer zu, dass sie eine Entführung inszenieren würden. Niemand kannte ihren vollen Namen oder ihre Adresse. Sie selbst wollte doch nur Spaß haben, das Leben genießen, solange und so intensiv wie nur möglich. Ihr ganzes bisheriges Dasein war leicht und vergnügungsreich gewesen. Warum sollte sich dies jemals ändern? Sie würde schon dafür sorgen, dass es so blieb, und das Missverständnis würde sich bestimmt bald aufklären lassen.

Sie war ausgegangen, wie üblich in den Bars herumgebummelt, hatte geflirtet und die Männer verrückt gemacht. Kaum einer konnte ihr widerstehen, egal wie alt. Sie wusste, wie man sich gekonnt in Szene setzte, wie man etwas mehr Bein als üblich zeigen oder die Hüften schwingen musste. Insbesondere die verheirateten, gelangweilten Männer hatten es ihr angetan. Ein kurzer, enger Rock, der ihre schlanken Beine betonte. Ihr ganzes

Geld gab sie für Mode aus, teure halterlose Strümpfe. Der Rest ließ sich unschwer erahnen. Der Ausschnitt ihrer Bluse war tief und gab je nach ihrer Wahl den Blick auf ein teures Dessous oder nackte Brüste frei.

Aber sie ließ nur den heran, der ihr gefiel, der ein gewisses Etwas verströmte und sie nicht einfach wie ein geiler Bock anstarrte. Es gab Männer, die hatten diesen gewissen Blick, unter dem ihre Nippel sich steil und hart aufrichteten, auffordernd durch den eng anliegenden Stoff pressten, darauf warteten, berührt und liebkost zu werden, und es in ihrem Slip warm und feucht wurde.

In dieser Nacht hatte es nur einen gegeben, den sie schließlich ganz an sich heranließ, so weit, wie es ihr recht war, um davon erregt zu werden. Ihre Taktik ging wie immer auf. Im Schutze einer dunklen Ecke hatte sie sich von ihm streicheln lassen, ihre Augen geschlossen, um ihn nicht anschauen zu müssen, hatte selbst ihre Klitoris liebkost und sobald sie ihren Höhepunkt erreicht hatte, hatte sie ihn weggestoßen und schnell das Lokal verlassen.

Es war gegen drei Uhr morgens, als sie vor ihrer Haustür ankam und parkte. Sie schnappte sich ihre Handtasche vom Beifahrersitz, gähnte verhalten und stieg aus. Während sie ihr Auto abschloss, ging alles rasend schnell. Zwei Männer zerrten sie von ihrem Auto weg, kaum dass sie die automatische Türverriegelung betätigt hatte. Einer hielt ihr sofort den Mund zu, der andere zog ihr die Hände auf den Rücken und legte ihr ein Paar Handschellen an. Dabei waren sie nicht zimperlich gewesen und hatten kräftig zugelangt. Ein paar blaue Flecken würde sie wohl davontragen.

Es nützte nichts, dass Vicky sich bemühte, mit ihren spitzen Hacken um sich zu treten. Sie verlor den Halt unter den Füßen. Ein breites Klebeband über ihren zarten roten Lippen brachte sie sicher zum Schweigen, ehe sie grob auf den Rücksitz des fremden Wagens gestoßen wurde. Ihr Herz raste. Dann wurde ihr ein merkwürdig riechendes Tuch auf die Nase gepresst und sie verlor sofort das Bewusstsein.

Irgendwann war Vicky wieder zu sich gekommen. Sie lag auf der Rückbank eines Autos, unfähig sich aufzurichten. Die Hände waren ihr immer noch auf den Rücken gefesselt und auch die Beine waren zusammengebunden. Die Sicherheitsgurte waren offenbar so eingesetzt worden, dass sie davon unten gehalten wurde. Ihre Arme schmerzten von der unbequemen Stellung und man hatte ihr die Augen verbunden, sodass sie keine Ahnung hatte, wohin man sie brachte oder wo sie sich gerade befand.

Die Fahrt dauerte lange, sehr lange. Obwohl Vicky völlig das Gefühl für Zeit verloren hatte, so musste sie doch davon ausgehen, dass sie seit Stunden unterwegs waren. Sie hatte wütend gebrummt, versucht sich aufzurichten oder zu strecken, aber ohne Erfolg. Niemand hatte darauf reagiert. Zwei Männer unterhielten sich ab und an auf Italienisch, wovon Vicky nur Bruchstücke verstand, die jedoch belanglos waren. Zwischendurch summte einer davon zu den Melodien aus dem Autoradio, das internationale Schlager spielte.

Dann, nach einer ihr unendlich lang erscheinenden Zeit, wurde das Auto langsamer und hielt schließlich. Der Motor wurde abgestellt. Jemand erklärte ihr, dass sie aussteigen würden, packte sie an den Hüften und half ihr aus dem Auto. Sie war überrascht, wie vorsichtig dies geschah. Man achtete darauf, dass sie sich nirgends den Kopf anstieß, zog ihr den linken Schuh wieder an, der ihr vom Fuß gerutscht war, und führte sie ein Stück vom Auto fort. Ihr Herz klopfte vor Angst so heftig, dass sie das Gefühl hatte, man müsste es hören.

Die Luft streifte kühl ihr offenes Dekollete und es wurde ihr peinlich bewusst, dass es ein Leichtes war, den Stoff wegzuschieben und ihre Brüste freizulegen. Noch schlimmer, die Kerle hatten gewiss vor, sie auszuziehen und zu vergewaltigen, und dann würden sie ihr die Kehle durchschneiden – andererseits, warum hatten sie es dann nicht längst schon getan? Warum erst die lange Fahrt?

Als man ihren knappen Rock hochschob und ihren Slip bis zu den Kniekehlen herunter zog, geriet sie in Panik und begann zu wimmern.

»Scht, *per favore* – keine Angst, Signorina. Niemand Ihnen etwas tut. Beruhigen sich. Bitte.«

Vicky zitterte am ganzen Leib. Tränen schossen ihr in die Augen und bahnten sich unter dem Tuch den Weg über ihre Wangen. Sie bekam kaum noch Luft durch die Nase.

Jemand strich ihr sanft über die Oberarme. »Ruhig, nur Pipi machen, hier im Wald. Es geschieht Ihnen nichts. Gehen Sie runter in die Hocke und machen Sie.«

Die Stimme klang beruhigend und glaubwürdig. Vicky versuchte tief durchzuatmen und ging langsam in die Hocke. Sie schwankte ein wenig auf ihren hochhackigen Schuhen, sank in dem weichen Boden mit den Absätzen ein und es dauerte einen Moment, bis sie ihre Scham überwand und es ihr trotz der übervollen Blase gelang, sich zu erleichtern. Sie stöhnte leise.

»*Va bene.*« Der Mann half ihr aufzustehen, und zog sie wieder sorgfältig an.

»Du nicht schreien, du nicht sprechen, verstanden?«, sagte er mit italienischem Akzent. Vicky nickte. Er nahm ihr die Handschellen ab und löste vorsichtig das Klebeband von ihren Lippen. Dann fühlte sie, wie jeweils ein breiter Riemen um ihre Oberschenkel gelegt wurde. »Einsteigen.« Er drückte ihren Kopf und ihre Schulter herunter und Vicky tastete nach dem Sitz. Ihre Handgelenke wurden in Schlaufen gefesselt, die sich an den Gurten ihrer Oberschenkel befanden. Immerhin war es bequemer als zuvor, aber Vicky war nur allzu bewusst, dass man sie gegen ihren Willen mitnahm.

»Bitte, lassen Sie mich doch gehen. Was wollen Sie von mir?«

Ein Finger, der nach Zigarettentabak roch, presste ihre

Lippen zu. »Pssst, Signorina, kein Wort, *per favore.*«

Der Sicherheitsgurt wurde ihr angelegt und eine Decke über den Beinen ausgebreitet. Niemand, der ins Auto hereinschaute, würde also die Fesseln sehen. Alles wirkte annähernd normal. Dann erst nahm man ihr die Augenbinde ab. Sie blinzelte ein paar Mal, ehe sie wieder klar sehen konnte.

Das Auto befand sich auf einem Parkplatz am Rande der Autobahn, eher eine Notausfahrt. Aus dem angrenzenden Wald trat soeben ein großer kräftiger Mann, der noch dabei war, seine Hose zu schließen. Er schaute kurz in ihre Richtung. *Bitte, komm näher, schau doch her, fällt dir nichts auf?,* flehte Vicky stumm. Doch der Mann wandte sich ab und ging zu seinem Lastwagen.

Einer der Entführer erklärte Vicky, es würde ihr nichts geschehen, vorausgesetzt sie verhielte sich ruhig. Ihr Herz klopfte bis zum Anschlag. Wirre Gedanken rasten durch ihren Kopf und ihr war schlecht vor Angst.

Vicky stand in einem üppig mit Antiquitäten ausgestatteten Büro. Sie war erst wieder richtig zu sich gekommen, nachdem sie schon die ersten Häuser der Stadt passiert hatten. Irgendwie hatte sie den Verdacht, in dem Mineralwasser, dass man ihr von Zeit zu Zeit zu trinken gegeben hatte, war ein Schlaf- oder Beruhigungsmittel gewesen, da sie sich benommen fühlte und ihr immer wieder die Lider zugefallen waren. Es fiel ihr schwer, sich auf einen Punkt zu konzentrieren. Mehrere Wandlampen tauchten das Zimmer mit der hohen, von Stuckornamenten verzierten Decke in ein helles aber durchaus angenehmes Licht.

»Unser Auftrag ist ausgeführt, Patrona. Hier ist sie.«

Eine etwas korpulente, aber gut gekleidete ältere Dame kam auf Vicky zu. Ihre grau melierten, in zartem Violett getönten Haare waren hoch toupiert und gaben ihr in Kombination mit einem dunkelblauen Kostüm und einer goldumrandeten Designerbrille ein strenges, Respekt gebietendes Aussehen. Die Falten um ihre Augen und ihre Mundwinkel ließen Vicky vermuten, dass sie auf die siebzig zuging.

»Was soll ich hier? Lassen Sie mich sofort frei. Sie haben kein Recht, mich festzuhalten!« Vicky fand, es war an der Zeit, ihrem Missfallen lautstark Ausdruck zu verleihen. Da man sie bislang weder vergewaltigt noch umgebracht hatte, würde man es wohl kaum jetzt tun. Zumindest hoffte sie das. Wütend zerrte sie an ihren Fesseln.

Die Dame, die einer der Entführer mit Patrona angesprochen hatte, ignorierte Vickys Protest. Sie umrundete die junge Frau, die in der Mitte des Zimmers stand, seelenruhig, musterte sie noch mal vor ihr stehend kritisch von oben bis unten, und gab dann einem der beiden Männer einen Wink.

»Zieh sie aus, Tomaso, damit ich sie inspizieren kann.« Sie hatte italienisch gesprochen, dennoch hatte Vicky die Bedeutung der Worte verstanden.

»Sind Sie verrückt? Was soll das alles – es muss sich um eine Verwechslung handeln! Ich will sofort –«

Der Blick der Patrona traf sich mit ihrem. Ihre Mundwinkel verzogen sich zu einem spöttischen Lächeln. Vicky bekam weiche Knie.

»Ich protestiere. Lassen Sie mich gehen!« Vicky merkte, dass sie die Fassung verlor, wie ihre Stimme schriller wurde und überschnappte.

»Du hast hier gar nichts zu melden, meine Süße. Bring sie zum Schweigen, Stefano.«

Für eine Frau klang die Stimme der Patrona ungewöhnlich tief und samtig. Sie machte eine Handbewegung, die ihre Worte unterstreichen sollte, und der Mann namens Stefano ging auf Vicky zu, packte sie fest am Kinn, erstickte damit jegliche Gegenwehr, spreizte gegen ihren Willen ihren Mund auf und schob ihr einen ballförmigen Knebel zwischen die Zähne. Vicky begann, panisch zu würgen. Der Knebel schob ihr die Kiefer auseinander und sie hatte Angst, sie würden ihr dabei ausgerenkt werden.

»Beruhige dich, dir geschieht nichts. Ruhig durchatmen«, befahl Stefano.

Vicky wollte sich aber nicht beruhigen. Sie schrie abwehrend in den Knebel, als sie merkte, dass beide Männer nach dem Stoff über ihren Schultern griffen, und versuchte erfolglos auszuweichen. Aber Stefano hielt sie an den Armen fest, während Tomaso das Oberteil so grob von ihren Schultern zerrte, dass der Stoff dabei zerriss. Er musterte ungeniert Vickys bloße Brüste, dann lachte er amüsiert über ihren durch den Knebel gedämpften Aufschrei. »Stillhalten, *Bella.*«

Vickys Panik wurde unerträglich. Tränen stiegen ihr in die Augen. Sie trug keinen BH unter ihrem Kleid und die streng auf den Rücken gebundenen Arme verstärkten das Hervortreten ihrer wohlgeformten Rundungen. Unwichtige Gedanken schossen ihr durch den Kopf, während sie von den drei fremden Menschen gemustert wurde. Alles an ihrem Körper war perfekt, ihre Haut gepflegt, alabasterweiß und seidenweich. Sollte ihr das etwa zum Verhängnis werden? Was hatten sie mit ihr vor?

Vicky brannten die Augen von den Tränen, die nun ihre Wangen hinabliefen, und das unerträgliche Gefühl der Verlorenheit noch mehr verstärkten. Sie wollte endlich eine Aufklärung, was das alles sollte. Vielleicht war dies die stille Rache einer betrogenen Ehefrau, dann würde sie sich dafür entschuldigen. Wenn man ihr nur diese verdammten Fesseln und den Knebel abnehmen würde.

Die Patrona hatte ihre erste Inspektion beendet, nickte zufrieden, musterte Vickys verzweifelte Miene mit einem zynischen Zucken um die Mundwinkel und kommentierte knapp: »Sie wird einen guten Preis einbringen, einen sehr guten sogar.«

Wie bitte, wollte man sie etwa verkaufen? Vicky stockte der Atem. Protestierend schrie sie in ihren Knebel und schüttelte den Kopf, trampelte, so heftig es mit den hohen Schuhen möglich war, auf den Boden, wobei ihre Brüste auf und ab wippten. Aber keiner der Anwesenden schien sich dafür zu interessieren. Stattdessen riss einer der Männer auf einen Wink der Patrona ihr nun die Reste ihrer Kleidung völlig herunter. Außer Strümpfen und einem String trug Vicky nichts mehr, und dieser String bestand aus nicht mehr als ein paar Bändchen, die ein schmales Dreieck über ihrem Venushügel hielten. Eine Gänsehaut überzog Vickys Körper unter den musternden Blicken der Anwesenden.

Die Patrona rümpfte die Nase. »Insgesamt ein bisschen zu dünn, man kann ja fast die Rippen zählen. Wir werden sie ein wenig aufpäppeln. Hungerharken sind aus der Mode gekommen. Aber ihre Hüften haben einen schönen Schwung, ihr Hintern ist schön knackig und wie für eine Züchtigung geschaffen. Sie wird eine hübsche Lustsklavin abgeben, wenn sie erstmal erzogen ist.«

Vicky hielt für einen Augenblick die Luft an. Die Patrona hatte Deutsch gesprochen, es war wohl ihre Absicht gewesen, dass Vicky alles verstand. Ihr Deutsch war sogar exzellent, mit einem leichten schwingenden Akzent darin. *Züchtigung? Lustsklavin? Erziehung?* Das Blut in ihren Ohren begann laut zu rauschen.

Die Patrona kam näher und streckte ihre Hand nach Vickys Busen aus. Vicky wich stolpernd zurück. Aber Stefano packte sie von hinten an den Oberarmen und hielt sie fest. Unbarmherzig kamen die Finger mit den langen rot lackierten Nägeln näher, betasteten ungeniert Vickys Rundungen und zupften an ihren weichen Brustwarzen. Vicky wand sich in dem strengen Griff und schüttelte abwehrend den Kopf. Doch die Dame lächelte überlegen.

»Sie hat schöne große Nippel, Tomaso. In erregtem Zustand sind sie bestimmt prall und lang, glaubst du nicht auch? Wenn die Zeit gekommen ist, sollten wir ihren künftigen Herrn fragen, ob wir sie vor der Übergabe noch piercen sollen. Ein Paar goldene Ringe würden sich hübsch daran machen, vielleicht mit den Initialen ihres Herrn als Anhänger.«

Vicky gefror das Blut in den Adern. *Welcher künftige Herr?* Das klang gar nicht gut. *Ihre makellosen Brustwarzen piercen?* Waren diese Leute denn völlig verrückt? Erneut bemühte sie sich wütend ihrem Protest Ausdruck zu geben, brummte und schüttelte heftig den Kopf. Eine schallende Ohrfeige war die Antwort. Überrascht verstummte sie und starrte die Patrona mit aufgerissenen Augen an.

»Sei still und finde dich damit ab, dass es mit deinem freien und zügellosen Leben vorbei ist. Tomaso wird dir alles erklären, wenn es an der Zeit ist.« Die Dame grinste süffisant. »Du scheinst besonders widerspenstig zu sein.« Ihre Stimme wurde leiser und nahm einen gefährlichen Klang an. »Aber wir werden eine gehorsame, devote Sklavin aus dir machen. Wie aus allen anderen. Verlass dich darauf. Ach ja – und vergiss eines nicht, du bist freiwillig hier.« Ein Grinsen verstärkte die Fältchen um ihre Lippen.

Freiwillig? Was sollte dieser Quatsch? Niemals.

Die Patrona fädelte ihre Finger in die dünnen Bändchen des Strings, riss kurz daran, ließ den String auf den Boden fallen und begutachtete Vickys Venushügel, der von einem Nest rot gelockter Haare bedeckt war. Ihre Finger strichen sanft darüber, sie warf Stefano einen auffordernden Blick zu und er ließ Vickys Oberarme los, packte sie, warf sie bäuchlings über die Lehne eines Sessels und schob ihre Beine weit auseinander. Vicky schüttelte erneut protestierend ihren Kopf hin und her, aber alle ignorierten es.

Im Augenwinkel beobachtete sie, wie die Patrona ein Kondom über ihren Zeigefinger zog, dann verschwand sie aus ihrem Blickfeld. Ihre kalten Finger zogen Vickys Pohälften auseinander, zwängten sich zwischen Vickys Schamlippen, untersuchten diese sorgfältig, jedoch ohne einzudringen, ebenso ihre Klitoris. Vicky meinte, vor Scham augenblicklich sterben zu müssen. Ihr Genick wurde von einer Hand tief in den Sessel herunter gedrückt, sodass ein Aufspringen unmöglich war. Ein Finger presste sich auf ihre Rosette. Vicky wimmerte und kniff ihre Analmuskeln noch fester zusammen, aber der Druck war unnachgiebig. Gegen ihren Widerstand stieß sich der Finger tief in ihren After. Der Eingang schmerzte und sie merkte, wie sich der Finger in ihrem After bewegte, drehte und bohrte. Sie versuchte zu treten, aber ihre Beine wurden wie von Schraubstöcken festgehalten. Endlich wurde der Finger wieder herausgezogen.

»Ein Prachtstück, findest du nicht, Tomaso?«

»Oh ja, Patrona. Ich glaube, wir werden uns vor Interessenten nicht retten können. Mit ihren kastanienbraunen Haaren und der weißen Haut ist sie was ganz Besonderes, dazu die grünen Augen und die fast roten Schamhaare.«

»Hmm. Ihr After ist ziemlich eng. Falls es mehrere Interessenten gibt, die auch Analverkehr wünschen, müssen wir sie vorher noch sorgfältig dehnen und daran gewöhnen.«

Vicky gefror das Blut. *Analverkehr?*

»Kümmere dich darum, dass wir demnächst den Doktor hier haben, Tomaso, damit er alle Mädchen unter die Lupe nimmt.« Die Dame gab Vicky einen kräftigen Klaps auf den Po und lachte vergnügt. »Die nächste Versteigerung ist schon in zwei Monaten. Wenig Zeit, dir alles beizubringen, aber dennoch genug dich zu erziehen, meine kleine widerspenstige Stute.« Sie kicherte.

Der Mann zog Vicky wieder auf die Beine. Sie wäre am liebsten im Boden versunken. Was waren das nur für Leute? Was das hier etwa ein Bordell? Von was für einer Versteigerung war die Rede? Sie kam sich vor wie auf einem Viehmarkt. Noch nie hatte sie jemand *Stute* genannt. Ein kalter Schauer lief ihr den Rücken herunter und ihre Angst schnürte ihr fast den Atem ab. Durch ihren Tränenschleier verschwamm alles vor ihren Augen.

»Bringt sie raus und bindet sie an, so wie sie jetzt ist. Die anderen sollen ein bisschen Spaß haben. Jeder darf sie anfassen. Ich will sehen, ob sie das heiß macht. Damit hat sie heute auch gleich ihre erste Lektion und lernt, wie es ist, keine Rechte zu haben. Verbindet ihr die Augen. Sie muss schnell lernen. Sorgt dafür, spannt auch alle anderen dabei ein. Ich lasse euch alle notwendigen Freiheiten.« Der Zug um ihre Mundwinkel war herablassend. Vicky würde keine Gnade zu erwarten haben.

Stefano nahm Vicky fest am Oberarm und zog sie mit sich. Es blieb ihr nichts anderes übrig, als mit ihm mitzustolpern, die Treppe hinunter, ins Foyer. Das Foyer wirkte wie das Entree einer Stadtvilla aus einem Historienroman. Links und rechts führte die breite, mit einem roten Teppich ausgelegte Treppe nach oben. Ein opulentes schmiedeeisernes Geländer bildete den Abschluss. Hoch oben war eine reich mit Stuck und Gold verzierte Decke zu sehen, von falschen Halbsäulen an den Wänden getragen.

Der großräumige Eingangsbereich verjüngte sich hinter den Treppen ins Haus hinein zu einem langen Flur, von dessen Ende Stimmengewirr und Gelächter zu hören waren.

Stefano führte Vicky zu einem Säulenstumpf, der mitten im Bereich zwischen den Treppen aus dem Boden ragte und an dem große Ringe verankert waren. Sie wurde rücklings angebunden, die Arme nach hinten gezogen. Zusätzliche Fesseln an den Oberarmen zwangen ihre Arme noch strenger nach hinten und ihren Rücken in ein Hohlkreuz, wodurch ihre Brüste schutzlos nach vorne gepresst wurden. Stefano zog ihr eine Augenbinde über.

»Hör auf zu weinen. Du wirst dich schon noch daran gewöhnen, dass es hier ein bisschen anders zugeht.« Seine Hände waren warm, als sie Vickys Arme entlang strichen, trotzdem fröstelte sie dabei vor Angst. »Du bist wirklich rassig – schade, dass ich dich heute nicht nehmen darf.

Die Patrona würde mich dafür einen Kopf kürzer machen. Aber der Tag wird kommen – und dann wirst du mir zeigen, ob du es drauf hast.«

Sie spürte seinen heißen Atem, als er ihr ins Ohr flüsterte, seine Hände fest auf ihren Brüsten und ein Bein zwischen ihre Schenkel gepresst. Noch nie in ihrem Leben hatte Vicky sich ähnlich hilflos gefühlt. »Füge dich in dein Schicksal, Sklavin.«

»Stefano. Ich brauche dich hier oben.«

Vicky wurde augenblicklich losgelassen. Sie hörte, wie er die Treppe emporsprang, wohl zwei Stufen auf einmal nehmend. Es war nicht genau auszumachen, da der Teppich die Wucht seiner Sprünge dämpfte.

Andere Schritte kamen bald darauf näher und schon betasteten Hände ungeniert ihren Körper, doch sie waren sanft und kühl. Ihre Brustwarzen wurden gezupft, die Schwerkraft ihrer Brüste getestet, ihre Schamhaare gekrault. Jemand kicherte leise. Es schien Vicky, als ob es mehrere Personen waren. Nervös drehte sie ihren Kopf hin und her.

»Hübsch ist sie, nicht wahr?«

»*Hübsch* wäre keine Konkurrenz für uns. Sie ist einzigartig und attraktiver als die meisten hier.« Gift und Eifersucht lagen in der Stimme der zweiten Frau.

Eine dritte Stimme mischte sich ein, tiefer, mit französischem Akzent. »Komm jetzt. Ich habe Hunger. Der Gong wird bald läuten.«

Schritte entfernten sich, leise, von Teppichen gedämpft.

Vickys Kiefer schmerzten von dem Knebel, der ihren Mund aufspreizte. Speichel lief ihr seitlich heraus, ohne dass sie es kontrollieren konnte, und ein Film aus kaltem Schweiß überzog ihren ganzen Körper. Sie wimmerte vor sich hin. Die Situation überforderte ihren Verstand. Ihr Herz klopfte so sehr vor Panik, dass es sie in der Brust schmerzte. Zwar beruhigte sie sich immer wieder mal und redete sich ein, dass es nicht so schlimm werden würde.

Doch bei jedem Geräusch zuckte sie zusammen und ihr Herz fing wie verrückt an zu rasen.

Eine erstaunlich tiefe Frauenstimme erklang plötzlich nah bei ihr. Sie hatte nicht gehört, dass sich jemand näherte.

»Ach, da haben wir ja unseren Neuzugang.« Sie spürte den warmen Atem auf ihrem Gesicht, ein Hauch von Tabak streifte sie, dann flüsterte die Stimme rau in ihr Ohr. »Willkommen, meine Kleine.«

Vicky lief ein kalter Schauer den Rücken herunter. Hände streichelten sanft über ihre Brüste, erkundeten alles, ihren schlanken Bauch, ihre Taille, massierten geübt ihren Po, gaben ihr einen harten Klaps darauf. Ihr Körper versteifte sich. Die Stimme summte vergnügt. Finger packten sanft ihre Nippel, streichelten sinnlich darüber, wieder und wieder. Vicky fühlte, wie innerer Widerstand nicht ausreichte, diesem zärtlichen Reiz zu verstehen. Sie versuchte rückwärts auszuweichen, stieß an die Säule, fühlte einen Fuß zwischen ihren und gab auf. Ihre Brustwarzen hatten sich verhärtet, ihr unsichtbares Gegenüber griff nun fester zu, ihre Brüste lagen in ihren Händen und ein Finger strich unentwegt, lockend, verführerisch sinnlich über ihre Nippel. Vicky wimmerte. Sie kämpfte verzweifelt gegen die Lust an, die ihre Brustwarzen empfanden und an ihren Körper weiter gaben.

»Hm, hübsch. Eine wahre Augenweide. Es wird mir eine Freude sein, dich zu erziehen. Es heißt, du bist ein ganz durchtriebenes Luder und geil wie eine läufige Hündin«, murmelte die Fremde. »Es scheint zu stimmen. Stehst du wirklich nur auf Männer? Ich werde schon noch deinen Preis herausfinden, Süße.«

Die letzten Worte der Fremden waren nur noch ein Hauchen, während ihre Finger behutsam und wissend über Vickys Brustwarzen streichelten und in ihrem Unterleib ein unerwartetes Feuer entfachten. »Eines Tages wirst du mir dienen, Kleine.«

Nein, um Himmels willen, nein, ich will das nicht, das kann doch nicht sein, dachte Vicky voller Empörung. Empörung über die Bedrohung, aber auch Empörung über sich selbst, dass es dieser Fremden gelang, in ihrem Körper ein Gefühl zu wecken, dass sie jetzt, in dieser Situation, am allerwenigsten spüren wollte, noch dazu von einer Frau ausgelöst.

»Dann bis bald, Victoria, ich freue mich auf dich.« Doch es klang weniger wie eine Drohung, eher wie eine Einladung.

Victoria. Mit ihrem vollen Namen hatte sie schon lange niemand mehr angesprochen.

Die folgenden Stunden waren die Fortsetzung dieses Albtraums. Um Vicky herum war ein wechselndes Kommen und Gehen, Scherzen, Lachen. Sie entnahm den Worten, dass sie begutachtet wurde, hauptsächlich verbal. Es waren ausschließlich Frauen, junge Frauen, die ihre Formen begutachteten und kommentierten. Einige Hände befummelten sie, zwirbelten ihre Brustwarzen, kneteten ihre Rundungen, weideten sich an Vickys entsetztem Stöhnen und Herumzappeln, griffen ihr ungeniert in den Schritt. Doch mehr geschah nicht, keiner versuchte, mit den Fingern in sie einzudringen.

Schließlich war sie lange Zeit alleine. Das bewegungslose Stehen wurde anstrengend. Sie versuchte das Gewicht abwechselnd auf das eine, dann das andere Bein zu verlagern. Auch die Schulter- und Armgelenke schmerzten unter der nach hinten ausgerichteten Haltung. Ihre Lage schien verdammt hoffnungslos zu sein. Sie schluchzte leise und die Tränen kullerten über ihr Kinn und ihren Hals, verdunsteten irgendwo auf ihrer Haut.

Irgendjemand schien dies als Herausforderung zu verstehen. Eine männlich tiefe Stimme murmelte etwas auf Italienisch, was sie nicht verstand. Ein Mund schnappte nach ihrer rechten Brustwarze, saugte sich daran fest, knabberte leicht und die Zungenspitze leckte sanft kitzelnd über die Spitze. Hände streichelten zärtlich und gefühlvoll ihre Haut und Vicky war zum wiederholten Male machtlos gegen die Gelüste ihres Körpers.

Nein, nicht anfassen, war ihr einziger Gedanke, *bitte nicht* – doch alles verselbstständigte sich und sie fühlte, wie sich ihre Brustwarzen verhärteten, ihre Brüste lustvoll spannten und ein heißes Verlangen ihren Unterleib erfasste. *Nein, ich will nicht gevögelt werden. Nein, nicht so. Nicht ohne Liebe.* Ein Weinkrampf schüttelte erneut ihren Körper und paarte sich mit den heißen Wogen, die sie bei jeder weiteren Berührung überfluteten. Küsse überdeckten ihre Brüste, Hände griffen fester zu, kneteten ihren Po. Der Mann stöhnte leise vor Lust. Dann glitten seine Hände tiefer nach unten, über ihren Bauch. Vicky versuchte vergeblich auszuweichen. Finger teilten ihre Schamlippen und hielten sie auseinander. Erfolglos versuchte sie, nach hinten zurückzuweichen. Eine heiße Zunge leckte zärtlich und hingebungsvoll ihre Klitoris. Sie wand sich, versuchte auszuweichen, zu treten und wurde tatsächlich losgelassen. Ein höhnisches Lachen, gefolgt von ein paar Klatschern auf ihren Allerwertesten, war die Quittung für ihre Abwehrreaktion. Ab da war sie lange Zeit alleine.

Als Vicky endlich losgebunden, von den Fesseln befreit und in einem fast kahlen Raum eingeschlossen wurde, fiel sie zunächst vollkommen erschöpft auf die einfache Matratze, die am Boden lag. Man hatte ihr alles abgenommen, was sie noch getragen hatte. Strümpfe und Schuhe, Schmuck und Uhr, ehe man sie einsperrte. Sie hatte keine Kraft zu weinen, dennoch dauerte es Minuten, bis sie sich soweit beruhigt hatte, dass sie in der Lage war, sich umzuschauen.

Der Raum war nichts anderes als eine Gästetoilette. Abgesehen von einer Kloschüssel, einem Waschbecken und der schlichten, aber wenigstens mit einem sauberen Spannbetttuch bezogenen Matratze war der Raum leer. Vom Fußboden bis auf halbe Höhe war er beige gekachelt, darüber rosa gestrichen. Die Fensterscheiben waren aus einem milchigen, leicht gemaserten Glas, das Blumenranken zeigte. Davor war ein Gitter zu erkennen. Vicky stand auf und öffnete das Fenster. Es führte auf einen schmalen fast quadratischen Schacht hinaus, der auf der gegenüberliegenden Seite identische, ebenfalls vergitterte Fenster zeigte.

Sie schloss das Fenster und schaute sich im Spiegel über dem Waschbecken an. Ihr Make-up war verschmiert, die Wimperntusche hatte dunkle Ränder unter ihren Augen hinterlassen. Alles in allem sah sie schrecklich aus. Es würde ihr gut tun, die Spuren der Nacht abzuwaschen. Sie ließ warmes Wasser über ihre Hände laufen und drückte etwas von der Flüssigseife aus dem Spender, der an den Kacheln angebracht war, in ihre Handfläche.

Anschließend sank sie mutlos auf die Matratze. Ihr war kalt. Nicht einmal eine einfache Decke und ein Kopfkissen hatte man ihr gegönnt. Ihr Kopf war ebenso leer wie ihr Gefängnis. Es würde nicht leicht werden, von diesem Ort zu flüchten.

Die Tür vor ihr öffnete sich automatisch. Vicky trat ein und sah sich in der halbdunklen Bar um. Im Raum befanden sich nur Männer, keine einzige Frau. Die Gespräche verstummten, schlagartig war es still und alle drehten sich zur gleichen Zeit um und starrten sie an. Sogar der Mann hinter der Bar hielt in der Bewegung des Bierzapfens inne.

Ich sollte lieber wieder gehen, dachte sie, doch sie war unfähig auch nur einen einzigen Schritt zu machen. Ihre Füße schienen am Boden festzukleben.

Einer der Männer, ein großer kräftiger Kerl mit öligen schwarzen Haaren löste sich aus der Menge und kam näher. Sein Blick stierte Vicky direkt auf ihre Brüste. Dabei griff er sich in den Schritt, hob das Geschlecht an, grinste breit und leckte sich über die Lippen. Durch den dünnen Stoff seiner Sommerhose zeichnete sich ein beängstigend langer praller Penis ab.

Sie trug ein weißes hautenges Top mit Spaghettiträgern, von denen einer über ihre Schulter herab gerutscht war. Darunter trug sie nichts. Ihre Brüste wölbten sich auch ohne BH in vollendeter Schönheit. Vicky schaute an sich herunter und erschrak. Erst jetzt bemerkte sie, dass sich durch den fast durchsichtigen Stoff ihre steilen Brustwarzen und der dunkle Hof abzeichneten. Es musste auf den Mann wie eine Einladung wirken.

Erschrocken machte sie einen Schritt rückwärts und schob gleichzeitig den Träger wieder über die Schulter nach oben. Sie musste hier raus, aber hinter ihr war plötzlich kein Platz mehr. Jemand packte sie an den Oberarmen, schob sie vorwärts, die Hände glitten an ihren Armen herab, packten ihre Handgelenke und zogen ihr streng die Hände auf den Rücken.

Vickys Mund öffnete sich in einem stummen Schrei. Sie hatte einen Fehler gemacht, sie wollte die Männer aufgeilen, hatte extra deshalb diese aufreizende Kleidung gewählt, doch die Männer waren alle gleich, wollten nur das eine und sie hatte vorgehabt, rechtzeitig zu verschwinden, bevor es dazu kam.

Aber der Mann hinter ihr hielt sie fest, sie spürte die Wärme seines Körpers, seinen Atem über ihrer nackten Schulter. Sie wollte um Hilfe rufen, sie wollte sich wehren, um sich treten – doch nichts davon brachte sie zustande.

Der andere Mann kam mit jedem Schritt näher, es geschah wie in Zeitlupe, und obwohl sie Angst hatte, fühlte sie, wie es in ihrem Schritt immer feuchter wurde. Sie wusste, es würde geschehen, aber die Angst davor erregte sie für einen Augenblick.

Dann jedoch siegte die Erkenntnis, dass dies kein Traum war. Der Mann hielt sie unbarmherzig fest, obwohl sie nun aus ihrer Erstarrung erwachte und sich wehrte, um sich trat und zappelte, aber es war zu spät. Der andere streckte schon seine Hände nach ihr aus, schob ihr beide Träger über die Schultern nach unten und ihr Top herab. Ihre Brüste schienen aus dem prallen Stoff herauszuspringen. Fordernd griff er ihr an den Busen.

Vicky war in einer Woge aus Lust und Entsetzen gefangen. Ihre Brustwarzen schmerzten, wollten berührt und liebkost werden, aber bei den Worten der Männer gefror ihr das Blut. Sie wollten nur das eine, ohne Vorspiel, ohne Rücksicht. Sie schrie wie am Spieß, aber jemand stopfte ihr etwas in den Mund, erstickte ihr Schreien.

Kommt, lasst uns die Braut ficken. Schaut nur, wie geil sie ist! Sie will es. Habt ihr nicht gesehen, wie sie ihren Busen zur Schau trägt, das kleine Luder? Ich glaube, sie hat nicht einmal ein Höschen an.

Das Gesicht war verschwommen, aber der Mund grinste breit. Plötzlich erschien ihr der Mann gar nicht mehr so groß und kräftig, auch seine Stimme hatte sich verändert und kam Vicky plötzlich bekannt vor. Er schob ihren Rock hoch und fasste drunter, direkt in ihren Schritt, ließ nicht zu, dass sie ihre Beine schloss. Er lachte, weil sie versuchte, ihn zu treten.

Wusste ich es doch, dass du nichts drunter hast. Du bist nur hier, weil du gefickt werden willst. Der Mann war Marc. Wieso Marc? *Ich zeig's dir, und wenn ich mit dir fertig bin, werde ich dich festhalten, damit Chris dich anständig ficken kann, und dann die anderen.* Marc und Chris – sie steckten unter einer Decke? Vicky versuchte zu schreien, aber kein Laut kam über ihre Lippen.

Sie bäumte sich auf, sah viele Gesichter, zwar verschwommen, aber es waren alles Männer, das wusste sie. Sie fühlte, wie sie halb davon gezerrt, halb geschoben wurde. Jemand drückte sie mit dem Oberkörper auf einen Tisch, zog ihre Arme nach vorne und zwei Männer hielten sie fest. Andere spreizten ihre Beine. Alle grinsten hässlich dabei, entblößten Münder mit gelblichen Zähnen und Lücken. *Nein.* Sie schrie mit ganzer Kraft ihre Angst heraus – und erwachte.

Zitternd starrte Vicky in die Dunkelheit. Sie brauchte einige Minuten, um zu verstehen, wo sie sich befand und dass sie nur geträumt hatte. Nur geträumt? Sie wischte mit dem Handrücken die letzten Tränen fort. Es war zwar ein Albtraum gewesen und ihr Herz klopfte immer noch voller Angst, doch gleichzeitig war da auch Erregung, das verlangende Ziehen in ihren Brustwarzen und zwischen ihren Schenkeln. Vicky stöhnte leise. Ihr Körper machte wieder einmal, was er wollte und entzog sich ihrer Kontrolle.

Sie schluchzte laut auf. Warum gab es nicht schon längst jemanden, zu dem sie gehörte, mit dem sie in Geborgenheit und Liebe zusammenlebte?

Marc. Der Mann in ihrem Traum hatte sie an Marc erinnert. Sie konnte sich nicht erklären, warum, schließlich war, sein Gesicht sehr verschwommen gewesen, wie es meistens in Träumen ist. Aber der Gedanke an ihn drängte sich auf, ohne dass sie etwas dagegen tun konnte. Sie wusste einfach, dass er es gewesen war. Niemand sonst.

Innere Werte, Liebe, Vertrauen – das waren nur hohle Worte. Viel zu lange hatte sie daran geglaubt. Von einem Tag auf den anderen war damals ihre kleine heile Welt zusammengebrochen.

Sie wusste nicht mehr, wem sie vertrauen durfte. Dabei waren sie sich so nahe gestanden, sie und Marc, hatten sich alles erzählt, ihre geheimsten Gedanken und Sehnsüchte. Doch dann war er dem Charme von Micky erlegen, dieser falschen Schlange, und hatte ihren Lügen mehr Glauben geschenkt als Vickys Erklärung.

Marc. Letztlich war er wohl wie sein Vater. Marcs Vater und ihre eigene Mutter hatten es überall miteinander getrieben, sich nicht einmal vor ihren eigenen Kindern zurückgehalten, sondern sich unsittlich und voller Gier in aller Öffentlichkeit begrapscht.

Sie war so glücklich gewesen, in Marc einen netten und verständnisvollen Stiefbruder gefunden zu haben, der sie nicht alleine ließ, sie tröstete, immer für sie da war. Sie war sogar in ihn verliebt gewesen. Aber er hatte es nicht bemerkt. Warum nur träumte sie nun so schreckliche Dinge von ihm? Marc war niemals grausam gewesen.

Die Flucht

Das Umdrehen des Schlüssels und die plötzlich aufflackernde Helligkeit der Deckenlampe weckten Vicky aus ihrem unruhigen Schlaf. Sie brauchte diesmal nur Sekunden, um zu begreifen, dass sie sich weder zuhause noch in einem Hotelzimmer befand, sondern die Erlebnisse der Nacht und ihre Entführung unumstößliche Tatsachen waren.

Jemand kam herein. Sie setzte sich auf. Ihre Muskeln waren steif von der unbequemen und kalten Nacht auf der am Boden liegenden Matratze. Dennoch stand sie so schnell wie möglich auf und beschloss zum Angriff überzugehen. Sie ballte ihre Hände zu Fäusten, statt ihre Blöße zu bedecken, stellte sich vor dem Fremden auf, der einen halben Kopf größer war als sie, und bemühte sich, ihn selbstsicher und energisch anzusprechen. Was nicht einfach war, denn er blickte weder ernst noch überheblich, sondern eigentlich sehr freundlich und war, was ihr erst jetzt auffiel, äußerst attraktiv. Ein Mann in einem schicken Anzug. Mit dunklen Augen, einem energischen Kinn und rabenschwarzen Haaren.

Dennoch hielt sie die Fäuste abwehrend vor sich. »Lassen Sie mich sofort frei! Es muss sich hier um einen Irrtum handeln. Ich werde Anzeige gegen Sie erstatten. Sie dürfen mich hier nicht festhalten. Das ist ungesetzlich.« Noch während sie protestierte, war ihr klar, wie dumm sich das alles anhörte. Wie sollte sie jemanden anzeigen, der sie einsperrte?

Der Mann musterte sie mit einem amüsierten Zucken in den Mundwinkeln und erwiderte gelassen: »Ach ja? Und wie möchtest du das verhindern?«

Vicky änderte spontan ihre Strategie. »Was wollen Sie von mir? Lösegeld? Dann müssen Sie meinen Bruder anrufen. Mein Konto ist leer. Ich verfüge über keine Ersparnisse.« Sie legte schützend die Hände auf ihre Brüste, da der Mann sie so ungeniert musterte, dass sie sich unwohl dabei fühlte.

Doch in aller Seelenruhe schnappte er sich den Stuhl, den er mit sich hereingebracht hatte, stellte ihn verkehrt herum, setzte sich breitbeinig darauf und legte die Arme auf die Lehne. »Mein Name ist Tomaso, wie du dich vielleicht erinnerst. Wir hatten schon gestern das Vergnügen. Zu deiner Information: Ich werde deinen Bruder nicht anrufen, denn er war es, der uns den Auftrag erteilt hat, dich hierher zu bringen.«

Vicky erstarrte. Ein Schauer lief ihr über die Haut. Sie schüttelte den Kopf und machte eine abwehrende Bewegung mit den Händen. Marc? Marc dachte sich solche schrecklichen Sachen aus? Das war ja – fast wie in ihrem Traum. Vicky hatte Schwierigkeiten, ihre Gedanken und Gefühle zu ordnen. Wie kam er dazu?

»Das glaube ich nicht!«

Der Mann, der sich Tomaso nannte, wirkte auf sie äußerst belustigt. »Dein Bruder macht sich große Sorgen um deine Zukunft und hat uns deshalb beauftragt, dass wir uns um dich kümmern sollen.«

»Was soll das heißen – kümmern?«, fauchte sie rau.

»Nun, du brauchst wohl eine gehörige Portion Erziehung, um aus dir ein brauchbares Mitglied dieser Gesellschaft zu machen. Wir werden dich zu einer braven Ehefrau erziehen, die sich in jeder Hinsicht devot ihrem Ehegatten unterordnet, statt wahllos die Männerwelt zu verführen und herumzuhuren.«

Vicky lachte hysterisch auf. »Wie bitte? Hat er das etwa behauptet?« Sie ballte wieder ihre Fäuste, sprang vorwärts und versuchte auf ihn einzuschlagen. »Dazu hat er kein Recht. Er ist ein verdammter Lügner. Lassen Sie mich sofort hier raus.« Ihre Stimme überschlug sich.

Geschickt fing Tomaso ihre Hände ein und hielt sie fest, ehe es ihr gelang, sein Gesicht zu treffen. Er zog Vicky näher zu sich heran, sodass sie sich Auge in Auge anstarrten. Er hatte mit Widerstand gerechnet. Einen Kinnhaken wollte er allerdings nicht riskieren. Diese meeresgrünen Augen waren faszinierend. Sie hatten schon viele hübsche Mädchen zur Erziehung gehabt, auch mit interessanten Augen. Eine hatte besonders hellblaue gehabt, dass es fast schmerzte, ihr in die Augen zu sehen. Eine andere hatte eine hellbraune Iris, so hell, dass sie an die gelben Augen mancher Raubkatzen erinnerte. Aber diese Augen, die wie blaugrünes Meerwasser im Sonnenlicht schimmerten, waren etwas Neues. Sie waren kaum von farbigen Äderchen durchzogen, fast lupenrein, wie Diamanten. Es würde ihm schwerfallen, diesem einzigartigen Blick zu widerstehen, obwohl er darin geübt war. Allerdings war diese Frau auch in anderer Hinsicht eine Ausnahme. Sie war nicht nur ausgesprochen attraktiv. Sie war vor allem nicht ganz freiwillig hier, war nicht bereit sich zu fügen und legte zumindest für einige Minuten ein wildes Temperament an den Tag. Das versprach, eine spannende Erziehung zu werden.

Vicky versuchte, Tomaso gegen die Schienbeine zu treten. Aus ihrer Position heraus und noch dazu barfuß, war es nicht ganz einfach. Tomaso beschloss, es sei an der Zeit, sich vor ihr in Sicherheit zu bringen.

Ehe Vicky sich versah, war er aufgesprungen, hatte sie in seinen Armen umgedreht, ihre Hände auf den Rücken gezogen, sie in eine kniende Position hinunter gezwungen und zusätzlich zwischen seinen Schenkeln eingeklemmt. Vicky keuchte wütend. Ihre Arme schmerzten unter dem Druck. »Aua, Sie sind ja verrückt. Lassen Sie mich sofort los, Sie …«

»Jetzt hör mal gut zu, meine Kleine. Wir sind Profis, was das Erziehen ungezogener Frauen betrifft. Je eher du das begreifst und dich fügst, desto besser für dich. Wir werden uns von jetzt an darum kümmern, dass du keine Dummheiten mehr machst. Du solltest dich also schnell ins Unvermeidliche fügen. Immerhin versprechen wir, dass wir dir einen wohlhabenden gut situierten Ehemann besorgen, was auch für dich gewisse Vorteile bringt. Du wirst nie wieder arbeiten müssen.« Er lachte. »Außer im Bett natürlich, aber das scheint dir ja sowieso am liebsten zu sein, wie man hört.«

Vickys Lippen begannen zu beben. Sie wollte nicht glauben, was er ihr da verkündete. Sie würde das auf gar keinen Fall hinnehmen.

»Es liegt alleine bei dir, wie hart dein Drill ausfällt. Ach ja, und noch etwas. Alle Mädchen sind freiwillig hier. Behaupte also nicht das Gegenteil. Es wird dir ohnehin niemand glauben.«

Tomaso ließ sie langsam an den Armen nach unten, bis sie mit der Brust am Boden lag, dann lockerte er seinen Griff und verließ ohne weitere Worte den Raum.

Vicky war wie betäubt. Es konnte sich nur um einen schlechten Scherz handeln. Ihr Bruder sollte das alles eingefädelt haben? Nein, das glaubte sie nicht. Nicht einmal Marc traute sie soviel Skrupellosigkeit zu. So grausam würde er bestimmt nicht sein. Oder doch? Sie hatten sich schließlich jahrelang nicht gesehen. Sollte es möglich sein, dass der einst so liebevolle Stiefbruder sie inzwischen aus tiefstem Herzen hasste?

Verwirrt setzte Vicky sich auf den Stuhl, um nachzudenken. Vor ein paar Tagen noch hatte sie mit ihm zusammen die Erbschaft begossen. Sie erinnerte sich plötzlich daran, dass er sie über ihr Leben, ihren Beruf ausgefragt hatte und wie freizügig sie mit ihren Antworten umgegangen war. Fühlte er sich etwa mit seinem Erbanteil benachteiligt und wollte sich an ihr rächen? Aber die Aufteilung war doch gerecht gewesen, jeder von ihnen hatte die Hälfte der vorhandenen Guthaben erhalten und das elterliche Haus würde für sie beide laut Testament von einem Makler veräußert werden. Es würde also noch ein einträglicher Erlös folgen, oder hatte Mark erwartet, das Haus alleine zu erben?

Wütend sprang Vicky auf, packte den Stuhl, schleuderte ihn gegen die Tür, wurde von ihrer eigenen Wucht zurückgeworfen. Erneut packte sie zu, schlug die Lehne gegen die Tür. Eine tiefe Schramme blieb zurück und der Stuhl knackste verdächtig. Beim nächsten Schlag brach die Lehne ab. Vicky sah sich keuchend um. Doch leider gab es weiter nichts, womit sie ihrem Ärger hätte Ausdruck geben können. Sie begann gegen die Tür zu trommeln und laut schreiend und fluchend ihre Freilassung zu fordern.

Es dauerte nur Sekunden, dann wurde der Schlüssel von außen herumgedreht und die Tür nach innen aufgestoßen.

Vicky taumelte zurück, strauchelte, fing sich und stürmte vorwärts. Sie tobte, sträubte sich und schrie, trat um sich, versuchte zu kratzen und zu beißen. Aber es half ihr alles nichts. Die beiden Männer packten sie, warfen sie geschickt auf den Bauch nieder, fesselten sie mit breiten Ledergurten an Händen und Füßen und befestigten eine kurze Kette dazwischen, sodass eine unangenehme Spannung entstand und sie sich kaum mehr rühren konnte. Dann banden sie ihr ein Tuch über die Augen und schoben ihr einen Knebel zwischen die Zähne.

»So, Victoria. Denk über deine Situation nach, füge dich und strapaziere nicht unsere Geduld. Sonst müssen wir zu weitaus unangenehmeren Methoden greifen.« Tomasos Stimme klang kalt und unerbittlich.

Die geheime Kammer neben Tomasos Büro stand ihm immer zur Verfügung, auch wenn alle anderen speziell eingerichteten Räume gerade belegt waren. Geheim war sie eigentlich nur, weil sie niemand ungebeten betreten konnte. Die erste, die in das Vergnügen gekommen war und sofort davon erzählt hatte, war Mariella gewesen. Seither kursierten wilde Gerüchte über die *Folterkammer*.

Anna erschauerte unter Tomasos strenger Stimme. Sie erinnerte sich nicht, irgendetwas angestellt zu haben. Ganz im Gegenteil. So, wie man es ihr beigebracht hatte, war sie nach dem Herein eingetreten und mit gesenktem

Blick stehen geblieben.

Tomaso packte sie fest am Oberarm und gab ihr einen Schubs. »Ausziehen und da rein!«

Sie beeilte sich, seiner Aufforderung Folge zu leisten und wusste sofort, das war sie. Die Folterkammer, die über eine Schiebetür von Tomasos Büro aus zugänglich war.

Der Raum war in leuchtendem Orange gestrichen, Decke und Boden Schwarz. In der Mitte war ein Gestell aufgestellt, das einem mittelalterlichen Pranger glich, mit Aussparungen für Hals und Handgelenke, und von oben geschlossen wurde.

Es bedurfte keiner Fragen. Tomasos liebte verschiedene Arten von Züchtigungen. Einen speziellen Grund benötigte er nicht. Er war die Verkörperung eines Doms mit Sadomasoneigung, für den Spanking wie ein Lebenselixier wirkte.

»Beine auseinander!« Breite Metallfesseln, über schwere Ketten im Boden verankert, fixierten ihre Beine.

Die knappen Befehle und die aussichtslose Situation waren ganz nach Annas Geschmack. Sie liebte es, wenn sie weder aufspringen noch flüchten konnte, sondern seiner Willkür ausgeliefert war.

»Welchen Vergehens bekennst du dich schuldig?«

Aha. Er wollte also den Scharfrichter spielen? Hoffentlich würde ihr Künftiger auch Gefallen an solchen Rollenspielen haben. Am besten mit noch mehr Geschichte drum herum, dann gelang es ihr auch, den passenden Dialog dazu zu liefern, ganz in das Geschehen einzutauchen und dabei immer heißer zu werden.

»Ich – ich war faul. Die ganze Hausarbeit ist liegengeblieben.«

Sie hatte keine Ahnung, ob es das war, was er hören wollte. Er stand vor ihr, breitbeinig, in eine schwarze Lederhose gekleidet. Schade, dass sie aufgrund des Halsgalgens nicht aufschauen konnte. Er sah bestimmt atemberaubend aus. Nun drehte er sich um und nahm etwas von der Wand.

Beim Eintreten hatte ein flüchtiger Blick genügt, um festzustellen, dass jede Menge unterschiedlichster Züchtigungsgegenstände aufgehängt waren.

»Ah, ja. Ich habe gehört, du hattest keine Lust, die alten Teppiche gründlich vom Staub zu befreien?«

Die geflochtene Fläche eines Teppichklopfers erschien in ihrem Blickfeld und Anna ächzte leise vor Erwartung. Tomaso ging um sie herum. Seine Hand strich ihr einmal sanft über ihren Po, dann holte er aus. Anna zuckte zusammen und seufzte. Der Schlag war nicht so schlimm ausgefallen, wie erwartet. Tomaso nahm sich gerne die Zeit für eine ausgiebige Behandlung, wie er es nannte. Und so war es. Schlag um Schlag folgte, mit kleinen Pausen dazwischen. Es dauerte einige Zeit, bis ihr Po in Flammen stand. Sie war ein wenig enttäuscht, als er aufhörte.

»Nun, was hast du mir noch zu beichten?«

»Ich – nichts Herr!«

Tomaso lachte. »Komm schon Anna. Du hast doch eine blühende Fantasie. Wie wäre es damit – ich habe dich betrogen, Herr?«

Ach, deswegen hatte er sich bislang noch zurückgehalten. Es sollte wohl eine längere Sitzung werden.

Anna bemühte sich um einen jammernden Tonfall. »Unser Nachbar hat mich verführt. Ich konnte nichts dafür, Herr!«

»Das sagt ihr Weiber immer, um euch herauszureden. Bestimmt hast du es darauf angelegt, dass er dir in den Ausschnitt geschaut hat – oder?«

Anna schrie auf. Ein brennender Schmerz brannte sich in ihre Sitzfläche und entfachte zugleich dieses verzehrende Feuer in ihrem Schoß, von dem sie inständig hoffte, dass Tomaso die Absicht hatte, es später zu löschen. Die Peitsche, die er ausgewählt hatte, war ein besonders teuflisches Instrument und Annas anfängliche Beherrschung dahin. Sie bestand aus mehreren Lederriemen, teils glatt, teils rau, zusätzlich dünn geflochtene Riemen, in unterschiedlichen Längen. Jeder Hieb traf auf diese Weise mehrfach und mit variabler Intensität. Bei jedem kreischte Anna lauthals und hoffte zugleich auf den nächsten. Ihr Körper zuckte, sie drehte ihre Hüften zur Seite, soweit dies möglich war.

Auf einmal griff seine Hand zu, legte sich auf ihre Scham, flach, dann durchbrach ein Finger die Reihe der anderen, schob sich vor, erkundete ihre Bereitschaft, drang in sie ein. Dieser Galgen und die Fußfesseln waren teuflisch. Sie gewährten ihm freien Zugriff und Anna schnappte nach Luft. Ihr war heiß, so verdammt heiß, als koche sie von innen und von außen.

»Bereust du?«

Anna überlegte. Wenn sie verneinte, würde er ihren ohnedies schon glühenden Hintern wohl noch mehr züchtigen. Wenn sie bejahte, wäre er vielleicht unzufrieden mit ihr. Tomaso gehörte zu den Männern, die es vorzüglich verstanden, ihre eigentlichen Absichten zu verbergen. Pokerface durch und durch.

»Ich – ich, werde es nicht wieder tun, Herr!«

Tomaso lachte. »Du weichst mir aus! Ich weiß genau, was du willst. Aber ich will es von dir hören!«

Es fiel ihr nicht leicht, zu betteln. Noch nie. Anna hatte in ihrem Leben fast immer bekommen, was sie haben wollte. Sie beherrschte den perfekten Unschuldsblick und ein zuckersüßes Schnurren. Aber Tomaso war gegen solche einfachen Mittel natürlich abgehärtet.

Anstelle seiner Hand fühlte sie nun die Peitsche, wie sie über ihre Scham wischte, an der Innenseite ihrer Schenkel kitzelte.

»Es gibt noch andere Körperstellen, die meine Peitsche gerne liebkosen würde«, brummte er leise.

»Oh nein, bitte nicht dort!«, erwiderte Anna hastig. »Gefalle ich Ihnen nicht? Wollen Sie mich nicht …«

»Du sollst mich darum bitten!«, unterbrach Tomaso ungeduldig und versetzte ihrem Po einen Hieb mit der

Peitsche.

»Bitte, Herr, bitte besorgt es mir!«

Stunde um Stunde verbrachte Vicky alleine, gefesselt, nackt und frierend auf der kahlen Matratze. Die Position war sehr unbequem und die Gurte begannen, trotz ihrer Breite einzuschneiden. Es schien kein Gelenk und keinen Muskel an ihrem Körper zu geben, der nicht schmerzte. Zu allem Überfluss meldete sich auch ihre Blase und sie hatte keine Ahnung, wie lange sie dem Druck noch standhalten würde.

Zunächst hatte sie ihre Wut so laut wie möglich in den Knebel gebrummt. Aber die Tür blieb geschlossen und niemand kümmerte sich um sie. Je länger sie in dieser Stellung verharren musste, desto klarer wurde ihr, wie aussichtslos ihre Lage war. Es würde grundsätzlich nichts nützen, sich zu wehren, zu schreien und zu schimpfen. Diese Leute waren eindeutig in der besseren Position.

Als Tomaso endlich wieder kam, hatte Vicky längst beschlossen, sich dem Anschein nach zu fügen und in Ruhe nach einer Fluchtmöglichkeit suchen. Ihr war zum Heulen zumute. Diese Leute waren zu allem bereit, soviel war inzwischen klar. Sie musste damit rechnen, sexuell benutzt zu werden und davor hatte sie am meisten Angst.

Worauf sie aber sonst noch hoffen sollte, als auf eine Fluchtmöglichkeit zu einem günstigeren Zeitpunkt, wusste sie nicht. Würde sie niemand vermissen, nach ihr suchen, zur Polizei gehen? Allmählich befürchtete sie, dass die Antwort negativ war. Ihre Freundinnen traf sie viel zu selten, als dass ihr Verschwinden allzu bald auffallen würde.

»Nun, hast du dich genügend ausgetobt?«

Tomaso stand hinter ihr, zwischen ihren nach hinten gebogenen und leicht gespreizten Beinen und Vicky war schmerzlich bewusst, wie ausgeliefert sie ihm war. Als hätte er vor, sie in dieser Stellung zu missbrauchen, ging er in die Hocke und strich mit der Hand über ihren nackten Po, die Poritze hinab und über ihre Schamlippen. Vicky wimmerte vor Angst und Scham. Doch dann löste er auf einmal die Kette, wartete, bis sie langsam ihre verspannten Muskeln dehnte und ihre Beine ausgestreckt hatte, und half ihr auf die Füße.

»Kein Theater mehr, verstanden?« Er schaute sie an und sie nickte schniefend.

Nachdem Tomaso ihr die Fesseln abgenommen hatte, hatte er Vicky in einen hübsch eingerichteten Raum geführt und ihr einen zitronengelben Morgenmantel aus einem anschmiegsamen dünnen Stoff zum Anziehen gegeben.

»So, ich habe dir nun wirklich genügend Zeit gelassen, dich mit deiner Situation abzufinden. Ich werde dir jetzt alles erklären, was deine Erziehung betrifft und dann sagst du mir, ob du künftig kooperieren wirst.«

Vicky hielt den Kopf stolz aufrecht und antwortete nichts. Sie sah sich flüchtig um. Das Zimmer war fast quadratisch, hatte ein dreiflügeliges Fenster, das außen mit einem schmiedeeisernen Gitter gesichert war. Auf jeder Fensterseite hingen von einer eloxierten Metallstange bodenlange Schals aus einem zarten, zitronengelb und grün gestreiften Stoff herab, mit mintgrünen Bändern zur Seite gerafft. Zwei Betten aus schwarzem Metallgestell, so aufgestellt, dass sie beidseitig zugänglich waren, mit einer Rosenblüten-Bettwäsche bezogen. Daneben jeweils ein weiß lackiertes Nachttischchen mit einer kleinen kugelförmigen Stehlampe, ein schlichter Kleiderschrank mit drei Glasschiebetüren, eingebaut in eine Nische. Ein weißes Schubladenschränkchen, eine Spiegelkommode, auf deren Ablage sich Schminkutensilien, Kämme und Bürsten türmten, sowie vor dem Fenster ein ovaler Tisch mit zwei Stühlen. An der gegenüberliegenden Wand ein weißes Bücherregal, in dem sich nur wenige Büchern und ein paar Zeitschriften befanden. Drei silberne Bilderrahmen mit italienischen Landschaftsmotiven in Fotodruckoptik auf der weiß-gelb gestreiften Tapete. Alles in allem ein annähernd gemütliches, nett eingerichtetes Zimmer.

Tomaso setzte sich auf einen der Stühle und wartete einen Augenblick, bis Vicky sich umgesehen und gesetzt hatte, dann begann er mit seiner Unterweisung. »Nun, Vicky, Englisch und Französisch hast du in der Schule gelernt und ich habe mir sagen lassen, du beherrschst beide Sprachen recht gut und kannst auch ein wenig Italienisch. Das ist von Vorteil, denn hier im Haus sprechen wir vor allem Italienisch und die meisten unserer Interessenten sind Italiener. Es wird wohl nicht schwerfallen, deine Kenntnisse in einem entsprechenden Italienischunterricht zu vervollkommnen. Dann wirst du wie alle anderen Unterricht in guten Manieren und Stilkunde erhalten, und vor allem in die Praktiken zum perfekten erotischen Verwöhnen eines Mannes eingewiesen. Das müsste dir ebenfalls liegen.« Er gab ein glucksendes Lachen von sich. »Außerdem wirst du lernen, dich zu unterwerfen, widerspruchslos zu gehorchen, egal was man von dir verlangt. Es wird also am besten sein, du gibst deine widerspenstige Haltung möglichst schnell auf.«

Vicky reagierte mit eingefrorener Miene. Sie bemühte sich, ihre Angst zu verbergen, aber Tomaso war erfahren genug, ihre Maske zu durchschauen. Es war ihm völlig klar, dass sie sich nur vorübergehend fügte. Ihr Widerstand war noch längst nicht gebrochen und er konnte es sogar verstehen. In ihrer Situation hätte er wohl auch nach einem Ausweg gesucht. Er grinste. »Ach ja, und ab sofort wirst du um sexuelle Befriedigung betteln, dich weder selbst befriedigen noch sexuelle Erfüllung erhalten – außer, du hast sie dir verdient. Glaube mir, in diesem Haus bleibt nichts verborgen. Versuche also erst gar nicht, dich heimlich selbst zu befriedigen. Und jetzt knie vor mir nieder.«

Wie unterschiedlich die Mädchen doch waren. Anna genoss es, der Blitzableiter für seine Bedürfnisse und seine Launen zu sein. Während sie unter jedem Peitschenhieb wie am Spieß geschrien hatte, hatte sie gierig und lustvoll gestöhnt und war mit einem gewaltigen Orgasmus vor ihm gekommen, als er sie schnell und hart genommen hatte.

Vicky erwiderte seine Aufforderung mit trotzigem Blick. *Der spinnt wohl*, drückte ihre Miene aus.

Tomaso verzichtete auf eine weitere Aufforderung, packte sie am Arm, riss ihr den Morgenmantel herunter und zog sie grob zum Bett. Er legte ihre Hände auf das Bettgestell und befahl ihr, die Beine weit auseinander zu machen. Natürlich dachte Vicky auch jetzt nicht daran zu gehorchen, im Gegenteil. Sie richtete sich wieder auf und holte aus, um nach ihm zu schlagen und zu treten, doch Tomaso reagierte schnell. Seinem harten Griff hatte Vicky nichts entgegenzusetzen. Er drehte sie zum Bett und presste sie mit seinem Körper unbarmherzig gegen das Bettgestell.

»Aua, Sie tun mir weh.«

Tomaso ignorierte ihre Gegenwehr und verzog lediglich das Gesicht, als ihn ihre Ferse am linken Schienbein traf. Dann endlich war Vicky mit Handschellen an das Bettgestell gefesselt und er konnte aufatmen.

Als er seinen Gürtel aus der Hose zog und anfing, seine Hose zu öffnen, begann sie hysterisch zu kreischen. »Nein, nein, nicht, rühren Sie mich nicht an, Sie Bastard.« Sie zerrte panisch an den Fesseln und drehte den Kopf, sodass sie ihm auf den Unterleib schauen konnte. Tomasos Finger zogen langsam den Reißverschluss auf. »Nein, rühr mich nicht an!« Ihre Stimme schnappte vor lauter Panik über und sie stampfte wie eine Verrückte mit den Füßen auf den Boden.

Tomaso hätte angesichts ihres albernen Verhaltens am liebsten laut gelacht, aber in ihrem Gesicht stand die pure Angst. Gewiss, er wollte, dass sie Respekt vor ihm hatte und möglichst schnell ihre Widerspenstigkeit aufgab, aber sie sollte nicht in Panik geraten und durchdrehen. »Beruhige dich und hör auf zu schreien. Ich denke, du magst Sex?«

Aber Vicky fuhr fort, laut zu kreischen. Ihre Stimme überschlug sich. »Nein, nicht, ich will nicht! Fassen Sie mich nicht an!«

Ihre Augen waren weit aufgerissen, glänzten voller Tränen, ihre Lippen zitterten und ihr Gesicht hatte eine beängstigende Blässe angenommen. Irgendwie passte das ganz und gar nicht zu der Beschreibung, die er über sie erhalten hatte. So verhielt sich keine sexuell erfahrene Frau, sondern ein unberührter Teenager – oder eine dumme Gans.

Tomaso zog seinen Reißverschluss wieder zu, doch sie schrie immer noch. »Nein, nicht vergewaltigen, nein, bitte nicht, bitte tun Sie mir das nicht an …« Sie begann zu weinen und schrie weiter. »Nein, bitte nicht, nein …«

Wie kam sie nur darauf, dass er sie vergewaltigen würde? Ratlos presste er ihr seine Hand auf den Mund, um sie vorerst zum Schweigen zu bringen. »Beruhige dich. Hör auf zu schreien. Ich werde dich nicht anrühren, ich verspreche es dir. Niemand wird hier in diesem Haus vergewaltigt. Aber du musst aufhören, dich wie eine ungezogene Göre zu benehmen.«

Er wartete, bis sich ihr Atem beruhigt und ihr Gesicht wieder ein wenig Farbe angenommen hatte, dann nahm er langsam seine Hand weg. »Gut, ruhig durchatmen. Untersteh dich, noch mal so zu schreien, außer du bist scharf auf einen Knebel.«

Vicky zog tief die Nase hoch und leckte sich eine Träne von den Lippen.

Tomaso setzte sich auf die Bettkante und betrachtete sie nachdenklich. »Weißt du, eigentlich hatte ich nur die Absicht, dir ein wenig mit dem Gürtel deinen süßen Hintern zu versohlen, damit du von Anfang an weißt, dass sich Gegenwehr und Ungehorsam in diesem Haus nicht lohnen. Aber vielleicht heben wir das doch besser für eine erotische Sitzung auf – hör zu, ich hatte zu keinem Zeitpunkt die Absicht, dich zu vögeln. Ich habe geblufft, okay? Das hier ist kein Puff und wir sind auch keine Zuhälter, verstanden?« Sie würde die Wahrheit bald selbst herausfinden. Zunächst galt es, sie zu beruhigen.

Vicky nickte sichtlich verwirrt und er meinte fast, ihre Gedanken zu lesen. *Wenn das hier kein Bordell ist, was ist es dann?*

»Nun, ich denke, ich gebe dir noch eine Chance, zur Vernunft zu kommen. Vielleicht solltest du erstmal alle Regeln und die anderen Mädchen kennenlernen. Der Rest ergibt sich von alleine.« Er grinste breit. »Du siehst ziemlich durcheinander und verheult aus.«

Er stand auf, holte ein metallenes Halsband aus der Schublade eines der Nachttischchen, legte es ihr mit ruhigen Handgriffen um und ließ es zuschnappen. »Zu deiner Information: Dieses Halsband enthält einen Sender. Wenn du versuchst abzuhauen, wird ein Alarm ausgelöst und wir werden dich finden. Also versuch es am besten erst gar nicht.« Dann griff er ihr unter das Kinn und zwang sie, ihm in die Augen zu sehen. Seine Stimme klang sanft und angenehm tief. »Du bist hier, um zu lernen, Victoria. Um eine devote, gehorsame Geliebte und Ehefrau zu werden. Du möchtest einen wohlhabenden und attraktiven Ehemann, den gibt es aber nicht umsonst. Dafür musst du schon ein paar Opfer bringen. Also sei vernünftig und mach es dir und uns nicht unnötig schwer. Dann kann die Zeit, die du hier verbringst, durchaus angenehm sein.«

Die Tür wurde leise einen Spalt geöffnet. »Darf ich reinkommen?«

Die helle Frauenstimme ließ Vicky erschrocken zusammenzucken. Tomaso ließ Vickys Kinn los. »Ja, komm herein, Anna, wir sind soweit.« Er löste die Handschellen.

»So, das ist Victoria, das ist Anna, deine Zimmergenossin, die dich mit den alltäglichen Gepflogenheiten bekannt machen wird. Außerdem ist es ihre Aufgabe, daran mitzuwirken, dass du das, was die anderen bereits gelernt haben, schnellstens nachholst.«

Dann nickte er den beiden Mädchen aufmunternd zu und verließ ohne weiteren Kommentar das Zimmer. Die beiden würden sich auch ohne seine Hilfe miteinander bekannt machen.

Vicky stand ein wenig ratlos und verlegen neben dem Bett und rieb sich instinktiv die Handgelenke, wo sie kurz zuvor noch das kalte Metall der Handschellen gespürt hatte.

»*Buon giorno*, ich bin Anna.« Sie schüttelte Vicky die Hand, musterte ihr verheultes Gesicht und warf sich dann auf das Bett.

Äußerlich war sie das völlige Gegenteil von Vicky. Glatte dunkle Haare, fast schwarz, mit einem frechen Kurzhaarschnitt und einem sonnengebräunten Teint. Sie trug ein kariertes Sommerkleid mit rundem Ausschnitt und weitem Rock, dazu flache Ballerinas und wirkte in diesem Aufzug wie ein großes Mädchen. Sie betrachtete Vicky mit unverhohlener Neugierde.

»Ich habe schon den ganzen Tag über gespannt darauf gewartet, dich kennenzulernen. Wo kommst du her?«

Vicky setzte sich schweigend auf die Kante des anderen Bettes. Sie war erleichtert, dass Anna nicht fragte, warum sie geweint hatte.

»Jetzt lernen wir uns endlich kennen, gestern Abend konntest du ja leider nichts sehen.« Anna kicherte.

Vicky erstarrte. »Hast – bist du – als ich …«, stotterte sie zusammenhangslos.

Anna lachte nun laut heraus. »Ich glaube, wir haben dir alle ganz schön Angst eingejagt. Tut mir leid. Aber die letzten Wochen waren ein wenig eintönig. Deine Ankunft war eine willkommene Abwechslung und ganz schön spektakulär. Wieso warst du denn so widerspenstig? Hast du es dir auf den letzten Drücker anders überlegt? Aber wenn man erstmal ja gesagt hat, gibt's kein Zurück mehr. Da helfen auch keine Tränen. Wir sind alle schrecklich neugierig auf dich. Eigentlich dachten wir, das Dutzend würde nicht mehr vollgemacht, aber nun bist du ja da. Übrigens sind alle auch fast ein bisschen eifersüchtig – du hast eine sehr gute Figur, einen hübschen Hintern, eine reine Haut und wunderschöne Locken. Noch eine Konkurrentin mehr.«

Über Vickys Wangen breitete sich eine heiße Röte aus. Annas Worte prasselten wie ein Maschinengewehr auf sie ein und am liebsten wäre sie bei dem Gedanken an den vergangenen Abend im Boden versunken.

»Nun sag schon, wieso kommst du erst jetzt? Wir sind alle schon vier Monate hier. Warum hat man dich gefesselt und eingesperrt? Bist du schon verheiratet, steckt dein Ehemann dahinter? Oder was ist passiert, hast du es dir anders überlegt, obwohl du eigentlich einen Ehemann suchst …« Anna plauderte locker drauf los, ohne eine Antwort auf ihre einzelnen Fragen abzuwarten.

Vicky räusperte sich. Sie reckte sich und erwiderte empört. »Ich – ich bin entführt worden. Ich habe erst gedacht, es wäre ein Versehen gewesen oder jemand will Lösegeld erpressen. Aber mein Bruder … ähm, Marc, also – mein Stiefbruder hat mich entführen und hierher bringen lassen. Ich verstehe gar nicht, was ich hier soll. Es ist alles so schrecklich.«

Von ihrer Verzweiflung überwaltigt warf sie sich bäuchlings auf das Bett. Ihr Körper bebte unter ihrem heftigen Schluchzen.

»Hey, was ist denn los?« Sofort saß Anna neben ihr und strich ihr mit ihren warmen Händen beruhigend über den Rücken. »Aber – wir sind doch alle freiwillig hier.« Sie fuhr fort, sanft über Vickys Arme und Schultern zu streicheln. »Sicher, es gibt Momente, in denen fragt sich wohl jede, welcher Teufel sie dazu verführt hat, sich in die Hände dieser Erzieher zu begeben – aber du hast sie doch noch gar nicht kennengelernt, wieso regst du dich dann so auf? Sie sind eigentlich alle ganz nett.«

»Ich bin nicht freiwillig hier. Ich will nicht hier bleiben«, kreischte Vicky hysterisch und setzte sich wieder auf. Sie wischte mit dem Handrücken über ihre Augen. Jetzt erst wurde ihr bewusst, was Anna gesagt hatte. »Was meinst du überhaupt damit, *du* bist *freiwillig* hier?«

Anna zog kurz die Schultern hoch, als ob sich diese Aussage von alleine erklären müsste. Sie seufzte. »Du bist vielleicht ein komischer Vogel. Also, wir sind hier im Augenblick elf Mädchen, mit dir jetzt zwölf, die maximale Anzahl. Die meisten sind aufgrund einer Zeitungsannonce hier.« Sie sah Vicky ernst und um Zustimmung suchend an. »Du doch auch?«

Vicky schüttelte energisch den Kopf und zog die letzten Tränen in der Nase hoch.

Anna lächelte, sie schien ihr nicht zu glauben. »Nun, vielleicht leidest du ja ein wenig an – wie nennt man das, ach ja – an Amnesie? «

»Ganz bestimmt nicht«, knurrte Vicky. »Was stand denn in dieser Anzeige?«

»*Du bist hübsch und intelligent, aber mittellos und nicht darauf erpicht, dich dein Leben lang abzurackern? Lieber wäre dir die Heirat mit deinem Traumprinzen, einem attraktiven und wohlhabenden Ehemann. Du magst Sonne, Wärme, Italien? Wie wäre es dann mit einem feurigen Italiener? Was du dafür tun musst, erfährst du in einem persönlichen Gespräch.* Natürlich dachte ich zuerst, das wäre ein Scherz. Eine neue Art, Mädchen in ein Bordell zu locken und dann für immer und ewig irgendwo verschwinden zu lassen. Ich hatte echt Schiss. Aber dann habe ich doch angerufen und einen Termin ausgemacht, weil sie nichts dagegen einzuwenden hatten, dass ich jemanden zu meiner Sicherheit als Begleitung mitbringe. Das fand ich sehr beruhigend.«

Vickys Tränen waren inzwischen getrocknet. Sie hing wie hypnotisiert an Annas Lippen. Es handelte sich also um ein Ehevermittlungsinstitut, nicht um ein Bordell. Dann war ihre Lage ja vielleicht doch nicht hoffnungslos wie befürchtet. Obwohl sie immer noch nicht verstand, was Marc sich dabei gedacht hatte, sie entführen zu lassen.

»Also habe ich einen Freund überredet mitzugehen. Na ja, und in dem Gespräch habe ich dann erfahren, dass sie einem hier tatsächlich einen reichen Ehemann suchen. Ich hatte schon befürchtet, das wären so alte notgeile Knacker. Aber nein, die Männer sind ja wirklich gut aussehend und im besten Alter.«

»Woher willst du das wissen?«, fragte Vicky misstrauisch.

Anna grinste. »Weil sie mir Fotos gezeigt haben, jede Menge Fotos. Ich hatte nur eine Woche Zeit, mir alles in Ruhe zu überlegen, weil dann Annahmeschluss sei. Tja, was soll ich noch dazu sagen, ich habe also den Vertrag unterschrieben und seitdem bin ich hier. Und wie war's bei dir? Wieso haben Sie dich jetzt überhaupt noch genommen?«

»Vertrag, was denn für einen Vertrag?«

»Also komm, nun hör schon auf. Allmählich ist das wirklich albern. Der Vertrag halt, den du auch unterschrieben hast.«

»Ich habe nichts unterschrieben. Also sag schon.«

Anna verdrehte die Augen und seufzte. »Ist das hier ein Test, den Tomaso sich ausgedacht hat? Nun, in dem Vertrag steht, dass ich freiwillig hier bin, weil ich heiraten möchte und dass ich keinen Einfluss auf die Wahl habe, sondern mich dem Mann unterwerfen werde, der mich zur Frau nehmen will.«

Vickys Mund entwich ein tiefes Stöhnen. »Oh nein, das kann doch nicht dein Ernst sein. Anna. Bist du von allen guten Geistern verlassen? Du hast dich denen ausgeliefert. Das ist ja wie, wie – wie auf einem Sklavenmarkt.«

Anna schien allmählich die Geduld zu verlieren. »Willst du etwa dein ganzes Leben lang schuften, jeden Monat überlegen, ob dir das Geld reicht und am Ende mit einer winzigen Rente dahin vegetieren? Hä? Ich will leben, verstehst du? Spaß haben und Geld ausgeben. Ich will reich sein und verwöhnt werden!« Sie schnaubte. »Erzähl mal, was hast du gelernt, was arbeitest du?«

Vicky schwieg zunächst, dann gab sie Annas aufforderndem Blick nach. »Ich bin Stewardess. Aber die Airline ist pleite und hat alle entlassen. Jetzt bin ich auf der Suche nach einer neuen Stelle.«

»Stewardess«, murmelte Anna. »Da bist du sicher viel herumgekommen. Aber wird man da auch gut bezahlt?«

Ein stummes Kopfschütteln war die Antwort.

»Na also. Und arbeitslos bist du auch gerade. Ich habe jedenfalls keine Lust, jeden Groschen rumzudrehen oder auf Sozialhilfe angewiesen zu sein. Ich möchte reich heiraten und versorgt sein. Ich finde das Angebot fair. Außerdem – wenn es nicht gut geht, kann ich mich immer noch scheiden lassen.«

Vicky senkte den Kopf. Gegen soviel Überzeugung kam sie nicht an. Sie würde wohl ihre Meinung ab sofort besser für sich behalten. Im Augenblick war es wichtig zu wissen, wo die Lücken im System waren, um den Tag ihrer Flucht planen zu können. Das dumme Halsband würde sie nicht daran hindern. Wahrscheinlich war das sowieso nur ein Bluff. »Hm, na schön, und wie läuft das alles hier ab?«

»Das wirst du schon noch sehen. Auf jeden Fall rate ich dir, halte deinen Blick gesenkt, sei höflich und rede nur, wenn du dazu aufgefordert wirst. Hinterfrag nicht, was du tun sollst, sondern mach es einfach. Dann hast du die meisten Bedingungen schon erfüllt. In ein paar Wochen soll eine Inhouse-Party stattfinden, zu der die interessierten Kunden eingeladen werden. Da kann man sich dann gegenseitig beschnuppern und ein wenig kennenlernen und dann wirst du verkauft. Irgendjemand muss ja schließlich für deine Erziehung bezahlen. Und wenn sich mehr als einer für dich interessiert, dann wirst du unter denen höchst bietend versteigert.«

»Eine Versteigerung?«, ächzte Vicky erschrocken. »Also doch wie auf einem Vieh- oder Sklavenmarkt?«

Anna lachte laut. Ihre Augen blitzten übermütig. »Nein, so schlimm ist es nicht, denke ich. Aber mit Sicherheit sehr spannend. Also die Sache läuft so. Den Interessenten werden Fotos von uns gezeigt. Wenn dem Mann eine von uns gefällt, wird er eingeladen. Man plaudert und isst und tanzt miteinander. Ist nur ein Mann an dir interessiert, gibt es keine Probleme. Er reserviert sich seine Rechte an dir, wenn du ihm gefällst, bezahlt vorab, ihr unterschreibt beide einen Ehevertrag und am Ende der Ausbildung gehörst du ihm und hast ausgesorgt.«

Vickys Augen wurden immer größer. Widerwillen über diese Aussichten machte sich in ihr breit. »Und wenn mir der Kerl nicht gefällt? Wenn ich ihn widerlich finde?«

»Wir haben nicht mitzureden, das habe ich dir doch schon gesagt. Das steht im Vertrag. Hast du den etwa nicht aufmerksam gelesen?«, erwiderte Anna ernst und ein wenig ungeduldig. »Aber ich kann mir kaum vorstellen, dass dich ein Mann nimmt, der merkt, dass du ihn nicht leiden kannst. So masochistisch veranlagt sind die normalerweise nicht. Schließlich sind die daran interessiert, mit dir Spaß und Sex zu haben und auch sonst ihr Leben zu teilen. Die wollen eine artige Frau, keine widerspenstige. Aber warum erzähle ich dir das überhaupt – du müsstest das doch alles wissen?«

Hoffnung regte sich in Vicky. Dann war die Sachlage ganz einfach. Sie würde sich jedem interessierten Mann gegenüber so unwillig und unverschämt verhalten, dass sie einfach keiner nehmen würde. Und dann würde man sie sicher vor die Tür setzen. Wenn sie erstmal hier raus war, würde sich schon eine Lösung finden. Trotzdem war sie empört, mehr als empört, wie gelassen und geradezu begeistert Anna über das Thema sprach. Hatte sie wirklich freiwillig allem zugestimmt oder behauptete sie dies nur aus reinem Selbstschutz? Oder steckte sie gar mit den

Typen unter einer Decke und sollte Neuzugänge weichkochen?

»Die erste Party findet in einigen Wochen statt, du wirst schon sehen, dass die Männer wirklich ganz okay sind.« Ein erwartungsvolles Lächeln überzog Annas Lippen. Sie zuckte sichtbar zusammen, als Vicky aufsprang und herum schrie.

»Bist du übergeschnappt? Du lässt dich wie ein Stück Vieh verhökern? Ich nicht – ich habe nämlich nichts unterschrieben.«

Anna schüttelte den Kopf und klopfte mit der flachen Hand auf die Bettdecke als Zeichen, dass Vicky sich wieder setzen sollte. »Du missverstehst das völlig – dieser Weg garantiert mir ein Leben in Luxus.«

»Und dafür lässt du dich von dem Kerl vögeln, sooft er will?«

Annas Miene drückte Verständnislosigkeit aus. »Wieso, was ist denn daran so schlimm? Hast du etwa keine Lust auf Sex?«

Vicky knurrte in sich hinein. Sie musste achtgeben, dass sie nicht zuviel von sich verriet. »Hm, ja schon«, erwiderte sie ausweichend, doch Anna schien es gar nicht zu bemerken.

»Du musst dich einfach mal mit den anderen unterhalten, dann wirst du schon sehen – vielleicht mit Michelle. Die ist von ihrem Ehemann hergebracht worden.«

Vicky schüttelte verwirrt den Kopf. »Wieso, du hast doch gesagt, dass hier ist eine Ehevermittlung.«

»Na ja, schon, es gibt aber auch drei Mädchen, die sind schon Ende zwanzig, Elena sogar zweiunddreißig. Michelle und Gabriella zum Beispiel haben jung geheiratet und stecken mitten in einer Ehekrise. Sexuell läuft bei denen fast nichts mehr. Ihre Männer haben sie vor die Wahl gestellt, sich entweder scheiden zu lassen oder ihr Sexleben durch neuen Input aufzumöbeln. Es ist ihnen schlicht zu langweilig. Außerdem hat es sich im

Laufe der Jahre wohl so entwickelt, dass es oft Streit gibt und den Männern das ewige Widersprechen ihrer Frauen auf die Nerven geht.« Anna lächelte. »Die meisten wollen eine gehorsame Ehefrau, du weißt schon.«

Im selben Moment ertönte dreimal in kurzer Folge ein Gong. Vicky zog fragend die Augenbrauen hoch.

Anna sprang auf. »Komm, das war das Zeichen sich zum Abendessen zu versammeln. Da lernst du gleich die anderen kennen.« Doch dann zögerte sie. »Aber du brauchst erstmal was zum Anziehen.« Sie musterte Vicky kritisch und riss dann entschlossen eine Schranktür auf. »Wir haben annähernd die gleiche Kleidergröße – na, da haben wir es doch schon. Morgen wirst du bestimmt neu eingekleidet.«

Vicky starrte staunend auf den dicht gefüllten Schrank und auf das hübsche Kleid, das Anna ihr entgegen hielt. Es war figurnah geschnitten, knielang, aus dunkelgrüner schimmernder Viskose, mit einem eingewebten Wellenmuster und einem großen, fast schulterfreien Ausschnitt.

Der Gong ertönte ein zweites Mal.

»Hast du auch Unterwäsche für mich?«, fragte Vicky ein wenig schüchtern.

Anna schüttelte grinsend den Kopf. »Unterwäsche jeglicher Art ist untersagt – außer wir bekommen Dessous zu einem bestimmten Anlass, wurde uns gesagt. Wir sollen uns daran gewöhnen, jederzeit zur Verfügung zu stehen, ohne uns erst umständlich auszuziehen. Wie ich schon erwähnte, tu, was man dir sagt. Nun schau nicht so entsetzt, los zieh dich an.«

Während Vicky sich umzog, durchsuchte Anna die kleine Kammer, in der Schuhe, Jacken, ein Regenschirm und anderes aufbewahrt wurden. Vicky hatte fälschlicherweise vermutet, dass sich dort das Bad befinden würde. Das zweite Paar Schuhe, dass Anna ihr zum Probieren gab, passte Vicky. Schwarze glänzende Pumps.

»Gut siehst du aus«, stellte Anna mit einem leichten Anflug von Neid fest.

Erneut erklang der Gong, jedoch nur noch einmal. Anna packte Vicky an der Hand, riss die Tür auf und zerrte sie hinter sich her. »Schnell, wir haben keine Zeit mehr, dich zu kämmen und zu schminken. Wir sollten pünktlich sein.«

Vicky hatte Mühe, ihr auf dem glatten Parkettboden des Flurs zu folgen, ohne auszurutschen. In Windeseile ging es die Treppe hinunter und einen Gang entlang. Für einen Augenblick spielte Vicky mit dem Gedanken, sich von Anna loszureißen und die Haustür zu suchen. Aber sie würde bestimmt nicht weit kommen. Nein, falls es eine Möglichkeit gab abzuhauen, dann sicherlich nur nachts, wenn alle schliefen.

Vor einer offen stehenden Tür, aus der munteres Stimmengewirr klang, blieb Anna abrupt stehen. Sie zupfte an ihrem Kleid und ihren Haaren herum, anschließend an der Schulterpartie von Vickys Kleid, dann hängte sie sich bei ihr so selbstverständlich und eng am Arm ein, wie es nur unter Freundinnen üblich ist, und sie betraten gemeinsam das Zimmer.

Der Anblick war unbeschreiblich. Das Speisezimmer bot ausreichend Platz für rund zwanzig Personen. Der lange Esstisch befand sich in der Mitte des Raumes. Die antik anmutenden Stühle aus dunklem Holz hatten hohe Lehnen. Über dem Tisch schwebten drei Lampen mit ausschweifenden Armen, auf denen jeweils ein tütenartiges Schirmchen aus dunkelgrünem Glas mit einem Goldrand saß. Vicky erinnerten die fremdartigen Gebilde an ein Medusenhaupt. Die Wände waren mit einer goldenen Tapete dekoriert, darauf ein zartes dunkelgrünes und braunes Muster. Vicky hatte dergleichen noch nie gesehen. Den Übergang zur weiß gestrichenen Decke bildete eine breite Stuckleiste mit vergoldeten Abschlüssen. An den Wänden hingen in gleichmäßigem Abstand verteilt kleine Bilder mit dunkelgrünen Passepartouts, die Kupferstiche enthielten. Ein überaus elegantes und edles Ambiente.

Am einen Tischende saß die Patrona im einzigen Stuhl mit Armlehnen, am anderen Ende Stefano. Die beiden Längsseiten des Tisches waren von den jungen Frauen besetzt, bis auf die beiden Stühle, die für Anna und Vicky freigehalten waren, und bis auf Tomaso, der rechts von der Patrona an der Längsseite Platz genommen hatte.

Die Patrona fixierte die beiden Mädchen mit strengem Blick.

Zu Vickys Überraschung machte Anna einen formvollendeten Knicks und murmelte mit gesenktem Kopf eine Entschuldigung. »*Scusa*, Patrona. Wir sind zu spät, aber wir mussten uns noch umziehen.«

Die Patrona nickte gnädig, machte eine scheuchende Handbewegung und Anna atmete sichtlich auf. Sie schob Vicky zu ihrem Stuhl und nahm rechts von ihr Platz. »Salute und buon appetito«, begrüßte sie die anderen, die den Neuzugang neugierig in Augenschein nahmen.

Ein allgemein gemurmeltes *Buon giorno* wurde Vicky entgegen gebracht und sie erwiderte es mit einem zögerlichen Lächeln. Normalerweise war sie nicht sehr gehemmt fremden Menschen gegenüber, aber es war alles zu neu für sie, um mit der Situation souverän umzugehen. Außerdem wurde ihr im selben Moment bewusst, dass ein Teil der Anwesenden sie bereits nach ihrer Ankunft nackt gesehen und womöglich an ihr herumgespielt hatte, ein Gedanke, den sie als äußerst peinlich empfand und der sie verlegen machte. Aber andererseits lenkte sie ihr knurrender Magen ab, denn sie hatte kein Frühstück erhalten und merkte erst jetzt, wie hungrig und durstig sie war.

Vor ihr stand ein großer silberner Teller auf dem Tisch, darauf ein weißer Porzellanteller, darauf ein weiterer mit einem sehr schön angerichteten Salat. Links neben den Tellern befanden sich zwei Gabeln, rechts zwei Messer und ein Löffel, am Kopf des Tellers ein weiterer kleiner Löffel. Vicky griff wahllos nach der Gabel, die dem Teller als nächste lag, doch ehe sie dazu kam, diese anzuheben, legte sich von links sanft eine Hand auf die ihre.

»Besteck immer von außen nach innen verwenden«, mahnte leise mit einem französischen Akzent die Stimme der jungen Frau neben ihr.

Vicky schaute sie an.

»Ich bin Michelle«, erklärte sich ihre Nachbarin. Dunkelbraune Augen erwiderten wohlwollend Vickys Blick. »Möchtest du etwas zu trinken?«

»Ja, bitte«, antwortete Vicky.

Michelle nickte. Sie griff nach einer Karaffe mit Wasser und goss Vicky davon ein. »Mittags gibt es nur Wasser, abends auch Wein«, erläuterte sie, ehe sie wieder zu ihrer Gabel griff und weiter aß.

Während Vicky hungrig den Salat in sich hinein schlang und dankbar eine Scheibe Brot aus dem Korb nahm, den Anna ihr reichte, beobachtete sie die anderen. Alle Mädchen waren sorgfältig frisiert und geschminkt, waren gut gekleidet und trugen dazu passenden Schmuck aus Gold oder Perlen. Sie saßen aufrecht und es wirkte ein wenig gestelzt, wie sie aßen. Auf einmal fiel ihr auf, dass sie die einzige war, die das Essen in sich hineinstopfte. Bei den anderen wurde alles sehr klein geschnitten, wenig auf die Gabel genommen, und in einer eigentümlichen Art, fast wie im Zeitlupentempo, zum Mund geführt und sorgfältig gekaut.

Auch während der nachfolgenden Gänge lief das Essen sehr niveauvoll ab. Es gab einen kleinen Vorspeisenteller, danach eine kleine Portion Fisch mit Gemüse, bis dahin alles kalorien- und fettarme Speisen. Zuletzt ein kleines Tartufo und einen Espresso. Auf- und abgetragen wurden die Mahlzeiten von einer vollschlanken, freundlich lächelnden Frau, die mit schwarzem Rock, weißer Bluse und Schürze wie eine Kellnerin gekleidet, und abgesehen von der Patrona die einzige Ältere war. Das sei Rosa, die Köchin, hatte Anna ihr zugeflüstert. Zusammen mit zwei Mädchen wäre sie für die Küche zuständig, würde aber meistens selbst das Essen bringen, wozu sie einen chromblitzenden Servierwagen verwendete.

Während sich Vicky noch ihre Gedanken darüber machte, ob wohl zu allen Mahlzeiten soviel Aufwand betrieben wurde, aber zu gehemmt war, irgendetwas zu fragen, spürte sie plötzlich einen heftigen Schlag ins Kreuz. Sie unterdrückte mit Mühe einen Schrei.

»Haltung, Victoria, mehr Haltung. Gerade sitzen, beide Hände auf dem Tisch, die Arme im rechten Winkel, den Kopf aufrecht, und die Lippen werden nicht mit der Serviette abgerieben, sondern nur abgetupft. Oder willst du jedes Mal deinen Lippenstift ruinieren?«

Eine wahre Kanonade an Verhaltensregeln prasselte auf Vicky nieder. Sie traute sich nicht, sich umzudrehen, und zu schauen, wem die fremde Stimme gehörte. Aber sie erkannte sie wieder. Es war die Stimme, die ihr ins Ohr geflüstert hatte, als sie angebunden im Foyer gestanden hatte. Nach wie vor bohrte sich etwas mit Druck in ihren Rücken. Eine Hand mit langen schlanken Fingern und dunkelrot lackierten Nägeln erschien in ihrem Sichtfeld und legte ein Blatt vor ihr ab.

Ein Stundenplan. Wie in der Schule. Verächtlich musterte Vicky das Papier.

»Anna wird dir alles erklären, nicht wahr?«

»Ja, Signora Vicosa«, versicherte Anna mit gesenktem Blick.

Vicky hörte den Respekt aus ihrer Stimme heraus, den sie der Signora entgegen brachte.

Während die anderen allmählich aufstanden und den Raum verließen, blieben Michelle, Vicky, Anna und die ihnen gegenüber sitzende Gabriella.

»Wer war das denn eben? Ich fühle immer noch dieses ekelhafte Bohren im Kreuz«, stöhnte Vicky.

»Signora Vicosa bringt uns bei, wie man sich zu jeder Gelegenheit richtig schminkt und kleidet, wie man sich elegant verhält, beim Essen nicht blamiert und so weiter. Sie ist eigentlich ganz nett. Nun zeig mal her«, forderte

Anna und studierte aufmerksam die Kürzel auf dem Stundenplan. »Also, I steht für Italienischunterricht. Ist ja auch klar, wenn wir hier in Italien sind und unsere künftigen Männer bevorzugt Italiener sind, dass wir alle diese Sprache lernen müssen. Hm, Fit steht für Fitnesstraining. K bedeutet Kosmetik und St für Style. Beides bei Signora Vicosa. Vieles machen wir gemeinsam, aber einiges ist halt auch Einzelunterricht, und –«

Gabriella fiel ihr ins Wort. »Oh, das ist so toll. Man lernt bei ihr, wie man sich für jede Gelegenheit richtig schminkt. Davon habe ich immer geträumt.« In ihre Augen trat vor lauter Begeisterung ein unwirklicher Glanz. Vicky betrachtete Gabriella genau. Ihr Gegenüber hatte eine natürliche Schönheit, eine reine Haut, die eigentlich keines besonderen Make-ups bedurfte. Für einen Moment überlegte sie, ob Gabriella wohl auch zu denen gehörte, die sie am Abend zuvor bemustert und befummelt hatten. Der Gedanke bereitete ihr körperliches Unbehagen.

Gabriellas Augen waren von einem seltenen hellen Blau, wie Glasmurmeln, durchzogen von feinen blauen Fäden. Sie wurden von einem dezenten hellblauen Lidschatten unterstrichen. Ihre glatten Haare waren naturblond, mit dünnen helleren Strähnchen und beinahe hüftlang. Sie wirkte fast wie eine Fee. Ihr zart gebräunter Teint bildete dazu einen angenehmen Kontrast und gab ihr etwas mädchenhaftes, obwohl sie schon achtundzwanzig war, wie Anna ihr ins Ohr flüsterte.

Michelle studierte Vickys Stundenplan. »Merkwürdig«, murmelte sie abschließend.

»Was, was ist merkwürdig?«, fragte Vicky.

»Fällt euch nichts auf?« Michelle sah abwechselnd von Gabriella zu Anna und zurück.

Anna zog den Stundenplan näher zu sich. Ihre Lippen formulierten tonlos die Fächer. Dann zog sie die Augenbrauen hoch und sah Vicky verwundert an. »Michelle hat recht.«

»Was denn?« Vicky ging das alles fürchterlich auf die Nerven. Sie würde an dem Unterricht sowieso nicht teilnehmen. Überhaupt *Unterricht*? Die Mädchen erschienen ihr alle vollkommen bescheuert. Ja – das war der richtige Ausdruck. Leise murmelte sie es vor sich hin, ohne dass die anderen davon Notiz nahmen. »Bescheuert …«

»Oh je.« Michelle hatte nun wieder den Plan in der Hand und schlug entsetzt die Hand vor den Mund. »Auf deinem Stundenplan fehlt E, der Erotikunterricht, das Wichtigste überhaupt.«

»Na, wahrscheinlich benötigt sie den nicht, weil sie schon soviel Erfahrung in ihrem jungen Leben gesammelt hat.«

Die Mädchen blickten erschrocken auf. Sie hatten nicht bemerkt, dass jemand hereingekommen war. Der Mann war etwa Ende zwanzig, nicht besonders groß und ein wenig korpulent, wirkte jedoch in seinem modernen hellen Sommeranzug und mit den kurz geschnittenen schwarzen Haaren sehr gepflegt. Vicky erkannte in ihm den zweiten der Entführer, der sehr still gewesen war und sich eher im Hintergrund gehalten hatte.

Er trat hinter Gabriella, strich ihre Haare zur Seite und kraulte ihr sanft den Nacken. Sie klimperte mit den Augen, spitzte ihre Lippen und schien die Berührung zu genießen.

Vicky biss sich trotzig auf die Lippen.

»Aber Signor Stefano, auch Vicky kann doch bestimmt noch etwas hinzulernen?«, fragte Anna mit besorgter Miene.

Stefano kam nicht dazu, zu antworten, denn Vicky sprang auf und ihr Teint nahm eine wütende Röte an. »Seid ihr verrückt? Ich werde überhaupt nicht hier bleiben und ich werde auch nicht an irgendeinem blöden Unterricht teilnehmen.«

Stefano hörte auf, Gabriella zu liebkosen, die verständnislos, mit leicht geöffnetem Mund, zu Vicky aufsah. Sein Gesicht nahm einen harten Zug an. »Du wirst dich wie alle anderen fügen. Es gibt kein Zurück, nachdem du unterschrieben hast.«

»Ich will aber, dass man mich gehen lässt. Ich habe nämlich nichts unterschrieben!«, kreischte Vicky und schlug wie eine Furie mit der Faust auf den Tisch, der aber so massiv war, dass er kaum erbebte, Vicky dafür jedoch die Hand schmerzte. Sie verzog das Gesicht zu einer Grimasse.

Vom Tischende war ein leises Hüsteln der Patrona zu hören. Die Mädchen hatten gar nicht darauf geachtet, dass sie auch noch im Raum war. Stefano ließ sich nicht aus der Ruhe bringen. Er lächelte überlegen. »Aber, aber – wer wird denn so vergesslich sein? Natürlich hast du unterschrieben. Komm mit, ich zeig's dir.«

Er gab Vicky einen Wink, ihm zu folgen. Mit mürrischer Miene folgte sie ihm.

Vicky erkannte das Büro der Patrona wieder. Ein dezenter Geruch nach Pfeifentabak lag in der Luft. Natürlich war niemand da. Stefano ging zu einem Schrank, nahm zielstrebig einen Aktenordner heraus, blätterte im alphabetischen Register und schlug eine abgeheftete Seite auf. Er winkte Vicky zu sich.

»Hier, ist das nun deine Unterschrift oder nicht?«

Vicky traute ihren Augen nicht. Sie blätterte vor und zurück, las bruchstückhaft, was im Vertrag stand, dass sie ihre persönliche Freiheit in die Obhut der Patrona abgetreten hatte und wünschte, dass man sie erzog und verheiratete. Die detaillierten Regularien überflog sie nur. Stattdessen starrte sie wieder und wieder auf die Unterschrift, die tatsächlich ihre eigene war. Aber – Tomaso hatte doch gesagt, ihr Bruder hätte sie gewaltsam hierher bringen lassen. Wie kam ihre Unterschrift auf den Vertrag? Ihr Körper vibrierte wie unter tausenden kleiner Stromstöße. *Nein, um Himmelswillen nein, es kann nicht sein. Ich habe alle meine Rechte verloren. Ich bin – eine Leibeigene.*

Wie betäubt wankte sie aus dem Büro. Stefano nahm sie sanft am Arm und führte sie in den Speisesaal und zu ihrem Platz zurück.

»Ist alles in Ordnung?«, fragte Anna und stupste Vicky von der Seite an.

Vicky schüttelte den Kopf.

»Was ist denn?«

»Ich – ich habe tatsächlich den Vertrag unterschrieben.« Vicky fühlte sich, als habe ihr jemand den Boden unter den Füßen weggezogen. Sie hörte kaum, wie die anderen zu lachen begannen.

»Aber, das ist doch normal. Mit deinem Stundenplan ist auch alles in Ordnung. Wir haben inzwischen das E entdeckt. Wir wollten dich nur ein bisschen auf den Arm nehmen.«

Vicky merkte zwar, dass Anna sie aufmuntern wollte, aber sie war wie betäubt und unfähig etwas zu erwidern.

In den darauf folgenden Tagen war Vicky ruhig und fügsam. Widerstandslos gliederte sie sich in den Tagesablauf ein. Aber bei den Unterrichtsstunden, die auf ihrem Plan standen, war sie nur körperlich anwesend. Sie beteiligte sich nicht, nahm keine Notiz von der jeweiligen Erziehungsperson, saß einfach nur wie eine stumme Puppe auf ihrem Platz und stand auf, wenn die Stunde herum war. Nur beim Fitnessunterricht war sie ein wenig aktiver, lief ihre fünf Kilometer auf dem Laufband, mühte sich mit Gewichten ab, um ihre schwachen Oberarmmuskeln zu stärken, machte ihre Situps und andere Übungen wie gewünscht. Mit der entsprechenden Fitness würde es ihr leichter fallen zu flüchten. Daneben grübelte sie. Wie kam ihre Unterschrift unter den Vertrag?

Sie zuckte zusammen, als jemand ihren Namen rief. »Victoria. Du bist auch aufgerufen, dich zu beteiligen. Also – welche Dekoration würdest du verwenden, wenn ihr, dein Ehemann und du, Gäste zum Abendessen erwartet, und es soll alles sehr seriös und elegant wirken?«

Vicky zog die Schultern hoch. »Keine Ahnung. Vielleicht eine weiße Tischdecke und silberne Kerzenleuchter?«

Rosa verdrehte die Augen. Sie war mehr als nur die Köchin und gute Seele des Hauses. Sie war auch dafür zuständig, mit den jungen Damen Menüvorschläge und Tischdekorationen zu besprechen sowie ihnen gute Tischmanieren beizubringen. Vicky fühlte sich bei jedem Essen von ihr beobachtet, denn jedes Mal kam sie zu ihr und hatte etwas auszusetzen, an der Art, wie Vicky das Glas hielt und zum Mund führte, wie sie das Besteck in die Hand nahm oder die Serviette benutzte. Anna und die anderen Mädchen versuchten zwar, Rosa zuvor zu kommen und Vicky alles beizubringen, aber es gelang ihnen nicht immer.

»Sei vorsichtig, meine Liebe. Wenn du nicht bald zur Vernunft kommst und mitarbeitest, wird dein Verhalten unangenehme Folgen für dich haben. Glaube mir, du wirst es bereuen. Die Geduld der Patrona hat Grenzen.«

Aber Vicky verzog lediglich das Gesicht zu einer ablehnenden Grimasse. Selbst Anna gelang es nicht, sie zur Vernunft zu bringen.

»Warum hast du den Vertrag unterschrieben, wenn du nichts lernen willst? Glaubst du, die suchen dir einen anspruchsvollen Ehemann, wenn sie riskieren, dass du sie blamierst?« Sie schüttelte verständnislos den Kopf. »Denk daran, Rosa hat gesagt, dein Verhalten wird Konsequenzen haben.«

»Pah, welche denn? Dass die mich rausschmeißen? «

Anna schwieg.

Was soll mir schon geschehen, dachte Vicky trotzig. In ihrem Kopf war keine Ruhe. Nachdem sie die Sache mit der Unterschrift notgedrungen akzeptiert hatte, konzentrierten sich alle ihre Gedanken auf die Flucht. Sie bekam kaum mit, um was es im Unterricht ging. Stattdessen beobachtete sie alles, um eine Lücke zu entdecken und war überrascht, wie einfach es war. Eigentlich konnte sie das Haus jederzeit verlassen. Die Haustür war zwar nachts von innen abgeschlossen, jedoch würde es ihr keine Probleme bereiten, durch eines der unvergitterten Fenster im Parterre zu steigen. Falls man sie nicht bald wegen ihres sturen Verhaltens hinauswarf, würde sie auf jeden Fall eine Gelegenheit zur Flucht finden. Dabei kam es ihr entgegen, dass die anderen es aufgegeben hatten, sie aufzumuntern und in ihre Gespräche einzubeziehen. Je weniger Notiz man von ihr nahm, desto weniger würde ihr Verschwinden auffallen.

Anna hatte einen tiefen Schlaf. Vicky zog sich leise die Sachen an, die sie am Abend heimlich unter ihrer Bettdecke versteckt hatte. In ihrem Schrank hatte sich fast nichts befunden, was für die Flucht bequem war und so hatte sie sich für eine Stoffhose und eine Bluse entschieden, sowie für ein paar Ballerinas. Außerdem verfügte sie weder über Ausweispapiere noch über Geld, und wenn die Informationen stimmten, dann befand sie sich im Herzen Italiens, unweit der Hauptstadt Rom. Aber irgendwie würde es ihr schon gelingen zu telefonieren und nach Deutschland zurückzukehren. Irgendjemanden würde sie erreichen. Oder sie würde einfach bis zur Autobahn laufen und nach Hause trampen. Sie lächelte. Es war bestimmt einfach, einen LKW-Fahrer davon zu überzeugen, sie mitzunehmen. Hauptsache, sie kam erstmal fort aus diesem Haus. Vergeblich hatte sie versucht, das Halsband zu entfernen. Der Spezialverschluss ließ sich nicht öffnen. Dass in ihrem Halsband ein Signalgeber integriert sein sollte, daran glaubte sie allerdings nicht eine Sekunde. Um es vor neugierigen Blicken zu verbergen, hatte sie ein Halstuch umgebunden.

Vicky schlich leise die Treppe hinunter. Nach Mitternacht war das große Haus in Totenstille versunken. Sie öffnete die Küchentür. Niemand war da. Natürlich nicht.

Vicky kletterte auf den Küchentresen, schob die dünne Gardine an einem der vier schmalen aneinandergereihten Fenster zur Seite, öffnete es, schwang sich auf das Fensterbrett und sprang dann mutig hinunter. Die glatten

Sohlen ihrer flachen Schuhe versanken leicht in der Erde des Blumenbeetes, das sich vor dem Küchenfenster befand. Ein paar Blätter streiften ihre nackten Fesseln. Vicky sah kurz nach oben, doch alles blieb ruhig.

Sie huschte über den knirschenden Kies des Gartenweges auf die gegenüberliegende Rasenfläche, dann sah sie sich um. Sie war noch nie draußen gewesen und musste sich erst orientieren. Von den Fenstern im ersten Stock aus hatte sie gesehen, dass der Garten, der das Haus umgab, nicht allzu groß war, und dass die Zufahrt auf der anderen Seite lag. Sie lief auf dem Rasen um das Haus herum. Alle Fenster waren dunkel, die meisten geschlossen, einige jedoch aufgrund der angenehmen, lauen Nachtluft weit geöffnet. Aus einem war ein leises Schnarchen zu hören.

So schnell sie ihre Füße trugen, rannte Vicky über das Gras und dann die gepflasterte breite Einfahrt hinunter. Die hohen Bäume beidseits der Zufahrt warfen gespenstische Schatten im Mondlicht. Endlich stand sie an dem schweren Schiebetor für die Autos und ging an diesem entlang weiter bis zu dem kleineren. Ihre Hand legte sich auf den Griff und sie hielt erwartungsvoll den Atem an, ob es sich wohl öffnen lassen würde oder ob sie über die Mauer klettern müsste. Sie war zu allem entschlossen. Doch es war einfach. Das Tor schwang lautlos auf, als sie die Klinke herunterdrückte.

»Raaaah«, ein Schrei löste sich aus Vickys Mund und ihr Körper verkrampfte sich unter dem Schreck, der ihr durch die Glieder fuhr. Als sie durch die Tür schlüpfte, wurde ein dunkler Sack über ihren Kopf geworfen. Sie kam nicht dazu, sich zu wehren. Ihre Handgelenke wurden mit festem Griff gepackt und gefesselt, sie verlor den Halt unter den Füßen, wurde von jemandem über die Schulter geworfen und davon getragen. Alles fand unter einem geradezu unheimlichen Schweigen statt.

Das kleine Gerät auf Stefanos Nachttisch hatte plötzlich

hektisch zu piepsen begonnen. Er sprang sofort hellwach aus dem Bett. Seit zwei Nächten schlief er nur noch in voller Bekleidung, denn es war nur eine Frage von Tagen, wann sie es versuchen würde. Die Patrona hatte recht behalten. Vicky floh bei Nacht. Natürlich hätten sie das zu verhindern gewusst. Sie hätten sie einsperren oder fesseln können. Aber dann wäre kein Fortschritt zu erwarten. Ihre Flucht war ein geeigneter Anlass, ihr zur Strafe soviel Angst einzujagen, dass sie es nie wieder versuchen und sich stattdessen in ihr Schicksal fügen würde. Und – diese Bestrafung würde wohl auch den anderen Mädchen ein Signal sein, dass sich Widerspenstigkeit nicht lohnte.

Mit einer Hand schnappte sich Stefano den bereitgelegten großen Jutesack, mit der anderen die Taschenlampe, dann machte er sich auf den Weg zum Tor. Tomaso würde von einem zweiten Alarm geweckt und die andere Gartenseite überprüfen, obwohl es unwahrscheinlich war, dass Vicky versuchen würde, durch den ihr unbekannten, großen Garten zu flüchten, statt den näheren Weg zur Einfahrt zu nehmen.

Marc wanderte in seinem Büro auf und ab. Seit seiner Rückkehr wurden die Briefe und Akten auf seinem Schreibtisch nicht weniger, sondern eher mehr. Er war kaum in der Lage, sich längere Zeit darauf zu konzentrieren. Auch wenn er in die Fabrikhalle hinüber ging, um die Produktion der Prototypen für die neue Küchenstuhlproduktion zu kontrollieren, schweiften seine Gedanken immer wieder ab.

Hatte er voreilig über Vickys künftiges Schicksal entschieden? Wie sie sich wohl in diesem Augenblick fühlen mochte – eingesperrt und sicherlich sehr wütend. Hatten die Patrona und ihre Männer es geschafft, Vicky glaubhaft zu machen, dass sie in einer schwachen Minute freiwillig den Vertrag unterschrieben hatte? Er hoffte es.

Eigentlich hatte er geglaubt, sie abgrundtief zu hassen,

für ihre beschämende sexuelle Freizügigkeit. Doch wenn er es recht bedachte, hatte er kein Recht gehabt, sich einzumischen. Wenn die Männer auf sie hereingefallen waren, waren die geilen Böcke doch selbst schuld. Warum nur kamen ihm plötzlich Zweifel? Er hatte sich bei seiner Entscheidung, dass es das Beste für Vicky wäre, so verdammt sicher gefühlt. Doch jetzt fühlte er sich nur noch mies. Dabei war ihm die Idee mit dem Heiratsinstitut als die beste Lösung erschienen.

Abgesehen davon – war er denn soviel besser als sie? Der Gedanke, sich dort eine ihm in jeder Hinsicht ergebene Frau zu kaufen, gefiel ihm nicht schlecht. Eine, die nichts gegen seine sexuellen Vorlieben hatte und sich dort freiwillig zur willigen Lustsklavin erziehen ließ.

Marc hatte eine Menge Geld dafür bezahlt, dass die Patrona den Auftrag angenommen hatte, denn eigentlich sei dies nicht ihr Stil, hatte sie gesagt, und der Zeitpunkt zudem extrem ungünstig. Wobei er sich nicht so sicher war, wie legal oder illegal ihre Geschäfte in Wirklichkeit waren. Aber das war ihm im Grunde genommen auch völlig gleichgültig. Vicky sollte ihre sexuelle Gier ausleben dürfen, aber nicht mit wechselnden Männern, nicht wie eine Hure. Sie sollte sich mit all ihrer Energie auf einen konzentrieren. Grimmig dachte er einen Moment, dass er ihr damit sogar das verschaffte, was ihm nicht vergönnt war. Eine Ehe. Sie sollte ihm eigentlich dafür dankbar sein! Aber das würde sie nicht, und dieser Gedanke versöhnte ihn wiederum. Es gab keine Anzeichen dafür, dass sie auf die Art von Sexspielen stand, zu denen Züchtigung und Unterwerfung gehörten.

Es hatte ihn überrascht, dass Antonio sich für dieses Institut interessierte. Bis zu diesem Zeitpunkt hatte Marc nämlich geglaubt, Antonio wäre ein absoluter Softie, hoffnungslos romantisch und so sinnlich veranlagt, dass man meinen könnte, er wäre schwul.

Zumindest hatte Antonio zunächst versucht, ihm den Plan von Vickys Entführung und Zwangserziehung auszureden, hatte aber letztlich doch Verständnis gezeigt, nachdem Marc ihm von seinen Beobachtungen erzählt hatte. Als sie dann dort waren, hatte er sich aber mehr für die Lebensläufe der jungen Damen interessiert, als für Marcs Belange, und als erstes gefragt, ob die Patrona denn auch Fotos von den Mädchen hätte. Bald, hatte sie geantwortet, bald würde sie professionelle Fotos machen lassen. Dann hatte sie sich wieder Marc zugewandt und ihm einen Vertrag vorgelegt, der für Ehemänner gedacht war, die ihre Frau zur Erziehung brachten, und daher geringfügig angepasst werden musste. Über den Passus, der ihm für Vicky das Vorkaufsrecht sicherte, hatte Marc laut gelacht. Er war froh, Vicky los zu sein und wollte mit ihr nie wieder etwas zu tun haben. Nun musste es ihm nur noch gelingen, sie aus seinen Gedanken zu verbannen. Seine Arbeit würde ihm bestimmt dabei helfen und ihn ablenken.

Die Wende

Vicky blieb keine Zeit sich umzuschauen. Sie wehrte sich und schrie. Dabei nahm sie nur am Rande wahr, dass der Raum klein und absolut leer war, ohne Fenster, nur mit Abluftschächten und großen Rohren an den Wänden. Kaum war sie von dem Sack befreit worden, zogen Tomaso und Stefano sie aus, packten sie an den Händen, schleiften sie mit sich. Sie verlor den Halt auf dem Boden. Die Männer ließen sie in einen von oben bis unten grau gekachelten Schacht hinab, der über zwei Meter tief im blanken Betonboden eingelassen war. Es war so eng, dass sie nicht einmal ihre Arme gerade vor sich ausstrecken oder aber in die Hocke gehen konnte. Sie war dazu verdammt, aufrecht zu stehen. Die Wände waren so glatt, dass ein Emporklettern unmöglich war, und zu hoch, um zu springen und sich selbst nach oben zu ziehen. Vier Strahler leuchteten unbarmherzig jeden Winkel des Schachts aus und blendeten so sehr, dass sie vermied, nach oben zu schauen.

Ihr Schreien half nichts. Kaum war sie unten, prasselte von oben ein Strahl kalten, wahrhaft eiskalten Wassers auf sie herab. Vicky erinnerte sich später nur, dass sie noch lauter geschrien hatte, so laut, dass es ihr aufgrund der Enge des Schachtes in den eigenen Ohren gellte.

Als sie aufhörte zu schreien, stoppte das Wasser. Dann trat absolute Stille ein, unerträgliche Stille.

Vicky sah die Kacheln an. Sie begann zu zählen, mit den Augen den Fugen zu folgen, sich zu drehen. Es sah alles gleich aus. Unter ihren Füßen war der Boden zur Mitte leicht abfallend und das Wasser verschwand dort in einem Abfluss. In den Ecken zwischen Boden und Wänden waren die Fugen schwarz vom Schimmel. Es schauderte sie vor Ekel. Langsam ging ihr Blick wieder nach oben und erst jetzt sah sie, dass überall in den Ritzen kleine Schimmelpilzkolonien wucherten. Sie würgte. In diesem Moment traf sie ein kalter Strahl und sie hob schützend die Hände über ihren Kopf.

Anstelle der Strahler hatte man irgendwo im Raum ein anderes Licht angelassen, aber Vicky erreichte davon nur ein fahler Schein. Im Kontrast zu vorher stand sie fast im Dunkeln. Es war ihr lieber. So sah sie wenigstens nicht mehr die Schimmelflecken und konnte sich einbilden, da sei nichts. Sie schlotterte erbärmlich unter ihrer nassen Haut und den klitschnassen Haaren, die nur langsam trockneten.

Man würde sie herauslassen, wenn sie zur Vernunft gekommen wäre und sich glaubhaft unterwerfen würde, sagte Tomaso. Er würde sie nicht alleine lassen, sondern die ganze Zeit über da bleiben. Sie könne ihn also jederzeit rufen und mit ihm reden.

Vicky hatte sofort gebettelt und das Blaue vom Himmel versprochen, aber Tomaso hatte darüber nur gelacht. Sie müsse ihre Demut schon glaubwürdiger verkaufen.

Aber er begnügte sich nicht mit Warten. Anfangs zählte Vicky noch die kurzen kalten Güsse, die von Zeit zu Zeit über ihr niedergingen. Dann nahm sie es einfach hin. Mit jedem neuen Schauer reifte in ihr die Erkenntnis, dass ihr nichts anderes übrig bleiben würde, als sich zu fügen. Doch dann wuchs erneut ihr Widerstand. Nein, sie würde sich zu nichts zwingen lassen, schon gar nicht zu einer Heirat mit einem wildfremden Mann. Doch je länger es dauerte, desto schwächer wurde ihr Wille. Es gab noch eine Möglichkeit, sie würde nach ihrer Hochzeit weglaufen und sich dann scheiden lassen. Obwohl – dann musste sie ja fast noch zwei Monate durchhalten und vielleicht würde ihr künftiger Ehemann sie auch einsperren? Es gab so entsetzliche Teufel unter den Menschen. Ein erneuter Weinkrampf schüttelte sie durch.

»Sind Sie da, Signor Tomaso?« Vickys Stimme klang heiser und erschöpft.

»Si Victoria. Was hast du mir zu sagen?«

»Bitte, Signor Tomaso, ich flehe Sie an, zeigen Sie Gnade. Ich möchte mich … entschuldigen. Bitte, bitte holen Sie mich hier raus, ich flehe Sie an. Ich kann nicht mehr, ich friere mich noch zu Tode …«

Tomaso legte die Zeitung, in der er gelesen hatte, beiseite, stand auf und beugte sich über den Rand des Schachtes. »Bist du bereit, deine Entschuldigung auf Knien liegend bei der Patrona vorzubringen?«

»Ja, ja, ja – ich tue alles, was Sie wollen, nur bitte, bitte holen Sie mich hier heraus.«

Vicky schaute nach oben. Ihr Gesicht war bleich und ihre Miene zeigte ehrliche Verzweiflung.

»Gleich«, erwiderte er brummend und verschwand. Es schien ihr diesmal ernst zu sein – hoffentlich.

Tomaso war durchaus abgebrüht, die eine oder andere Maßnahme durchzuführen und zur Erziehung der jungen Damen beizutragen. Mitleid regte sich in ihm nicht. Wobei sowohl er als auch Stefano den Reizen besonders hübscher Mädchen nicht immer widerstanden und durchaus bereit waren, hinter dem Rücken der Patrona das eine oder andere Zugeständnis zu machen, wenn das Angebot stimmte. Aber einen Fall wie Vicky hatte er noch nie erlebt und er verstand nicht, warum die Patrona sich darauf eingelassen hatte.

Als sie ihm und Stefano den Auftrag zu Vickys Entführung gegeben hatte, hatte er gewagt zu widersprechen. Immerhin war er ihr Adoptivsohn und designierter Nachfolger, und das war nicht der Stil, mit dem sie zu arbeiten pflegten. Zudem nahmen sie alle Mädchen möglichst zum gleichen Zeitpunkt auf, damit sie dieselbe Erziehung genossen, und wenn sie das Haus wieder verließen, war vier Wochen Zeit für Urlaub, ehe die nächste Runde begann. Vickys Anwesenheit gefährdete den gesamten Zeitplan. Fügte sie sich nicht in die ihr zugedachte Rolle, musste die Versteigerung möglicherweise verschoben werden. Darauf hatte er die Patrona hingewiesen.

»Ich weiß, Tomaso, aber du wirst es trotzdem tun«, hatte sie ihm geantwortet.

»*Scusi*, Patrona, was ist so wichtig an diesem Mädchen? Oder ist ihr Stiefbruder ein hohes Tier?«

Sie hatte kurz mit den Schultern gezuckt. »Nein, er selbst nicht, aber der Vater seines Kompagnons. Patrone Enzio del Carmine ist ein einflussreicher Geschäftsmann. Ich will kein Risiko eingehen. Vielleicht bekämen wir Schwierigkeiten, wenn wir ablehnen.« Sie hatte ihn zuversichtlich angelächelt. »Du machst das schon, Tomaso. Außerdem glaube ich, dass wir mit beiden jungen Männern gleichzeitig auch neue Kundschaft ins Haus bekommen. In Rom sind wir noch nicht besonders gut eingeführt. Du weißt doch, die meisten kommen aus Mailand, Modena, Bologna. Zumindest del Carmine junior wirkte sehr interessiert und Signor Braun hat für die Ausbildung und Entführung seiner Stiefschwester eine ordentliche Summe hinterlassen. Die beiden könnten unter den betuchten unverheirateten Römern ein wenig Werbung für uns machen.«

»Ich halte das für gefährlich, wenn die Kunden so nah sind.« Es gelang ihm jedoch nicht, sie davon zu überzeugen.

Zehn Minuten später hatten Tomaso und Stefano Vicky aus dem Schacht herausgehoben und sie in einen dicken Bademantel eingewickelt. Vicky war so durchgefroren und schlapp, dass sie unfähig war zu laufen. Tomaso hatte sie daher auf seine Arme genommen und in das Büro der Patrona getragen. Dort setzte er sie ab und zog ihr den Bademantel aus.

»Nun?«, fragte die Patrona.

Vicky traute sich nicht, sie anzusehen. Sie befolgte, was Tomaso ihr befohlen hatte und warf sich der Patrona zu Füßen. »Ich bitte um Verzeihung für mein ungezogenes Verhalten. Bitte geben Sie mir eine neue Chance, ich möchte mich bessern.« Ihre Stimme war brüchig, nicht nur weil sie durchfroren war und zitterte. Sie schien müde vom Kampf gegen ihren inneren Widerstand.

Die Patrona atmete auf. *Dir wird auch gar nichts anderes übrig bleiben, du törichtes Geschöpf,* dachte sie, aber sie sprach es nicht aus. Sie mochte den Mädchen manchmal kalt und herzlos erscheinen, aber diese Maßnahme führte sie ungern durch. Aus welchem Grund der Schacht in dem Kellerraum existierte, wusste sie selbst nicht. Als sie das Haus gekauft hatte, war alles bereits installiert gewesen, der Schacht und die Dusche in dem ansonsten schmucklosen und abgelegenen Kellerraum.

»Gut. Ich nehme deine Entschuldigung an. Aber ich warne dich. Ich werde dir nichts mehr durchgehen lassen. Der kleinste Fehler handelt dir eine drastische Bestrafung ein und ich werde auch nicht zögern, dich noch länger unten in dem kalten Loch zu lassen. Denk immer daran: Du bist freiwillig hier und wirst daher tun, was man von dir verlangt. Verstanden?«

»Ja, Patrona, ja«, wimmerte Vicky leise.

»Du wirst die nächsten Tage beweisen, dass es dir ernst damit ist. Tomaso wird sich intensiv um deine Erziehung kümmern. *Capito?*«

»Ja, Patrona.«

»Steck sie in eine heiße Badewanne, Tomaso und dann ab ins Bett mit ihr. Rosa soll ihr eine heiße Suppe bringen.«

Es grenzte an ein Wunder, dass sie sich nicht erkältet hatte. Niemand stellte ihr am nächsten Morgen Fragen, was geschehen war.

Für Vicky war es ein wenig merkwürdig, Anna und den anderen erneut gegenüber zu treten. Aber es war so, als wäre sie nie fort gewesen, als wäre gar nichts geschehen. Für sie jedoch würde sich alles ändern, denn sie würde ernsthaft daran arbeiten, sich zu fügen. Es war ihr nicht leicht gefallen, das einzusehen. Aber ihr blieb nur das Spiel auf Zeit. In ihrem Kopf hatten widersprüchliche

Gedanken gegeneinander gekämpft. Sie vermisste etwas. Sie vermisste das Spiel mit den Männern, die unzüchtige Berührung, die Erregung. Verdammt – was war nur mit ihr los? Es war doch wirklich nur ein Spiel gewesen. Dass sie dabei tatsächlich auch ein bisschen was empfunden hatte, das hatte sie wohl vor sich selbst geleugnet. Sie wollte doch nur die Männer ärgern, erst heiß machen, und dann fallen lassen. Vicky seufzte leise. Wenn sie wirklich in einem Anflug von Trunkenheit oder geistiger Umnachtung dieses Papier unterschrieben hatte, dann geschah es ihr jetzt ganz recht, wenn man sie bestrafte. Es war ein merkwürdiges Gefühl, das sich ihrer bemächtigt hatte, als sie nackt und gedemütigt vor der Patrona gekniet hatte. Noch vermochte sie es nicht einzuordnen, aber es war – nicht falsch.

Gegen Ende des Frühstücks klopfte die Patrona mit ihrem Löffel an ihre Kaffeetasse, um alle zum Schweigen zu bringen.

»Wie ihr wisst, bilden wir maximal ein Dutzend junge Damen aus. Abgesehen von Victoria seid ihr alle lange genug hier, dass ihr euch einleben konntet und von Tomaso eine Basiseinweisung erhalten habt. Nun – ab sofort werden wir konkreter auf das Ziel hinarbeiten. Ich wiederhole: Allen unseren Mitarbeitern ist stets sofort und ohne Fragen zu gehorchen. Stellt euch immer vor, es wäre euer künftiger Ehemann, der das von euch verlangt. Eure Kleiderschränke werden heute Vormittag entleert. Der Luxus der Auswahl ist vorbei. Ihr findet ab sofort morgens die Kleidung, die für den Tag erwünscht ist, an einem Garderobehaken vor eurem Zimmer. Abends hängt ihr sie in den Schrank, bis sie erneut gefordert wird. Sollte man von euch verlangen, halb oder ganz nackt herumzulaufen, so ist auch dem Folge zu leisten.«

Vicky fühlte eine stille Genugtuung, dass nicht nur sie über die letzten Worte der Patrona entsetzt war, sondern auch einige andere Mädchen. Sie genierte sich zwar nicht übermäßig, ging auch gerne in die Sauna, aber ihr Gefühl sagte ihr, dass nun etwas anderes auf sie zukam.

Vicky musste sich bei Tomaso melden. Er verfügte über ein eigenes kleines Büro, in dem er seinen Teil an der Erziehung der Mädchen beitrug. Seine Aufgabe bestand unter anderem darin, bei den Neuzugängen herauszufinden, welche Maßnahmen ihre schlummernde, devote Veranlagung zum Leben erweckten und ihnen ihren Widerstand auszutreiben, falls es einen solchen gab. Für Vicky hatte er bislang nur noch keine Zeit gehabt. Die anderen Mädchen hatten diese Prozedur bereits hinter sich gebracht, da sie zwei bis vier Wochen vor ihr angekommen waren.

Es handelte sich um ein quadratisches Eckzimmer, dessen einziges Mobiliar aus einem Schrank bestand, dessen Türen nur angelehnt waren und in dessen Mitte eine metallene Stange vom Boden bis zur Decke reichte. Daran waren mehrere stabile Ringe angebracht.

Tomaso musterte Vicky von oben bis unten. Sie war sichtlich nervös, kaute auf ihrer Unterlippe herum und wusste nicht, was sie mit ihren Händen anstellen sollte. Ihm war bekannt, dass sie sich daran ergötzt hatte, fremde Männer ihren Busen begrapschen zu lassen. Welche anderen Vorlieben sie noch hegte, welche sexuellen Stellungen sie bevorzugte, ob sie eine Ahnung von erotischen Züchtigungen hatte, war hingegen unbekannt.

Vicky trug wie gewünscht eine geblümte Rüschenbluse und einen kurzen gelben Rock, selbstverständlich ohne jegliche Unterwäsche darunter.

Tomaso winkte sie näher zu sich.

»Erste Lektion. Du wirst keinen Widerstand leisten, nichts hinterfragen, nicht betteln, egal was von dir verlangt wird. Du musst lernen zu gehorchen und diesen Gehorsam dankbar und freudig ausführen. Kein Schreien, kein Weinen. Lächle.«

Vicky nickte. Sein ernster Tonfall wirkte einschüchternd.

»Lächle«, wiederholte er energischer und sie gehorchte zaghaft.

Tomaso griff nach ihrem Handgelenk und legte eine breite Lederfessel an. Dann streckte er die Hand aus. Sie reichte ihm ihr anderes Handgelenk und Tomaso nickte zufrieden. Er machte eine Handbewegung, dass sie sich drehen sollte und sie gehorchte ohne Widerstand. Beide Fesseln wurden hinter ihrem Rücken mit einem Karabinerhaken miteinander verbunden.

Vicky presste die Lippen aufeinander. Sie fürchtete sich vor dem, was darauf folgen würde. Hätte sie sich nicht so sehr von den anderen Mädchen abgeschottet, hätten diese ihr sicherlich von ihren Erfahrungen erzählt, und sie hätte eine Ahnung davon gehabt, was Tomaso vorhaben könnte. Doch sie war zu stolz gewesen, wenigstens Anna zu fragen. Beklommen suchte sie Tomasos Blick, doch er wirkte gar nicht so streng, wie sie befürchtet hatte, sondern schenkte ihr jetzt ein aufmunterndes Lächeln.

Er führte sie zu der Stange und hängte zwischen einer der Ösen und ihrem Halsband eine Kette ein, die ihr nur wenig Bewegungsspielraum ließ. Dann strich er zärtlich ihre Haare zur Seite, krallte seine Finger leicht hinein, um ihren Kopf nach hinten zu beugen und küsste sie zuerst sanft auf die Wangen, dann ihren Hals.

Überrascht sog sie die Luft ein. Seine Berührungen waren sinnlich und erregend.

Betont langsam knöpfte er Vickys Bluse auf. Nur mit Mühe unterdrückte sie einen verbalen Protest. Es war alles so anders, ob sie ihre Runde drehte, sich den Mann ausspähte, der sie heiß machen sollte und sich freiwillig entblößte, oder ob Tomaso einfach mit ihr machte, was er wollte. Und doch – diese andere Variante machte sie an, obwohl sie sich das ungern eingestand. Denn Tomaso war attraktiv, ein typischer schwarzhaariger Italiener, mit sonnengebräunter Haut, schön geschwungenen Lippen.

Ihre Brüste waren rund und vollkommen. Ob sie ihm

wohl gefielen?

Tomaso strich zärtlich über ihre Brustwarzen, liebkoste sie gefühlvoll, bis sie sich prall und rosig abhoben. Vicky kam nicht umhin, leise vor Lust zu seufzen. Sie vermisste die fast allabendlichen Liebkosungen, obwohl nicht jeder ihrer Liebhaber sich dabei zartfühlend und geschickt wie Tomaso angestellt hatte. Dennoch wurde ihr nun bewusst, wie süchtig sie nach diesen Berührungen war und wie sehr sie das Spiel genossen hatte. Sollte es möglich sein, dass es eine Seite gab, die sie an sich selbst noch nicht kannte?

Sie zog einen enttäuschten Schmollmund, als er aufhörte. So ähnlich mussten sich die Männer gefühlt haben, mit denen sie gespielt hatte. Mitten in ihrem Erregungsstrudel weggeschubst. Sie fühlte sich ein wenig schuldig.

»So meine Liebe, ich werde dich nun ein bisschen anbinden und warten lassen. Ich muss nämlich zwischendurch etwas erledigen.«

Er gab ihr das Zeichen, sich hinzuknien. Vicky schaute ihn einen Augenblick an, doch als er erneut mit den Fingern auf den Boden deutete, ging sie langsam hinunter. Er hängte das andere Ende der Kette an einer Öse ein, die sich an der Stange befand. Die Kette war zu kurz, um aufzustehen.

»Was soll das? Ich bin doch kein …«

»Ruhe. Erste Lektion. Sei gehorsam und schweig. Verhalte dich unterwürfig. Dein Herr darf mit dir machen, wozu er gerade Lust hat. Zeig ihm, dass du ihm gerne gehorchst. Sprich nur, wenn man dich dazu auffordert.«

»Aber das ist doch lächerlich!« Vicky merkte, dass ihre guten Vorsätze bereits jetzt schwanden. Es war albern und peinlich, gefesselt und halb nackt angebunden zu sein und zu warten. Auf was überhaupt? Gab es Männer, die das aufregend fanden, wenn eine Frau angebunden kniete?

»Vicky, ich warne dich. Du bist immer noch widerspenstig und du machst dir viel zu viele Gedanken. Hör auf, jede Anweisung zu hinterfragen, sonst wirst du es schwer haben. Du musst nicht verstehen, was du tun sollst. Glaub mir, wir wissen, was wir dir beibringen müssen. Merk dir, es gibt erotische Spiele und auch Züchtigungen, die Spaß machen, und es gibt Züchtigungen, die lediglich einem Zweck dienen, nämlich dir schneller Gehorsam beizubringen. Es liegt also an dir, welche Variante du zuerst kennenlernst oder ob du es vorziehst, die Spielregeln zu akzeptieren.«

Vicky hob den Kopf und schaute ihn an. Meinte er das etwa ernst? Fassungslos erkannte sie an seinem Blick, dass er die Wahrheit sprach. Wie hatte sie auch nur einen Augenblick daran zweifeln können. Immerhin hatte er sie entführt. Er hatte sie ins Loch gesteckt. Er kannte keine Skrupel. Sie schluckte. Es war wohl besser, sich zu fügen.

Als wolle er seine Worte unterstreichen, ging Tomaso zum Schrank, öffnete die angelehnte Tür und entnahm einer an der Innenseite der Tür angebrachten Halterung einen dünnen langen Stock.

Ein Wimmern kam über Vickys Lippen. Sie versuchte, ihn so ängstlich und demütig wie möglich von unten anzuschauen und flehte ihn voller Inbrunst an. »Nein, bitte, nicht, Tomaso, bitte, bitte – ich werde gehorchen.«

Er nickte und hielt ihn ihr vors Gesicht. »Ich weiß. Ich wollte dir auch nur mal zeigen, was dich erwartet. Und nur damit eines klar ist und du dich nicht irgendwelchen Illusionen hingibst: Du wirst den Rohrstock so oder so noch kennenlernen. Aber es macht einen gewaltigen Unterschied, ob dein Allerwertester vorher gut aufgewärmt wurde und dein Herr Rücksicht darauf nimmt, wie viel du aushältst, oder ob dich der Stock pur und unvorbereitet trifft.«

Dann legte er den Rohrstock auf dem Schreibtisch ab, setzte sich hinter den Tisch und begann zu telefonieren.

Vicky schaute einen Augenblick zu ihm hinüber. Sie fühlte sich von ihm eingeschüchtert, wenn auch nicht bedroht. Alles war so eigenartig. Sie seufzte laut auf.

Dann senkte sie den Kopf und versuchte ihre Gedanken auszuschalten. Noch einmal würde sie nicht leichtsinnig und spontan handeln. Bis sich ihr eine bessere Fluchtmöglichkeit bot, blieb ihr nichts anderes übrig, als möglichst perfekt mitzuspielen.

Anfangs konzentrierte sie sich noch auf Tomasos Stimme, aber nachdem sie den Inhalt seiner geschäftlichen Telefonate nicht verstand und ihre Italienischkenntnisse nicht ausreichten, ihm zu folgen, versank sie in Nachdenklichkeit.

Das Gefühl größter Verzweiflung und Angst hatte nachgelassen. Sie war inzwischen ebenso wie die anderen Mädchen überzeugt, dass man ihr keine Gewalt antun würde, obwohl das Ziel klar war. Man würde sie ausbilden und dann verkaufen. Zwar empörte es sie immer noch, wie man auf eine solche Idee verfallen konnte, aber da sie weder eine Erklärung für ihre Unterschrift hatte noch als Außenseiterin dastehen wollte, war es vorläufig am besten, nicht weiter darüber nachzudenken. Es gab nur eine Sache, die ihr wirklich Angst machte. Diese Leute schätzten sie völlig falsch ein. So wie Marc sie mit Sicherheit falsch beurteilte hatte. Er hatte nur das gesehen, was sie ihm gezeigt hatte. Eine oberflächliche junge Frau. Sie könnte sich dafür ohrfeigen, dass sie ihm so salopp einen Blowjob angeboten hatte. Ausgerechnet sie! Dabei war sie doch ganz anders. Es war doch reiner Selbstschutz, dass sie mehr und mehr dazu übergegangen war, ihr Innerstes zu verbergen, ihre geheimen Sehnsüchte und Wünsche für sich zu behalten.

»Vicky, deine Haltung lässt zu wünschen übrig.«

Sie richtete sich erschrocken auf. Sie war in eine einigermaßen bequeme, nach vorne gebeugte Stellung zusammengesunken.

Tomaso drückte ihr den Rohrstock ins Kreuz. »Deine Haltung muss stets aufrecht sein, egal ob du auf einem Stuhl sitzt oder kniest.« Er löste den Karabinerhaken. »Deine Hände bleiben in dieser knienden Position immer auf dem Rücken, außer, dir wird etwas anderes erlaubt. Streck deine Brüste nach vorne, ich will sie sehen.«

Ein Kloß bildete sich in Vickys Hals, als Tomaso mit dem Stock über ihre Brustwarzen strich. Er würde doch hoffentlich nicht zuschlagen? Bestürzt fühlte sie, wie sich ihre Nippel unter der Berührung lüstern verhärteten. Sie gehorchte und drückte ihr Kreuz durch.

»Schon besser. Dein Kopf ist gerade. Stell dir vor, du wärst eine Marionette und dein Kopf wäre in der Mitte an einem Faden aufgehängt.«

Sie fühlte, wie er ein paar Haare mit den Fingern packte und sie behutsam nach oben zupfte. »So. So bleibst du. Vollkommen aufgerichtet. Nur deine Lider sind zum Boden gesenkt. Verstanden?«

»Ja, Signor Tomaso.«

Vicky bemühte sich, seine Anweisung zu befolgen. Immer wieder ertappte sie sich dabei, wie ihre Haltung nachließ. Außerdem fingen allmählich ihre Knie und ihr Rücken an zu schmerzen.

»Nun, ich denke, das reicht fürs Erste. Machen wir etwas anderes. Steh auf.« Er löste die Kette vom Halsband.

Vicky hatte Schwierigkeiten, auf die Beine zu kommen. Ihre Muskulatur war steif, fast eingeschlafen. Tomaso griff ihr unter die Arme und zog sie hoch.

»Das war Lektion Numero Uno. Nun die Nächste. Du wirst alles zulassen, dich nicht wehren. Versuche stattdessen zu genießen. Wobei – das dürfte dir ja eigentlich nicht schwerfallen.« Er grinste. »Betrachte es als ein Privileg, wenn dein Herr dich anfasst und mit deinem Körper spielt. Lehn dich mit dem Rücken an die Stange und nimm die Hände nach hinten.«

Vicky gehorchte. Sie fühlte durch den Stoff die Kälte des Metalls.

Tomaso schaute auf ihre Brüste, strich den Stoff ihrer Bluse mehr zur Seite und nahm ihre Brüste in die Hände. »Du bist schön, aber das weißt du ja.« Seine Daumen fuhren über ihre Brustwarzen und Vicky stöhnte leise auf. Die Berührung ging ihr durch und durch. Sie wollte Tomaso hassen, weil er sie entführt und gedemütigt hatte, weil sie sich nicht ausgesucht hatte, von ihm angefasst zu werden, aber spätestens in diesem Augenblick versagte ihr Hass. Seine Finger entfachten ein Kribbeln, das nicht nur ihre Brustwarzen steif und lüstern machte. Ein sehnsüchtiges Ziehen in ihrer Vagina setzte ein. Sie biss sich auf die Unterlippe, um ein wollüstiges Stöhnen zu unterdrücken. Sie hätte ihren Körper am liebsten dafür verflucht, dass es ihr soviel Lust bereitete, liebkost zu werden und sie wünschte sich nichts mehr, als alles, wirklich alles zu erleben. Aber nicht mit ihm. Nicht mit irgendeinem Fremden, der ihr in der nächsten Minute vielleicht Todesangst einjagte. Wobei – Tomaso war attraktiv, rassig, vielleicht wäre er der Richtige, um … nein. Vickys Lust und Vernunft fochten einen stummen Kampf gegeneinander.

Tomaso presste sich an sie. Seine Hände streichelten an ihren Seiten hinunter, erreichten ihren Rock, schoben den Stoff langsam nach oben, rafften ihn geschickt zusammen. Seine Hände legten sich auf ihren nackten Po, kneteten sanft die weichen Backen.

Vicky merkte, wie sie sich versteifte. Seine Rechte streichelte über ihren Venushügel, kraulte sanft in ihren Schamhaaren. Was sollte sie bloß tun, wenn er mehr wollte? Sie würde sich ihm nicht schenken. Was hatte sie mal gelesen? *Tritt ihm in die Eier, wenn er dir an die Wäsche will.* Schaffte sie das?

»Hm, so mag ich es, warm, feucht und einladend. Du kleine geile Hexe. Dein Herr wird viel Spaß haben, wenn du so willig zur Verfügung stehst. Vielleicht sollte ich gleich mal probieren, wie schnell du kommst?« Sein Finger glitt über ihre Klitoris zwischen ihre Schamlippen.

In diesem Moment verlor Vicky die Beherrschung. »Nein, nein, ich will das nicht.« Ihre Hände pressten sich gegen seine Oberarme und sie versuchte verzweifelt, ihn wegzuschieben.

Tomaso wirkte überrascht. Er ließ sie los, ging einen Schritt zurück und musterte ihr Gesicht.

Vicky strich schnell den Rock herunter und hielt die Hände dann über ihrer Scham verschränkt. Sie senkte den Blick. Was sollte sie nur machen? Ihr Körper hatte sie verraten. Es stimmte, die Berührungen machten sie heiß, und eigentlich war dies der Moment, auf den sie schon seit Langem wartete. Aber es sollte anders passieren, nicht so. In einem Augenblick von Liebe und Romantik.

»Ich dachte, du bist heiß auf Sex? Eine richtige Nymphomanin. Oder gefalle ich dir nicht?« Tomasos Stimme war voller Spott.

»Doch, du bist … ich meine … du … Sie, aber ich …« Wie nur sollte sie ihm erklären, was mit ihr los war? Da stand sie nun mit gesenktem Blick und stotterte zusammenhangloses Zeug herum.

»Victoria, schau mich an. Was ist los mit dir?«

Ängstlich gehorchte sie und erwiderte Tomasos Blick, doch dieser lächelte sie aufmunternd an. »Also, was ist los?«

»Ich kann das nicht«, ächzte sie. »Bitte zwingen Sie mich nicht dazu, bitte.«

»Gut, wenn du meinst. Ich dachte, ich tue dir damit einen Gefallen.« Für Sekunden schaute er sie nachdenklich an. Vicky fühlte sich unter seinem Blick immer unwohler. »Zieh dich aus.«

»Was?«

»Victoria – ich wiederhole mich sehr ungern. Zieh – dich – aus. Ich werde dir schon nichts tun.«

Zitternd gehorchte sie und legte ihre Hände über ihre Scham, als sie fertig war. Tomaso lachte. Er packte ihre Hände, zog sie zur Wand, verband ihre Handfesseln mit in der Wand eingelassenen Haken und gab ihr einen Klaps auf den Po.

»So, nun kannst du wenigstens nicht wieder weglaufen, nicht wahr?«

Er umarmte sie und streichelte ihre Brüste. Langsam packte er fester zu, nahm ihre Nippel zwischen die Finger und zog daran.

»Ahhhh …« Vicky wagte einen schwachen Protest, doch Tomaso unterbrach sie.

»Psst, still, meine Kleine, sonst muss ich dir einen Knebel anlegen. Ich habe doch schon gesagt, schön brav alles akzeptieren. Dein Meister weiß genau, was er tut, – und bitte dabei etwas glücklicher dreinschauen.« Er zog und zwirbelte fester an ihren prallen Nippeln.

»Aber es tut weh.«

Tomaso lachte laut auf und fuhr fort, ihre Brustwarzen zart zu reiben, dann im Wechsel daran zu zupfen, zwischendurch aber auch sinnlich zart darüber zu streicheln. »Soll ich ausprobieren, ob dir schon der Saft herausläuft?« Seine Rechte streichelte in kleinen Kreisen sanft nach unten, zwischen ihren Brüsten hindurch, über ihren Venushügel.

»Nein, bitte …« Vicky winselte ängstlich und schloss die Augen.

»Still.«

Er machte noch eine Weile weiter, jedoch ohne ihr in den Schritt zu fassen und Vicky biss sich auf die Lippen, um nicht weiter zu jammern. Zum Glück klingelte das Telefon und er ließ von ihr ab.

Sie atmete auf. Gleichzeitig fühlte sie bestürzt, dass etwas mit ihr geschah, was sie in diesem Ausmaß nicht kannte. Zwischen ihren nackten Schenkeln fühlte sie es kleben, ihre Vagina befeuchtete ihre Schamlippen und das Ziehen in ihren Brüsten war nicht mehr nur Schmerz, sondern ein Verlangen, das auch zunehmend in ihrem Unterleib Einzug hielt. Verwirrt gestand sie sich ein, dass die Situation sie erregte und sie sich nichts sehnlicher wünschte, als dass er zurückkehrte und sie anfasste. Was war nur mit ihr los? Sie war eine Gefangene, das durfte sie niemals vergessen! Gewiss, sie sehnte sich danach, dass ihre Nippel angefasst wurden, es durfte auch ruhig ein wenig fester und fordernder sein, aber niemals hätte sie sich eine Lage wie diese herbeigewünscht. Hilflos, ausgeliefert, nackt. Ihr Puls jagte.

Nachdenklich betrachtete Tomaso Vickys Kehrseite. Sie hatten schon viele attraktive Frauen zur Erziehung hier gehabt. Die Patrona nahm durchaus nicht jede junge Frau, die sich auf die Anzeige bewarb. Sie mussten nicht nur ein hübsches Gesicht und schöne Proportionen haben, sondern sich möglichst auch voneinander unterscheiden, um sich nicht Konkurrenz zu machen, sondern den unterschiedlichen Geschmack verschiedener Männer zu befriedigen. Nur dadurch war gewährleistet, dass am Ende die Kasse stimmte. Doch bei Vicky hatte die Patrona den einen Satz gesagt, den Tomaso fürchtete. *Bei ihr stimmt etwas nicht.*

Als sie bei keinem der elf Mädchen Bedenken äußerte, war er erleichtert gewesen. Die Patrona hatte so etwas wie einen siebten Sinn. Doch dann kam Vicky, die Nummer zwölf, die das ursprünglich angestrebte Dutzend voll machte. *Finde heraus, was bei ihr nicht stimmt, Tomaso.*

Er wusste, die Patrona hatte recht. Genau das bereitete ihm Kopfschmerzen. Zuletzt war dies bei Eva der Fall gewesen. Klein, zart, wie eine Elfe, mädchenhaft, kindlich. Mit blonden langen Haaren und einer spitzen Nase. Eher eine Maus als eine Elfe. Sie wirkte auf Tomaso so unschuldig, dass er sich beim besten Willen nicht vorstellen konnte, wo das Problem sein sollte. Doch die Patrona hatte recht. Wie immer. Es gab ein Problem. Eva war schwanger, im dritten Monat, als sie zu ihnen kam. Sie würde also einen hochschwangeren dicken Babybauch vor sich herschieben, wenn es darum ging, sie zu verkaufen. Am liebsten hätten sie Eva vor die Tür gesetzt. Aber die Kleine setzte ihren ganzen Charme ein, hatte geweint und gefleht, bis sie zugestimmt hatten, sie würden zumindest versuchen, einen Mann für sie zu finden. Und dann geschah das Wunder. Es interessierte sich jemand für sie. Evas künftiger Ehemann wünschte sich Kinder, war aber zeugungsunfähig. Zwischen ihm und Eva war es Liebe auf den ersten Blick und er war bereit, sie zu schonen, bis das Kind geboren wäre. Tomaso war sich sicher, er würde seine Frau und das Kind anbeten und verwöhnen.

So war es jedes Mal. Mindestens eines der Mädchen trug ein Geheimnis mit sich herum. Tomaso trommelte mit den Fingern auf der Tischplatte. Vickys Hinterteil wirkte auf ihn wie ein Aphrodisiakum. Am liebsten hätte er sie sich genommen. Sie war genau der Typ Frau, mit der er Analsex bevorzugte, nach einer Portion Riemen auf den Po, versteht sich. Er schloss für Sekunden die Augen. Die Patrona würde ihm das nie verzeihen. Sie legte für jedes Mädchen eine bestimmte Strategie zurecht und ihr Plan ging meistens auf. Echte Gewaltanwendung und sexuelle Übergriffe gehörten nicht dazu. Sie hatte ihre eigenen Maßnahmen. Für Vicky hatte sie angeordnet, sie sexuell auszuhungern, bis sie nach Sex flehen würde. Anheizen ja, Orgasmus nein. Hoffentlich hatte die Patrona auch diesmal recht, sonst kasteite er sich jetzt völlig umsonst, statt Spaß zu haben.

Vicky war so mit ihren eigenen Gedanken beschäftigt, dass sie nicht merkte, dass Tomaso hinter ihr stand. Wieder umarmte er sie und streichelte ihre Nippel. Vicky schloss die Augen. Sie fühlte unter seinen Fingern, wie prall sie wurden. Sie seufzte leise unter der sinnlichen Berührung und zuckte mit ihrem Hinterteil unter der Lust, die ihren Unterleib durchströmte.

Vielleicht sollte sie ihn auffordern, es ihr hier und jetzt zu machen? Warum hielt sie immer noch an ihrem Vorhaben fest, sich aufzusparen? Möglicherweise war es besser, es hinter sich zu bringen.

Langsam wanderten Tomasos Hände nach unten. Er schob ihre Beine auseinander und Vicky gehorchte wimmernd. Seine Hand streichelte über ihren Po, tiefer, zwischen ihre zuckenden Schenkel und verwischte die Feuchtigkeit.

»Du wirst noch nach Sex lechzen, glaub mir. Du wirst auf allen Vieren kriechen und mich anflehen. Hast du schon mal eine erotische Züchtigung erlebt?«

Vicky schüttelte den Kopf. Sie war sich nicht einmal sicher, ob sie verstand, was er damit meinte.

»Es ist Teil unserer Erziehung, denn ein Großteil unserer Kunden steht darauf. Also genieße es.«

Er holte aus und klatschte ihr mit flacher Hand auf ihre rechte Pohälfte. Vicky quiekte auf. Doch nicht wegen des Klapses, der nicht besonders weh getan hatte, sondern vor Überraschung. Soweit sie sich erinnern konnte, hatte sie niemals einen Klaps auf den Po bekommen, nicht einmal als kleines Mädchen. Doch Tomaso gab ihr keine Zeit, darüber nachzudenken. Er klatschte ihr abwechselnd links und rechts auf den Po und die Oberschenkel. Es wurde wärmer und ihre Haut fing an zu brennen. Vicky verstand nicht, was das sollte. Es war keine reine Bestrafung – für was auch immer. Dann hätte er bestimmt fester zugeschlagen. Es waren kleine Klapse, mal schneller, mal langsamer, nicht allzu fest, deren Wirkung erst mit der Zeit einsetzte. Sie wusste nicht, ob sie lachen, schreien oder weinen sollte. Es war demütigend und zugleich aufregend. Und dann machte sie in ihrer Verwirrtheit das, wonach ihr in diesem Augenblick war: Sie warf den Kopf in den Nacken und stöhnte laut vor Lust.

Ausgerechnet in diesem Moment kam Stefano herein. Ihre Blicke trafen sich. Er grinste frech. Als er seine Hand nach ihrer rechten Brust ausstreckte, wäre Vicky gerne ausgewichen.

»Was meinst du, Tomaso, ist sie gut?« Er drückte Vicky einen Kuss auf die Lippen, während er ihre Brustwarze zupfte, aber sie gab nicht nach und presste ihre Zähne fest aufeinander. Ihr Gesicht glühte vor Verlegenheit. Stefano lachte. »Komm, Tomaso. Die Patrona verlangt nach uns.«

Vicky blieb zurück. Verschwitzt von der Erregung, feucht zwischen ihren Schenkeln und verwirrt von der Erkenntnis, dass ihr das alles durchaus ein bisschen gefallen hatte. Doch je länger sie angebunden stand und wartete, desto entwürdigender fand sie ihre Situation und umso mehr fand sie zu ihrer Wut zurück.

Das Gespräch bei der Patrona hatte eine halbe Stunde gedauert. Tomaso langweilten diese Sitzungen, bei denen alltägliche Dinge, aber auch die Strategien zur Erziehung der Mädchen besprochen wurden. Er führte lieber die Erziehungsmaßnahmen durch und hatte dabei seinen Spaß. Außerdem mochte er sich nichts vorschreiben lassen, sondern handelte lieber aus dem eigenen Bauchgefühl heraus.

Im Augenblick war Anna die Favoritin seiner Aufmerksamkeit. Wie es der Zufall wollte, kehrte sie gerade von der Toilette zum Unterrichtsraum zurück und lief Tomaso geradewegs in die Arme. Eigentlich müsste er sich weiter um Vicky kümmern, die angebunden in seinem Büro wartete. Aber auf ein paar Minuten mehr oder weniger kam es nun auch nicht mehr an.

Anna wirkte ein wenig verlegen, als sie ihn sah. Er bedeutete ihr wortlos, ihm zu folgen, und sie gehorchte. Im Speisesaal war um diese Uhrzeit niemand außer ihnen.

»Was hast du auf der Toilette gemacht? Und erzähl mir nicht, dass du pinkeln musstest!«

Sie senkte nicht einmal den Blick, als sie ihm keck antwortete. »Masturbiert!«

Tomaso biss die Zähne aufeinander und malmte mit den Kiefern, um nicht lauthals zu lachen. Dieses lüsterne kleine Biest!

»Aha, du wagst es, Befehle zu ignorieren und es mir auch noch frech ins Gesicht zu sagen? Beug dich schon mal tief nach unten! Und Rock hoch!«

Als er mit Peitsche und Rohrstock zurückkehrte, fand er

sie in der angewiesenen Position vor. Ohne Umschweife holte er aus. Die Peitsche klatschte laut auf Annas Po und sie stöhnte leise. Hieb um Hieb folgte und brannte rote Striemen auf ihr weißes Fleisch. Von Mal zu Mal wurde ihr Stöhnen lauter.

»Wenn ich dich noch einmal erwische, ziehe ich dir wieder einen Keuschheitsgürtel an! Aber diesmal gibt's kein Zurück!«

»Nein!« Anna sprang auf und wich seinem nächsten Streich aus.

Er wusste, dass sie diese Drohung traf. Sie hatte bereits einige Tage in Keuschheit gelegt hinter sich. Für manche war eine harte, unvorbereitete Züchtigung eine echte Strafe. Für Anna der Keuschheitsgürtel. Alles andere machte sie nur noch geiler und sie war bestimmt schon nass vor Lust.

»Rock hoch und bücken!«

Bevor sie gehorchte, schaute sie ihn kurz mit ihrem typischen Schmachtblick an. Ihr künftiger Herr sollte einen starken Willen haben, um dem zu widerstehen.

»Zähle laut und deutlich!« Tomaso hatte sich einen besonders dünnen geschälten Rohrstock ausgesucht. Anna hatte keine Gnade zu erwarten. Alleine schon der Gedanke, sie zu züchtigen, verschaffte ihm eine Erektion. Er liebte den Ausblick auf einen entblößten Frauenpo.

»Eins!«

Die erste Strieme brannte eine dünne dunkle Linie in Annas Haut.

Tomaso wartete einen Moment. »Hast du nicht etwas vergessen?«

»Danke Herr!«

Er fuhr fort, gab ihr die Zeit, zu zählen und sich zu bedanken, und durchzuatmen. Annas Stimme wurde mit jedem Hieb schriller, ihr Po zuckte und färbte sich Striemen um Striemen.

Ihre Hände hatten die Fußgelenke umfasst und er sah, wie sie klammerte, darum bemüht, nicht aufzugeben.

Würde sie um Gnade flehen? Tomaso hatte nicht die Geduld, dies abzuwarten. Sein Schwanz war hart und wollte Befriedigung. Er öffnete seinen Gürtel und den Reißverschluss, ließ seine Hose fallen, packte Anna an den Hüften und versenkte langsam und genussvoll seinen Schwanz in ihrer Spalte. Wie erwartet war sie heiß und bereit.

»Ich höre nichts!«, knurrte er und stieß sich einmal tief hinein.

»Bitte zeig keine Gnade und fick mich hart, Herr!«, wimmerte sie.

Tomaso lachte. Er wusste, Anna wollte nichts lieber als das. Trotzdem lag in ihrer Stimme ein flehender Unterton. Kein Wunder. Ihr Po schmerzte bestimmt recht ordentlich. Bei jedem Stoß klatschte er hart gegen ihre Striemen, die auch die Oberschenkel überzogen. Sie würde wohl einige Tage Schwierigkeiten beim Sitzen haben.

Ihr lüsternes Stöhnen gab ihm recht. Je schneller er zustieß, desto lustvollere Töne gab sie von sich.

»Ja, Herr. Gib's mir!«

Ihr Orgasmus kam noch vor seinem.

Ungeachtet der unfreiwilligen Situation machten Vicky der Italienisch- und der Stilunterricht Spaß und sie zeigte dafür besonderes Talent. Sie hatte schon immer Freude daran gehabt, sich hübsch und dem Anlass entsprechend zu kleiden, sich aufreizend und leicht tänzelnd zu bewegen, sich selbst mit den höchsten Pumps sicher zu bewegen. *Die geborene Schauspielerin*, dachte nicht nur Signora Vicosa, während sie ihr dabei zusah, wie sie auf Pfennigabsätzen voller Eleganz über ein schmales, zehn Zentimeter über dem Fußboden hängendes Brett stolzierte. Die Mädchen sollten an diesem Morgen im Fitnessraum ihre »Lauftechnik« verbessern. Es war wichtig, bei jeder Gelegenheit unverkrampft, sicher und anmutig zu laufen, ohne übertrieben wie ein Modell auf dem Laufsteg zu wirken. Signora Vicosa hatte Vicky aufgefordert, es den anderen nachzumachen, doch zu ihrer Verwunderung war Vicky nicht schlechter als die anderen, eher im Gegenteil.

Während die dürre Bianca, an der trotz kalorienreicher Sonderrationen kein Gramm Fett hängen blieb, wie ein Storch durch den Raum stakste und Signora Vicosa zur Verzweiflung trieb, hatten die anderen Mädchen durch wochenlanges Training gelernt, sich anmutig und fraulich zu bewegen, gleichgültig ob sie mit High Heels, Ballerinas oder Turnschuhen unterwegs waren, auf Parkett, Kies oder Kopfsteinpflaster. Im weitläufigen Garten war ein Teil der Wege bereits vor Jahren extra zu diesem Zweck anders gepflastert worden, und auch die unterschiedlichen Bodenbeläge im Haus boten genügend Varianten zum Üben. Vicky überraschte, indem sie schneller als die anderen begriff, worauf es ankam.

Anna machte sich ebenfalls ihre Gedanken. Vor allem während des Erotikunterrichts an diesem Morgen. Sie hatte Vicky auf Befehl von Signor Tomaso von ihren Fesseln befreit und rechtzeitig abgeholt. In den vergangenen Monaten hatte sie gelernt, keine Fragen zu stellen, daher empfand sie es auch als ganz selbstverständlich, Vicky angebunden und hilflos vorzufinden.

Gerade beschäftigten sie sich im Unterricht damit, Männer durch eine Ganzkörpermassage in Stimmung zu bringen. Zuerst allgemein massieren, dann von den Seiten den Po dazu nehmen, hingebungsvoll kneten und schließlich langsam die Pobacken hinunter zu den Hoden, mehr streicheln als massieren. Sie hatten Zeichnungen gesehen, auf denen die Handgriffe erklärt wurden und Signora Vicosa hatte es ihnen an einer Puppe demonstriert, die aus weichem Material war und entsprechend nachgab. Dann waren die Mädchen aufgefordert, sich gegenseitig zu massieren. Es gab sechs Massagebänke, damit die Mädchen paarweise arbeiten konnten und Signora Vicosa ging herum und griff ein, wenn es nötig war.

Vicky hatte kein Problem damit, Anna zu massieren. Sie verstanden sich gut und sahen sich jeden Morgen nackt, bevor sie sich anzogen. Sie genoss es auch, von Anna massiert zu werden, die viel Kraft in den Fingern hatte und es bald schaffte, Vickys verspannte Muskulatur zu lockern.

Alles, worauf die Mädchen noch warteten, zumindest einige von ihnen, war ein lebendes Übungsobjekt der Gattung Mann, aber die Signora hatte ihnen wenig Hoffnung gemacht, dass dies stattfinden würde. Dazu müssten sie warten, bis sie verheiratet wären.

Anna fiel auf, dass Vicky zu Boden sah und eine verkrampfte Körperhaltung annahm, sobald die Sprache auf das Thema Sex kam und dieses vertieft wurde. Massage ja, sexuelle Berührung nein. Es war an diesem Morgen so und auch an allen nachfolgenden. Sie vermied es, Vicky zu tief den Po hinunter zu massieren.

Abends nach dem Essen saßen die Mädchen meistens zusammen und unterhielten sich, tauschten ungeniert ihre Erfahrungen aus oder lasen. Nur selten erlaubte die Patrona ihnen, einen Unterhaltungsfilm anzuschauen. Außer Romanen bot die Bibliothek eine reichhaltige Sammlung erotischer Literatur, die den Mädchen die Möglichkeit gab, ihr Wissen in dieser Hinsicht selbst zu erweitern. Wenn sie Zerstreuung suchten, sollten sie sich damit beschäftigen.

Anna fand es mehr als merkwürdig, dass Vicky überhaupt nicht über ihre Erlebnisse sprach und es schien ihr, als überspiele sie, dass sie eigentlich sehr scheu war.

Eines Abends holte Anna einen dicken Bildband aus der Bibliothek. Sie zwängte sich zwischen Vicky und Michelle auf das Sofa im Gesellschaftszimmer und schlug das großformatige Buch auf.

»Schaut mal, sind die Fotos nicht geil? Welche Stellung hast du schon mal ausprobiert, Michelle?«

Während Michelle kichernd blätterte und drauflos

plapperte, was sie schon erlebt hatte, welche Stellung sie selbst sehr erotisch empfand und welche sie gerne mal testen würde oder sich als unbequem und eher unerotisch vorstellte, wurde Vicky aus dem Augenwinkel von Anna beobachtet. Die Fotos waren sehr ästhetisch in Szene gesetzt, ließen jedoch nichts aus. In Nahaufnahme und fortlaufenden Sequenzen wurde gezeigt, wie eine Frau sinnlich und voller Hingabe ihre Lippen über einen prachtvoll erigierten Penis stülpte, wie sich eine andere in verschiedenen Stellungen Männern hingab und ihre Vagina von einer Zunge liebkost oder in Großaufnahme von einer dicken Eichel durchdrungen wurde. Leidenschaft und Genuss war den Gesichtern der Darsteller anzusehen und man bekam schon alleine vom Anblick Lust, es ihnen gleich zu tun.

Vickys Augen waren geweitet, sie wagte kaum, auf die Fotos zu schauen. Sie zuckte zusammen, als ein Foto ein Paar beim Analverkehr zeigte. Nicht genug, es folgte eine Szene zu dritt. Während die Frau von hinten gevögelt wurde, befriedigte sie einen anderen Mann mit ihrem Mund.

Als Michelle dann eine Seite aufschlug, auf der eine Frau devot und mit einem ähnlichen Halsband, wie Vicky es immer noch trug, vor einem Mann kniete, der sie straff an einer Kette hielt, die an eben diesem Halsband befestigt war, und ihren bereits kräftig gestriemten Po mit einem Stock bedrohte, war es offensichtlich zuviel für Vicky. Auf einmal stand sie auf und murmelte, sie müsse eben mal dringend auf Toilette. Doch sie kehrte nicht zurück und Anna war nicht ihr erschrockener Gesichtsausdruck entgangen. Als Anna aufs Zimmer kam, lag Vicky bereits fest in ihre Decke eingemummelt und tat so, als ob sie schliefe.

Es war am nächsten Abend, etwa eine Stunde vor dem Abendessen. Anna stürzte ins Zimmer, wo Vicky über italienischen Vokabeln saß.

»Los komm mit.« Sie blieb im Türrahmen stehen und sah Vicky herausfordernd an.

»Wohin? Was gibt's denn?«

»Los, komm, du wirst schon sehen.« Annas auffordernde Stimme machte Vicky neugierig. »Wir müssen aufpassen und leise sein. Man darf uns nicht erwischen.«

Anna lief voraus, die Treppe hinunter, den schmalen Gang zu den drei unterschiedlich ausgestatteten, allgemein als Liebeszimmer bezeichneten Räumen. Diese dienten dem Empfang interessierter Kunden, insbesondere aber den Besuchen der Ehemänner, die ihre Frauen zur erotischen Erziehung gebracht hatten und sich von Zeit zu Zeit vom Fortschritt überzeugen wollten. Am Ende des Flures befanden sich ein Bad und Toiletten, dazwischen eine unauffällige Tapetentür ohne Beschriftung. Vicky hatte noch nie Notiz davon genommen. Selbst der Griff war klein und in die Tür eingelassen.

Anna öffnete die Tür und winkte Vicky. Sie standen in einem fast dunklen, nur von einer Art Notbeleuchtung diffus erhellten Gang. Er war höchstens zweieinhalb Meter lang und eineinhalb Meter breit, wie eine ungenutzte Abstellkammer. Anna legte einen Finger auf die Lippen. »Wir müssen leise sein, ich weiß nicht, ob man uns sonst hören kann.« An der Wand stand eine einfache gepolsterte Bank. Sie setzten sich nebeneinander und befanden sich gegenüber einer hohen schmalen Fensterscheibe, die den Blick ins Romantikzimmer freigab.

Vicky stockte der Atem. Sie begriff sofort, dass sie als Voyeure durch einen Spiegel sahen. »Michelle – Michelle und ihr Mann Henri«, flüsterte sie. »Woher weißt du –?«

»Pst, still«, mahnte Anna und drückte auf einen Knopf an der Wand neben dem Fenster. Aus dem darüber angebrachten Lautsprecher erklangen die Stimmen aus dem Zimmer. Offenbar waren die beiden erst einige Minuten zusammen, denn Michelle war dabei, ihren Mann langsam auszuziehen.

»Zeig mir, was du dazu gelernt hast, verwöhne mich«, sagte er gerade und schaute ihr tief in die Augen. Michelle nickte. Sie war vollkommen nackt, dezent geschminkt, und ihre Haut schimmerte leicht von einer Creme mit Glitterstaub. Auf ihrem Gesicht lag ein erwartungsvolles Strahlen.

Er schloss die Augen, legte den Kopf leicht in den Nacken und wartete. Sie streifte zart seine Brustwarzen, küsste und leckte sie, während sie ihm das Hemd aufknüpfte und abstreifte. Dann kniete sie sich vor ihm hin, zog den Gürtel aus seiner Hose und legte ihn sich über den Nacken, öffnete die Hose und streifte sie ihm ab, ebenso Slip und Socken. Sein Penis war noch schlaff, ohne jegliche Erregung. Ihre Küsse und Hände glitten über seine Brust, sie knetete sanft seinen Po, war in einem ständigen Aufstehen und Niederknien, alles wirkte weich, geschmeidig und liebevoll, und langsam erwachte die Kraft in seinem Glied.

Vicky war in dem Moment aufgesprungen und wollte hinauslaufen, als Henri nackt war, aber Anna war darauf gefasst gewesen und hatte sie am Arm festgehalten. »Bleib, lass uns zusehen«, raunte sie leise. »Jetzt geht's doch erst los.«

Inzwischen war Vicky von dem Anblick gefangen. Sie hatte verlegen und doch voller Neugierde zugesehen, wie Michelle ihren Mann liebkost hatte und wie sein Schwanz sich zu einer stattlichen Erektion aufgerichtet hatte. Wie gebannt hingen ihre Augen an dem, was geschah. Mit Mühe unterdrückte sie einen Schrei, als Henri seine Frau auf einmal von sich stieß, ihr den übergehängten Gürtel vom Hals riss, mit der anderen Hand auf den Boden deutete und sie mit dieser unmissverständlichen, herrischen Geste vor sich niederknien ließ.

»Ist das alles, was du zustande bringst, was du gelernt hast, Weib? Wozu glaubst du eigentlich, habe ich dich hierher gebracht?«

Michelle sah zu ihm auf und schlug bettelnd die Handflächen aneinander. »Verzeih mir, mein Liebster, es tut mir leid, ich werde mich mehr anstrengen.«

Ihre vollen Brüste wippten weich im Takt ihrer Hände und ihre Nippel standen erregt ab. Henri schmunzelte. Der devote Anblick schien ihm offensichtlich zu gefallen. Michelles Betroffenheit war entweder echt oder sie hatte schauspielerisches Talent. Vicky war sich darüber nicht sicher.

Henri machte nun eine strenge Miene. »Glaubst du, ich zahle einen Haufen Geld dafür, dass du keine Fortschritte machst? Wahrscheinlich geht man hier viel zu freundlich mit dir um, aber ich werde dir zeigen, was du verdienst.« Er hob drohend die Hand, in der er den Gürtel hielt und deutete auf die Lehne des einzigen Sessels. Michelle warf sich fast über die Lehne, so eilig schien sie es zu haben. Die üppigen Rundungen ihres Pos wölbten sich einladend nach oben. Ein fester Hieb mit dem Gürtel klatschte laut und vernehmlich auf ihre Haut.

»Aua, ja, straf mich, ich weiß, dass ich es verdient habe«, jammerte sie kläglich.

Anna kicherte leise. Vicky schaute sie fassungslos an. »Es ist ein Spiel, Vicky, er soll sie versohlen. Sie weiß, dass ihn das anmacht und sie hat ihm einen Grund geliefert, indem sie sich absichtlich ein wenig ungeschickt angestellt hat. Sie tut mir nur ein bisschen leid, dass er gleich mit dem Gürtel loslegt, statt ihren Hintern erst ein wenig anzuwärmen. Das würde ihr bestimmt mehr Lust machen.« Sie presste ihre Nase voyeuristisch gegen das Glas. »Aber deswegen ist sie ja hier, damit sie lernt, Spaß an solchen Rollenspielen zu haben. Sie hat mir erzählt, dass er ganz heiß darauf ist, pass auf.«

Henri holte gerade zum vierten Mal aus und Michelle kreischte lauter als zuvor ihren Schmerzensschrei heraus. Sie sprang auf, hopste ein wenig herum, aber Henris herrische Geste ließ sie demütig an ihren Platz zurückkehren. Erneut klatschte der Gürtel auf ihren Po nieder, auf dem nun auch schon Striemen zu sehen waren.

Vicky war schockiert. War die kleine Züchtigung, die Tomaso ihr gegeben hatte, nur ein Vorgeschmack auf das gewesen, was daraus noch werden könnte? Am liebsten wäre sie hinausgelaufen und doch konnte sie nicht den Blick von der Szene wenden. Es verwirrte sie, dass Michelle keine Anstalten machte, sich zu wehren und der Züchtigung zu entgehen.

»Was? Ihm gefällt das? Und Michelle?«

»Psst«, machte Anna.

Henri hatte Michelle inzwischen vom Sessel hochgezogen und in seine Arme genommen. Er streichelte ihr liebevoll über den Rücken und über ihren knallroten Po. Dann flüsterte er ihr etwas ins Ohr.

Michelle löste sich aus seiner Umarmung, gab ihm einen sanften Kuss auf die Lippen, ging zum Bett und stützte sich nach vorne gebeugt, mit gespreizten Beinen auf. Die beiden heimlichen Beobachterinnen sahen sie von der Seite, wie sie mit gesenktem Kopf wartete. Ihre vollen Brüste schwangen von der Bewegung noch ein wenig hin und her. Ihre Brustwarzen zeichneten sich deutlich ab.

Henri stellte sich neben Michelle und holte aus, zunächst mit der flachen Hand, zuerst leicht, dann immer stärker. Ihr Po bebte unter seinen Schlägen und sie warf den Kopf in den Nacken, seufzte mit leicht geöffneten Lippen. Den Gürtel hielt er in der anderen Hand, ließ ihn in Michelles Blickfeld baumeln, es war unmissverständlich, was er vorhatte. Sie begann, leise unter dem stärker werdenden Schmerz zu stöhnen.

Michelle war froh, dass man sie langsam auf solche Sexspiele vorbereitet hatte und wusste, dass sie noch mehr aushielt. Ihr Mann hatte eine Wunschliste erstellt, was er von seiner Frau am Ende der Ausbildung erwartete. Tomaso und Stefano hatten Michelle daher umfassend alles kennenlernen lassen. Sie hatte kaum darüber gesprochen, war anfangs schockiert gewesen, aber insbesondere Stefano gab ihr Zeit, ihren Körper bei jeder

Sitzung neu zu entdecken und sich mit den diversen Praktiken anzufreunden. Heute war es jedoch nicht Stefano, der sie züchtigte, sondern zum ersten Mal ihr Mann und sie genoss es, von ihm auf diese Art berührt zu werden.

Doch nicht nur das, das verlangende Ziehen in ihrer Vagina wurde immer intensiver, ihre Scham fühlte sich feucht und warm an, und sie spürte seit langer Zeit wieder den Wunsch, mit ihrem Mann zu schlafen. Jetzt war sie froh, ihrem Sexleben durch eine erotische Erziehung eine Wende zu geben und seine Neigungen nicht mehr abartig, sondern aufregend zu finden. Ja, bis zu diesem Augenblick war sie nicht sicher gewesen, ob es sie erregen würde, aber ihr Körper reagierte tatsächlich. Es war einfach nötig gewesen, ihre Abneigung zu überwinden. Der erwartungsvolle Glanz in Henris Augen und sein zärtlicher Kuss bei ihrer Begrüßung hatten ihr zusätzlich Mut gemacht. Seine Hand hatte beinahe zufällig ihre Brustwarzen gestreift und einen Funken in Michelles Vagina entzündet, der mehr und mehr loderte.

Plötzlich hörte Henri auf, ihren Po zu klatschen und sie sah fragend seitlich zu ihm auf. Verschwitzte Haarsträhnen hingen ihr über die Augen. »Du weißt, das waren nur die hors d'oevres, Michelle. Nun bitte mich darum, dich wirklich zu bestrafen.«

Michelle entfuhr ein Ächzen. Noch nie hatte sie darum gebeten. Es war der einzige Teil der Übung, den sie Stefano verweigert hatte, obwohl sie wusste, Henri würde es von ihr erwarten. Trotzdem sie es immer wieder vor sich hingesagt hatte, abends, wenn sie nicht einschlafen konnte, fiel es ihr schwer, dies nun in die Tat umzusetzen. Eigentlich hatte sie die bisherigen Schläge schon als Züchtigung empfunden, aber sie traute sich nicht, zu widersprechen. Sie sehnte sich, wieder nach Hause zu dürfen. Sie vermisste Henri und war bereit, alles zu tun, um ihre Ehe zu retten und seine Liebe wiederzugewinnen.

»Züchtige mich, Henri, bitte, zeig mir, dass ich dir zu gehorchen habe, dass du der Herr im Haus bist und ich nur eine Sklavin.«

»Wie du willst«, brummte Henri tief und zufrieden. »Du warst unartig und hast nichts anderes verdient«, und er holte aus. Der Gürtel klatschte fester als zuvor auf ihr Gesäß und sie schrie auf und warf den Kopf in den Nacken.

Vicky zitterte am ganzen Körper. Es war an Michelles Gesichtsausdruck nicht zu übersehen, dass sie ihre Lage genoss, dass ihr Stöhnen und Zucken nicht nur ein Ausdruck des Schmerzes war, sondern sie auch im Übermaß erregte. Und je lauter sie stöhnte und schrie und auch um Gnade winselte, desto mehr erregte es Henri. Sein Penis war prall und groß, stand steif und erwartungsvoll. Vicky starrte nur noch darauf. Er würde sie vollkommen ausfüllen, wenn er in sie eindrang. Ob es wohl schmerzte? Er kam ihr riesig vor.

Doch daran dachte er scheinbar noch gar nicht. Michelles Flehen um Gnade gefiel ihm. Ihr Po und ihre Oberschenkel waren knallrot, der Gürtel zeichnete breite Streifen, die noch dunkler, fast blau waren und dennoch hielt Michelle zitternd und laut schreiend tapfer durch, die Hände in die Armlehnen des Sessels gekrallt, bis Henri plötzlich den Gürtel von sich warf, ihre Hüften packte und sich von hinten tief in ihre Vagina senkte, in einem schnellen Rhythmus hinaus und hinein stieß.

Michelles Aufschrei klang einer Erlösung gleich. »Raaaah, ja, Henri. Nimm mich. Fick mich!«

Vicky zitterte, obwohl sie ihre Beine zusammenpresste und dazwischen ihre Hände eingeklemmt hatte. Sie kannte nur normalen Sex, aber keinen, der mit Züchtigung und Lustschmerz einherging. Auf der einen Seite war es interessant und aufregend, doch auf der anderen Seite erschreckend. Wie war es möglich, dass Michelles Gesicht dabei vollste Verzückung zeigte?

Wie warm und stickig es doch in diesem kleinen Raum war. Vicky lief der Schweiß herunter, ihre Bluse klebte an ihrem nass geschwitzten Busen und auch ihre Schenkel klebten, doch aus einem anderen Grund. *Nein, es war doch nicht möglich, dass sie vom Zuschauen so erregt war?* Sie sah sich nach Anna um und riss überrascht ihre Augen auf. Anna hatte ihre Bluse und ihren BH geöffnet, und ihren Rock nach oben geschoben, saß mit weit geöffneten Beinen zurückgelehnt da, streichelte mit einer Hand ihre Brust und mit der anderen ihre Klitoris, während sie durch den Spiegel zusah, einen lüsternen Ausdruck auf dem Gesicht.

Vicky konnte die Augen nicht von ihr lassen. Natürlich masturbierte sie auch, nachts unter der Bettdecke, aber sie sah es Anna an, dass ihr Vickys Anwesenheit überhaupt nichts ausmachte und sie völlig weggetreten war, alles um sich herum vergessend. Es wurde Vicky schmerzlich bewusst, dass sie niemals so ungeniert und voller Lust masturbieren könnte wie Anna. Ihr Blick war jetzt glasig und starr. Sah sie überhaupt noch, was dort im Raum vor sich ging?

Sekunden später schloss Anna ihre Augen, rang unter ihrem Orgasmus nach Luft. Dann schlug sie die Lider auf und drehte den Kopf. Sie grinste Vicky ungeniert an und nahm sich Zeit, ihre Kleidung wieder in Ordnung zu bringen. Schließlich machte sie den Lautsprecher aus, durch den nur noch ein liebevolles Geflüster von Michelle und Henri erklang, die glücklich Arm in Arm auf dem Bett kuschelten, sich küssten und ausruhten.

Vicky saß erhitzt und mit knallroten Backen neben ihr und empörte sich nun leise über die Züchtigung, aber auch über Annas ungenierte Selbstbefriedigung. Anna erwiderte nichts, sie kicherte nur und forderte Vicky auf, ihr zu folgen. Unbemerkt verließen sie ihr Versteck und kamen gerade noch rechtzeitig zum Abendessen. Vicky war kurz auf der Damentoilette verschwunden, um sich kaltes Wasser ins erhitzte Gesicht zu klatschen und abzukühlen. Michelles Platz blieb an diesem Abend leer.

Anna wartete auf ihrem Bett sitzend. Vicky hatte sich extra Zeit im Bad gelassen und gehofft, ihre Freundin würde bereits schlafen. Während des Essens hatten sie kein Wort über das Gesehene verloren. Der kleine Beobachtungsraum würde ihr Geheimnis bleiben.

»Nun?« Annas Miene drückte Neugierde aus. »Das ist doch besser als jeder Porno, oder?«

Vicky setzte sich auf die Bettkante. Sie versuchte, ihre Unsicherheit zu überspielen. »Hm, schon.« Sie hatte keine Ahnung, weil sie noch nie einen Pornofilm angeschaut hatte. Sie hatte Angst.

Annas volle Lippen verzogen sich zu einem breiten Grinsen. Sie kniete sich auf ihr Bett und beugte sich vor über den Rand. Sie fauchte und schnurrte wie eine große Katze. »Grrrr, gib zu, es hat dich angemacht.«

»Na ja, ein bisschen.«

Anna schnurrte erneut. »Du bist eine verdammt schlechte Lügnerin. Grrrr. Du hast ausgesehen, als hätte dich der Schlag getroffen.« Sie kicherte. »Kann es sein, dass es gar nicht stimmt, was man über dich erzählt? Hast du das Gerücht, du wärst nymphoman selbst in die Welt gesetzt?«

Auf Vickys Kopfhaut setzte ein Kribbeln wie von Tausend Ameisenfüßen ein. Sie ließ sich rücklings auf die Bettdecke fallen, um Annas Blick zu entgehen. »So ein Quatsch, wie kommst du denn darauf?«

Anna ließ nicht locker. Sie sprang von ihrem Bett, kniete sich neben Vicky, und stützte sich mit einer Hand auf der anderen Seite von Vickys Arm auf. Sie schaute ihr direkt in die Augen. »So, du Unschuld aus der Großstadt, erzähl mal, was ist los mit dir?«

»Was soll schon los sein? Ich weiß gar nicht, was du meinst.« Am liebsten hätte Vicky Anna einfach weggestoßen.

»Bist du lesbisch?«

Anna reagierte schnell. Als Vicky sich empört aufrichtete, drückte sie ihre beiden Oberarme herunter. Sie beugte sich tiefer, bis sich ihre Nasenspitzen fast berührten.

»Hör auf mit dem Scheiß. Lass mich los!« Vicky strampelte mit ihren Beinen, aber Anna war doch zu schwer, um sie abzuschütteln.

»Nee, zuerst sagst du mir die Wahrheit. Oder – ich erzähle der Patrona, dass du es heimlich mit Paolo treibst.«

»Bist du verrückt? Ich kenne keinen Paolo.«

»Ich weiß. Aber ich. Das ist der Kerl, der täglich das frische Gemüse liefert. Und ich bin sicher, da lässt sich was einfädeln. Vielleicht gefällt er dir sogar. Mitte zwanzig, temperamentvoll, immer gut drauf – der ist so heiß, der vögelt dich jederzeit und überall. Wenn du es also nötig hast? Aber ich glaube, der Patrona würde das gar nicht gefallen.«

»Wie kannst du nur so gemein sein? Und überhaupt, warum sollte die Patrona das glauben? Sie würde diesen Paolo fragen und er würde erklären, dass alles gar nicht stimmt.«

Anna lachte. »Bist du dir da so sicher? Wenn ich ihm einen blase, behauptet der sogar …«

»Hör auf.«

»Gut. Kommen wir zurück zu dir. Warum macht dich das Thema Sex mit Männern so verlegen, hm? Bist du nun lesbisch oder nicht?«

»Nein.«

Vicky saß in der Falle. Anna würde nicht aufgeben, bis sie eine zufriedenstellende Antwort erhielt. Aber würde sie auch schweigen? Es war nicht möglich, ihr auf Dauer auszuweichen, immerhin teilten sie das Zimmer miteinander. Außerdem – genau genommen war Anna doch im Augenblick alles, was sie hatte.

»Hör mal, wir sind doch alle hier, weil wir nicht nur einen reichen Ehemann suchen, der uns durchfüttert und verwöhnt, sondern auch, weil wir selbst geil auf Sex sind und auch genau so einen Mann wollen. Einen der so heiß auf uns ist, dass er uns jeden Wunsch von den Augen abliest, damit wir mehrmals täglich ihm einen blasen oder mit ihm vögeln. Nur du tust so, alles ginge dich das alles überhaupt nichts an. Also – was ist los?«

Vicky presste verstockt die Lippen zusammen.

»Nun mal raus mit der Sprache, wo brennt bei dir der Schuh. Jedes Mal, wenn die Rede von Sex ist, ziehst du dich in dein Schneckenhaus zurück.«

Wahrscheinlich würde Anna ihr sowieso kein Wort glauben. Oder doch?

»Was ist nun? Ich warte!«

»Damit du losrennst und es jedem auf die Nase bindest? Ich bin doch nicht bescheuert!«

»Ach, so schlimm ist es?« Sie grinste spöttisch, lockerte ihren Griff und hockte sich im Schneidersitz neben Vicky. »Ich dachte, wir sind Freundinnen und können über alles reden, oder?«

Vicky setzte sich auf, ihr gegenüber und überlegte einen Augenblick. Vielleicht würde Anna ja doch Verständnis für sie haben. »Also gut, ich – ich bin noch Jungfrau.« Nun war es unwiderruflich heraus.

»Nicht schlecht, guter Scherz. Und was ist wirklich dein Problem?«, erwiderte Anna gelangweilt.

»Das ist die Wahrheit«, stieß Vicky ungeduldig hervor.

Anna guckte einen Moment verblüfft, dann prustete sie: » Jungfrau? Du bist also wirklich noch unberührt? Du nimmst mich auf den Arm!«

»Glaub‘s oder lass es bleiben!«

»Entschuldige bitte, aber das ist wirklich zu komisch.« Anna hatte sichtlich Mühe, ein lautes Lachen zu unterdrücken. »Aber, du bist doch attraktiv und – wie alt bist du? Schon dreiundzwanzig?«

Vicky nickte. »Ich weiß. Eine alte Jungfer.«

Anna legte ihr tröstend eine Hand auf den Arm. »Sag mal, hat denn noch nie einer ernsthaft versucht, dich ins Bett zu kriegen?«

Vicky senkte den Blick. »Doch, natürlich. Aber ich habe es irgendwie geschafft, nicht nachzugeben.«

»Und warum?«

»Du findest das jetzt sicherlich doof, aber ich – ich wollte auf den Richtigen warten, und der war einfach nicht dabei. Weißt du, meine Mutter, die – die hat es wirklich mit jedem getrieben, und mein Stiefvater, der war auch nicht besser. Die haben sich sogar in unserem Beisein – also küssen finde ich ja in Ordnung, aber im Beisein anderer – ihr an den Busen fassen – oder –« Vicky brachte die Worte nicht über die Lippen. »Ich fand das so widerwärtig. Ich glaube, die haben's wirklich überall getrieben.«

Anna zog die Schultern hoch. »Ich weiß nicht, was du hast. Man muss doch nicht immer nur im Bett vögeln, kann doch ganz spannend sein, woanders. Auch mit dem Kick, dass man vielleicht dabei erwischt oder beobachtet wird.«

Vicky schüttelte sich bei dem Gedanken, dass ihr jemand zusehen würde, so wie sie beide wenige Stunden zuvor Michelle.

»Nun, wie auch immer, wir müssen etwas tun, damit du nicht wie eine alte Jungfer in deine Ehe schlitterst.«

»Aber – ?«

»Moment, lass mich ausreden. Von mir aus *als* Jungfrau, aber nicht *wie* eine Jungfrau. *Capito?* Jetzt verstehe ich endlich, warum du dich immer so zickig benimmst. Du musst wenigstens über alles Bescheid wissen, damit du dich nicht lächerlich machst.«

»Und wie soll das gehen?«

»Mir wird schon was einfallen. Verlass dich auf mich.«

Vicky streckte sich gähnend. Sie war froh, dass sie Anna ihr Geheimnis anvertraut hatte. Es tat gut, eine Freundin zu haben und irgendwie fühlte sie sich ein wenig erleichtert. Sie räkelte sich und blinzelte. Anna war meistens vor ihr wach. Auch an diesem Morgen war sie bereits

Duschen gewesen und begann nun sich sorgfältig einzucremen. Vicky schaute ihr ungeniert zu. Sie hatte ihre Scheu verloren, nackt im Zimmer herumzulaufen oder Anna zu betrachten, weil diese damit ganz natürlich umging. Als sie jedoch einen Fuß auf der Bettkante aufstellte, um sich bequemer dem Eincremen ihrer Beine widmen zu können, und dabei Vicky Rücken und Po zuwandte, quiekte Vicky leise auf.

Anna schaute sie über die Schulter hinweg an. »Hey, erschreck mich nicht so. Sag lieber erstmal guten Morgen. Was ist denn los? Hast du eine Spinne an der Wand entdeckt?« Sie runzelte ihre Stirn und sah sich suchend um.

Vicky setzte sich auf und deutete mit ausgestrecktem Zeigefinger auf Annas Po. »Nein, keine Spinne, schlimmer, was ist denn das? Du hast ja lauter Striemen auf deinem Hintern.«

Anna warf den Kopf in den Nacken und lachte keck. »Ach so. Die habe ich schon seit zwei Tagen, hast du nur nicht mitbekommen. Das wirst du schon auch noch erleben.«

»Was?«

»Hey, es gibt nicht nur Blümchensex. Manche mögen's eben heißer und züchtigen gerne dabei. Noch nie was von Spanking gehört?«

»Nein.« Vicky hatte das Gefühl, ein enger Ring würde sich um ihre Brust zuziehen. »Nennt man das so, was Michelles Ehemann mit ihr gemacht hat?«

Anna nickte. »Du wirst erleben, wie aufregend das sein kann.«

»Nein, nein, dass will ich nicht. Das muss doch richtig wehgetan haben.« Vicky war schockiert. Was mochte es noch geben, wovon sie nichts wusste? Gewiss, als sie Michelle zugesehen hatte, hatte sie Erregung verspürt. Aber durch den Spiegel war ihr das so weit weg vorgekommen, fast wie ein Spielfilm. Doch Annas Haut war nah und real. »Wer hat das bei dir gemacht?«

Anna blieb Vicky die Antwort schuldig. »Natürlich tut

das weh, das ist doch gerade der Reiz daran. Zuerst nur ein wenig, dann fängt es an zu brennen und zu beißen. Aber es ist aufregend. Irgendwann fängst du an zu jammern und du weißt nicht, wann er davon genug hat, dich betteln und flehen zu hören, aber wenn er davon einen Steifen bekommt und heiß wird, ist es doch okay und die Mischung aus Unterwerfung und Schmerz macht dich selbst ganz rammdösig.«

»Nein, das ist pervers!«

Anna lachte lauter. »Hey, Schätzchen, du hast doch keine Ahnung, was pervers ist. Das ist doch nur eine Art der Betrachtung. Solange es beiden Spaß macht, abgesehen davon – es wird dich sowieso keiner um deine Meinung fragen. Du hast unterschrieben, also wirst du tun, was man von dir erwartet, und es ist am besten, du versuchst Spaß dabei zu haben.«

»Ich erinnere mich gar nicht, was ich unterschrieben habe, und überhaupt –«

Anna war mit ihrer Prozedur fertig und baute sich mit in die Hüften gestemmten Armen vor Vicky auf. »Du nervst, Vicky, und du langweilst. Wie oft willst du das Thema noch durchkauen? Was ist so schlimm daran, sich auf diese Weise einen Ehemann zu suchen?«

Vicky verzog das Gesicht zu einer Grimasse. »Ich wusste gar nicht, dass *wir* suchen? Ich dachte, es ist umgekehrt, man sucht uns und wir dürfen nicht mitreden?«

Anna wendete sich ab und begann sich anzuziehen. »Ach, nun sei doch nicht so kleinkariert.«

Vicky flüsterte. »Aber ich kann das nicht.« Ihre Stimme klang kläglich.

»Doch du kannst. Ich habe doch gesagt, ich helfe dir dabei.«

Vicky schluckte und sah zu Anna hinüber. »Versprochen?«

»Ja doch. Und nun geh dich endlich waschen und anziehen. Sonst kommen wir zu spät zum Frühstück.«

Vicky schlenderte den Gang hinunter zum Bad. Als sie Minuten später zurückkehrte, hatte Anna bereits die Kleider vom Garderobenhaken vor ihrer Tür abgenommen und auf die Betten gelegt.

Vicky hatte sich noch nicht daran gewöhnt, keine Unterwäsche zu tragen. Einerseits war es schön, weiche Stoffe direkt auf der Haut zu spüren, andererseits empfand sie das Tragen von Unterwäsche wie einen gewissen Schutz. Gedankenverloren nahm sie das Kleid in die Hand und zog es an. Es war ein blaugrüner Stoff, der einen schönen Kontrast zu ihrer Haut bildete, das Oberteil aus hautengem Stretch, der daran angenähte Rock knielang und seitlich geschlitzt. Doch kaum hatte sie sich angekleidet, sah sie sich suchend um. »Wo hast du die Bluse versteckt? Rück sie sofort raus.«

Anna saß vor der Spiegelkommode, hatte sich frisiert und geschminkt. Sie drehte sich um. »Wieso? Mehr gibt's heute nicht.«

»Wie bitte?« Vicky war fassungslos. Auch Anna trug ein Kleid, das knapp unter ihren Brüsten endete. »Sollen wir etwa so herumlaufen? Halb nackt?« Nicht genug, dass sie keinen Slip erhielten, nun sollten sie auch noch barbusig bleiben?

»Hast du etwas daran auszusetzen?« Stefano hatte ohne Anzuklopfen das Zimmer betreten. Er strich Vicky zärtlich über ihre nackte Schulter, dann beugte er sich herunter und verteilte kleine Küsse in ihrem Nacken. Vicky war starr vor Schreck.

»Hm, du riechst gut, frisch geduscht, hm?« Er legte seine Hände auf Vickys Busen und sie gab einen leisen Protest von sich. »Schh, du wirst doch wohl nichts dagegen haben, dass ich dich anfasse?« Seine Finger kreisten sinnlich um Vickys Brustwarzen und sie spürte, wie sich diese verhärteten. Als er sie endlich berührte, glich dies fast einem Stromschlag. Es war ihr unangenehm, dass Anna zusah und zugleich war es aufregend. Sie schauten sich tief in die Augen, versanken in der sichtbaren Erregung der anderen. Während Stefano weiter Vickys Nippel streichelte, glitt Annas Hand unter ihren Rock und Vicky sah, wie ihre Augen dunkler wurden und sie sich langsam vor und zurück bewegte, dabei selbstvergessen an ihrer Unterlippe saugte. Vicky seufzte leise. Stefanos Hände verstanden es, ihre Endorphine zu wecken.

Sie schrien fast zeitgleich auf, als Stefano plötzlich Vicky losließ und Anna packte, sich an ihrer Stelle auf den Stuhl setzte, sie über seine Knie zog und ihren Rock hochschlug. Seine Hand klatschte in schneller Folge auf ihre Striemen, die augenblicklich eine dunklere Farbe annahmen. Doch Anna schrie nicht weiter, sie gab ein lüsternes Keuchen von sich und wand sich im Takt seiner Hiebe. Vicky war zurückgewichen und hatte sich auf ihre Bettkante gesetzt. Annas lustvolles Stöhnen verstärkte das von Stefano kaum geweckte Feuer zwischen ihren Schenkeln und sie fühlte beinahe noch seine Hände auf ihren Brüsten.

Was ist nur los mit mir? Beinahe wünschte ich mir, an Annas Stelle zu sein.

Ein dreimaliger Gong war zu hören. Stefano stieß Anna von seinen Schenkeln. Sie wimmerte immer noch vor Lust. »Los, ab zum Frühstück. Und – wehe dir Anna, wenn du es dir noch mal selbst machst. Dann lege ich dir einen Keuschheitsgürtel an. Ich weiß, du magst das nicht.«

Während Vicky nach dem Frühstück zum Italienischunterricht eilte, redete Anna sich heraus, dass sie dringend auf die Toilette müsste. Doch kaum war Vicky aus ihrem Blickfeld verschwunden, machte sie sich auf die Suche nach Stefano. Wenn sie Glück hatte, würde sie ihn in seinem Büro antreffen. Bevor sie klopfte, sah sie an sich herab, zupfte das Kleid ein wenig zurecht, sofern man diesen Hauch Nichts überhaupt ein Kleid nennen durfte. Ihre Brustwarzen standen zwar hervor, waren aber alles andere als hart und hervor stehend, eher zwei weiche samtige Knöpfe. Sie strich mit den Daumen darüber, zwirbelte ein wenig und es genügte, sie zum Stehen zu bringen. Daraufhin klopfte sie zweimal an die Tür und zu ihrer Erleichterung hörte sie ein Herein.

»Signor Stefano. Hätten Sie bitte einen Augenblick für mich Zeit?«

»Sicher, Anna, komm herein.«

Anna schloss die Tür hinter sich und trat mit auf dem Rücken verschränkten Händen an den Schreibtisch heran. Es entging ihr nicht, dass Stefano aufmerksam ihre Haltung musterte, seine Augen ein wenig länger auf ihren Nippeln ruhten und sie streckte ihren Busen noch ein bisschen hervor. Die Kleidervorschrift an diesem Morgen war möglicherweise nützlich für ihr Vorhaben. Auch Stefano war schließlich »nur« ein Mann.

»Nun, um was geht es? Möchtest du dich für dein schlechtes Benehmen entschuldigen?«

Anna lächelte und blickte Stefano mit schräg gelegtem Kopf an, die Lider leicht geschlossen, den Mund ein wenig spitz geschürzt. In der Regel konnte diesem Ausdruck niemand widerstehen, das wusste sie aus Erfahrung, aber sie fürchtete, es würde nicht einfach sein, Stefanos Schale zu knacken. Mann her oder hin. Er war ein verwöhnter Profi.

»Es geht um ein Geheimnis, um etwas, über das ich eigentlich nicht reden darf.«

»Aha, und warum kommst du zu mir, wenn es ein Geheimnis ist?«

Anna schlug die Augen nun ganz nieder, als ob sie schuldbewusst oder verlegen wäre. Sie zögerte bewusst mit ihrer Antwort, in der Hoffnung, ihn neugierig zu machen. Stefano hatte bestimmt schon vieles bei der Erziehung der Mädchen erlebt und würde nicht einfach zu beeindrucken sein. Vielleicht war er aber auch gelangweilt und sie würde ihm etwas Neues bieten? Nach allem, was sie bisher über ihre Vorgängerinnen gehört hatte, war so eine wie Vicky noch nie dabei gewesen. Sie beobachtete Stefano zwischen ihren Wimpern und den von der Stirn herabhängenden Haarsträhnen hindurch. Er zog bereits ungeduldig die Augenbrauen hoch.

»Anna, stiehl mir nicht meine Zeit. Wenn du etwas zu sagen hast, dann sag es jetzt.«

»Na ja, es ist doch ein Geheimnis und ich dachte …«

»Was dachtest du?« In Stefanos Stimme klang ein drohender Unterton mit.

Anna nahm die Hände vom Rücken. Sie ging langsam, mit schwingenden Hüften um den Schreibtisch herum, legte eine Hand auf Stefanos Brust, mit der anderen kraulte sie sanft seinen Nacken. Ihr Busen befand sich auf der Höhe seines Kopfes, und wenn er ihn nur ein wenig herumdrehte, wäre es denkbar, dass er ihre Nippel kostete. Doch er schloss die Augen und brummte leise. »Na ja, wissen Sie, Signor Stefano, ich finde Sie echt sexy, und wenn ich mich nicht irre, gefalle ich Ihnen auch.«

»Hmmm.«

Anna drehte den Stuhl zu sich und kniete sich nieder, zwischen Stefanos Beine. Er öffnete seine Augen und sah sie an. Ihre Hände lagen auf seinem Geschlecht, bereit, den Reißverschluss seiner Hose zu öffnen.

»Nun Anna, natürlich hast du gewisse Reize, die auch mich nicht kalt lassen. Aber wie du dir vielleicht denken kannst, werdet ihr alle für eure Männer aufgespart.«

Aha. Scheinbar wusste er nicht, dass Tomaso und sie es fast täglich miteinander trieben.

»Ja, ja ich weiß. Aber das dauert ja noch so schrecklich lange. Bis dahin …« Anna klimperte ein wenig mit ihren Augen. »Wir könnten doch vielleicht ein kleines Geschäft miteinander abschließen. Ich verrate Ihnen das Geheimnis und Sie schlafen dafür mit mir, es braucht ja keiner zu wissen.«

Stefanos Mundwinkel zuckten amüsiert. »Versuchst du gerade mich zu verführen, du geiles Luder, und dabei auch noch zu erpressen?«

Anna schüttelte in künstlichem Entsetzen den Kopf.

»Nein, nein, das würde ich mich niemals trauen, aber ich dachte – so ein kleines Entgegenkommen – was ist denn schon dabei? Wenn ich mich nicht selbst befriedigen darf, muss es doch eine andere Möglichkeit geben, oder?«

»Also gut, ich denke darüber nach.« Stefano wirkte gnädig. »Um was für ein Geheimnis geht es denn?«

Sie zog langsam den Reißverschluss auf.

»Und Sie werden auch wirklich …?«

»Anna. Ich warne dich, strapaziere nicht meine Geduld.«

Der Reißverschluss öffnete sich Stück für Stück, wie in Zeitlupe und Annas Hand befreite Stefanos Geschlecht vom Stoff des Slips. Zufrieden lächelte sie. Seine Erektion war noch schwach, aber immerhin ein Zeichen, dass er ihren Reizen nicht zu widerstehen vermochte.

»Also, es ist so, es geht um Vicky.« Sie schaute zu ihm auf, während sie sich über ihre Lippen leckte, sie sanft über seine Spitze stülpte und mit der Zunge zu lecken begann.

»Du wolltest mir etwas erzählen«, stieß er mühsam hervor. Seine Augen waren eine Nuance dunkler geworden.

»Ich weiß jetzt, warum sie sich so merkwürdig verhält«, nuschelte sie, ohne seinen Penis aus ihrem Mund zu entlassen.

Stefano runzelte die Stirn. »Und?«

Anna schloss ihre Lippen fest um seinen Schaft und begann zu saugen, ihn tief in ihren Mund zu nehmen. Gleichzeitig umfingen ihre Hände seine Hoden und streichelten sie sanft. Stefano schloss stöhnend die Augen. Annas Zunge tanzte über seine Eichel, vorwärts, rückwärts – dann hörte sie plötzlich auf.

»Vicky ist noch Jungfrau.«

Sie erschrak, denn er schnellte plötzlich vor und packte sie an beiden Handgelenken. Seine Finger bohrten sich schmerzhaft in ihre Haut. »Wiederhol das noch mal«, stieß er unbeherrscht hervor. Sein Mund hatte einen herben Zug angenommen, alles in allem wirkte er bedrohlich und unberechenbar, und Anna hatte Mühe, ruhig und selbstbewusst zu antworten.

»Es ist so, wie ich gerade sagte. Vicky ist Jungfrau, sie hatte noch nie Sex. Das ist die Wahrheit.«

»Anna, wenn du mich verarscht, dann stecke ich dich drei Tage lang ins Loch.«

»Nein«, unterbrach sie ihn ängstlich. Seine Reaktion hatte sie sich eigentlich anders vorgestellt. Die Sache begann, sich völlig falsch zu entwickeln. »Nein, ich schwöre, es ist die reine Wahrheit.«

»Anna!«

Sie senkte den Blick. »Signor Stefano, Vicky hat es mir selbst gesagt. Sie bildet sich ein, dass sie sich für den Richtigen aufsparen will.«

Obwohl sie diesen Blödsinn nicht glaubte, hatte sie sich ausgemalt, dass es eine nette Abwechslung wäre, gemeinsam darüber zu lachen, und dass Stefano sie anschließend gerne gevögelt hätte.

Er starrte sie für Sekunden nur an, dann gab er ihr eine schallende Ohrfeige.

Anna stöhnte. Ihre Wange brannte wie Feuer.

»Und jetzt mach weiter! Und wehe dir, du machst es nicht gut!«

Ohne Widerspruch senkte Anna erneut ihren Kopf über seinen Schoß. Sie fuhr mit ihrer Hand auf und ab, leckte sanft, dann fester über seine Eichel. Stefanos Stöhnen wurde lauter und es dauerte nur Sekunden, bis sein Samen in ihren Mund schoss. Seine Hand drückte ihren Kopf nach unten, und sie saugte und leckte, bis nichts mehr kam.

Verdammt, ihre Schenkel waren feucht und ihre Grotte noch heißer als zuvor. Stefano gab ihr einen Klaps auf den Kopf und sie wich zurück. Er zog seine Hose zu und stieß den Stuhl rückwärts von sich. »Komm mit.« Er zerrte sie hoch und schob sie vor sich her, den Gang entlang, öffnete ohne anzuklopfen die Bürotür der Patrona, schubste Anna hinein und drückte sie auf die

Knie herunter.

»Stefano, wo bleiben deine Manieren? Warum klopfst du nicht an, bevor du hier hereinstürzt?«

»Verzeih Patrona, aber Anna hat dir etwas sehr Wichtiges mitzuteilen. Los, wiederhole, was du mir gerade erzählt hast.«

Anna blickte die Patrona nicht an. Sie begann an der Richtigkeit ihrer Entscheidung zu zweifeln. »Es war doch nur ein Scherz!«

»Ach ja? Dann erzähl ihn mal!«

Wieso war er denn so grantig? Anna verstand nicht, warum er soviel Aufhebens darum machte.

»Ich höre.«

»Patrona, Vicky hat mir ein Geheimnis anvertraut, also ich meine, Victoria, sie – sie hat behauptet, sie sei noch Jungfrau.«

Die Patrona lachte kehlig. »Das ist wirklich ein guter Scherz! Victoria ist eine verdorbene geile Schlampe, die es mit jedem Mann treibt.«

»Und wenn sich dahinter die Wahrheit verbirgt?« Stefanos Stimme klang völlig nüchtern und sachlich. »Würde das nicht zu ihrem storrischen Verhalten passen?«

Zu Annas Verblüffung erwiderte die Patrona eine ganze Weile nichts. Bedrückende Stille lag im Raum.

»Victoria verhält sich eigenartig, manchmal merkwürdig scheu, das würde irgendwie einen Sinn ergeben, Patrona«, wagte Stefano zu argumentieren.

»Ach was, für mich ergibt das alles überhaupt keinen Sinn. Ihr Bruder hat sie uns als zügellose Nymphomanin beschrieben. Warum sollte er das tun, wenn es nicht stimmt?«

»Aus Eifersucht oder Rache?«, gab Stefano zu bedenken.

»Hm, vielleicht.« Die Patrona schien nicht überzeugt. »Warum bist du mit dieser Information zu Stefano gegangen, Anna, und nicht gleich zu mir gekommen?«

Stefano lachte laut auf. »Sie wollte mich erpressen, Patrona.« Er packte Anna im Genick und zwang sie, zu ihm aufzusehen. »Sie ist geil und wollte mich dazu überreden, sie zu vögeln.«

Annas Blick traf sich mit dem der Patrona. Sie wirkte belustigt. »Wenn du magst, Stefano, tu ihr den Gefallen, aber nicht ohne sie vorher ordentlich zu versohlen. Sie sollte wissen, wer hier das Sagen hat und dass Wünsche Konsequenzen haben.«

Anna versteifte sich, als Stefano der Patrona antwortete. »Mit dem größten Vergnügen, darauf kannst du dich verlassen.« Er sah auf Anna herab und sie fürchtete um ihren Allerwertesten. Eine gelegentliche Züchtigung war durchaus reizvoll, aber nicht eine Züchtigung auf vorhandenen Striemen. Ob Stefano wohl genauso gnadenlos sein würde wie Tomaso?

»Gut, aber zuerst schickst du mir Victoria. Ich will es von ihr selber hören, warum sie solche Gerüchte verbreitet.«

»Nein, bitte nicht«, schrie Anna auf. Stefano hatte sie losgelassen und sie kroch über den Boden, kniete sich zu Füßen der Patrona und flehte: »Bitte nicht, ich habe Vicky doch versprochen, niemandem etwas zu verraten.«

»Aha, so behandelst du also Vertrauen und Geheimnisse? Schlägst du daraus immer einen Vorteil für dich?«

»Nein, nein, ich …«, stammelte Anna, »Ich dachte, ich würde …« Ihr fiel keine vernünftige Begründung ein.

»Wir könnten die Wahrheit doch auch anders ans Licht bringen«, warf Stefano ein. »Dann fällt kein Verdacht auf Anna und sie kann in Zukunft noch ein bisschen mehr für uns spionieren.«

»Wie?« Die Patrona klopfte ungeduldig mit den Fingern auf das Holz ihrer Armlehne.

»Übermorgen ist die frauenärztliche Untersuchung. Ich rede mit dem Doktor, Patrona. Er sollte Victoria schließlich nicht aus Versehen durch seine Untersuchung entjungfern und kann uns dann bestätigen, ob das überhaupt alles zutrifft. Und wenn ja, wirst du, Anna, darauf achten, dass Victoria auch in Zukunft keusch und jungfräulich bleibt.«

Die Patrona dachte einen Moment nach, dann stimmte sie zu und machte eine wegscheuchende Handbewegung als Zeichen, dass sie beide nun gehen sollten.

»Komm mit.« Stefano hatte Anna am Oberarm gepackt und ging mit ihr in den Strafraum, der gleich neben dem Romantikzimmer lag. Der Raum war mit speziellen Matten an den Wänden schallgedämmt, in feurigem Rot und Tiefschwarz gehalten. Das Fenster war durch einen roten Vorhang verhüllt. An einer Wand war eine Sprossenleiter angebracht, in einer Ecke stand ein Andreaskreuz.

»Dann wollen wir doch mal sehen, was ich für dich tun kann, meine lüsterne Verräterin. Leg dich über den Strafbock.«

»Aber Signor Stefano, mein Po ist doch schon mit Striemen übersät. Ich halte das bestimmt nicht aus. Signor Tomaso hat – könnte ich vielleicht …«

Stefano unterbrach sie. »Tu, was ich dir sage, Anna. Vielleicht komme ich später auf deine diversen Angebote zurück, wenn du dich devot verhältst und deine Strafe willig annimmst.« Er ging zum Wandschrank, öffnete die Türen und entnahm ein ledernes Paddel und einen Rohrstock.

Anna verlegte sich aufs Betteln. »Bitte, bitte Signor Stefano. Ich wollte Sie doch nicht erpressen, ich dachte nur …« Sie kam nicht dazu, alle ihre Ausreden vorzubringen. Stefano zog sie wortlos über den Strafbock und schnallte sie mit einem breiten Leibriemen fest, sodass sie zwar mit Armen und Beinen strampeln, sich jedoch nicht aufrichten konnte.

Anna stöhnte. Einerseits hatte sie Angst. Sie ahnte, dass Stefanos heutige Züchtigung schmerzhaft ausfallen würde und sie hatte sich eigentlich ausgemalt, dass er sie für die indiskreten Informationen streicheln und vögeln würde. Andererseits steigerte die Angst vor dem Schmerz, seine Unnachgiebigkeit, sein entschlossenes Handeln ihre Lust. In ihrer Vagina zog es und sie fühlte die Schwellung ihrer Schamlippen.

Langsam, betont langsam schob Stefano ihren Rock hoch, bis ihr weißer, von ein paar roten Striemen gezeichneter Po zum Vorschein kam. Er fuhr langsam jeden einzelnen roten Strich nach. Anna seufzte und er lachte leise.

»Das gefällt dir, hm? Tomaso hatte wohl ausreichend Grund, dich zu striemen. Ich glaube, ich hätte schon Lust auf dein Angebot einzugehen. Aber erst die Strafe, dann sehen wir weiter.« Er holte aus und erteilte ihr mehrere gut verteilte Hiebe mit dem Paddel. Ihr Po und ihre Schenkel gewannen an Farbe.

Das wollüstige Ziehen in Annas Unterleib verstärkte sich und sie versuchte, sich stöhnend aufzurichten. Aber das Gefühl, durch den Riemen daran gehindert zu werden, ihm sprichwörtlich ausgeliefert zu sein, setzte ihrer Lust noch eins oben drauf.

»Nimm mich, bitte nimm mich«, wimmerte sie ungeduldig. Der nächste Schlag erstickte ihre Worte in einem lauten Schmerzschrei. »Raaaah.«

Stefano hatte ihr blitzschnell drei Streiche mit dem Rohrstock übergezogen. Sie schrie laut auf und warf den Kopf in den Nacken.

Die alten und die neuen Striemen brannten und bissen in ihrer Haut, während ihre Vagina fast schmerzhaft pulsierte und Anna mehr und mehr die Kontrolle über sich verlor. Sie warf nach jedem erneuten Hieb ihren Kopf hin und her, je nach Intensität seufzte sie oder schrie.

Dann hörten die Hiebe plötzlich auf. Stefano stand vor ihr und öffnete langsam seine Hose. Anna machte sich bereit, noch einmal sein Geschlecht in den Mund zu nehmen, doch er narrte sie. Seine Hose und sein Slip fielen zu Boden. Sein Geschlecht war prachtvoll aufgerichtet, hart und lang. Sie winselte vor Lust, versuchte ihn am Hosenbein festzuhalten und seinen Penis in den Mund zu nehmen, aber er schob sich hinter sie, presste ihre Beine auseinander. Dann stieß er zu und Anna warf von der Lust überwältigt den Kopf in den Nacken.

Ihre Vagina, die bereits feucht und erwartungsvoll pulsierte, seit er sie vor dem Frühstück über seine Knie gelegt hatte, wurde tief und vollkommen von seinem Penis ausgefüllt und es genügten wenige Stöße, sie fast zum Höhepunkt zu bringen. Doch genau in diesem Augenblick zog er sich zurück.

»Nein, nein, nicht aufhören!« Anna kreischte laut und empört. Erst jetzt merkte sie, wie sehr sie die Erregung wirklich erhitzt hatte. In ihrem Nacken und zwischen ihren Brüsten waren kleine Schweißperlen auf der Haut. »Nein! Bitte!« Sie sah Stefanos Gesicht auf gleicher Höhe neben sich. Er war in die Hocke gegangen, packte ihr Handgelenk und fesselte sie an das Bein des Strafbocks. Zu ihrer Verwunderung war sein Orgasmus ausgeblieben. Stattdessen band er sie rundum sorgfältig am Strafbock fest, was sie zugleich wieder verwirrte. Sie sparte sich die Gegenwehr. Sie hätte ohnehin verloren. Fassungslos sah sie ihm zu, doch dann begriff sie, als das Paddel erneut auf ihren Po niederging. Ein seitlicher Blick löste das Rätsel, er wollte das Spiel aus Lust und Züchtigung hinausziehen. Denn er hatte seine Hose nur notdürftig hochgezogen und sie war ihm bereits wieder heruntergerutscht.

Anna hätte über diesen lächerlichen Anblick fast gelacht, wenn nicht ihr schmerzender Hintern ihre ganze Aufmerksamkeit beansprucht hätte – und Stefanos Penis, der von einem Stauring in stolzer Erektion gehalten wurde. Sie stöhnte lüstern. Er hatte sie nicht einfach nur am Strafbock festgebunden, ihre Beine waren weit gespreizt und er konnte sie sich jederzeit nehmen, wenn er dies wollte. Aber wollte er überhaupt? Und wenn ja – für

Sekunden erschrak sie bei dem Gedanken daran, dass er sie durchaus auch anal vögeln konnte, wenn er wollte. Sie wusste, dass manche Kunden darauf standen und dass sie gehorchen würde, wenn es gefordert wurde. Der intensive Schmerz und das Feuer, das Stefano mit seinen Hieben auslöste, ließen nicht zu, dass sie weiter darüber nachdachte.

»Aua, nimm mich, du Bastard. Warum kommst du denn nicht? Weißt du nicht, wie man vögelt?« Sie versuchte, ihn zu provozieren. Ihr Körper verlangte mit jeder Minute mehr nach dem Höhepunkt und sie schrie erneut, als das Paddel den Flächenbrand auf ihrem Po erhöhte. Das Feuer auf ihrer Haut drohte sie zu verbrennen. Wie viel würde sie noch aushalten? Zwei weitere Hiebe mit dem Rohrstock bissen sich tief in ihre heiße Haut.

»Aua, Gnade, bitte hör auf, es tut mir leid, ich hab's nicht so gemeint!«

Stefano lachte laut auf. »Ich schätze mal, für dich müssen wir einen Mann suchen, der sein Handwerk versteht. Der streng und äußerst potent ist und es dir so richtig besorgt. Aber ich habe heute meinen großzügigen Tag und Lust, deshalb werde ich dir deinen Wunsch erfüllen.«

Er packte Annas Hüften und stieß sich tief hinein. Sie schrie lustvoll auf, dann stieß er wieder und wieder zu, schnell und tief, der Stauring war lang und mit Noppen versehen, dadurch reizte er Annas Vagina zusätzlich. Mit einem heiseren letzten Aufschrei quittierte sie das herbeigesehnte Ergebnis seiner lustvollen Bewegungen. Keuchend kippte ihr Kopf nach vorne.

Während Stefano gelassen den Stauring von seinem Penis entfernte, war Anna benommen vom Rausch der Endorphine. Sie brauchte einen Augenblick, um zu begreifen, dass er sie noch einmal zu vögeln beabsichtigte, als sie erneut seinen Penis prall in sich spürte.

»Nein«, ächzte sie. »Nein, ich kann nicht mehr.«

Stefano lachte und stieß sich hinein, so energisch, dass

seine festen Hoden hörbar gegen Annas Haut klatschten. »Du kannst nicht mehr? Das glaube ich nicht. Ich fühle doch, wie deine Vagina pumpt und mich lockt. Du stehst darauf, mehrmals gevögelt zu werden, vor allem in dieser Position und so wunderbar wehrlos!«

Anna widersprach nicht. Er hatte verdammt noch mal recht. Obwohl sie eben erst einen Orgasmus erlebt hatte, erregte sie seine harte Erektion und belehrte ihre Vagina, dass sie durchaus zu einem weiteren Höhepunkt in der Lage war. Anna wimmerte und keuchte. Sie hätte nicht gedacht, dass sie es mit Stefano genauso aufregend empfinden würde wie mit Tomaso. In der Erregung riss und zerrte sie an ihren Fesseln. In ihrem Körper tobte ein Inferno wilder Lust, das mit jedem Stoß schlimmer wurde und sie von innen schier verbrannte. Sie hatte darüber keine Kontrolle und das war gut so. Diesmal erreichten sie beide gleichzeitig mit einem lauten Stöhnen ihren Höhepunkt.

Es war Marc nicht gelungen, sich abzulenken. Seine Rechnung war bislang überhaupt nicht aufgegangen, denn Vicky war nicht aus seinen Gedanken verschwunden, nur weil er sie nun eingesperrt und von ihrer nymphomanen Neigung gezügelt wusste.

Schließlich hatte er dem Impuls, sich nach ihrem Befinden zu erkunden, nachgegeben, natürlich in der irrigen Hoffnung, danach seine Ruhe zu finden. Das Gegenteil war der Fall.

Irgendetwas an der Art, wie die Patrona ihm geantwortet hatte, hatte ihn verunsichert. Zu sehr hatte sie betont, es wäre alles in bester Ordnung. Vicky hätte sich schnell in ihr Schicksal gefügt und würde ordentlich mitarbeiten.

Stimmte das? Vicky war voll von sprühender Energie, heiß auf Sex, heiß auf die Show, sich vor Männern zu präsentieren, ihr Spiel mit ihnen zu treiben. Wie ging sie damit um, dass ihr die Freiheit dazu auf einmal fehlte?

Der Interessent

Ungeduldig wie ein Tiger im Käfig lief die Patrona auf und ab. Zum wiederholten Mal schaute sie auf die Wanduhr. Es war schon lange her, dass sie sich einen Zigarillo genehmigt hatte, doch heute war ein besonderer Tag. Allmählich erfüllte der Geruch des Tabaks ihr Büro.

Stefano wunderte sich über ihr Verhalten. Es gab fast nichts, was sie aus der Ruhe brachte und er erinnerte sich nicht, was dafür zuletzt der Anlass gewesen war. »Würdest du dich bitte hinsetzen? Du machst mich nervös.«

Ihr Blick hätte Tote umfallen lassen. Er machte eine beschwichtigende Handbewegung. »Was beunruhigt dich an der Tatsache, dass Victoria noch Jungfrau ist?«

»Noch ist es für mich keine Tatsache«, knurrte die Patrona. »Du hast dem Doktor hoffentlich eindringlich genug gesagt, dass er vorsichtig bei der Untersuchung sein soll? Ich habe keine Lust, dass ausgerechnet der alte Esel Victoria defloriert.«

Stefano nickte. »Keine Sorge, sei ganz beruhigt.«

Beide hingen schweigend ihren Gedanken nach, während sie warteten. Falls es stimmte, würde er sich etwas einfallen lassen müssen, damit Victoria nicht plötzlich auf dumme Gedanken kam. Wie sollte er verhindern, dass sie sich selbst entjungferte, aus Panik oder Rache, um dadurch vermeintlich ihrer Ausbildung zu entgehen?

Es klopfte an der Tür, und auf das Herein der Patrona trat der Arzt ins Zimmer. Stefano mochte Dottore Eglio. Er war ruhig und freundlich, ein kleiner Mann mit grauen Haaren in mittleren Jahren. Er machte einen zuverlässigen Job, überprüfte seit Jahren die Gesundheit der neuen Mädchen und kam auch ins Haus, wenn eines der Mädchen an Grippe oder etwas anderem erkrankte.

»Hübsche junge Damen, Signora, meinen Glückwunsch. Alle sind kerngesund.« Der Doktor nahm gegenüber von Stefano in einem Sessel Platz. Er schlug einen kleinen

Notizblock auf, las ein paar Zeilen. »Also, Michelle …«

»Dottore, *per favore*, keine Details«, unterbrach ihn die Patrona und setzte sich gleichfalls. »Langweilen Sie mich nicht mit Unwichtigkeiten. Was ist mit Victoria?«

»Nun«, erwiderte Eglio gedehnt.

Die Patrona drückte ihren Zigarillo im Aschenbecher aus. »Also? Ich warte, Dottore.«

»Patrona, Sie hatten recht. Die junge Dame namens Victoria ist noch Jungfrau. Ihr Hymen befindet sich in einem für ihr Alter erstaunlich intakten Zustand.«

»*Come dice?* Was heißt hier, für ihr Alter?«

Die Patrona schnaubte empört, aber der Doktor lächelte nachsichtig. »Signora, Sie wissen so gut wie ich, dass es ein Gerücht ist, dass das Hymen nur beim ersten sexuellen Kontakt zerstört wird. Es kann sich auch unter sportlichen Aktivitäten oder aus anderen Gründen dehnen oder reißen. Aber bei Victoria ist es vollkommen unverletzt.«

»Hmm.«

»Victoria, ich komme gleich zur Sache. Ich habe dich holen lassen, weil Dottore Eglio mich darüber informiert hat, dass du noch Jungfrau bist.«

Vicky schaute wie vom Schlag getroffen zur Patrona auf. Sie hatte sich nach Betreten des Zimmers sofort hingekniet, ganz so, wie Stefano sie instruiert hatte. Dass der Doktor sehr vorsichtig und freundlich gewesen war, hatte sie beruhigt. Sie war nur einmal in ihrem Leben beim Frauenarzt gewesen, doch daran erinnerte sie sich kaum. Sie hatte es einfach verdrängt. Aber sie wäre nicht auf die Idee gekommen, dass der Doktor ihre Jungfräulichkeit bemerken würde.

»Victoria, stimmt das? Was hast du dazu zu sagen?«

»Ja, es stimmt, Patrona«, stammelte Vicky.

»Hm, und wieso glauben dann alle, du wärst ein männerhungriger Vamp?«

Vicky senkte den Kopf und schwieg beklommen.

»Na, ist ja auch egal. Mich interessiert etwas anderes wesentlich mehr. *Bella ragazza.* Wie ist es dir gelungen, deine Jungfräulichkeit zu verheimlichen? Es gab doch bestimmt Jungs, die ganz heiß darauf waren, der erste bei dir zu sein.«

»Ja, schon, aber nur solange, wie sie das geglaubt haben. Ich – ich habe einen Freund gebeten, das Gerücht zu verbreiten, er hätte mich – er wäre – er hätte mit mir geschlafen.«

Ein leises Lachen war zu hören. »So, so. Und warum hat er das getan, womit hast du ihn belohnt?«

»Er wollte nichts dafür, er hat mir einfach nur einen Gefallen getan und ich ihm auch.«

»Das verstehe ich nicht. Warum wollte er nicht mit dir ins Bett wie alle anderen?«

»Er – er war mir was schuldig. Ich habe ihn bei einer Englischarbeit abschreiben lassen, sonst wäre er durchgefallen.«

»Du kleines raffiniertes Biest. Na gut. Kommen wir zur Sache. Du wirst dafür sorgen, dass du deine Jungfräulichkeit bis zu deiner Hochzeit behältst, verstanden? Andernfalls verschwindest du drei Tage im Loch!«

»Ja, Patrona.«

Stefano begleitete Vicky aus dem Zimmer hinaus. Draußen hielt er sie fest und drückte sie rücklings an die Wand. Eines seiner Beine war in ihren Schritt gepresst. »Hör gut zu, Victoria. Die Patrona hat das absolut ernst gemeint. Wenn du Scheiße baust, nur weil du hier raus willst und dich irgendwie entjungferst, mit einem Dildo oder was weiß ich wie, dann gnade dir Gott. Ich lasse dich solange im Loch schmoren, bis du zu einem Eisblock gefroren bist. Und dann lasse ich dich kostenlos von sämtlichen schmierigen Hurenböcken vögeln, die ich auftreiben kann, ehe ich dich in das finsterste Bordell nach Fernost verschachere, das ich finde. Hast du das verstanden?«

Vicky nickte panisch. Sie glaubte ihm jedes Wort. Tränen liefen ihr über die Wangen herab. Als er sie losließ, rannte sie den Flur hinunter, als wäre ihr gerade der Leibhaftige erschienen.

Zwei Tage später. Vicky hat den Schock kaum verdaut, als der nächste folgte. Stefano hatte sie auf Anweisung der Patrona in das Romantikzimmer geführt und sie alleine dort zurück gelassen. Unschlüssig stand sie mitten im Raum, dann setzte sie sich auf das mit seidenweicher Wäsche und vielen Kissen ausgestattete Bett und wartete. Ihr Blick fiel auf den hohen Spiegel in dem üppigen Barockrahmen. Hoffentlich stand niemand dahinter und beobachtete, was geschah. Nicht einmal Anna.

Sie schaute sich um, ob es eine Möglichkeit gab, den Spiegel zu verhüllen. Nein. Sie seufzte. Sie hatte sofort ein ungutes Gefühl gehabt, als die Patrona sie kurz nach dem Abendessen zu sich rufen ließ. Zwar war Vicky sich keiner Schuld bewusst, aber das letzte Gespräch saß ihr noch frisch und unangenehm in den Knochen. Die Patrona eröffnete ihr, dass es einen Interessenten gäbe, der sie bereits jetzt kennenlernen wolle und sie solle sich artig und devot verhalten.

»Aber, Verzeihung, Patrona«, hatte Vicky entsetzt eingewandt. »Ich dachte …«

Die Patrona winkte ab. »Ja, ich weiß. Der erste Kontakt findet normalerweise auf unserem Fest statt. Aber du musst keine Angst haben. Er wird dir schon nichts tun. Geh.«

Sie war mit nichts außer einem hauchdünnen Abendkleid aus Seide bekleidet, die Brüste fast frei, nur von einem transparenten Stoff mit kleinen eingewebten Röschen umhüllt und von einer goldenen Borte umrahmt, die im Rücken überkreuzt als Träger diente. »Gehorche«, hatte Stefano eindringlich gewarnt, bevor er hinausgegangen war. »Wenn er sich beschwert, wirst du es bereuen.«

Langsam ging die Tür auf, jemand kam herein, schloss sie wieder und Vickys Herz fing augenblicklich an, schneller zu schlagen. Sie traute sich nicht aufzuschauen, bis in ihrem Blickfeld ein paar Männerhosen aus dunklem Stoff und ein paar auf Hochglanz polierte Schuhe auftauchten.

»*Buon giorno,* Victoria. Ich bin Raphaele.« Die Stimme klang männlich tief. Vicky schaute zögernd nach oben und sah ein rundliches Männergesicht, eingerahmt von wirren dunkelbraunen Locken.

»*Buon giorno*, Signor«, erwiderte sie leise und stand auf.

Er streckte seine Rechte aus und streichelte ihr sanft über die Wangen. Dann blickte er über ihr Dekollete herab, auf ihre Brüste, strich sanft darüber und nahm sie dann in beide Hände. »Wundervoll, wir werden viel Spaß zusammen haben.« Obwohl Vicky dies nur allzu oft hatte geschehen lassen, sogar als lustvoll empfunden hatte, zuckte sie leicht unter seiner Berührung zusammen. Außerdem war der Mann überhaupt nicht ihr Typ. Ein verhältnismäßig kleiner Italiener mit einem Babyface, obwohl bestimmt über dreißig. Sie fühlte sich unwohl bei dem Gedanken, dass er sie anfasste.

»Hast du Angst vor mir?«

Vicky nickte zaghaft.

»Du brauchst keine Angst zu haben. Ich werde nichts Ungewöhnliches von dir verlangen und mich auch an die Regeln des Hauses halten und nicht mit dir schlafen.«

»Aber – warum jetzt?«

»Ich möchte dich schon mal ein wenig kennenlernen und herausfinden, ob du die Richtige für mich sein könntest. Ich will nicht bis zum Fest warten, auf dem auch andere sein werden. Ich weiß auch noch nicht, ob ich an dem Tag Zeit habe.« Seine Stimme klang mit einem Mal kühl und arrogant. »Wirst du gehorsam sein?«

Seine Hände waren feucht und warm. Sie fühlten sich fordernd an, packten ungeniert zu. Vickys Lippen zitterten und sie war den Tränen nahe. Warum musste es sofort Sex sein? Wieso hatte ihr das bisher gefallen? Konnte man sich nicht erst näher kennenlernen? Ihr Körper versteifte sich und sie fühlte im Augenblick nichts als Abscheu. Sie senkte die Augen. »Ich, ich werde es versuchen, Signor Raphaele.«

»Gut, ich werde dir die Augen verbinden und deine Hände an das Bettgestell fesseln. Es wird dir nichts geschehen. Wie ich schon sagte, ich habe der Patrona versprochen, dich nicht zu vögeln.« Er hielt kurz inne, hob ihr Kinn mit seiner Hand an. »Obwohl das wirklich sehr schade ist. Oder soll ich lieber ein andermal wiederkommen?«

Vicky erschrak. »Nein, nein, bitte, ich – « Sie holte tief Luft und schluckte, ehe sie fortfuhr. »Bitte gehen Sie nicht. Ich werde alles machen, was Sie möchten.«

Die Patrona würde es von Stefano erfahren, wenn Raphaele sich über ihre Abwehr beschwerte und schrecklich wütend sein. Ihre Angst vor dem Loch war viel zu groß, um sich zu weigern. Vicky fiel vor dem Fremden auf die Knie, griff nach seinen Händen und küsste sie. »Ich – man hat Ihnen vielleicht gesagt, ich hätte viel Erfahrung mit Männern, aber das stimmt nicht.«

»Sprich nicht weiter. Ich werde dich nur berühren, mehr nicht.« Er lachte ein hinterhältiges Lachen. »Du Dummerchen.«

Vicky verstand gar nichts mehr. Was wollte er von ihr?

»Vorerst sollst du einfach nur gehorchen, sonst nichts.« Sein Tonfall war strenger und lauter geworden. Er zog sie an den Händen hoch und sie sah ihn an, suchte seinen Blickkontakt.

»Gehorche«, wiederholte er barsch.

Sie leckte sich nervös über ihre Lippen. »Ja, Signor Raphaele. Natürlich, ich werde Ihnen gehorchen.«

Er zog eine Augenmaske aus der Hosentasche und verband ihr damit die Augen. Dann öffnete er geschickt ihr Kleid und streifte es langsam herunter.

Obwohl Vicky sonst keine Hemmungen gehabt hatte,

ihre Brüste zu zeigen und sich von Männern anfassen zu lassen, löste der Gedanke, dass dieser Unbekannte sie nackt betrachten würde, völlig nackt, und dass er auch sonst alles mit ihr machen konnte, was er wollte, Unbehagen bei ihr aus. Der Gedanke jagte ihr ein Frösteln über den Rücken. Er war nicht unsympathisch, aber ihm fehlte die gewisse Ausstrahlung, die selbst Tomaso und Stefano hatten. Er wirkte rau, gefühllos, wie ein – Kunde. Vicky wurde fast schlecht.

Er holte laut Luft, schob sie langsam rückwärts zum Bett. »Leg dich hin, ganz bequem und streck die Arme nach oben, bis du die Stäbe fühlst.«

Vicky gehorchte. Sie presste die Lippen zusammen, als sie fühlte, dass er sie am Bettgestell festband. Sie wusste aus den erotischen Lehrfilmen und Büchern, dass dergleichen manchen Männern gefiel. Alle Mädchen außer ihr hatten es auch schon mindestens einmal ausprobiert und als nicht schlimm, sondern sehr aufregend empfunden. Sie atmete mehrmals tief durch, um sich zu beruhigen.

»Alles in Ordnung?«

»Si«, erwiderte sie tapfer.

»Gut, dann werde ich dich berühren. Noch Fragen?«

»No«, hauchte Vicky.

Sie hörte das Rascheln von Kleidung. Zog er sich aus? Dann spürte sie, wie die Matratze einsank, als er sich auf das Bett kniete und sie gewann den Eindruck, er betrachtete ihre Brüste, die sich unter ihrem Atem viel zu schnell hoben und senkten. Sie wusste, ihre Brustwarzen standen prall und lockend auf ihren Rundungen. Er brummte leise vor sich hin.

Vicky zuckte zusammen, als seine Hände begannen, ihren Körper zu streicheln. Sanft, liebevoll, kreisend fuhren seine Finger zuerst über ihre Schenkel, dann über ihren Bauch, in der Mitte hinauf zwischen ihre Brüste, um ihre Rundungen, bis sie schließlich zärtlich wie ein Windhauch zuerst um, dann über ihre Nippel streichelten. Sie begann zu seufzen. Er schien doch netter und einfühlsamer zu sein, als sie gedacht hatte. Ihr Körper war ausgehungert, sie hatte nicht geahnt wie sehr. Es war anders, als wenn sie sich selbst des Nachts unter der Bettdecke streichelte. Anders, weil sie nicht wusste, wann er was und wie machen würde. Anders, weil sie nicht ihre Fingerkuppen spürte, wie sie über ihre eigene Haut streichelten, sondern nur ihre Haut, wie sie auf seine Berührungen reagierte.

Es war gut, dass ihre Augen verbunden waren, so konnte sie sich der Illusion hingeben, er wäre ein sympathischer Mann. Denn seine Hände verstanden ihr Handwerk, streichelten sie sinnlicher, als sie erwartet hatte. Geschickt narrte er ihre Brustwarzen, indem er sie nur antippte, umkreiste, leckte mit der Zunge darüber, knabberte daran und saugte sie, bis Vicky sich wand und vor Lust wimmerte.

Ihre Angst und ihr Abscheu schwanden von Minute zu Minute. Sie vergaß, wo sie war und wer er war. Er sprach kein Wort, liebkoste sie unentwegt. Seine Küsse auf ihrem Leib waren heiß, aber nicht feucht. Seine Hände waren mal hier mal dort, strichen wie ein warmer Sommerwind sanft über sie hinweg. Bald begann sie sich wie ein kleines Kätzchen zu räkeln, zog ihre Beine hoch, soweit die Fesseln dies zuließen, und streckte sie wieder aus, hob ihren Kopf und presste ihn zurück auf die Bettdecke, nicht in der Lage, unter der zunehmenden Erregung stillzuhalten.

Sie konnte nicht anders. Ihr vernachlässigter Körper nahm die sinnlichen Zärtlichkeiten des Fremden, der sich als Raphaele vorgestellt hatte, gierig auf, erwartete mehr. Ein sehnsuchtsvolles Ziehen erfasste ihre Brüste und ihren Unterleib. Vielleicht kam es doch nicht darauf an, wie jemand aussah. Vielleicht war der erste Eindruck nicht entscheidend. Küsse bedeckten ihre Haut, knabberten sanft an ihr, sie fühlte die Zähne, die an ihren Brustwarzen zupften, doch ohne den Schmerz des Zubeißens. Sie japste erregt. Die warmen Lippen küssten sich über ihr Dekollete und ihren Hals bis zu ihrem Mund hinauf. Willig öffnete sie ihre Lippen und vergaß alles um sich herum, ihre Angst und ihren Widerwillen, einem fremden Mann ausgeliefert zu sein, schmeckte gierig diesen fremden Mund und die neugierige Zungenspitze, die der ihren entgegen kam.

Doch plötzlich war alles vorbei. »Nein, bitte nicht aufhören – was ist los, wo sind Sie, Signor?«

Sie wollte nach ihm greifen, sich die Maske von den Augen ziehen, um ihn zu sehen und wurde sich erst in diesem Moment wieder bewusst, dass ihre Arme angebunden waren und sie hilflos vor ihm lag.

»Per favore –«

»Möchtest du mehr, *cara mia*?«

Vicky schämte sich beinahe dafür, aber ja, sie wollte mehr. Sie nickte zaghaft.

»Sag es«, flüsterte er kaum hörbar. »Bitte mich darum, wenn du willst, dass ich weitermache, flehe mich an.«

Es fiel ihr schwer. Sie hatte nie um etwas bitten müssen, man hatte ihr jeden Wunsch von den Augen abgelesen. Es war besonders entwürdigend, um Zärtlichkeiten und Lust zu betteln. Noch dazu, wenn der Mann, der dies forderte, nicht wie ein dominanter Herr aussah, wie sie sich nun wieder erinnerte.

»Ich warte nicht mehr lange.« Seine Stimme klang strenger, fast verärgert.

Vicky fühlte, wie er vom Bett aufstand, ihr Kopf schnellte nach oben und ihr Betteln glich einem Aufschrei. »Nein, bitte, bitte gehen Sie nicht. Ich flehe Sie an, Signor Raphaele, bitte machen Sie weiter – *per favore.*«

Noch niemals hatte sie so etwas wie heute erlebt. Vicky wimmerte, versuchte zu horchen, wo er stand, ihren Kopf dorthin zu drehen. Diese neue Erfahrung war berauschend und gleichzeitig beängstigend. Sie genoss es, diesem Fremden ausgeliefert zu sein, konnte nicht wie sonst davonlaufen, wenn die Grenze erreicht wurde. In diesem Augenblick wünschte sie sich beinahe, er würde sie ihrer Jungfräulichkeit einfach berauben. Jemand, der so zärtlich und aufregend war, der musste dafür genau der Richtige sein. Was später daraus folgte, war in diesem Augenblick unwichtig.

Die Matratze sank wieder ein wenig ein. Vicky atmete auf. Er kniete wieder neben ihr.

»Einverstanden. Spreiz deine Beine.«

Ein Wimmern entfloh Vickys Kehle. Würde er es tun? Wollte sie das wirklich?

»Wenn du mehr willst, gehorche.«

Zögernd schob sie ihre Beine auseinander. Er würde alles sehen, und nicht nur das, er könnte es als Einladung verstehen … Ihre Lippen bebten und sie presste sie daher fest aufeinander. Hatte er ihre Gedanken gelesen? Aber sie wollte sich doch aufsparen, auf den einen, den Richtigen, und den stellte sie sich in ihrer romantischen Art viel männlicher vor. Oder sollte sie von dieser kindischen Idee endlich Abstand nehmen? Wenn er ihr doch diese Entscheidung einfach abnähme, dann wäre es vorbei.

»*Va bene*, weiter, so weit du kannst.« Seine Stimme klang beruhigend.

Seine Hand lag flach und leicht auf ihrem Bauch, malte sinnliche kleine Kreise.

»Entspann dich«, flüsterte er kaum hörbar und streichelte sanft über ihren Oberschenkel, dann über ihre Knie, das Schienbein hinunter, bis zu ihren Zehen und wiederholte dies mehrmals an beiden Beinen. Er streichelte sie weiter, während er sich zwischen ihre Beine kniete, behutsam ihre Schenkel dabei noch weiter auseinander schob und sie gab leise aufseufzend nach. Ein erwartungsvolles Zittern erfasste sie. *Jetzt, bitte jetzt.*

Sie fühlte seine warmen Finger, wie sie in den Locken auf ihrem Venushügel spielten, es kitzelte ein wenig und sie musste kichern. Dann schob er die Löckchen beiseite und legte ihre Klitoris frei und sie hielt erschrocken die

Luft an, als er sanft seinen Atem darüber blies. Ein warmer Hauch, der auf der zarten feuchten Haut dennoch kühl wirkte.

Prall und verführerisch glänzend lag die rosige Perle vor ihm, nachdem sie nicht mehr von den fuchsroten Löckchen verhüllt wurde. Raphaele kraulte sanft in ihrem Nest, während er sich darüber beugte und pustete. Er spürte unter seinen Händen, wie sie zusammenzuckte und dann genießerisch aufseufzte, als er vorsichtig mit seiner Zunge zu lecken begann. Lange würde er das nicht mehr durchhalten. Sein Penis begann zu zucken und verlangte nach lustvoller Erlösung. Wenn er sich beherrschen und diesem Drang nicht unterliegen wollte, musste er gehen. Er hatte es der Patrona versprochen, nur zu testen, wie viel diese merkwürdige junge Frau tatsächlich von Sex wusste. Hatte sie sich schon einmal so von einem Mann berühren lassen? Er glaubte nicht. Die fast schüchterne Reaktion ließ eher darauf schließen, dass sie sich mehr als nötig genierte und nur aus Angst vor Repressalien gehorchte. Er gestand sich ein, dabei eine neue Erfahrung gemacht zu haben. Ihre unschuldige Angst und Scheu erregte ihn noch mehr als die Zurückhaltung einer erfahrenen Frau. Ihr lockender Duft war betörend. Leider hatte er kein Anrecht auf sie und ihm fehlten die finanziellen Mittel, sich eines dieser Mädchen zu kaufen. Sie würde also niemals ihm gehören, sondern einem anderen. Er sollte nur feststellen, was an all den gegensätzlichen Gerüchten dran war. Dafür wurde er bezahlt. Es war zu befürchten, dass sie noch nie oralen Sex hatte und sich ungeschickt anstellen würde. Er seufzte gequält.

Vicky wand sich, genoss jede Sekunde. Sie hatte keine Zeit mehr nachzudenken, sich zu genieren oder sich zu fürchten. Jede Liebkosung seiner Lippen und Hände war vollkommen, als kenne er ihren Körper beinahe besser als sie selbst. Sie hatte nicht gewusst, wie wundervoll es sein würde. Dort, wo sie sich kaum selbst anzufassen traute. Dort, wo es sie beinahe schmerzte, sogar wenn sie es sich selbst machte. Dass ausgerechnet dort, wofür es keinen klangvollen Namen gab, nur merkwürdige Bezeichnungen wie Klitoris oder Kitzler, dass es ausgerechnet *dort* sich so lustvoll anfühlen würde.

Sie erschrak, wurde aus ihrer Lust gerissen, als er aufhörte und sich wortlos erhob.

»Nein, bitte nicht aufhören, bitte – was muss ich tun, damit Sie weiter machen?«

Er antwortete nicht, sondern hauchte ihr einen sanften Kuss auf die Lippen. Sie waren weich und warm, und zu gerne hätte sie einen langen Kuss gekostet. Doch es war schon wieder vorbei. Es dauerte einen Augenblick, dann er löste ihre Fesseln und nahm ihr die Augenbinde ab.

»Was ist, warum machen Sie nicht weiter?«

»Weil nun du an der Reihe bist. Du bist eine Sklavin und nicht dazu da, verwöhnt zu werden. Ich habe dich nur angefasst, weil es mich geil macht. Los, befriedige mich.«

Erschrocken setzte Vicky sich auf. Sie sollte was? Raphaele rückte kniend an sie heran, packte sie und presste ihren Kopf auf seinen Unterleib herab. Sein steifer Penis kam wie ein drohender feister Stachel auf Vicky zu, näherte sich unaufhaltsam ihrem Mund.

Sie presste ängstlich ihre Lippen aufeinander. Überhaupt – warum war er nicht völlig ausgezogen? Er hatte lediglich seine Hose geöffnet. Die romantische, verklärte Stimmung, die sie unter seinen Berührungen erfasst hatte, war dahin. Es war die Situation eines schnellen bezahlten Aktes.

»Was ist los? Mach schon, blas mir einen«, forderte Raphaele sie ungerührt auf. Vicky war verwirrt. War das derselbe Mann, der sie noch vor Kurzem sinnlich gestreichelt hatte? »Das hast du doch bestimmt schon hundert Mal gemacht.«

Vicky brach der Schweiß aus. Was sollte sie denn bloß

tun? Jeder glaubte, sie hätte es schon mit vielen Männern getrieben, aber das stimmte doch gar nicht. Anna hatte gesagt, sie würde es ihr beibringen, wie man es richtig machte. Sie hätten im Unterricht nützliche Tipps erhalten, lange bevor Vicky eintraf. Aber bislang hatte sie ihr noch nichts darüber erzählt.

Was würde geschehen, wenn sie sich weigerte? Man würde sie bestrafen. Zaghaft überwand sie sich, öffnete ihren Mund, kniff die Augen zusammen und schob ihre Lippen über die Eichel. Und nun? Sie hatte keine Ahnung, was sie tun musste. Theoretisch ja, aber sie hatte es noch nie ausprobiert. Ihre Zunge fühlte weiche, sehr zarte Haut. Aber was war das? Ein glibberiger Tropfen auf der Spitze der Eichel. Vicky versuchte zurückzuweichen, aber seine Hände pressten ihren Kopf herunter. Sie überwand sich, leckte, schluckte und war erleichtert, dass der Geschmack nicht abstoßend war. Sie saugte fester und schluckte erneut, presste ihre Kiefer um sein Glied.

»Au, bist du verrückt?« Er schlug ihr auf den Hinterkopf. »Nicht beißen!«

Vicky wimmerte und lockerte ihre Kiefer, leckte vorsichtig über die Spitze seines Penis, ertastete mit ihrer Zunge die kleine Öffnung, doch Raphaele beklagte sich erneut. »Nun mach schon, rauf und runter, saug. Wenn du es nicht kannst, mach es mit der Hand.«

Doch Vicky hatte nach wie vor keine Ahnung, was er genau von ihr verlangte und unter ihren weiteren kläglichen Versuchen erschlaffte sein Glied zusehends. Raphaele stieß sie grob von sich, sodass sie rücklings auf das Bett fiel, erhob sich unter verärgertem Knurren und kleidete sich an. Bevor er das Zimmer wortlos verließ, schaute er sich noch einmal nach Vicky um, die nun mit weit aufgerissenen Augen verängstigt auf der Bettkante saß, dann ging er kopfschüttelnd hinaus.

»Üb mal, aber nicht an mir, Kleine.«

»Aber …«

Die Tür ging auf und zu, dann war er fort.

Zu Vickys Erstaunen hatte die Sache kein Nachspiel. Da niemand sie darauf ansprach, zog auch sie es vor, darüber zu schweigen. Vielleicht hatte Raphaele ihre Ungeschicktheit niemandem erzählt. Nur Anna merkte natürlich sofort, dass etwas nicht stimmte, und ließ sich von Vicky alles haargenau berichten. Anschließend zwinkerte sie Vicky übermütig zu. »Dann muss ich dir wohl bald ein bisschen Nachhilfeunterricht erteilen, damit du dich das nächste Mal geschickter anstellst. Oder willst du Tomaso oder Stefano um Hilfe bitten?«

»Nein.« Vicky schüttelte energisch den Kopf. »Auf keinen Fall.«

»Gut.« Anna schob ihren Rock hoch und ihre nackte Scham kam zum Vorschein. Sie legte sich rücklings aufs Bett, Kopf und Schultern auf einem dicken Kissen erhöht, um Vicky zuzuschauen. Dann spreizte sie ihre Beine und nickte Vicky auffordernd zu.

»Machs mir.«

Vickys Gesichtsausdruck musste wohl ihre ganze Empörung ausdrücken, denn Anna lachte laut heraus. »Du müsstest dich jetzt mal sehen, du heilige Jungfrau von der Unschuld. Nun mach schon. Eine Eichel funktioniert auch nicht soviel anders als eine Klitoris. Wenn es dir gelingt, mich zum Höhepunkt zu bringen, schaffst du es nächstes Mal auch bei diesem Signor Raphaele, auch wenn mein Schwänzchen kleiner ist.«

»Falls er noch mal wiederkommt.«

»Er wird, verlass dich drauf«, erwiderte Anna grinsend.

»Warum sollte er?«

»Weil du schön bist, exotisch und in deiner Ungeschicktheit hinreißend.«

Vicky setzte zu einem Protest an, aber Anna gab ihr keine Gelegenheit dazu. »Los, mach schon.«

Zögernd rutschte Vicky näher, senkte ihren Kopf über Annas Scham, hob ihn dann jedoch wieder. »Nein, ich kann das nicht. Ich – ich bin doch keine Lesbe.«

Anna kugelte sich vor Lachen, bis Vickys beleidigte Miene sie bremste. »Ist ja gut. Ich bin doch auch keine Lesbe. Ich will dir nur helfen.« Sie kam langsam auf allen vieren näher, drückte Vicky nach hinten und beugte sich so nah über sie, dass Vicky befürchtete, Anna wolle sie küssen. »Ich zeig's dir, wie es geht. Schau zu.«

Anna teilte Vickys Schamlippen, legte mit geschickten Fingern ihre Perle frei, senkte ihren Kopf und begann sanft und hingebungsvoll zu lecken. Vicky war wie gelähmt. Sie krallte ihre Finger in die Unterlage. Ihre Empörung wich nur langsam der erwachenden Lust, denn Annas Zunge tanzte geschickt und sinnlich über das sensible Knöpfchen. Sie kreiste und kitzelte, saugte unerhört sanft und schmatzte leise dabei.

Vicky sog hörbar die Luft ein. Noch nie war jemand so intim mit ihr geworden. Annas Finger streichelten sanft und noch sanfter war ihr Mund. Sie biss sich auf die Unterlippe, um ein lüsternes Wimmern zu unterdrücken.

»So, nun du, zeig's mir.«

Vicky traute sich nicht, Anna zu bitten, sie solle weitermachen. Es fehlte nicht viel zum Höhepunkt, aber sie wollte nun ihrerseits nicht den Eindruck einer Lesbe auf Anna machen und schwieg deshalb. Obwohl sie sich auf einmal vorstellen konnte, dass die körperliche Liebe zwischen zwei Frauen durchaus ihren ganz eigenen Reiz haben mochte und gar nichts damit zu tun haben musste, ob man lesbisch war oder einfach nur gefühlvolle Zärtlichkeit genoss.

So sanft und sinnlich wie möglich versuchte sie es Anna gleich zu tun. Anna dirigierte sie dabei freundlich mit leisen Anweisungen. *Sanfter, lecken, Vicky, lecken, gut so, und nun ein bisschen saugen, fester, ah nein, nicht so fest, ja …* und Vicky war doch erstaunt, als Anna auf einmal ihre Finger in ihren Haaren vergrub und mit einem Aufschrei ihrem Orgasmus freien Lauf ließ.

Nach ein paar Minuten richtete sie sich auf und grinste

Vicky, die verlegen auf der Kante des anderen Bettes sitzend wartete, zufrieden an. »Du bist ja doch nicht so ungeschickt. Morgen organisiere ich einen Dildo, und dann üben wir mal am Objekt Mann.«

In einem der Schränke wurden alle Sachen aufbewahrt, die für den Erotikunterricht nützlich sein konnten. Angefangen von Verhütungsmitteln wie Kondomen und Diaphragmas über Potenzpillen und Penispumpen bis hin zu Fesseln, Knebeln, Dildos und Vibratoren.

Anna war es gelungen, einen Dildo unter ihrem Rock verschwinden zu lassen und mit aufs Zimmer zu nehmen, der einem Penis in Form und Farbe ziemlich ähnlich sah. Natürlich Größe eines erigierten Penis, fleischfarben. Nicht das Modell, das sie normalerweise bevorzugte. Die anderen Dildos und Vibratoren variierten in Form und Farbe, waren teilweise recht bunt, in kräftigem Rot, Orange, Grün oder Blau oder zeichneten sich durch fantasievolle Formen aus, indem sie Tierformen wie Delfine oder Mäuse nachahmten, oder besonders exotisch und schwungvoll geformt waren. Aber für das, was sie vorhatte, musste das künstliche Objekt dem natürlichen ähneln.

Vicky hatte in atemloser Spannung Annas Aktion verfolgt. Sie sollte eingreifen und Signora Vicosa ablenken, falls diese etwas bemerken würde. Aber alles verlief ohne Zwischenfälle.

»Ziehen wir uns erstmal aus«, schlug Anna vor, nachdem sie und Vicky das Zimmer betreten hatten. Da sie außer einem Kleid und halterlosen Strümpfen nichts anhatten, war dies schnell erledigt. Sie setzten sich an den Tisch und Anna holte den Dildo hervor.

Zu ihm gehörte eine Art Halterung, in die man ihn hineinstecken konnte. Anna stellte den Dildo auf den Tisch, direkt vor Vicky, die eine derart skeptische Miene machte, dass Anna fast lachen musste.

»Also, pass auf, das ist so«, sie sprach leise, um nicht im Nebenzimmer gehört zu werden, »die meisten Männer mögen es besonders gern, wenn man ihren Penis mit dem Mund befriedigt. Wenn du es gut machst, ist der Typ wie Wachs. Dein Mund ist nämlich viel besser zu kontrollieren als deine Muschi. Du kannst damit viel mehr machen und außerdem kann er dir dabei zuschauen, das ist für ihn auch sehr aufregend, zu sehen, wie sein Schwanz in deinem Mund verschwindet. Und schließlich kann er zum Orgasmus kommen, ohne irgendetwas selbst dazu beitragen zu müssen. Er kann sich fallen lassen.«

Vicky seufzte ergeben.

»Es ist ja eigentlich sogar ein bisschen gefährlich. Sein liebster und empfindlichster Körperteil befindet sich gefährlich nahe zwischen deinen Zähnen und deinen kräftigen Kiefern. Es gehört im Prinzip ganz schön viel Vertrauen dazu, sich dem auszuliefern. Die meisten genießen das.«

»So habe ich das noch gar nicht betrachtet.«

»Na siehst du. Wichtig ist, dass du es richtig angehst, dann macht es dir nämlich auch Spaß, glaub mir. Also, stülp deinen Mund über den Dildo, aber nicht so doll, dass du würgen musst. Und ganz locker, nicht die Kiefer verkrampfen.«

Langsam schob Vicky ihren Mund über den künstlichen Penis. Er schmeckte neutral, nicht einmal nach Gummi, weniger unangenehm, als sie dachte.

Es war, als könne Anna ihre Gedanken lesen. »Ein echter schmeckt natürlich anders.« Sie grinste.

Vicky nahm ihren Kopf zurück. »Wie tief muss ich ihn denn reinnehmen? Ich finde schon, dass er einen Würgereflex auslöst.«

»Fang langsam an und nimm ihn dann immer tiefer hinein, so wie du halt kannst. Und falls es dich doch mal würgt, atme tiefer ein, werde langsamer in der Bewegung oder zieh dich etwas zurück und mach nur mit der Hand weiter. Ich zeig dir wie.«

Sie nahm den Dildo und zeigte ihr, wie sie mit der Hand in einer sanften Auf- und Abwärtsbewegung stimulieren konnte.

Vicky atmete tief durch, ehe sie es ausprobierte. Es war ihr ein wenig unangenehm, sich von Anna einweisen zu lassen, allerdings weniger unangenehm, als wenn es Signora Vicosa oder jemand anderes gewesen wäre. Außerdem war sie mittlerweile fest entschlossen, dazuzulernen. Wenn der gewisse Tag kam, wollte sie nicht wie ein Dummchen dastehen.

Eine Weile probierten sie es aus. Vicky empfand es immer weniger unangenehm, den Penis in ihrem Mund zu fühlen, und nachdem Anna ihr noch gezeigt hatte, wie sie mit ihrem Finger einen Ring bilden konnte, um ihren Mund sozusagen nach außen zu verlängern, fühlte sie sich ein wenig zuversichtlicher, es beim erstenmal richtig zu machen.

Anna grinste zufrieden. »Selbst wenn du es nicht perfekt hinbekommst, du brauchst dir jetzt keine Gedanken mehr zu machen, die Sache unerfahren anzugehen. Kommen wir also zum zweiten Teil der heutigen Lektion.«

Überrascht zog Vicky die Augenbrauen hoch. »Was denn noch?«

»Na ja, es wäre vielleicht sinnvoll, ein Kondom zu benutzen, solange man sich nicht kennt, oder?« Anna holte aus der obersten Schublade der Schminkkommode eine Schachtel und ein Fläschchen.

»Wo hast du das denn schon wieder her? Etwa auch gemopst? Meinst du nicht, das fällt auf?«

»Ach was, da liegen so viele Muster in den Schubladen herum. Ich habe extra welche mit Geschmack geholt, damit es dir leichter fällt. Erdbeergeschmack.« Sie reichte Vicky ein silbernes flaches Tütchen, nahm selbst auch eines und riss es an einer Seite vorsichtig auf. »Also, dieser Zipfel muss außen sein, der fängt nämlich sein Sperma auf.«

Vicky schaute skeptisch.

»Jetzt pass auf. Es gibt natürlich zig Möglichkeiten, dem Kerl dieses Ding überzuziehen und manchmal ist das fast ein Liebestöter. Aber es gibt eine Methode, die macht ihn garantiert heiß. Allerdings funktioniert es leichter, wenn man ein Gleitmittel benutzt. Schau her.«

Sie feuchtete ihre Lippen ein wenig mit dem Gleitmittel an und gab einen kleinen Klecks in das Reservoir am Ende des Kondoms. Dann formte sie ihre Lippen zu einer spitzen Kussform, ohne dass sich ihre Lippen dabei berührten, und nahm die Spitze des Kondoms vorsichtig und leicht saugend dazwischen. Der Rand des Kondoms lag wie ein kleiner Sombrero aufgerollt um ihre Lippen. Sie nahm den Dildo, hielt ihn am unteren Ende fest, presste ihre Lippen mit dem Kondom vorsichtig auf die Eichel und drückte es mit der Zunge nach unten. Sie entrollte es mit den Lippen über den Schaft nach unten und half erst ganz am Schluss mit den Fingern nach.

»Wow.« Vicky war beeindruckt. »Und solche Techniken habt ihr gelernt, bevor ich gekommen bin?«

»Nein«, erwiderte Anna leise lachend. »Ich glaube, den Trick kennt nicht einmal Signora Vicosa. Den hat mir mal ein Freund beigebracht.«

»Aha.« Vicky war beeindruckt. Anna schien viel mehr Erfahrung zu haben, als sie erzählte. Sie zögerte. »Bist du sicher, dass ich das hinbekomme?«

»Na klar. Wieso probierst du es nicht? Na los. Aber du musst deine Lippen gut anpressen. Spann sie fest über deine Zähne, wenn du nach unten rollst. Deine Zähne dürfen aber nicht frei sein, sonst tust du ihm weh, ich meine – dem echten.«

»Puh, ich wusste gar nicht, dass Sex so kompliziert sein kann.« Vicky blies die Backen auf.

»Nicht kompliziert, nur raffiniert.« Anna kicherte.

Vicky benötigte mehrere Versuche, ehe es endlich zum erstenmal funktionierte. Zuletzt schaffte sie es sogar ohne Gleitmittel.

Anna versprach Vicky, ihr noch mehr beizubringen. Aber es war schon spät, daher verschoben sie es auf den nächsten Abend.

»Anna, schläfst du schon?«, fragte Vicky nach einer Weile ins Dunkle. Sie stützte sich auf dem Ellenbogen auf. Es gab noch eine Frage, die sie nicht schlafen ließ.

»Hmm, fast. Was gibt's denn?«

»Du, wie ist das eigentlich, wenn man kein Kondom verwendet?«

»Was meinst du?«

»Ach komm, du weißt schon, sein – sein Sperma.«

Anna seufzte schläfrig. »Ach so.« Sie gähnte. »Entweder du fängst es mit der Hand auf, damit es nicht durch die Gegend spritzt oder du schluckst es runter.«

»Was, schlucken?« Vicky war entsetzt. Sie erinnerte sich an den einzelnen Tropfen, den sie bei Signor Raphaele gekostet hatte. Das war weniger schlimm gewesen, als sie befürchtet hatte. »Alles?«

»Psst, nicht so laut oder willst du, dass dich jemand hört? Es ist nicht schlimm, schmeckt nach fast nichts und ist auch nicht ungesund oder gefährlich. Mach es, wie du willst.« Der Stimme nach schien Anna amüsiert, aber auch müde. »Eines kann ich dir verraten: Wenn du es schluckst, fühlt er sich wie im siebten Himmel. Einen größeren Gefallen kannst du ihm gar nicht tun.« Sie gähnte noch mal herzhaft. »Damit übernimmst du die Kontrolle über ihn – wenn auch nur vorübergehend.«

Während Vicky noch darüber nachdachte, was in Zukunft alles von ihr erwartet wurde, schlief Anna ein, wie ihr tiefes Ein- und Ausatmen kundtat. In dieser Nacht zog Vicky im Traum Kondome über Penisse auf, die am Stück aufgereiht waren, in einer schier endlosen Schlange und sie war sich nicht einmal sicher, ob sie künstlich waren oder ob da ein Mann neben dem anderen stand und darauf wartete, von ihr mit einem Kondom bestückt zu werden.

Vicky hatte nach wie vor Angst, sich lächerlich zu machen. Es war nicht einfach, im Erotikunterricht zu verbergen, wie fremd ihr das alles vorkam, wie sehr sie sich genierte, vor den Aktfotos, den Sexvideos, den in Büchern beschriebenen und im Unterricht offen diskutierten Praktiken.

Sie hatte nicht den Funken einer Ahnung gehabt, was Sex zwischen Mann und Frau wirklich bedeutete. Was war schon die Aufklärung in der Schule, durch die Mutter oder die Medien wert. Bis jetzt war alles nur Theorie. Und die hatte wenig mit dem zu tun, was sie bis dahin irgendwo aufgeschnappt, von Freundinnen gehört oder in Liebesfilmen gesehen hatte. Ständig fürchtete sie, vor Scham rot anzulaufen. Aber Anna hatte sie beruhigt und ihr geraten, sich doch einfach ein wenig hinter ihren langen Locken zu verstecken. Dann würde sie sich besser fühlen.

Aber Vicky wusste, es war nur eine Frage der Zeit. Irgendwann würde man sie wieder mit Raphaele oder einem anderen Mann zusammenbringen, und sie würde sich dieser Situation stellen müssen. Was dann?

Die Tatsache, dass sie noch nie einem Mann gehört hatte und es so viele sexuelle Variationen gab, machte ihr zunehmend Angst.

Jede Menge Schuldgefühle

Seit Tagen dasselbe Bild. Wenn Antonio in Marcs Büro kam, stand dieser entweder mit verschränkten Armen am Fenster oder saß in seinen Bürosessel versunken, das Kinn auf einer Faust, den Ellenbogen auf der Lehne abgestützt. Blicklos stierte er vor sich hin und reagierte erst beim zweiten oder dritten Mal, wenn Antonio ihn ansprach.

»Was ist los mit dir? Und behaupte nicht wieder, es sei nichts. Es geht um deine Schwester, nicht wahr? Rede mit mir, Marco.«

Antonio setzte sich auf den Stuhl, der auf der anderen Seite des Schreibtisches stand, Marc gegenüber. Er hatte den festen Entschluss gefasst, solange sitzen zu bleiben, bis er eine Antwort erhielt.

Marc aber schwieg.

Antonio schlug die Beine übereinander und wippte langsam mit dem Fuß. Ihre beiden Büros lagen fast nebeneinander, nur durch das dazwischen liegende Büro getrennt, in dem ihre gemeinsame Sekretärin Isabella zwischen Aktenschränken und Telefonanlage herrschte, und die Arbeit, soweit möglich, auf zwei weitere Sekretärinnen verteilte, deren Büro auf der gegenüberliegenden Seite des Flures lag.

Nichts hatte sich in Marcs Büro verändert, seit er aus Deutschland zurückgekehrt war. Fast nichts. Auf dem Sideboard hinter ihm waren neuerdings zwei alte Fotorahmen aufgestellt. Eines zeigte Marc mit seinen Eltern, als die Familienwelt noch in Ordnung war. Das zweite zeigte ihn, wie er einen Arm beschützend um Vickys Schulter legte.

Die Tür ging auf und Isabella brachte die Mappe mit unterschriftsfertigen Schriftstücken herein. Sie legte sie vor Marc auf den Schreibtisch und beugte sich dabei ein wenig mehr als nötig zu ihm herunter. Doch im Gegensatz zu Antonio schien er ihren tiefen Ausschnitt und den

Ansatz ihrer wohl gerundeten Brüste gar nicht wahrzunehmen. Antonio sah die kaum unterdrückte Enttäuschung auf ihrem Gesicht. Es war offensichtlich, dass Isabella gerne mehr für Marco gewesen wäre als seine Sekretärin, aber er hatte kein Auge für sie.

Antonio wartete, bis Isabella die Tür hinter sich geschlossen hatte. »Nun Marco? Du kannst nicht leugnen, dass du unkonzentriert bist, seit deine Schwester sich in diesem Etablissement befindet.«

Ein qualvolles Seufzen entrang sich Marcs Kehle. »Ja, ja du Quälgeist. Du hast recht, es geht um Vicky. Ich frage mich, ob ich richtig gehandelt habe.«

»Warum? Du hast doch gesagt, sie hat es mit jedem getrieben und wurde ihrer Mutter immer ähnlicher? Du wolltest doch nur das Beste für sie, sie auf den richtigen Weg bringen, ehe es zu spät ist.«

»Hm. Ganz so war es nicht. Aber das spielt keine Rolle mehr.«

Marc versank wieder in Schweigen.

»Nun? Komm schon, du hast gerade erst angefangen zu reden – jetzt brüte nicht wieder vor dich hin. Ich sterbe vor Neugierde.« Antonio beugte sich vor, lehnte seine Arme auf der Tischkante auf. »Was hat dich umgestimmt?«

Marc schüttelte den Kopf. Seit Tagen sah er ihr Bild vor seinem inneren Auge. Es ließ ihn nicht schlafen. Ihr Gesichtsausdruck erschien ihm ängstlich, fast vorwurfsvoll, das Betteln um Liebe und Zuwendung in ihrem Blick machte ihn krank. Umso mehr, seit er wusste, dass er sich geirrt hatte. Wo war die selbstbewusste junge Frau, ihre Arroganz und Überheblichkeit geblieben, mit der er sie beim Notar angetroffen hatte, die sie in den wenigen Stunden danach gezeigt hatte? Er hatte sich so sehr gewünscht, dass sie zu der Natürlichkeit ihrer Jugend zurückfand. Aber jetzt, wo sie ihn in der Tat fast wieder an das Bild erinnerte, das er in seinem Gedächtnis mit sich trug, wie sie als junges Mädchen gewesen war, – jetzt hatte er plötzlich Angst, sie könnte an dem zerbrechen, wozu er sie gezwungen hatte und an dem, was ihr noch bevorstand. Es hing soviel davon ab, dass der Mann, mit dem sie ihr erstes Mal erleben würde, einfühlsam und geduldig war.

Marc benötigte dringend Ablenkung. Antonio trommelte nervös auf der Tischplatte herum. Eigentlich hatte er einen vollen Terminkalender, in der Produktionshalle brauchten sie ihn, mindestens fünf wichtige Leute warteten auf seinen Rückruf. Aber er würde sich nicht auf seine Arbeit konzentrieren können, solange Marc verrückt spielte.

Ja, verrückt! Zuerst bildete er sich ein, seine Schwester entführen, erziehen und zwangsverheiraten zu lassen – und dann entwickelte er auf einmal Skrupel. Antonio hätte sich am liebsten mit Marc gestritten, bis ihm im letzten Augenblick bewusst wurde, dass es kaum weniger skrupellos war, als Kunde hinzugehen, wie er es vorhatte, und sich eine Frau zu kaufen. Er, Antonio, der zu Anstand und Moral erzogen worden war, war skrupellos! Er musste über sich selber lachen. Nun, ganz so schlimm war es nicht. Immerhin war seine künftige Ehefrau diesen Schritt freiwillig gegangen. Wie auch immer, für Marc bedurfte es einer anderen Lösung.

Es klopfte. Isabella kam herein, legte die Post auf seinem Tisch ab. Antonio betrachtete sie ein wenig aufmerksamer als sonst. Sie war eine gut aussehende junge Frau. Mit kurz geschnittenen, brünetten Haaren, einer modischen schmalen Brille, einem schlichten, sehr eng geschnittenen gelben Kleid. Nett und hübsch, aber nicht sein Typ. Aber im Augenblick ging es nicht um ihn.

»Isabella, wenn Sie heute Abend Besuch hätten, mit dem Sie ausgehen möchten, nur zu zweit – wo würden Sie am liebsten hingehen? Was wäre das absolute Highlight?«

Sie sah ihn einen Moment nachdenklich an. »Nun, ich würde versuchen, Karten für das Teatro Argentina zu bekommen, für die Notti d'Opera. Es wird eine Auswahl der schönsten und berühmtesten Opernarien in zwei Akten gegeben.« Sie lächelte verschmitzt. »Die Schwarzmarktpreise sind zwar hoch, aber ich würde es wenigstens versuchen. Vermutlich wäre es jedoch aussichtslos.«

»Danke, Isabella. Sie haben mir sehr geholfen.«

»Soll ich versuchen, Karten für Sie aufzutreiben, Signor del Carmine?«

»Nein, vielen Dank. Übrigens – haben Sie heute Abend schon etwas vor?«

»Nein, warum?«

»Ach, weil – es könnte sein, dass es etwas später wird und ich Sie dann noch brauche.«

Isabella sah ihn merkwürdig an, fragte jedoch nicht weiter nach und verließ sein Büro.

Drei Stunden später bat er Isabella zu sich ins Büro. Er drückte ihr zwei Konzertkarten für die Notti d'Opera in die Hand. Isabella starrte ungläubig darauf.

»Ich möchte, dass Sie mir und ich hoffe, auch sich selbst, einen Gefallen tun.«

»Ich soll mit Ihnen in das Konzert gehen? Vielen Dank, gerne. Ich bin überwältigt. Woher haben Sie denn die Karten?«

»*No*, nicht wir beide. Fragen Sie Marco, ob er mit Ihnen geht. Sagen Sie – Ihre Freundin hätte Sie im Stich gelassen, sie sei krank geworden oder so.«

»Aber –«

»Sie lieben doch Marco, nicht wahr?«

Isabella lief rot an. »Woher wissen Sie das?«

»Ich habe doch Augen im Kopf. Im Gegensatz zu Marco«, erwiderte Antonio mit einem zustimmenden Lächeln. »Verraten Sie also nicht, woher Sie die Karten haben.«

Zuerst glaubte Marc, er hätte sich verhört. Doch dann begriff er, dass Isabella ihn ins berühmte Teatro Argentina einlud und ihm kein Argument einfiel, dies abzulehnen. Ihr eigentümlicher Blick verunsicherte ihn. Sie war doch wohl nicht in ihn verliebt? Ach was. Das wäre ihm doch sicherlich schon längst aufgefallen. Wahrscheinlich litt er neuerdings an Paranoia. Das Teatro Argentina war eines der ältesten Theater in Rom, doch obwohl er sich dafür interessierte, war er noch nie drinnen gewesen.

Wie versprochen hatte er Isabella rechtzeitig zuhause abgeholt. Sie trug einen leichten Sommerpullover, darüber eine Kette aus dicken weißen Imitatperlen, und eine enge Jeans, die ihre fraulichen Hüften und ihre schlanke Taille betonte.

Das Konzert war ein Traum. Marc wurde von der Musik und der guten Stimmung im Publikum mitgerissen. Akustik und Ambiente waren vortrefflich. Er vergaß alles, was ihn beschäftigt und gequält hatte. Er hätte später nicht erklären können, wann er Isabella in seine Arme gezogen und fest an sich gedrückt hatte. Er erinnerte sich nur, dass sie sich plötzlich auf die Zehenspitzen gestellt und ihn geküsst hatte, kurz nachdem sie das Theater verlassen hatten.

Er fuhr sie nach Hause. Sie waren beide viel zu aufgewühlt, um an Schlafen zu denken. Gerne stimmte er daher zu, mit in ihre Wohnung zu kommen, um gemeinsam etwas zu trinken. Sie zeigte ihm ihr Wohnzimmer und entschuldigte sich für einen Augenblick. Das Zimmer war klein, aber gemütlich eingerichtet und trug eindeutig die Handschrift einer Frau. Ein wenig verspielt, für Marcs Geschmack ein bisschen zu kitschig.

Marc setzte sich in den Sessel. Als Isabella mit einer Flasche Wein und zwei Gläsern aus der Küche zurückkam, hatte sie nichts mehr an außer ihrer Kette und einer weißen halbkreisförmigen Schürze, wie sie manchmal Kellnerinnen tragen. Die Schürze bedeckte gerade Isabellas kleines Bäuchlein und ihren Venushügel.

Sie blieb einen Augenblick vor ihm stehen, die Flasche in der rechten, die Gläser in der linken Hand. Sie starrten sich sekundenlang an, ohne etwas zu sagen. Isabella ergriff die Initiative. Sie setzte sich mit gespreizten Beinen auf seine Schenkel, reichte ihm eines der Gläser, aber er nahm ihr alles ab und stellte es auf den Couchtisch.

Marc vergrub mit einem leisen Stöhnen sein Gesicht zwischen Isabellas Brüsten. Sie legte ihre Arme um seinen Kopf, drückte ihn an sich. Verdammt, sie war weich, warm und anschmiegsam. Seine Finger streichelten über ihre Nippel, die hart und groß waren, als hätten sie auf nichts anderes gewartet. Sie fühlten sich einfach gut an. Einladend gut.

Isabella seufzte wohlig, wand sich auf seinem Schoß, und beides blieb nicht ohne Wirkung. Es war zu verlockend. Sein Herz klopfte dumpf und fordernd.

»Zieh dich aus. Lass uns miteinander schlafen«, bat sie seufzend.

Sie löste sich von ihm und fingerte nach seinem Gürtel. Er merkte, wie ihre Hände vor Aufregung zitterten, aber er hielt sie in letzter Sekunde fest, gerade noch einer Stimme der Vernunft in seinem tiefsten Innersten folgend. Seine Stimme war belegt, als er sich mit einer Erklärung versuchte.

»Versteh mich bitte nicht falsch. Du bist eine tolle Frau, aber – du hast es nicht verdient, dass ich dich schlecht behandle und mit dir spiele.«

Sie schaute ihn mit einer Mischung aus Leidenschaft und Enttäuschung an.

»Mein – mein Herz ist nicht frei, Isabella. Ich sollte jetzt wohl besser gehen.«

Es dauerte ein wenig, ehe sie verstand und sich erhob.

»Es tut mir leid, Isabella, aber ich …«

»Ist schon gut. Danke, dass du so ehrlich warst. Und nun geh einfach.«

Das Blut rauschte laut in seinen Adern. Ihr Anblick machte ihn schwindlig.

»Hast du dein Herz bereits vergeben?« Sein eigenes

Herz wurde beinahe abgedrückt aus Angst vor der Antwort, aber er musste es aus ihrem Mund hören. Die Antwort war der Schlüssel zu allem, was seine und ihre Zukunft betraf. Eine gemeinsame oder getrennte Zukunft.

»Das, das – brauche ich Ihnen nicht sagen«, erwiderte sie mit leisem Trotz und sah ihm direkt in die Augen, suchte seinen Blick hinter der Maske.

»Ich weiß, dass dein Herz nicht mir gehört, also sag mir, wem du es geschenkt hast.« Er bebte vor Wut und Enttäuschung.

»Keinem«, erwiderte sie selbstsicher, was ihn noch wütender machte.

»Du lügst.« Er packte ihre Handgelenke und schüttelte sie ungeduldig. »Sag es.«

»Nein.« Sie spuckte ihm ins Gesicht. Nur mühsam beherrschte er sich, sie dafür zu schlagen. Seine Hände umklammerten stattdessen ihre Handgelenke noch fester und er sah, wie ihre Finger langsam weiß wurden. Er fühlte immer noch, wo ihn ihr Speichel getroffen hatte, aber es machte keinen Unterschied, ob er ihn wegwischte oder nicht. Sie hatte es getan.

»Gehorche, sag es. Wen liebst du. Wer ist der Hund?«

Marc bemühte sich verzweifelt, seine Fassung wiederzugewinnen, hingerissen zwischen der Zärtlichkeit, die er für Vicky empfand, die ihn überflutete, sobald er sie sah und einer bohrenden Eifersucht, dass es einen anderen Mann in ihrem Leben gab, der ihr mehr bedeutete und den sie näher an sich heranließ.

»Sag es.« Er schrie sie unbeherrscht an. Allein ihr frecher ungebrochener Blick genügte, ihn fast in den Wahnsinn zu treiben. Wenn sie ihm nicht gehören wollte, dann würde sie keinem gehören. Dieser Gedanke griff kalt nach seinem Herz und nahm ihm den Atem.

Sie sah an ihm vorbei und versuchte, sich seinem Griff zu entwinden, schien nun aber doch verunsichert. »Ich habe immer nur einen geliebt und den liebe ich noch immer.«

Marc packte noch fester zu und Vicky schrie leise unter dem Schmerz seiner Fingernägel auf, die sich in ihre Haut bohrten.

»Und – liebt er dich auch?« Spott und Hass über den Widersacher lagen in seiner Stimme. »Hat er dich gevögelt?«

»Nein, nein, das hat er nicht, niemand hat das.« Vickys Gesicht verzerrte sich zu einer Grimasse voller aufgestauter Angst und Wut. »Mein Bruder hasst mich, er muss mich hassen, sonst hätte er mich nicht hierher bringen lassen und zu einer Gefangenen gemacht. Und ich hasse ihn dafür, dass er meine Liebe mit Füßen getreten hat und dass ich ihn nicht vergessen kann.«

Als Marc verblüfft über ihre Antwort seinen Griff lockerte, riss sie sich los und verschwand in einem diffus wabernden Nebel. Er versuchte nach ihr zu greifen, doch er sah nur, wie seine eigene Hand im Nebel eintauchte, als wäre sie nicht mehr ein Teil von ihm.

Es gab einen dumpfen Knall. Marc krümmte sich stöhnend über den plötzlich eintretenden Schmerz in Knie und Ellenbogen zusammen, dann setzte er sich langsam auf, lehnte sich mit dem Rücken an Bettgestell und Matratze an, und rieb sich die Augen. Er war schweißgebadet. Langsam realisierte er, dass alles nur ein Traum gewesen war, aber ein so realer, dass sein Herz wild protestierend unter den noch nicht verarbeiteten Eindrücken schlug – und unter dem Schock, dass er soeben aus dem Bett gefallen war.

Es musste etwas geschehen. So konnte es nicht weitergehen. Es war sein Wunschdenken, nicht Vickys, dass sie ihn lieben sollte. Er musste diesen Gedanken aus seinem Kopf verbannen. Vicky hasste ihn und sie hatte allen Grund dafür.

Vielleicht sollte er sich doch noch einmal privat mit Isabella treffen? Nein, es wäre unfair und gegen seine moralische Überzeugung, sie als Ersatz zu missbrauchen. Moral? War es denn moralisch, was er Vicky angetan hatte? Er strich sich mit beiden Händen über das Gesicht, als könne er dadurch die quälenden Gedanken fortwischen.

»Hallo – gibst du mir nun endlich eine Antwort?«

Marc schrak aus seiner Gedankenwelt hoch. Irritiert registrierte er, dass Antonio ihm gegenüberstand und sich über den Schreibtisch zu ihm hinunter beugte. Wann war er hereingekommen? Er hatte ihn nicht kommen gehört. Was hatte Antonio ihn gefragt?

Mehr und mehr verlor er sich in seinen Gedanken und Gefühlen. Wohin sollte das noch führen? Warum gelang es ihm nicht, Vicky einfach aus seiner Welt zu streichen? Wozu hatte er sie fortgegeben, wenn dies nicht zum gewünschten Ergebnis führte? Sollte sich doch ein anderer mit ihr herumärgern. Aber er musste sich wohl eingestehen, dass ihm dieser Gedanke immer weniger gefiel.

»Beantwortest du mir jetzt bitte meine Frage?«

»Es tut mir leid, Antonio. Ich muss nachdenken.«

»Das ist mir schon lange klar. Du grübelst pausenlos herum, bist nicht mehr ansprechbar und kümmerst dich kaum noch ums Geschäft. Du müsstest dringend nach Deutschland und Schweden reisen. Was ist los? Ich dachte, dein Problem wäre gelöst?« Antonio klang gereizt.

Marc seufzte. Antonio war sein einziger und sein bester Freund. Vielleicht war es doch vernünftiger, weniger Heimlichkeiten vor ihm zu haben und stattdessen mit ihm gemeinsam nach einer Lösung zu suchen. Nein, es war zu früh. Er musste nachdenken.

»Kannst du für einige Tage die Geschäfte alleine führen? Bitte.«

Antonio dachte einen Moment lang nach. »Also gut. Aber ich brauche deinen Rat bezüglich der neuen Polsterstoffe. Kannst du dich aufraffen, an der Besprechung in einer Stunde teilzunehmen?«

»Hm, ja. Ja, ich werde kommen.«

»Bene.« Antonio hatte schon die Türklinke in der Hand, als er sich noch einmal umdrehte. »Übrigens, ich habe mir die Fotos per Email schicken lassen, von dem Heiratsinstitut. Ein Mädchen gefällt mir besonders. Ich möchte dein Urteil hören.«

»Hm.«

»Auf dem Fest! Du hast doch nicht vergessen, dass wir eingeladen sind?«

»Uff, das glaube ich nicht, dass ich dorthin gehe …«

»Wir werden ja sehen.«

Nachdenklich blieb Marc alleine zurück. Neue Informationen über Vicky warfen ein völlig anderes Licht auf ihr Verhalten. Es wäre ihm lieber gewesen, die Patrona hätte ihn nicht angerufen. Bisher hatte er seine Entführung damit gerechtfertigt, dass er verhindern musste, dass sie sich weiterhin unzüchtig und hemmungslos aufführte. Doch ganz so einfach war es nun nicht mehr. Zwar war ihr Verhalten nicht dadurch zu rechtfertigen, dass es ein Missverständnis gegeben hatte, das sie in eine tiefe persönliche Krise stürzte und ihr ein falsches Weltbild der männlichen Spezies vermittelte. Aber andererseits, war das Grund genug, sie zu einer tiefgreifenden Änderung ihres Lebens zu zwingen, wie er es veranlasst hatte?

Der tiefe Schmerz, von dem er geglaubt hatte, er hätte ihn in all den Jahren überwunden, war wieder entfacht worden. Vielleicht hätte er geweint, wenn er schwächer gewesen wäre. Aber soviel Mitgefühl gestattete er sich nicht, obwohl Vicky ihm von Herzen leidtat. Doch die Zeit war nicht zurückzudrehen. Er würde sie nicht dort herausholen und in eine ungewisse Zukunft entlassen.

Das Foto, das er vor sich auf dem Tisch liegen hatte, war aktuell. Ein Abzug der Bilder, die man von ihr gemacht hatte, um sie potentiellen Interessenten zu zeigen. Ihre nixengrünen Augen schienen ihn vorwurfsvoll zu durchbohren. *Vicky*, flüsterte er vor sich, *Vicky, was habe ich nur getan?* Leise jammernd vergrub er sein Gesicht in den Händen.

Ihm blieb nur eine Möglichkeit. Er würde wenigstens dafür sorgen, dass sie einen guten Ehemann bekam. Einen, der sie aufrichtig liebte und nicht ausschließlich als Spielzeug ansah. Denn eines wollte er ganz gewiss nicht, dass Vicky durch seinen Fehler unglücklich würde. Er musste sich einen Überblick über die Interessenten und Vickys geheime Wünsche verschaffen. Vielleicht sollte er wirklich mit zum Fest fahren, nicht nur, weil Antonio sein bester Freund war und ihn um einen Rat gebeten hatte. Andererseits war es Wahnsinn. Er konnte Vicky nicht gegenübertreten. Sie würde ihn zu recht anschreien. Nein, Antonio musste alleine hinfahren und bei der Gelegenheit ein wenig für ihn spionieren.

Der Ausflug

Seit Tagen drückte die Schwüle allen aufs Gemüt. Die Mädchen waren kaum dazu zu bewegen, neben dem Unterricht ihr körperliches Training zu absolvieren. Laufband, Trimmdichrad, Krafttraining – der Fitnessraum im ersten Stock bot alles, was nötig war, um durchtrainiert und fit zu sein. Doch selbst morgens war es zu heiß, um sich zu verausgaben.

Stefano klopfte gegen Ende des Abendessens an sein Weinglas. Alle sahen zu ihm ans Tischende. »Ich habe euch eine angenehme Mitteilung zu machen. Ihr habt alle gut gearbeitet und deshalb genehmigt euch die Patrona für morgen einen Ausflug ans Meer.«

Die Köpfe schwenkten synchron zum anderen Tischende und einige der Mädchen klatschten vor Freude in die Hände. »Danke, vielen Dank, Patrona!« Elenas Ausruf sprach allen aus dem Herzen. Die Patrona lächelte zufrieden. Ihr Fächer war ununterbrochen in Bewegung. Selbst angesichts der erschöpfenden Schwüle war ihre Haltung den Mädchen ein Vorbild.

»Also –«

Die Mädchen drehten sich wieder zu Stefano.

»Wir wurden von einem unserer Interessenten auf seine Yacht eingeladen. Er würde gerne alle von euch kennenlernen, soweit das innerhalb der Zeit möglich ist, da er sich noch nicht festgelegt hat, welchen Typ er bevorzugt. Wenn er nicht mit jeder gleich lange spricht, solltet ihr nicht enttäuscht sein. Vielleicht findet er ja schnell seine Favoritin heraus und kümmert sich dann nur noch um sie.« Stefano zwinkerte den Mädchen zu und einige kicherten. »Da wir morgen früh mit einem Bus losfahren, müsst ihr etwas eher als sonst aufstehen. Tomaso und ich werden dabei sein, uns aber nur einmischen, falls es ein Problem gibt. Verstanden?« Die meisten nickten.

»Heißt das, wir fahren mit einer Yacht auf das Meer

hinaus?«, fragte Gabriella.

»Si, Signor Moreno verbringt einen längeren Urlaub auf seiner Yacht, die derzeit im Hafen von Anzio vor Anker liegt. Lasst euch überraschen. Wir werden auf jeden Fall baden.« Mehr brauchte Stefano nicht zu sagen, falls er noch etwas hinzugefügt hatte, so ging dies im allgemeinen Jubel unter.

Der Bus war fast pünktlich und auf angenehme einundzwanzig Grad temperiert. Aus den Lautsprechern klangen aktuelle italienische Schlager. Die Mädchen hatten morgens passende Bikinis erhalten, jede trug ein hübsches Sommerkleid mit tiefem Ausschnitt, rücken- oder schulterfrei, als enger Mini oder glockig geschnitten, je nach Typ. Dazu mit bunten Blümchen oder Perlen verzierte Flipflops oder elegante Sandaletten.

Vicky drückte sich die Nase an der Scheibe platt. Endlich würde ihre Neugierde befriedigt werden. Von den an den Garten angrenzenden Gebäuden sah man selbst von den beiden oberen Stockwerken nur wenig, da mehrere hohe Bäume die Sicht behinderten. Sie wusste nur, dass die kleine Villa, die die Patrona ihr eigen nannte, am südlichen Rand von Roms vornehmem Villenviertel lag. Mehrere große Parks betteten das Viertel ein und machten das Leben hier selbst in den heißen Sommermonaten ein wenig erträglicher als in anderen Stadtvierteln. Da es keine touristischen Sehenswürdigkeiten gab, war das Villenviertel vergleichsweise ruhig. Die einzige Besonderheit waren die hier angesiedelten Botschaften. Vicky murmelte die Länder vor sich hin, sobald sie die an den Fassaden oder am Eingang gehissten Fahnen erkannte. Griechenland, Frankreich, Großbritannien …

Angesichts der langen Abstinenz vom normalen Leben hatte die belebte Stadt auf alle Mädchen eine große Anziehungskraft. »Hast du das Schuhgeschäft gesehen?«, stöhnte Michelle und stieß Elena in die Seite. »Oh, bummeln gehen, das würde jetzt Spaß machen. Können wir nicht anhalten?«

Erst als sie die Stadt verließen und auf der Straße nach Anzio waren, ließ das aufgeregte Geschnatter ein wenig nach.

»So, meine Lieben. Noch ein paar Informationen und Verhaltensregeln, bevor wir da sind.« Stefano machte sich über das Busmikrofon bemerkbar. »Unser Gastgeber ist Federico Moreno. Er ist ein reicher Immobilienmakler aus Lucca. Die künftige Signora Moreno dürfte also ein schmuckes Haus erwarten. Aber ich warne euch. Benehmt euch anständig. Signor Moreno ist anspruchsvoll.« Er machte eine Pause und sah in die Runde. »Wenn wir ausgestiegen sind, folgt ihr mir bitte in ordentlicher Zweierreihe. Ich will nicht, dass jemand verloren geht oder ins Wasser fällt.«

»Wie beim Kindergartenausflug«, kicherte Anna in Vickys Ohr. »Wie albern.«

»Sobald wir die Yacht betreten, zieht ihr bitte eure Schuhe aus. Das Betreten ist nur barfuß oder mit Turnschuhen erlaubt. Es wird bestimmt einen Platz an Deck geben, wo ihr eure Schuhe abstellen könnt.«

Anna schaute auf Stefanos Füße. Er trug weiße Turnschuhe, die wie neu aussahen.

»Noch Fragen?« Er reckte den Kopf, versuchte mit jeder kurz Blickkontakt aufzunehmen. »Nein? Gut, dann –«

»Doch, ich«, rief Mariella von einer der hinteren Sitzreihen. Sie wirkte stets selbstsicher, dabei aber unauffällig. Auf Vicky machte sie den Eindruck, als ob sie eigentlich eher aufmüpfig wäre, ihren Widerstand jedoch geschickt kontrollierte und den Anschein von Devotheit und Unterwürfigkeit nur spielte. Sie sprach normalerweise nur, wenn sie dazu aufgefordert wurde. Deswegen waren alle ganz Ohr, als sie sich jetzt zu Wort meldete.

»Nun, Mariella, was willst du wissen?«

»Was ist, wenn unser Gastgeber mit einer von uns ein Schäferstündchen verbringen möchte? Sollen wir das ablehnen?«

Stefano lachte leise in das Mikrofon. »Das, Mariella, überlasse ich euch. Es spricht jedenfalls nichts dagegen. Ihr könnt ablehnen oder annehmen, ganz wie ihr möchtet. Keine Auflagen außer einer: Seid nach unserem Inselaufenthalt wieder pünktlich und wohlbehalten am Boot.«

Vicky hatte das Gefühl, er würde ausgerechnet sie anschauen. Sie wusste, seine Antwort galt für alle, nur nicht für sie. Es war nicht mehr ihre eigene Entscheidung, sich ihre Jungfräulichkeit bis zum Tag X aufzusparen. Sie musste!

Die Fahrt dauerte bedingt durch den morgendlichen Berufsverkehr fast eine Dreiviertelstunde, war aber abwechslungsreich genug, weil die Mädchen lange nur im Haus gewesen waren und daher der Blick aus dem Busfenster in jeglicher Hinsicht Abwechslung bot. Schade nur, dass die vielen schönen Geschäfte, die mit interessanten Schaufensterauslagen lockten, und die Cafeterias, in denen die Römer bei einem Plausch ihren Frühstücksespresso einnahmen, von ihnen unbesucht blieben.

Schließlich erreichten sie Anzio. Die vielen kleinen Trattorien in Hafennähe bereiteten sich schon auf die Mittagsgäste vor. Sie waren bekannt für die besten und absolut fangfrischen Gerichte von ganz Latium: gegrillter Tintenfisch, schwarze Venusmuscheln, Garnelen und Rotbarben mit Oliven. Selbst Verächter von frischem Fisch konnten da auf einmal zu Fischfeinschmeckern werden.

Der Bus hielt nahe des Yachthafens. Anstelle zur mittelalterlichen Burg, die mit ihren schmalen, mit Kopfstein gepflasterten Gassen Touristenschwärme anzog, begab sich das Dutzend Mädchen in Begleitung von Stefano zu den nicht weniger sehenswerten kleinen und großen Motoryachten und Segelschiffen.

Ein sehr schmales, links und rechts von einer dünnen Kette gesäumtes Holzbrett war die einzige Verbindung zwischen dem Landesteg und der Reling. Die Mädchen zogen ihre Schuhe aus. Gabriella wagte sich zuerst über den schwankenden Steg. Ein Matrose reichte ihr die Hand, begrüßte sie an Bord und bat sie, ein Stück weiter zu gehen, um den anderen Platz zu machen.

Erst als alle an Bord waren, Stefano als letzter, trat Federico Moreno in die Sonne. Die beiden Männer begrüßten sich höflich.

Einige Mädchen tuschelten leise über Morenos attraktive Erscheinung. Er war mit einer weißen Stoffhose bekleidet, weißen eleganten Sportschuhen, einem sandfarbenen Hemd, das einen seidigen Schimmer in der Sonne hatte. Es war tief aufgeknöpft und gab den Blick auf eine unbehaarte, sonnengebräunte Brust frei. Um den Hals trug er ein goldenes Kettchen mit zwei Anhängern, einem Kreuz und einem Anker. Am Handgelenk eine sicherlich teure Uhr, an der linken Hand einen Ring.

Er lächelte freundlich, aber mit einer gewissen überheblichen Zurückhaltung. Sein Gesicht war wie das einer römischen Götterstatue. Schlank, mit markanten Wangenknochen, einem leicht spitzen Kinn. Dunkle Schatten auf der Haut verrieten trotz Rasur einen kräftigen Bartwuchs. Seine kurz geschnittenen Haare waren sorgfältig gekämmt. Er wirkte sehnig und kraftvoll, aber ohne übertrieben trainierte Muskelpakete zu präsentieren.

Einigen Mädchen entfuhr ein leises Seufzen bei seinem Anblick, was Vicky zu einem Kopfschütteln und Anna zu einem breiten Grinsen veranlasste. Wie konnte man sich nur so gehen lassen? Es war doch einfach nur ein Mann. Anna schien Vickys Gedanken zu erraten. »Er ist wohl nicht dein Typ, oder?«, flüsterte sie ihr ins Ohr.

»Deiner etwa?«

Anstelle einer Antwort zuckte Anna nur mit den Schultern.

Zunächst stellte Stefano die Mädchen einzeln vor, die sich nebeneinander entlang der Reling aufgereiht hatten und jede auf ihre Weise versuchten, sich durch straffe oder lässige Haltung besonders gut in Szene zu setzen. »Signor Moreno, das ist Michelle, Gabriella, Sandra, Jessica, Constancia …« Moreno reichte jedem Mädchen seine Hand, mit festem Händedruck, deutete eine Verbeugung an und murmelte abwechselnd etwas wie *Como sta?, Piacere!* oder schlicht *Buon giorno*. Die Mädchen lächelten ihn an, Alicia machte sogar einen Knicks, was ihn zu amüsieren schien.

Als Vicky an der Reihe war, hätte sie ihm am liebsten die Hand weggezogen. Er war ihr unheimlich. Sein Gesichtsausdruck war herb. Das Lächeln täuschte nicht darüber hinweg, dass sich dahinter ein dominanter Mann verbarg, der wusste, was er wollte. Seine dunklen Augen musterten sie, als wäre er ein Raubvogel auf der Suche nach Beute. Sie konnte sich gut vorstellen, dass er selbst durch Tränen nicht zu erweichen war und sie fröstelte bei dem Gedanken, ihn durch irgendetwas zu verärgern. Sie atmete auf, als er weiterging. »… nun noch Anna, Elena, Mariella, Claudia und Bianca.«

»Nun, meine jungen Damen, ich bin entzückt, Ihre Bekanntschaft zu machen. Fühlen Sie sich auf meinem Boot wohl, als wäre es Ihr zuhause. Meine beiden Stewards werden Sie später mit Erfrischungsgetränken, Eis und Fruchtsalat verwöhnen.« Er sah dabei in die Runde. »Wir werden etwa eineinhalb Stunden nach Ponza unterwegs sein. Sie dürfen sich überall an Deck sonnen, wenn Sie möchten, gerne auch nackt. Aber flirten Sie bitte nicht zu sehr mit meiner Mannschaft.«

Sandra und Bianca kicherten. Moreno betrachtete die beiden schmunzelnd von oben bis unten und Bianca wurde rot. »Bei Bedarf stehe ich gerne mit Sonnenöl zu Ihrer Verfügung, meine Damen.« Seine Stimme klang zuckersüß, aber Vicky lief ein kalter Schauer den Rücken herunter. Hoffentlich kam er ihr nicht zu nahe. Seine

Freundlichkeit schien ihr zu offensichtlich zur Schau gestellt.

»Zunächst bitte ich Sie aber alle, mir zu folgen. Ich habe einen Imbiss vorbereiten lassen. Sie haben heute bestimmt sehr zeitig gefrühstückt.«

Alle folgten ihm, Stefano machte wieder das Schlusslicht. Mariella hatte sich vorgedrängt, um direkt hinter Moreno zu gehen, und ihre Zimmergenossin Bianca, ein junges Mädchen von knapp achtzehn Jahren, hinter sich hergezogen.

Unter einem großen gelben Sonnensegel war ein Tisch mit erlesenen Köstlichkeiten gedeckt. Es schien an nichts zu fehlen, was außergewöhnlich und exotisch war, insbesondere auf die Obstsorten traf dies zu: saftige Mangoschnitze, gelbgrüne Guaven mit sahnig-weichem Inneren, leuchtend rotes Fruchtfleisch halbierter Kaktusfrüchte, dazwischen wie kleine Lampions die orangefarbigen, kirschgroßen Kapstachelbeeren mit ihren schrumpligen Blättchen. Die in großer Zahl verteilten fünfzackigen aus Karambolafrüchten geschnittenen Sterne verbreiteten einen zarten Duft nach Jasmin. Darüber hinaus lockten edle Salami und Parmaschinken, verschiedene Tomatensorten, Mozzarella und andere Käse, diverse Gebäck- und Brotsorten, aber auch Obst- und Sahnetörtchen. Es war wie im Schlaraffenland und nicht einfach zu berücksichtigen, dass sie auf ihre Figur achten sollten.

Die Sitzordnung in den bequem gepolsterten Korbsesseln ergab sich wie von selbst. Die meisten saßen neben ihrer Zimmergenossin, auffällig war nur, dass Mariella neben Signor Moreno saß und Bianca einen Schubs gegeben hatte, sich an seine andere Seite zu setzen.

»Hast du das gesehen?«, zischte Anna. »Mariella ist wohl scharf auf ihn?«

»Soll sie doch, ich bin froh, wenn er mir nicht zu nahe kommt. Ich verstehe nur nicht, warum sie will, dass Bianca neben ihm sitzt.«

Anna grinste. »He, Dummerchen. Mariella ist viel zu schlau. Der Typ ist dominant in jeder Pore. Der will bestimmt keine schwächliche Gespielin. Bianca ist zu jung und zimperlich, man könnte fast meinen, sie wäre hier die Jungfrau …« Vicky bedachte den Kommentar mit einem Knurren. »… also keine Konkurrenz. Siehst du? Er unterhält sich nur mit Mariella.«

Tatsächlich sprach Moreno zwar auch immer wieder einige Worte mit den anderen Mädchen, doch Mariella verstand es, seine Aufmerksamkeit immer wieder auf sich zu ziehen.

Wie sich bald darauf herausstellte, hatte Signor Moreno sehr klare Vorstellungen von seiner zukünftigen Ehefrau, ganz anders als Stefano angekündigt hatte. Er war überhaupt nicht daran interessiert, alle Mädchen kennenzulernen. Nach etwa einer halben Stunde erhob er sich und gab Stefano, der am anderen Ende des Tisches saß ein Zeichen, ihm zu folgen. Da die Männer unweit von Vicky und Anna an der Rehling standen, konnten die beiden das Gespräch mühelos mitverfolgen.

»Nun, Signor Stefano, sagen Sie mir, welche dieser allesamt sehr hübschen und wohlerzogenen Damen sind am devotesten und vor allem am masochistischsten veranlagt?«

»Ich nehme an, Sie schonen Ihre Gespielin in keinster Weise?«

»Richtig. Ich mag keine Jammerlappen. Ich stehe auf intensive, harte Spiele. Es genügt, dass mein Bruder sich in ein junges Ding verliebt hat, das schon beim Anblick des Rohrstocks zu winseln anfängt.«

Seine Stimme klang hart und unerbittlich. Vicky sah Anna von der Seite an und erkannte, dass sogar diese sich unbehaglich fühlte und wünschte, nicht genannt zu werden. Sie warf einen Blick auf Mariella. Sie saß zu weit entfernt, um die Unterhaltung zu verstehen, aber sie starrte unverwandt hinüber, als könne ihr etwas entgehen

– oder als wolle sie den Blick der Männer auf sich lenken.

»Ah, Ihr Bruder steht also auch auf erotische Spiele, Signor Moreno? Das wusste ich gar nicht.«

»Wir sind eineiige Zwillinge, aber wir könnten uns in keiner Beziehung unähnlicher sein als in dieser. Lorenzo ist einfach zu weich. Er hat die Kleine sogar geheiratet – aber lassen wir das. Nennen Sie mir zwei oder drei Mädchen, die Ihrer Meinung nach für mich infrage kämen – ach ja, ich vergaß, und natürlich aus gutem Haus.« Er lachte, aber es klang nicht echt. »Ich lege Wert auf einen nennenswerten Stammbaum.«

»Dann kommen eigentlich nur zwei Mädchen infrage. Mariella, mit der Sie sich bereits unterhalten haben. Ihr Vater ist ein Großindustrieeller und sie selbst hat auf sein Drängen hin Medizin studiert. Er hätte ihr auch bestimmt eine Praxis eingerichtet, aber sie hat es vorgezogen, sich von ihm eine Weltreise finanzieren zu lassen. Mit dem Argument, dafür würde sie die nächsten zehn Jahre bestimmt keine Zeit mehr finden. Lassen Sie sich von ihr also nicht einwickeln. Denn ihr Vater hat ihr geglaubt, doch anstelle der Weltreise ist sie schnurstracks zu uns gekommen, um sich einen reichen Ehemann zu angeln.« Stefano lachte amüsiert auf, doch Moreno ging darauf nicht ein. »Tja, dann bleibt noch Sandra, die Füchsin. Ihrem Vater gehört eine Hotelkette. Allerdings wird sie diese nicht erben, da ihr jüngerer Bruder beim Vater an erster Stelle steht …«

Die Männer entfernten sich langsam und Vicky schnappte gerade noch auf, wie Stefano ein paar von Sandras Vorzügen nannte. »… aber sie ist sehr belesen und auch politisch interessiert. Ein intelligentes und fleißiges Mädchen, mit dem man auch gute Diskussionen führen kann …«

Wenig später beobachtete Vicky, wie Moreno zuerst Sandra ansprach, sie an der Hand nahm und bat, mit ihm zu kommen, und dann auch noch Mariella aufforderte. Beide hängten sich seitlich bei ihm ein und verschwanden unter Deck.

Langsam löste sich die Schlemmertafel auf. Vicky, Anna und Michelle suchten sich einen Platz, auf den die großen weißen Segel Schatten warfen. Sie hatten sehr vernünftig angemerkt, dass sie auf der Insel wohl noch genug Zeit in der Sonne verbringen würden und es keinen Sinn machte, einen Sonnenbrand zu riskieren. Das Essen und der Blick über das weite, türkisgrüne Meer, das leise Knattern der Segel im Wind und das sanfte Schaukeln in den Wellen machten schläfrig. Bald dösten alle zufrieden vor sich hin.

Auf drei traf dies allerdings nicht zu. Federico Moreno hatte die beiden Mädchen in seine Kabine geführt, die luxuriös eingerichtet war. Wand- und Deckenvertäfelungen aus rötlichem Edelholz, vergoldete Griffe, mundgeblasene Lampenschirme, feinste Gardinen vor den Bullaugen, eine edle Sitzecke. Hinter einem Regal als Raumteiler ein breites, einladend halb aufgedecktes Bett mit zwei gedrehten Holzsäulen am Fußende.

Federico schloss die Tür hinter sich. Er musterte die beiden Mädchen, während sich diese umsahen. »Gefällt euch mein Reich?«

»Oh ja, es ist toll«, erwiderte Sandra.

»Nun, dann zeigt mir, was ihr könnt, damit es künftig vielleicht eine von euch mit mir teilen wird. Zieht euch aus.«

Sandra war unter seinem strengen und keinen Widerspruch duldenden Befehlston sichtbar zusammengezuckt. Zitternd zog sie sich aus und blieb dann mit vor ihrer Scham übereinandergelegten Händen stehen.

Federico weidete sich an ihren ängstlich aufgerissenen Augen.

Mariella ließ sich Zeit. Sie hatte gewartet, bis Sandra fertig war, um Federicos gesamte Aufmerksamkeit für sich zu haben. Langsam schob sie ihre Spaghettiträger herab, wiegte sich weich in den Hüften, kam näher und drehte ihm in einer koketten Drehung den Rücken zu. Er nahm ihre Aufforderung an und zog den Reißverschluss auf.

»Danke.« Es klang wie das Maunzen einer rolligen Katze.

Sie drehte sich vor seinen Augen, schaute ihn unverwandt an, schob das Kleid im Zeitlupentempo herab, entblößte ihre Brüste, ganz in dem Bewusstsein wie üppig und schön sie waren, senkte dabei ein wenig den Blick, aber beobachtete Federico weiter unter ihren Lidern hindurch. Sein ernster Gesichtsausdruck nahm einen spöttischen Ausdruck an, doch zugleich erschien er ihr auch lüstern und erwartungsvoll. Sie würde herausfinden, was ihn scharf machte. Er war genau ihr Typ. Ungeheuer sexy, ein wenig zu arrogant, überlegen und narzisstisch. Sie würde ihn glauben lassen, dass er sie beherrschte, ihn reizen, heiß auf ein lustvolles Spiel machen. Ein Spiel mit Schmerz und Unterwerfung. Es versprach interessant zu werden, wer von ihnen beiden die Führung in diesem Spiel behalten würde. Sie war zu allem bereit. Aber es würde ihr erst Lust bereiten, wenn es ihm gelänge, die Oberhand zu behalten. Sie war sich noch nicht sicher, ob er das Potential dazu wirklich hatte oder nur vortäuschte.

Mariella trug keinen Bikini unter dem Kleid. Sie war nackt, vollkommen nackt. Ihr Körper war nahtlos braun und eine Augenweide. Sie hatte sich von der Patrona die Erlaubnis erbeten, mittags eine Stunde auf dem Dach zu sonnen und hatte sie erhalten. Wie sie das geschafft hatte, wusste niemand, nur sie allein. Ihre gleichmäßig bronzierte, fleckenfreie Haut bildete einen attraktiven Kontrast zu ihren langen blonden Haaren und ihre hellblauen Augen wirkten in dem gebräunten Teint noch heller und reiner als sie in Wirklichkeit waren. Sie hatte die Zeit genutzt und ihre Haare in der Sonne trocknen lassen, was ihnen natürliche hellere Strähnchen gegeben hatte.

Federico leckte sich über die Lippen. Er machte es sich in einem Sessel bequem und schaute die beiden mit betont arroganter Lässigkeit an. »Schön, sehr schön. Ihr seid zwei wahrhaft ansehnliche Grazien. Aber jetzt zeigt mir, was ihr drauf habt. Ich will sehen, dass ihr beiden Lust auf mich habt. Streichelt euch gegenseitig, bringt euch in Stimmung.«

Sandra schaute, als ob sie der Schlag getroffen hätte. »Wir sollen –«, stammelte sie und sah abwechselnd Federico und Mariella an.

Sein Lächeln gefror. »Hast du ein Problem damit, meine Wünsche zu erfüllen, Sandra? Ich will euch zusehen, hast du das nicht verstanden?«

»Doch, aber«, stotterte sie und sah Mariella hilfesuchend an.

»Komm, es ist doch nichts dabei.« Mariella nahm Sandra in ihre Arme, streichelte ihr über den Rücken, dann nahm sie Sandras Hände und legte sie sich auf ihre Brüste. »Mach schon.« Ein wenig unbeholfen und noch immer verwirrt, begann Sandra Mariellas Nippel zu streicheln. Im Gegensatz zu ihrem eigenen kleinen Busen war Mariellas ziemlich üppig und schwer. Unter ihrer Berührung verhärteten sich die ohnehin großen Brustwarzen binnen Sekunden zu prachtvollen Exemplaren. Nicht genug damit, Mariella fing leise und lustvoll zu stöhnen an. Doch als sie ihrerseits nun Sandras Brüste berührte, wich diese abwehrend zurück. »Nein, nein, ich kann das nicht.«

Federico schnellte aus dem Sessel hervor, schob Mariella zur Seite und packte Sandra grob an einem Handgelenk. Sie wimmerte erschrocken auf und schaute ihn mit großen Augen an. »Na schön, wenn du dich zickig anstellst, wirst du sie stattdessen züchtigen. Vielleicht liegt dir das ja mehr?« Er drückte ihr eine kurzschwänzige Peitsche in die andere Hand.

Federico kehrte in seinen Sessel zurück. Mariella schaute ihn an, dann Sandra, die wie paralysiert wirkte. Mariella reagierte. Auf eine kaum merkliche Handbewegung von Federico kehrte sie Sandra ihren Rücken zu, beugte sich nach vorne, die Hände auf ihren Knien abgestützt, den

Rücken ins Hohlkreuz gedrückt und sah Federico unverwandt an.

»Sandra, ich warte.«

Endlich musste sie begriffen haben, dass ihr keine andere Wahl blieb, als zu gehorchen. Ein leichter, unbeholfen gesetzter Hieb traf Mariellas rechte Pohälfte. Ein zweiter folgte. Mariella lächelte, als ob sie gestreichelt würde.

»Fester.« Federicos Blick verschmolz mit Mariellas.

Sandra gab ein verzweifeltes Stöhnen von sich. Dann schlug sie fester zu, aber immer noch zu schwach, um Mariellas Miene zu verändern.

»Fester. Schneller.« Federicos Stimme verriet seine Anspannung.

Sandra steigerte ihr Tempo, aber ihre Treffer waren ungeschickt und genauso schwach wie zuvor.

»Mariella, glaubst du, du kannst es besser als Sandra?« Seine Stimme hatte einen gefährlichen und zugleich aufreizenden Unterton.

»Bestimmt«, schnurrte Mariella. »Mein Gebieter.«

Federico erwiderte nichts, er rückte lediglich ein wenig in seinem Sessel vor, nahm eine gespannte Haltung an.

Mariella richtete sich auf, drehte sich blitzschnell, bevor Sandra den nächsten Schlag ausführte, und entriss ihr die Peitsche. Sie packte sie im Genick und presste sie über eine Sessellehne. Dann ging sie in Position und holte aus. Sandra wand sich entsetzt in ihrem Griff und schrie, als sie der erste Hieb traf. Sie riss sich los, sprang auf und versuchte zur Tür zu gelangen, aber Federico war schneller.

»Wohin so eilig?«

»Ich will das nicht, lassen Sie mich los!«

Aber gerade ihr Widerstand schien Federico zu reizen. Er hielt sie fest, fesselte sie an eine der Säulen seines Bettes.

»Streichel sie, züchtige sie, mach sie heiß und nass für mich«, forderte er Mariella auf.

Sandra hatte Mariellas Künsten nichts entgegenzusetzen. Geschickt versetzte sie ihren Körper in einen Strudel aus Zärtlichkeiten und Schmerz, immer gerade soviel, wie für Sandra zu ertragen war. Dann streichelte und küsste sie die geschundene Haut an Po und Schenkeln, bis Sandra nicht mehr anders konnte und nicht nur vor Schmerz, sondern sogar vor Lust wimmerte. Dabei weinte sie leise vor Scham.

»Nun, Sandra?« Federico lag vor ihr auf dem Bett, hielt ihr Gesicht in beiden Händen, streichelte sanft mit den Daumen ihre Wangen und wischte eine Träne fort. »Willst du, dass ich dich jetzt nehme, damit es vorbei ist?«

»Ja«, schrie sie unter dem nächsten Peitschenhieb. »Bitte.«

Federico lachte laut auf.

Er streichelte mit einer Hand über Mariellas harte Nippel und sie leckte sich lüstern über ihre Lippen. »Bitte nimm mich, mein Gebieter. Lass sie gehen, sie ist dir nicht würdig.«

Er lachte erneut, tief und dunkel. »Mach dir keine Gedanken, du kommst auch noch dran.« Er nahm ihr die Peitsche aus der Hand und legte sie aufs Bett. »Zieh mich aus.«

Mariella ließ sich Zeit dabei. Sie knöpfte das Hemd betont langsam auf, fuhr mit einer Hand unter die Öffnung und streichelte Federicos Brustwarzen. Dann beugte sie sich vor und küsste seine Brust und seinen Bauch, während sie das Hemd weiter aufknöpfte und dabei in die Knie ging. Sie zog das Hemd über seine Arme nach unten und warf es hinter sich auf den Boden. Dann löste sie den Verschluss des Gürtels, zog ihn aus der Hose und reichte ihn Federico. Sein Blick bestätigte ihr, dass sie das Richtige getan hatte. Sie hob ihren Po, ihre Hände berührten den Fußboden. Sie war sehr gelenkig. Ein fester Hieb mit dem Gürtel traf ihren Po, zuerst rechts, dann links. Sie seufzte lüstern auf. Federico fügte zwei weitere Hiebe hinzu. Sie wimmerte leise.

»Mach weiter.«

Sie kniete sich vor ihn, öffnete die Hose, streifte sie über seinen Po ab. Er trug nichts darunter. Sein Penis stand hart, groß und einladend vor ihr. Sie packte seine Pohälften, krallte ihre Finger hinein und nahm sein Geschlecht schnell und tief in ihren Mund, saugte sich fest, leckte hingebungsvoll über die Spitze seiner Eichel.

Er stöhnte laut auf, schlug ihr mit dem Gürtel auf den Rücken, presste aber gleichzeitig mit der anderen Hand ihren Kopf fest gegen seinen Unterleib.

Mariella saugte und leckte, ohne ihn aus ihrem Mund zu entlassen. Er knurrte und stöhnte unter dem Schmerz, den ihre spitzen Fingernägel ihm zufügten. Doch er gönnte ihr nicht, seinen Samen aufzunehmen. Rechtzeitig genug gebot ihr sein energisches »Halt« aufzuhören.

Sie ließ sich auf ihre Fersen zurücksinken und schaute bewundernd zu ihm empor. Selbst unter dieser Lust, bei dieser beachtlichen Erektion hatte er noch soviel Selbstbeherrschung? Was für ein beeindruckender Mann. Seine Hoden waren groß und fest, und sie dachte an nichts anderes, als von diesem prächtigen Penis hart und schnell gevögelt zu werden.

Aber Federico hatte andere Pläne. Er drückte Sandras Kopf hinunter, damit sie sich tief nach vorne beugte, packte ihre Hüften und versenkte sein Geschlecht in ihrer Grotte mit einem animalischen Stoß. Sie schrie auf, vor Schmerz und Überraschung, aber auch vor Lust.

Mariella wünschte sich, an Sandras Stelle zu sein. Er stieß kraftvoll zu, und sie hatte erwartet, er würde angesichts der starken Erektion schnell abschießen, doch das Gegenteil war der Fall. Sandras Körper bebte unter seinen harten Stößen, sie wimmerte und schrie, als ihr Orgasmus kam, aber er hatte immer noch nicht genug, verlangsamte das Tempo, und als sie wieder bei Atem war, rammte er sich schneller und härter hinein als zuvor, bis sie erneut stöhnte und winselte, da endlich schoss er seinen Samen in sie hinein.

Sandra rutschte an der Stange entlang auf die Knie, als er sie losließ. Sie schluchzte.

Federico verschwand im angrenzenden Badezimmer. Er trug einen schwarzen Morgenmantel mit chinesischen Mustern, als er zurückkehrte. Er löste Sandras Fesseln, drückte ihr das Kleid in die Hand und schob sie zur Tür hinaus. »Geh.«

Mariella war inzwischen aufgestanden. Sie hielt die Peitsche in der Hand, bereit damit auszuholen.

»Was soll das werden?« Er ging auf sie zu, musterte sie aufmerksam.

Sie ließ die Peitsche nach vorne schnellen und traf ihn im Gesicht. Ein dunkelroter Streifen wurde sichtbar. Ehe sie erneut ausholen konnte, hatte er sie an ihren langen Haaren gepackt, zwang sie vor sich auf die Knie und entrang ihr die Peitsche.

»Du bist also eine Wildkatze und legst es darauf an, gezähmt zu werden, wie?«

Anstelle einer Antwort gab sie ein Fauchen von sich und packte ihn an seinem Morgenmantel, legte ein Bein frei und schlug ihre Zähne hinein.

»Ahh, du Bestie, das wirst du büßen!«

Zwischen den beiden entwickelte sich ein kurzer Kampf. Das Hanteltraining, das Mariella morgens und abends im Fitnessraum absolvierte, hatte ihren Oberarmmuskeln Kraft verliehen. Federico hatte kein leichtes Spiel, gewann aber letztlich doch die Oberhand und kettete Mariella wie zuvor Sandra am Bett an. Nach Luft schnappend warf er sich aufs Bett und betrachtete sie. Ihre Haut glänzte an einigen Stellen vom Schweiß. Doch sie hatte noch nicht genug. Das sah er ihr an. Sie war ein Raubtier, kein Kätzchen.

Er kniete sich aufs Bett, legte seine Hände auf ihre Brüste und streichelte sie. *»Ti piace?«*

Sie lächelte, dann spuckte sie ihm als Antwort, ob ihr das gefalle, mitten ins Gesicht.

Für einen Augenblick erstarrte er und war versucht, ihr

eine Ohrfeige zu erteilen. Doch dann wischte er mit letzter Beherrschung den Speichel fort und grinste breit. »So ist das also. Du willst es auf die harte Tour. Du willst unterworfen und bestraft werden. Na, das kannst du haben, Sklavin!«

Er stand auf, ließ den Morgenmantel fallen, ging zu einem der Einbauschränke und kehrte mit verschiedenen Gegenständen zurück, die er auf dem Bett ausbreitete, sodass Mariella sie sehen konnte. Aber sie sah nicht hin. Ihr Blick galt nur ihm. »Na, ist das in deinem Sinne, Wildkatze?«

»Probier's doch aus!«, knurrte und fauchte sie mit entblößten Zähnen.

»Das werde ich«, erwiderte er.

In seinen Augen lag ein geheimnisvoller Glanz. Die Ruhe, mit der er seine Worte langsam und emotionslos gesagt hatte, jagte ihr einen Schauer über den Rücken und ein verlangendes Ziehen ihre Vagina hinauf. Sie seufzte lüstern.

In den folgenden Minuten bereitete Federico sein Opfer genussvoll auf die Züchtigung vor. Er schob ihr einen breiten Knebel zwischen die Zähne, wobei er ihren Kopf festhalten musste, nachdem sie ihn mehrmals narrte, indem sie artig ihren Mund öffnete, dann jedoch schnell ihren Kopf zur Seite drehte. Er legte ihr ein Halsband an, breite Ledermanschetten an den Handgelenken und führte sie unter eines der Fenster. Er befestigte eine Kette am Halsband und das andere Ende an einem Ring, der unter dem Fenster in der Wand eingelassen war. Außerdem war eine waagerechte Stange angebracht, an der sie sich abstützen sollte und an der er die Handgelenksfesseln mit einem Seil festknotete.

Der Ausblick zeigte Wasser, den tanzenden Sonnenschein und weiße Schaumkrönchen auf den Wellen.

Mariella machte es ihm weiterhin nicht leicht. Sie versuchte ihn zu treten, sträubte sich so gut sie konnte, während er sie fesselte und ankettete, doch er hatte dies mit einem höhnischen Lachen quittiert.

Ein Blick auf seinen Penis bestätigte ihr, dass ihn das Spiel erregte. Das war ganz in ihrem Sinne. Sie war heiß auf ihn, wollte von ihm begehrt und ausgefüllt werden. Doch wenn sie geglaubt hatte, sie würde genügend Bewegungsfreiheit behalten, um ihn weiter zu ärgern und anzuheizen, so hatte sie sich geirrt. Oberhalb ihrer Fußgelenke befestigte er breite Manschetten, die mit einer Spreizstange verbunden waren, und schob das integrierte Teleskop soweit auseinander, dass sie gerade noch aufrecht stehen konnte, ohne das Gleichgewicht zu verlieren. Sie grunzte wütend.

Zufrieden betrachtete er sein Werk und dachte laut nach. »Irgendetwas fehlt noch, ehe ich dich Peitsche und Rohrstock kosten lasse, findest du nicht?«

»Hmmm.«

»Entschuldige, ich vergaß völlig, dass du nicht antworten kannst. Jammerschade. Dabei hast du eine sehr schöne Stimme. Aber ich möchte nicht, dass du das Schiff zusammenbrüllst. Am Ende sehen sich deine Gefährtinnen genötigt, dir beizustehen.« Er grinste breit. »Denn ich bin sicher, ich bringe dich zum Schreien, obwohl du dich starrsinnig und kampfbereit gibst. Aber jede Tapferkeit hat ihre Grenzen. Deine finde ich schon noch heraus.«

»Rrrrrmmmh.« Mariella zerrte aufmüpfig an den Fesseln. Seine Drohung ging ihr durch und durch. Es war ihr egal, was er vorhatte. Allein der Gedanke, dass er sie ungeniert und ohne von jemandem aufgehalten zu werden, züchtigen würde, so lange und intensiv wie es ihm gefiel, machte sie rasend und heiß.

Er ging zurück zum Bett und holte die Peitsche. Sanft und heimtückisch glitten die Lederbänder über Mariellas Rücken, hinunter über den Po und die Schenkel, kitzelten ihre Haut, sensibilisierten ihre Nerven. Dann holte er aus. Vom ersten Augenblick an machte er klar, wie er sich dieses Spiel vorstellte. Hart und unerbittlich klatschte die

Peitsche auf ihre Haut. Er gab ihr keine Zeit, den brennenden Schmerz zu verdauen. Holte wieder und wieder aus.

In kürzester Zeit brannte ihre Haut heiß und lichterloh. Zu spät begriff sie, mit welchem Feuer sie gespielt hatte, als sie ihn übermütig herausforderte und sich widerspenstig und angriffslustig gab. Dieser Mann wusste genau, was er wollte, und er war im Vorteil. Er wartete nur auf eines, dass sie nachgab und sich unterwarf. Sie konnte ihm nichts vormachen, nichts vorspielen. Er würde erkennen, ob sie sich aufrichtig unterwarf. Er war ihr bei Weitem überlegen und er war skrupellos. Auf einmal bewunderte sie ihn dafür. Es war unmöglich, sich seiner Züchtigung zu entziehen. Ihr Körper begehrte auf, schickte stechende und brennende Signale in alle Richtungen, ausgehend von den Striemen, die er unerbittlich auf ihrem Po und ihren Schenkeln verteilte, und die auch nicht vor Rücken und Armen haltmachten. Doch gleichzeitig fühlte sie einen verlangenden Schmerz in ihrer Vagina und wusste im selben Augenblick, dass sie noch niemals so verrückt danach gewesen war, einen harten Schwanz in sich zu spüren. Worauf wartete er denn noch? Der Knebel milderte ihr Kreischen zu einem dumpfen Stöhnen. Sie warf ihren Kopf hin und her, als ihre Haut in einem fast unerträglichen Schmerz nachgab und einriss. Sie fühlte, wie es heiß über ihren Schenkel lief, aber es war nicht die Hitze eines normalen Striemens, es musste Blut sein, ihr Blut. Entsetzt drehte sie ihren Kopf und versuchte, Federico über die Schulter hinweg anzuschauen.

Federico hörte genau in diesem Moment auf. Er griff ihr unter das Kinn. Ihre geblähten Nasenflügel rangen schwer nach Luft. Ihr Blick war jetzt nicht mehr herausfordernd und zornig, sondern erschrocken und bettelnd. Er lächelte süffisant. »So gefällst du mir schon besser, Kätzchen.« Speichel tropfte seitlich des Knebels von ihren Lippen. Er beugte sich zu ihr herunter und leckte den Speichel ab, als wäre es Eis.

Dann packte er zu, nahm eine ihrer Brüste fest in seine gespreizten Finger. Mariella schüttelte abwehrend und brummend den Kopf, als sie sah, was er in der Hand hielt.

»Prachtvoll, wie geschaffen, mit ihnen zu spielen. Schauen wir mal, was sie aushalten und wie viel Lust in ihnen steckt.« Er clipste an jeden Nippel eine Klemme, aber Mariella beherrschte sich nun und zeigte keine Reaktion, obwohl ihre Brustwarzen sichtbar zusammen gequetscht wurden und sich augenblicklich bläulich verfärbten.

Federico grinste böse. »Deine Tapferkeit hilft dir gar nichts. Du möchtest es härter, Kätzchen?« Er hängte an beiden Klemmen ein Gewicht ein und ließ gleichzeitig los. Der plötzlich einsetzende Schmerz in ihren Brüsten setzte sich durch Mariellas Körper fort. Sie schrie wieder gegen den Knebel an, dann wimmerte und stöhnte sie. Ihre Pobacken und ihre Beine zitterten, aber an der Innenseite ihrer Schenkel lief es heiß und klebrig hinunter.

Federico schnippte mit dem Finger gegen eines der Gewichte, nachdem es sich ausgependelt hatte, und brachte es damit erneut zum Schwingen. Mariella versuchte ihm unter gequältem Gewimmer einen flehenden Blick zu schicken.

»Na, gibst du allmählich auf? Ich denke, ich sollte deine Nippel piercen lassen, sobald wir verheiratet sind, findest du nicht? Sie sind groß und wie geschaffen, ein paar Ringe zu tragen. Ich könnte dich daran anbinden und hinter mir herziehen, wie einen Stier an seinem Nasenring.« Sein Lachen klang gemein und hinterhältig.

Mariella schüttelte entsetzt den Kopf. Der Gedanke ihre makellosen schönen Brustwarzen unter Schmerzen zu verunstalten behagte ihr gar nicht. Allerdings konnte sie nicht verhehlen, dass es sie zugleich ein wenig erregte.

Und wenn es sein Wunsch war, würde es sich wohl kaum verhindern lassen.

»Du findest die Idee nicht gut? Du enttäuschst mich, meine Liebe, tststs. Das wäre doch ein schönes Hochzeitsgeschenk für mich? Hm, ich sollte mich mal erkundigen, ob man das nicht direkt auf der Hochzeit machen könnte. Das wäre doch eine tolle Zeremonie, bei der alle zusehen könnten, wie gehorsam du bist.« Wiederum stupste er beide Gewichte an, ergötzte sich an dem Pendeln von Mariellas schönen Rundungen. »Ich denke, ich werde dich nicht um dein Einverständnis fragen. Stell es dir doch mal vor. Ein enges Brautkleid, das deine prachtvollen Bälle hervorhebt. Mit zwei kleinen Aussparungen, durch die deine Brustwarzen gerade so passen. Ein hübsches Piercing, ein Kettchen dazwischen. Wär das nichts?« Grinsend fuhr er fort. »Aber ich denke, ich habe noch einen anderen Vorschlag, einen besseren, lass mich mal fühlen.«

Seine Hand fuhr schmeichelnd über ihren Nacken, kraulte ihn, dann den Rücken hinunter, leicht massierend und sie wand sich wie eine schnurrende Katze unter der Liebkosung. Vielleicht würde ihn das milde stimmen und er nähme ihr dann bald diese entsetzlich ziehenden Gewichte ab. Der Schmerz betraf nicht nur ihre Brustwarzen, was ihr lüsterne Schauer durch den Körper jagte, sondern strahlte sternförmig in ihre Brüste aus, was allmählich sehr unangenehm wurde. Konnte man sich daran gewöhnen?

Doch Federico interessierte gerade etwas anderes. Seine Finger glitten über die Striemen, die er ihr zugefügt hatte, zeichneten sie nach, ihre Poritze hinab, zwischen die gespreizten Schenkel und das dumpfe Stöhnen in den Knebel signalisierte ihm, wie sehr sie das erregte. Es war gut, dass er ihre Beine mit der Stange gespreizt hatte. Sie sollte nicht nur ständig das Gefühl haben, dass er sie nehmen würde, wann es ihm beliebte. Er liebte diesen Ausblick auf ihre Rosette und ihre Grotte. Es gehörte alles ihm. Sie war eine Sklavin, und falls sie das bislang noch nicht begriffen hatte, dann würde sie es wissen, wenn er mit ihr fertig war. Sie würde schon noch merken, wie sehr sie ihm ausgeliefert war und wie er das auszunutzen verstand. Dass sie ihre momentane Lage erregte, konnte er riechen und fühlen. Seine Hand glitt über einladende Feuchte, die die Innenseite ihrer Schenkel benetzte.

Er ging hinter ihr in die Hocke, sog tief die Luft ein. Streichelte über ihre Pobacken, zog sie mehr auseinander, berührte mit seiner Nase fast ihre Haut. Sie roch unverschämt nach Lust und am liebsten hätte er ihr sofort gezeigt, wie er sie zu vögeln verstand. Dass sie nicht unerfahren war, hatte er ihren Unterlagen entnommen. Aber es gab noch nette Spielzeuge, die er zu schätzen wusste und die sie bestimmt noch nicht kannte.

Er stand auf, holte etwas aus dem Schrank und ging wieder hinter ihr in die Hocke. Mariella versuchte ihren Kopf zu drehen, um zu ergründen, was er vorhatte, aber der eingeschränkte Bewegungsspielraum verhinderte es. Unter dem unerwartet stechenden Schmerz, der ihren Unterleib durchflutete, kniff sie ihre Pobacken sichtbar zusammen, soweit ihre Position dies überhaupt zuließ. Sie verspannte sich und riss wie verrückt an den Fesseln. Aber gerade das war es, was Federico wollte, was ihn anmachte. Je hilfloser und wilder sie sich gebärdete, je mehr sie ihm ihre Schmerzen zeigte und wie sehr sie seiner Gnade und Willkür ausgeliefert war, desto härter und länger wurde sein Penis.

Er hatte ihre Schamlippen auseinander geschoben, auf jeder Seite drei Gewichte mit Klemmen befestigt. Damit sie trotz der glitschigen Schleimhaut hielten, standen aus den Gummilippen kleine Metallzähnchen hervor, die sich tief in die Schamlippen bissen und vor allem auf der empfindlichen Innenseite sicherlich furchtbar schmerzen. Sofort erhöhte sich der Fluss aus ihrer Vagina und ihr Duft verstärkte sich.

Federico unterdrückte ein lustvolles Aufstöhnen. Ihr Wimmern und Schreien war Musik in seinen Ohren. Mit jeder Sekunde gebärdete sie sich wilder. Der Schmerz an ihren Schamlippen musste schlimmer sein als an ihren Nippeln. Wenn sie ihn danach immer noch mit lüsternen Augen anschaute, war sie die Richtige für ihn. Kein Zimperlieschen, sondern eine reife Frau, die er nach Lust und Laune spüren lassen würde, dass sie vor allem eines für ihn war: eine Sklavin. Eine devote Sklavin, mit einer tiefen masochistischen Veranlagung, deren größtes Vergnügen darin bestand, ihm und seiner Lust zu dienen. Niemand würde ihn daran hindern, an ihr auszuprobieren, was ihm gerade einfiel. Er würde seine Launen an ihr auslassen. Und – er würde ihr beibringen, dass sie ihn um diese Art der Züchtigung anbettelte.

Mariellas Beine zitterten, was die Gewichte in kleine Schwingungen versetzte. Ein Tropfen löste sich, eröffnete ein neues, winziges Rinnsal ihrer Lust, die Innenseite ihres Oberschenkels hinunter. Federico beugte sich vor, leckte ihn auf. Sie stöhnte und zitterte noch mehr unter der kitzelnden lustvollen Berührung. Langsam stand er auf, kratzte mit seinen Fingernägeln über ihren Po, ihre Taille zu ihren Brüsten hinauf, nicht zu fest, nur soviel, dass sie die Gefahr spüren sollte, die von seinen Nägeln ausging. Dann packte er zu, griff unter ihre Brüste, sie lagen in seinen Händen wie in Schalen. Doch es war kein Schutz, denn seine Finger griffen nach den Gewichten und gleichzeitig drängte sich sein Penis hart zwischen ihre Schenkel. Er zog ihre Nippel zur Seite, so weit dies möglich war. Sie winselte und wimmerte unter ihm, fassungslos, was er mit ihr machte. Dann ließ er los. Die Gewichte schlugen in der Mitte zusammen, entwickelten eine unrhythmische Eigendynamik, rissen an ihren Brustwarzen.

Mariella stöhnte und buckelte trotz der Fesseln und der Spreizstange. Sie konnte nicht vor ihm verbergen, dass er sie fast um den Verstand brachte. Ihr Spiegelbild in der

Fensterscheibe des Bullauges zeigte ihre aufgerissenen Augen, aber falls dies ein Ausdruck von Angst und Schmerz war, so erhielt sein Penis ein anderes, einladendes Signal und im gleichen Moment, als er die Gewichte losgelassen hatte, stieß er tief zu. Ihr Kopf schnellte nach unten, als wolle sie der Bewegung ihrer Brüste nachfolgen und damit den Schmerz mindern. Dabei gab sie einen lang anhaltenden Schrei von sich und versuchte sich ihm zu entziehen. Aber Federicos Finger krallten sich in ihre Hüften. Unter den schnellen Bewegungen pendelten ihre vollen Brüste in kurzem Takt, gepeinigt von den wild hin und her schwingenden Gewichten. Ihr wurde schwindlig, sie bekam zu wenig Luft. Aber der Lustschmerz in ihren Brüsten und die ekstatischen Kontraktionen ihrer Vagina hielten sie wach.

Noch vor Federico schrie sie ihren Orgasmus heraus, sackte um Atem schnaubend in sich zusammen. Aber er war noch nicht bereit. Sollte sie ruhig glauben, er wäre ebenfalls gekommen. Er nahm ihr den Knebel aus dem Mund und streichelte ihre Wangen. Dann stieß er ein einziges Mal zu und ihr Kopf fuhr hoch.

»Aber –?«

»Schweig und mach deinen Mund auf, Sklavin«, knurrte er herrisch und sie gehorchte verwirrt.

Er hatte sich einen Lederriemen von der Breite eines Gürtels griffbereit an einen Haken an der Wand gehängt, ohne dass sie es bemerkt hatte. Er schob ihr den Mittelteil zwischen die Zähne und zog soweit an, dass sie ihren Kopf nicht mehr nach vorne bewegen konnte. Eine richtige Trense würde ihr bestimmt gut stehen. Er hatte noch nie ein Ponyplay ausprobiert, aber mit ihr konnte er sich das sehr gut vorstellen. Wie ein paar Zügel hielt er den Riemen mit der linken Hand unter Spannung. Sie versuchte ohne Erfolg, sich davon zu befreien und biss schließlich wütend hinein. Er presste seine rechte Hand von vorn gegen ihren Bauch. Dann stieß er zu. Hemmungslos, fester und tiefer als zuvor. Ihre Spalte schien sich enger um seinen Schwanz zu schließen.

Zuerst knurrte sie wild, doch dann ergab sie sich. Ergab sich ihm, seiner Potenz und seinem Rhythmus. Prall und tief füllte er sie aus, ihre Vagina war wie ein ideal und eng angepasstes Etui für seinen harten Schaft. Sie biss ihre Zähne grimmig und stöhnend in das Leder. Er glitt auf der Feuchtigkeit ihrer engen Grotte wie auf Silikon. Ohne Reibung, ohne Hitze, ohne Schmerz. Die Kontraktionen ihrer Vagina wurden immer heftiger. Dann kamen sie beide fast gleichzeitig. Wild und laut stöhnend pumpte Federico seinen Samen in ihre Vagina, gab den Auslöser für den letzten Funken, der sie in einem gewaltigen Orgasmus erzittern ließ, in dem sie sogar die Schmerzen ihrer Nippel und ihrer Schamlippen vergaß, gab sie aber nicht eher frei, bis auch der letzte kostbare Tropfen seines Ejakulats seinen Platz tief in ihr drinnen gefunden hatte.

Dies war nur der erste Versuch, sie zu schwängern. Er wusste von Stefano, dass die Mädchen seit einigen Wochen nicht mehr verhüteten. Das würden ihre künftigen Herren bestimmen. Er benötigte einen Erben, und wenn Mariella noch vor der Versteigerung von ihm schwanger würde, umso besser. Aber er würde sich nicht betrügen lassen. Wehe ihr, wenn der Gentest ergab, dass das Kind nicht von ihm war.

»Wusste ich es doch, dass du alles andere als gehorsam bist, solange man dich nicht unterworfen hat. Aber ich werde dafür sorgen, dass du nie vergisst, welche Konsequenzen Ungehorsam nach sich zieht. Wir werden viel Spaß miteinander haben.« Er lachte. »Zumindest werde ich viel Spaß mit dir haben. Vor allem aber werde ich dafür sorgen, dass du mein Kind trägst und treu bist. Ich will, dass du so schnell wie möglich von mir schwanger wirst. Also werde ich verhindern, dass du einen anderen an dich ranlässt.« Er kraulte ihr sanft den Nacken. »Du denkst bestimmt an einen Keuschheitsgürtel. Aber es gibt etwas viel Besseres.« Er nahm ihre

Brüste in seine Hände, entlastete sie ein wenig vom Zug der Gewichte. »Wie ich gesehen habe, hast du schöne große Schamlippen. Wie geschaffen für das neue Schamlippenschloss, dass ich entdeckt habe. Drei, fünf oder sieben kleine Ringe, die miteinander verbunden sind. Ich denke, ich werde sieben für dich wählen, damit sie auf der gesamten Länge gesichert sind, und es wird natürlich nur einen einzigen Schlüssel geben, um das kleine Schloss zu öffnen.« Er flüsterte erwartungsvoll. »Du wirst vor mir kriechen und meine Füße lecken, damit ich es dir aufschließe. Du wirst es immer spüren, egal ob du einen Slip trägst oder es frei zwischen deinen Schenkeln baumelt. Es wird dich ständig daran erinnern, wem du gehörst, wessen Sklavin du bist. Ich werde den Schlüssel immer bei mir tragen. Und wenn ich keine Lust oder Zeit habe, dich aufzuschließen, werde ich dich einfach anal nehmen.«

Sie bockte unter ihm, soweit es ihr möglich war, knurrte wütend in den Riemen, den er mittlerweile hinter ihrem Kopf verknotet hatte und der in ihre Mundwinkel schnitt. Aber er lachte nur, zog langsam und genießerisch die Klemmen von ihren Nippeln ab. Sie wimmerte unter dem pochenden Schmerz, mit dem das gestaute Blut in den blauen Nippeln zu pulsieren begann.

»Soll ich dir noch ein paar Aussichten auf unsere baldige gemeinsame Zukunft verraten? Ich habe schon genaue Vorstellungen von unserer Hochzeitsnacht. Sie sollte etwas Besonderes werden.« Während er weiter sprach, griff er zwischen die Beine und entfernte die Klammern von ihren Schamlippen. Sein Atem war heiß in ihrem Nacken, streifte ihre verschwitzten Haare, als er in bedrohlichem Ton weiter sprach.

»Du wirst unsere Hochzeitsnacht niemals vergessen. Ich werde deine Nippel reiben und knabbern, bis sie wund sind und du um Gnade flehst. Ich werde dich von Angesicht zu Angesicht vögeln, damit du das Gesicht deines Herrn niemals vergisst, und danach werde ich dich wie eine Stute anal reiten, damit du begreifst, dass du nicht mehr als eine Leibeigene für mich bist. Bitte also Signor Stefano darum, dass er dich mit einem Plug vorbereitet und Tag für Tag mehr dehnt, weit dehnt, wenn du nicht willst, dass diese Nacht sehr unangenehm für dich wird.«

Erst kurz bevor sie die Insel erreichten, durfte Mariella wieder an Deck. Sie lächelte glücklich, als die anderen sie erwartungsvoll anschauten. Federico legte seinen Arm um ihre Schultern. Während die anderen Mädchen sich mit einem Spaziergang im Sand und auf der Suche nach einem schönen Badeplatz die Füße vertraten, gingen Mariella und Federico zusammen mit Stefano in einer der Strandtavernen etwas essen. Federico spielte nun wieder seine vollendete Rolle als zwar dominanter, aber dennoch höflicher und zuvorkommender Mann. Niemand sollte ahnen, was seine Fassade verbarg.

Wegen ihrer Schönheit, dem betörenden Blumenduft und den herrlichen Aussichten wurde Ponza, die größte Insel des pontinischen Archipels auch das Capri Roms genannt. Nur wenige Touristen waren an dem etwa acht Kilometer langen Strand unterwegs. Bald hatten Anna, Vicky und Michelle eine Stelle gefunden, von der man einen wunderschönen Ausblick auf einen Teil der umliegenden, noch kleineren Inseln hatte. Sie zogen ihre Kleider aus, unter denen sie knappe Bikinis trugen, und rannten laut jauchzend in das türkisfarbene Wasser. Es war herrlich. Vicky war eine gute Schwimmerin und wagte sich weiter hinaus als die anderen. Vom Wasser aus war der Blick auf die Insel und ihre weißen Buchten noch schöner. Ein buntes Fischerboot fuhr in einiger Entfernung vorbei und die beiden Männer winkten ihr lachend zu.

Vicky schwamm zurück und fiel neben Anna in den weichen Sand. Es war ihr egal, ob er an ihr klebte. Sie würde sowieso gleich noch mal ins Wasser gehen.

»Ach, ist das herrlich. Komm, wir laufen mal ein Stück

den Strand weiter, bis zu den Felsen da hinten.«

Michelle hob schützend ihre Hand über die Augen. »So weit? Lauft nur, ich bleibe hier.«

Anna und Vicky liefen ein Stück um die Wette, dann versuchten sie wie kleine Mädchen übermütig mit den Füßen den Wellen auszuweichen, die sanft an den Strand leckten. Schließlich erreichten sie die Felsen. Vorsichtig kletterten sie ein Stück höher. Die Steine waren scharf und sie mussten aufpassen, sich nicht die Fußsohlen zu verletzen. Oben angekommen setzten sie sich hin und schauten über das Meer. Weit hinten tanzten weiße Schaumkronen auf den heranrollenden Wellen. Es war wie im Paradies. Ruhig, nur das leise Rauschen der Wellen.

Sie saßen eine Weile nur so da, die Arme um die hochgezogenen Beine geschlungen und träumten entspannt vor sich hin.

»Hast du das auch gehört?«, fragte Anna leise.

Vicky schlug die Augen auf. Sie horchte in die Richtung, in die Anna zeigte und nickte. Kichern und leises Quietschen.

Anna stand auf und ging ein Stück weiter, bis die Zwischenräume der Felsen mit Sand aufgefüllt waren und schließlich sogar völlig bedeckt. Sie fielen sanft nach unten ab. Das Kichern wurde lauter, und eine männliche Stimme mischte sich hinein. Ihre Worte riss die leichte Brise ab, die über die Anhöhe wehte. Anna robbte auf allen Vieren weiter vorwärts und Vicky folgte ihr auf die gleiche Weise. Sie erreichten den Rand eines Abhangs und schauten vorsichtig hinunter. Nur etwa zwei bis drei Meter unterhalb von ihnen wähnte sich ein Pärchen unbeobachtet. Sie waren beide völlig nackt. Er lag auf dem Rücken, auf einer blau-gelb-gestreiften Decke, sie saß auf ihm, schaute ihn an und bewegte sich keuchend langsam vor und zurück. Seine Hände streichelten ihre Brüste und er feuerte sie sanft an.

»Ist das gut?«, fragte Vicky leise.

»Na klar, weil er sie in dieser Stellung streichelt und sie das Tempo angibt. Es ist sehr romantisch.«

Vicky wurde wieder einmal bewusst, wie viel sie verpasste. Sie seufzte leise und fühlte Annas Hand auf ihrem Rücken, als sie näher an sie heranrückte. »Sei nicht traurig. Du wirst das alles auch bald erleben.«

Sie sahen dem Pärchen weiter zu und Vicky versuchte, jede Regung, jedes wohlige Seufzen in sich aufzunehmen. Sie hätte gelogen, wenn sie behauptet hätte, es würde sie nicht anmachen. Ein leiser Aufschrei des Entzückens drang zu ihnen nach oben. Die Frau sank nach vorne in die Arme ihres Geliebten. Die beiden küssten sich. Es gab nichts mehr zu sehen.

Leise zogen sich Anna und Vicky zurück und machten sich auf den Weg zu Michelle.

Ein erotisches Fest

Seit Tagen beherrschten die Vorbereitungen des ersten Festes die Geschehnisse. Wie ein aufgescheuchter Hühnerhaufen gackerten die Mädchen herum und widmeten sich von früh bis spät ihrer Fitness und Körperpflege. Noch nie war der Fitnessraum im ersten Stock so gerne und freiwillig besucht worden. Plötzlich wollten alle noch fitter und noch schöner sein.

Die Angst vor Signor Unbekannt war von Neugierde und Vorfreude besiegt. Selbst Vicky befand sich in einem Taumel der Glücksgefühle, sodass zu befürchten war, sie würde einen tiefen Absturz erleben, wenn es soweit war.

Bis einen Tag vor dem Fest hatten sich achtzehn Interessenten angemeldet und Stefano hatte Fotos und eine Kurzbeschreibung an die Mädchen ausgehändigt, damit sie die Gäste entsprechend mit ihrem Namen anreden würden. Michelle und Elena würden zwar am Zeremoniell teilnehmen, standen aber nicht zur Auswahl. Ihre Ehemänner waren nicht eingeladen, doch sollten die beiden sich live in Gegenwart anderer angemessen bewegen und unterhalten, bei Bedarf auch bedienen, wie man es im Prinzip von allen erwartete.

Dann war es endlich soweit. Hintereinander marschierten die zwölf jungen Frauen in den Saal, der sich im obersten Stock befand. Die letzten Strahlen der Abendsonne fielen durch das moderne doppelte Glasdach, das den Saal überspannte, ständig von Wasser geflutet, das über ein Pumpensystem in einem gekühlten Endloskreislauf rotierte, um die unerträgliche Sommerhitze nach draußen zu verbannen. Außerdem glitzerten die Strahlen in dem fließenden Nass und gaben ein interessantes Schauspiel auf den Wänden im Raum ab.

Jede der zwölf als devote Gefährtin angebotenen Mädchen war ihrem Typ entsprechend geschminkt, frisiert und farblich gekleidet. Die Form des Kleides war hingegen bei allen gleich. Es war lang, aus schimmernder

Seide, hauteng und einseitig bis zur Taille von einem Schlitz gespalten, der einen freien Blick auf die halterlosen Strümpfe, die darüber liegende nackte Haut sowie den blanken Poansatz zuließ. Die Patrona wünschte, dass ihre Mädchen ihre sexuellen Reize zum Besten gaben. Dazu gehörte auch, dass das Oberteil des Kleides erst unter den Brüsten begann, hauteng anliegend, in Stretchmanier gefertigt und mit ein paar eingearbeiteten Stäben verstärkt.

Die Brüste waren völlig den lüsternen Blicken der Betrachter freigegeben, besonders effektvoll und stramm in Szene gesetzt, indem den Mädchen die Hände streng auf den Rücken gefesselt waren. Außerdem hatte man ihre Brustwarzen mit Lebensmittelfarbe ein wenig rosiger gefärbt.

Vickys Stilettos und Kleid waren Blaugrün und unterstrichen das nixenhafte ihres blassen Teints und ihrer kastanienbraunen Haare, in denen im Sonnenlicht einzelne rote Härchen glänzten.

Alle Mädchen trugen ein Halsband, passend zu den ledernen Handgelenksfesseln, auf dem ein goldenes Schildchen mit ihrem Namen angenietet war. Das Halsband war über eine lange goldene Kette mit einem Ring an einer der zwölf schlanken Marmorsäulen eingehängt, die im Kreis angeordnet waren. An jeder Säule war ein Schild angebracht, auf dem wiederum der Name des Mädchens und ein paar spezifische Daten wie Alter, Herkunft und besondere Neigungen standen.

Auch Michelle und Elena, die beiden verheirateten jungen Damen waren anwesend, damit das Dutzend vollständig war. Auf ihren Schildern war jedoch ausschließlich vermerkt, dass sie nicht zum Verkauf standen.

Nun hieß es warten. Nicht nur den Männern hatten vorab Informationen zur Verfügung gestanden, sondern auch den Mädchen. Jede hatte anhand der Fotos und Beschreibungen einen Favoriten für sich auserkoren. Aber es oblag ausschließlich der Entscheidung der zahlungskräftigen Gäste, für welche Gefährtin sie sich entschieden.

Vicky und Anna schwärmten vom ersten Augenblick an für denselben Mann, Antonio del Carmine. Ein schwarzhaariger Typ mit römisch-aristokratischem Gesicht und weich geschwungenen, sinnlichen Lippen. Sie hatten sich gegenseitig immer wieder das Foto aus der Hand gerissen. Über Signor Raphaele gab es dagegen nichts. Er fehlte auf der Liste.

Die Patrona, Stefano und Tomaso waren besonders elegant gekleidet, begrüßten die Gäste überschwänglich und führten sie herum, um ihnen die Mädchen vorzustellen. Über jede erzählten sie ein wenig, wie devot oder masochistisch geprägt sie sei, über welche besonderen Fähigkeiten sie verfügte. Wünschte der Gast sich mit dem Mädchen alleine zu unterhalten, löste er die Kette und zog sich mit dem Mädchen in eines der zwölf angrenzenden Kabinette zurück. Er war jedoch auch verpflichtet, sie innerhalb einer Stunde an ihren Platz zurückzubringen, um einem anderen Mann die Chance zum Kennenlernen zu geben.

Aus versteckten Lautsprechern klang leise klassische Musik. Vivaldis Konzerte für Streicher und Flöten bildeten einen angemessenen akustischen Rahmen. Der Abend sollte Stil haben, nicht in eine hemmungslose Orgie ausarten. Schließlich würden die jungen Damen am Tag X zu Preisen eines neuen Ferrari oder Maserati gehandelt werden.

Vickys Traummann näherte sich mit Tomaso. Sie wurde als devot und zugleich noch ein wenig aufsässig geschildert und machte, als wolle sie dies noch unterstreichen, einen koketten Schmollmund.

Antonio del Carmine lächelte zurückhaltend. »Sie hat schöne Augen, eine gute Figur und ist überhaupt eine Schönheit. Vielleicht muss man in diesem Fall nachsichtiger sein?« Er zwinkerte Vicky zu, als wolle er sagen, *lass mich nur machen.*

»Oh nein, Signor del Carmine. Das wäre gewiss ein Fehler. Victoria benötigt eine strenge Hand«, versicherte Tomaso. »Aber glauben Sie mir, wir treiben ihr die Aufsässigkeit schon noch aus.«

Del Carmine nickte beiläufig, als interessiere es ihn nicht, und schaute vorwärts zur nächsten Säule, an der Anna angekettet war. Vicky sah ihm bedauernd hinterher, doch nur kurz, denn als ihr Blick durch den Raum schweifte, fesselte der Gast, der soeben eingetreten war, ihre ganze Aufmerksamkeit. Sie sah ihn nur von hinten, ein gut gekleideter dunkelhaariger Mann mit sorgfältigem Kurzhaarschnitt. Er deutete auf dem Handrücken der Patrona einen Handkuss an. Dann drehte er sich um und Vickys Herz begann zu flattern. Er sah zu ihr herüber und seine Augen, die kaum zu sehen waren, schienen sie zu fixieren. Dabei schien er ihr noch attraktiver zu sein als del Carmine, fast einen halben Kopf größer. Er bewegte sich elegant und – Vicky vermochte es nicht einmal für sich selbst in Worte zu fassen, einfach perfekt. Männlich, aber ohne Arroganz. Sicher und aufrecht. Während del Carmine zu einem leicht gegrätschten Schritt tendierte, wenn auch kaum auffallend, setzte dieser Mann die Füße gerade auf, weich und geschmeidig, mit einer gewissen Leichtigkeit. Er gefiel ihr, obwohl sie nicht sein Gesicht sah, da er überraschenderweise eine goldene Halbmaske trug, die Stirn, Nase und Wangen bedeckte, und ihm dadurch etwas Unnahbares und Geheimnisvolles verlieh. Langsam kam er mit der Patrona genau auf sie zu.

»Victoria ist wie ein junges Füllen, Signor Barberi. Ein wenig hitzig und ungezähmt. Sie ist die einzige, die erst seit Kurzem bei uns ist.«

Die Hand des Mannes hob Vickys Kinn empor. Sekundenbruchteile genügten Vicky, um festzustellen, dass seine Fingernägel kurz geschnitten und gepflegt aussahen, seine Fingerkuppen sich weich anfühlten. Seine Finger waren schlank und lang, fast wie die eines Klavierspielers. Die Berührung wirkte elektrisierend auf sie. Ein Kribbeln erfasste ihre Haut von oben bis unten. Die dunkelgrauen Augen musterten sie aufmerksam, betrachteten zuerst nur ihr Gesicht, versuchten ihre Miene zu ergründen und Vicky gelang ein zaghaftes Lächeln.

»Interessiert, Signor Barberi?«

Vicky grübelte in ihrem Gedächtnis nach und ging alle Namen durch, die auf der Liste gestanden hatten. Nein, ein Signor Barberi war darauf nicht vorgekommen. Vielleicht hatte er sich kurzfristig angemeldet? Oder vielleicht stand er aus demselben Grund nicht auf der Liste, aus dem er auch eine Maske trug? Wollte er inkognito bleiben?

»Sie benötigt nicht nur eine starke Hand, die sie zu führen und zu zügeln weiß, sondern auch liebevolle Führung, dann entwickelt sie sich gewiss zu einer heißen Stute.«

Spott und Verwunderung schwangen in Barberis Antwort mit. »Verehrte Patrona, Sie wollen mir doch wohl nicht soeben ein unberittenes Fohlen schmackhaft machen? Ich glaube nicht, dass eine unerfahrene Frau für mich die Richtige ist.« Seine Stimme klang voll und männlich, möglicherweise aufgrund der Maske ein wenig nasal. Den Inhalt seiner Worte hatte Vicky hingegen gar nicht richtig wahrgenommen. Sie merkte, wie sie ein heißes romantisches Gefühl überkam. Ein geheimnisvoller Mann. Wie spannend. Fast wie im Märchen. Die Erwiderung der Patrona brachte sie in die raue Wirklichkeit zurück.

»Aber warum denn nicht? Ihre Jungfräulichkeit ist unversehrt. Wäre das nicht ein echter Leckerbissen, der manche Ungeschicklichkeit wettmacht? Sie wären sicher, dass Sie der erste Mann in ihrem Leben wären. Überraschungen, die die Vergangenheit ans Tageslicht bringen könnte, sind dadurch ausgeschlossen.«

Vicky schoss unter dem durchdringenden Blick des Mannes das Blut in die Wangen.

»Nein, ich glaube nicht«, erwiderte er und wandte sich umschauend ab. „Was ist mit der Füchsin dort drüben?«

»Nun, sie heißt Sandra, ist bereits sehr gut erzogen und wird alle Ihre Wünsche mit Freuden erfüllen.«

Barberi sah die Patrona von der Seite an. »Also mehr als das Füllen hinter uns?«

»Gewiss doch.« Die Patrona lächelte ihn gewinnend an und machte einen Schritt nach vorne. Doch als Barberi ihr folgte, nahm Vicky ihren ganzen Mut zusammen.

»Signor Barberi, bitte – geben Sie mir doch wenigstens eine Chance.«

Die Patrona fuhr herum und bedachte Vicky mit einem verärgerten Blick. »Was fällt dir ein!«

Barberi legte beschwichtigend die Hand auf den Arm der Patrona. »Lassen Sie nur. Die junge Dame ist offensichtlich an mir interessiert. Und sie hat recht. Vielleicht sollte ich ihr wirklich eine Chance geben und nicht sofort ablehnen. Der Abend ist noch lang und ich kann ja später noch auf Sandra zurückkommen, nicht wahr?«

Die Patrona lächelte süffisant. »Gewiss. Wie Sie wünschen.« Dann ließ sie ihn mit Vicky alleine.

Signor Barberi führte Vicky an der Kette zu einem der Separees, deren Tür noch offen stand. Vickys Mut war bereits wieder verflogen. Sie hatte sich gut vorstellen können, Signor del Carmine kennenzulernen, und sie war erleichtert gewesen, Signor Raphaele nicht auf der Liste und auch nicht unter den Gästen zu finden. Dieser Signor Barberi hatte sie sofort durch sein Erscheinen gefesselt, sie war nur allzu bereit, getrieben durch Anna, einen der Männer näher kennenzulernen. Doch schon siegte wieder ihre Angst, dass ihr vorlauter Einspruch negative Folgen haben könnte. Wer war dieser Fremde? Sie blieb für Sekunden stehen und schaute sich suchend nach Anna um. Ob sie wohl mit Antonio del Carmine zusammen war? Doch ein leichter Ruck an ihrem Halsband riss sie vorwärts. Mit einem Kloß im Hals stolperte sie über die schmale Schwelle in das Kabinett.

Die zwölf an den Saal angrenzenden Separees waren klein. Sie enthielten nicht mehr als ein geschwungenes Zweisitzersofa und einen kleinen nierenförmigen Beistelltisch. Eine dunkle Fototapete, ein weicher Perserteppich und zwei nach oben gerichtete altmodische Wandlampen waren die ganze Ausstattung.

»Deine gesamte Aufmerksamkeit sollte ausschließlich mir gehören, wenn du mich schon herausforderst, findest du nicht?«

»Gewiss, Signor Barberi. Es tut mir leid. Ich war sehr unhöflich.«

»Hm, ich will es dir noch einmal verzeihen – Victoria. Eine kleine Siegerin. Nun, wir werden sehen, ob du deinem Namen gerecht wirst und für dich einen Sieg erringst.« Er schmunzelte. »Und nenn mich bitte Signor Gino. Barberi klingt doch ziemlich steif und nach einem ungehobelten Barbaren, der ich nun wirklich nicht bin.«

»Ja, gerne Signor Gino«, hauchte Vicky. »Darf – darf ich Sie etwas fragen?«

Alle Männer, die gekommen waren, waren zwischen Ende zwanzig und Anfang vierzig, gut gekleidet und zeigten gute Manieren. Sah man davon ab, welchem Zweck dieses Etablissement diente, hätte man glauben können, sich auf einem seriösen Bankett zu befinden. Vicky tat sich schwer damit, Signor Barberi einzuordnen, da sie sein Gesicht nicht sah.

»Natürlich – komm, ich befreie dich erstmal von deinen Fesseln.« Er nahm sie ihr ab und forderte sie mit einer Handbewegung auf, sich zu ihm auf das Sofa zu setzen. »Nun, was möchtest du wissen?«

»Warum – warum verstecken Sie Ihr Gesicht hinter einer Maske? Das macht sonst keiner der Anwesenden.«

»Na ja, ich möchte nicht, dass meine Zukünftige mich nach meinem Gesicht beurteilt.«

Vicky zuckte zusammen.

»Nein, ich habe keine Narbe oder dergleichen zu verbergen. Keine Sorge. Ich möchte einfach nur inkognito bleiben, sowohl gegenüber den anderen Gästen, wie auch euch Mädchen. Nur meine Künftige soll auch mein Gesicht kennen, aber nicht heute. Nun, die Patrona deutete an, du wärst sexuell unerfahren?«

Vicky senkte schüchtern den Kopf. »Nicht ganz. Ich habe schon einiges gelernt, was Männern gefällt. Ich –«

»Du musst dich nicht dafür genieren, dass du noch Jungfrau bist. Meine Reaktion war vorhin vielleicht etwas unbedacht. Es ist ja keine Schande, nur überraschend, weil ich davon ausgegangen bin, alle Mädchen wären erfahren und hätten erotische Raffinessen drauf. Immerhin sucht ja jeder Mann, der hierher kommt, nicht nur eine artige Ehefrau, sondern auch eine, mit der Sex abwechslungsreich und unterhaltsam ist.«

»Soll, soll ich Ihnen zeigen, was ich kann? – ich meine, ich könnte Sie befriedigen.« Vicky zitterte bei dem Gedanken, sein Geschlecht nackt zu sehen und auszuprobieren, was Anna ihr beigebracht hatte. »Also, ich habe zwar noch nie, nur im Trockentraining mit einem Dildo, aber ich glaube …«

Er fing an zu lachen. Es war ein warmes tiefes Lachen, dennoch fühlte sich Vicky davon verletzt. »Willst du mir etwa gerade erklären, dass du mich als Versuchskaninchen benutzen und mir einen blasen möchtest?«

Vicky sprang auf. Sie war unschlüssig. Ihr Herz raste. Sie musste verrückt sein, dass sie so dummes Zeug herumstotterte. Ihre Hand griff nach dem Drehknopf.

»Halt, geh nicht, Victoria.«

Sie zog die Hand zurück, als wäre der Knopf kochend heiß.

»Es tut mir leid, dass ich gelacht habe. Das war nicht nett von mir. Entschuldige bitte.« Er klopfte mit der Hand auf das Polster und Vicky setzte sich neben ihn. »Erzähl mir von dir. Ich meine, nicht das, was ich in dem Infoblatt über dich gelesen habe. Du bist gelernte Stewardess, beherrschst mehrere Sprachen. Nein, ich möchte wissen, was denkst du, was fühlst du, was erwartest du dir, wenn dich hier ein Mann erwählt?«

»Ich –« Sie zögerte, saß nur knapp auf der Sofakante, die Hände auf ihren Schenkeln aufeinandergelegt, den Blick gesenkt.

»Nur Mut. Ich werde nicht wieder lachen, ich verspreche es.«

»Ich«, Vicky leckte sich nervös über die geschminkten Lippen, »Ich möchte einen Mann, der liebevoll ist. Bei dem ich mich sicher und geborgen fühle. Ich möchte morgens in seinen Armen aufwachen und abends in seinen Armen einschlafen. Er soll treu und rücksichtsvoll sein, und intelligent.«

»Hmm, du suchst keinen Mann, sondern einen Märchenprinzen.« Sie hörte das Lächeln aus seiner Stimme heraus, aber es klang wohlwollend, nicht belustigt.

»Sie wollten die Wahrheit hören«, flüsterte sie ein wenig gekränkt.

»Gewiss, und dafür danke ich dir. Aber sollte der Mann denn nicht auch vermögend sein, der oberen Gesellschaftsschicht angehören, ein schönes großes Haus besitzen, mit einem parkähnlichen Garten?«

»Oh, ich dachte, das trifft sowieso auf alle Männer zu, die hierher kommen. Ja, natürlich wäre das schön.«

»Hmm.«

Vicky hob langsam ihren Kopf und schaute ihn an. Was verbarg sich nur hinter dieser starren, mienenlosen Maske? Was dachte dieser Mann? Warum – auf einmal wusste sie, was sie ihn fragen musste. »Darf ich Sie noch etwas fragen, Signor Gino?«

»Natürlich. Nur zu, Victoria. Was willst du wissen?«

»Warum suchen Sie hier eine Frau? Wenn Sie unter Ihrer Maske nichts Abstoßendes verstecken und reich sind, dann laufen Ihnen doch bestimmt genügend schöne Frauen hinterher.«

Er senkte seinen Blick, schaute auf seine übereinandergeschlagenen Beine, drehte mit der rechten Hand den einzigen Ring, den er am Ringfinger der linken Hand trug. Ein breiter Goldring mit einem schlichten schwarzen Stein. Vicky überlegte. Irgendwo hatte sie schon einmal einen ähnlichen gesehen. Aber bei wem?

»Hab ich etwas Falsches gesagt? Ich wollte nicht –«

»Nein, ist schon gut, Victoria. Du hast mir die Wahrheit gesagt und ich werde es genauso tun.« Er schaute wieder auf, griff nach ihrer Hand und nahm sie in seine. »Ich bin zu oft enttäuscht worden, angeblich geliebt und dann doch betrogen. Ich will nicht mehr hintergangen werden. Die Frauen, die mich kennen, sehen nur mein Geld, meine Firma, die äußere Fassade meines Lebens. Ich möchte aber eine Frau, die ehrlich ist und absolut treu. Eine devote Frau, die gebildet ist, ihre eigene Meinung hat, aber nicht streitsüchtig und bestimmend ist, sondern sich mir unterordnet, freiwillig und mit Hingabe. Auch in sexueller Hinsicht.«

Nun war es an Vicky zu lachen. »Sie suchen eine Märchenprinzessin oder Elfe, keine Ehefrau, Signor Gino.«

Barberi fiel nach kurzem Zögern in ihr Lachen mit ein. »Nun, dann haben wir wohl beide etwas gemeinsam, nämlich sehr präzise und doch fast unerfüllbare Träume vom richtigen Partner.«

Langsam und fast unmerklich war er näher gerückt, beugte sich Vicky entgegen und legte nun seinen Arm um sie. Sie wich ein wenig mit ihrem Oberkörper zurück, aber er folgte ihr. Sie hielt den Atem an. Er schien Sekunden zu zögern, als wäre er sich seiner Sache nicht sicher. Dann trafen sich ihre Lippen. Zunächst sanft, weich, wie ein Hauch. Vicky öffnete zuerst ihren Mund. Ihre Zungenspitze kitzelte über seine Lippen, sie fühlte, wie sich seine unter den ihren öffneten, immer noch zögernd. Doch dann, auf einmal, zog er sie mehr in seine Arme und küsste sie so leidenschaftlich, dass ihr schwindlig wurde. Sie erwiderte seine Umarmung und seinen Kuss und nahm ihn gleichzeitig mit allen Sinnen wahr. Seinen männlich herben Geruch nach Aftershave, den zarten Eukalyptusgeschmack seines Mundes, seine starke Umarmung, die sich nach Geborgenheit und sinnlichem Begehren anfühlte. Sie wollte nie mehr woanders sein.

Als sie ihre Lippen langsam wieder voneinander gelöst hatten, blieb sie verwirrt von seinen Armen umfangen, kuschelte sich an seine Brust. Er sank langsam mit ihr nach hinten, lehnte den Kopf zurück und stöhnte leise. »Oh Vicky, was haben wir gemacht?«

»Sagen Sie das noch mal.«

»Was meinst du?«

»Meinen Namen.«

»Vic – toria.«

Vicky richtete sich auf, sah ihn von unten an. »Nein, Sie sagten Vicky, so wie mich alle meine Freunde nennen, nur hier nennt mich niemand so.«

Er lächelte zaghaft, als gelte es, etwas Verbotenes zu tun. »Also gut, Vicky. Gefällt dir das besser?»

»Ja«, flüsterte sie und kuschelte sich wieder an seine Brust. Seine Stimme klang angenehm, hatte etwas Vertrautes an sich, als wäre er kein Fremder, sondern als kannten sie sich schon lange. Wenn die störende Maske wegfiel, hörte sie sich bestimmt noch wärmer und männlicher an, weniger nasal. Es machte ihr auf einmal nichts mehr aus, dass sie sein Gesicht erst später sehen würde. Das erhöhte den Reiz des Entdeckens.

Ein Weilchen sprach keiner von ihnen. Vicky horchte auf das Schlagen seines Herzens. Es klang kräftig, aber auch aufgeregt. Sein Körper war warm und sehnig. Sie verspürte den inständigen Wunsch, ihn auf irgendeine Weise glücklich zu machen. Ihm zu zeigen, dass sie für ihn die Richtige sei. Wenn er die Wahrheit gesagt hatte, dann waren sie wie füreinander geschaffen. Sie träumten beide von dem einen treuen und liebevollen Partner, der alles gab, dafür aber auch alles erhielt. Wie konnte sie ihm beweisen, dass sie seinem Wunsch gerecht würde?

Langsam rutschte sie tiefer, presste sich zwischen seinen Schenkel hindurch, bis sie vor ihm auf dem Boden kniete, zwischen seinen Beinen. Dann räusperte sie sich leise.

Gino war seinen wirren Gedanken nachgehangen. Eigentlich war er nur gekommen, um sich umzuschauen. Er wollte nicht ernsthaft nach einer Frau für sich suchen. Doch dann hatte es sich gegen seinen Willen ergeben, dass er mit Vicky in ein Separee gegangen war.

Plötzlich hatte sie seine Beine auseinander geschoben und sich über seinen Schoß vorgebeugt. Mit zittrigen Fingern sein Hemd geöffnet und ihn sanft zu streicheln begonnen. Erst in diesem Moment verstand er, was sie vorhatte, packte ihre Hände und hielt sie fest.

»Du musst das nicht tun. Ich verlange nichts von dir. Du musst mir nichts beweisen. Lass uns einfach noch ein bisschen miteinander reden. Erzähl mir mehr von dir.«

Sie schaute ihn ernst, aber auch ein wenig verlegen an. »Ich – ich würde es aber gerne für Sie machen. Denn – es ist doch so, wir werden uns gar nicht genug kennenlernen können, um eine Entscheidung aus Vernunft zu fällen, nicht wahr? Ob wir wirklich im Alltag zusammenpassen, das können wir doch erst feststellen, wenn wir miteinander leben. Tagtäglich. Aber –naja, wenn Sie wissen, dass wir uns sexuell verstehen, dann – dann ist die Entscheidung vielleicht einfacher, das Risiko einer Heirat einzugehen, oder?«

Gino schluckte überrascht, dann ließ er ihre Handgelenke los und nickte schweigend. Ihr Gesicht glühte vor Aufregung. Er war unfähig, auf ihren Vorschlag etwas zu sagen. Sie fuhr fort, streichelte seine Brustwarzen zärtlich, küsste seinen Bauch und löste dann langsam den Gürtel, öffnete seine Hose. Sein Penis hatte schon längst auf die Wärme und Nähe ihres Körpers reagiert, auf ihre schönen nackten Brüste, die er sich nicht anzufassen traute. Ihr Kuss war heiß und verlangend gewesen, ihr

Blick drückte aus, dass sie ihn begehrte. Ihre zärtlichen Berührungen erhärteten seine Erektion. Sie befreite seinen Penis völlig aus dem Slip, kraulte sanft in den Härchen seiner Bälle.

Gino legte den Kopf zurück und schloss die Augen. Doch Sekunden später riss er sie wieder auf, weil sie ihre Zärtlichkeiten unterbrach. Verblüfft sah er zu, wie Vicky den Deckel einer Porzellandose anhob, die auf dem Beistelltisch stand, ihr ein Tütchen mit einem Kondom entnahm, es auspackte, vorsichtig zwischen ihre geschürzten Lippen nahm und sich dann über seinen Penis beugte. Er hielt den Atem an. Was hatte sie vor? Es war nicht richtig, dass er sie überhaupt gewähren ließ, noch konnte er es beenden und doch war es zu spät dafür, denn er war viel zu erregt und neugierig darauf, was sie vorhatte. Geschickt rollte sie nur mit der pressenden Kraft ihrer Lippen das Kondom über seinen Schaft herab. Es war unglaublich aufregend ihr zuzuschauen, wie sich das Kondom abrollte und gleichzeitig sein Penis langsam in ihrem warmen Mund verschwand.

»Das, das ist ja – überwältigend«, stammelte er fassungslos, dann ergab er sich den Endorphinen, die schlagartig in seinem Körper Rock 'n Roll tanzten, fiel zurück in das Polster und schloss die Augen.

Wie war es nur möglich, dass sie sinnlich mit ihrer Zunge auf seiner Eichel spielte, ihre Lippen fest sein Glied umschlossen, sodass es bei jeder ihrer zärtlichen Bewegungen steifer und praller wurde? Wo und wann hatte sie das alles gelernt? Brachte man den Mädchen tatsächlich hier, in diesem Haus alle diese Raffinessen bei oder stimmte irgendetwas an der Geschichte über Vicky nicht? Er bäumte sich unter ihr vor Lust auf, stöhnte wollüstig, tastete mit den Händen nach ihren Haaren.

Erschrocken hielt sie inne und hob ein wenig den Kopf. »Hab ich etwas falsch gemacht? Ist es zu fest?«

»Nein, nein, du machst das ganz toll, mach bitte weiter, hör nicht auf.«

Sie leckte, saugte, schob ihren Mund mehr über sein Glied, vorsichtig wieder zurück, und er hörte, wie sie dabei leise schmatzte. Sanft, sehr sanft knetete eine ihrer Hände seine Hoden, während die andere ausgestreckt auf seiner Brust lag und zart die kleine Knospe streichelte. Er hatte Angst, sich auch nur einen Millimeter zu bewegen. Er würde es nicht ertragen, wenn sie ihr sinnliches Spiel noch einmal unterbrach. Nun schob sie ihren Mund über seinen Schaft ein wenig schneller auf und ab, ohne dabei das Kondom zu verschieben, presste ihre weichen Lippen fest umschließend herum und vergaß dennoch nicht, mit ihrer Zunge virtuos wie auf einem Instrument sinnlich über seine Eichel und das Vorhautbändchen zu spielen.

Gino spürte keuchend, dass er kurz vor seinem Höhepunkt stand. Seine Lider flackerten, er konnte sich nicht entscheiden, die Augen zu schließen, an die Decke zu schauen oder ihr zuzusehen. Die Stuckdecke über ihm schien sich zu bewegen. Die pausbäckigen pummeligen Putten, die als geschlechtslose Wesen in den Stuck integriert waren und ihm erst jetzt auffielen, schauten auf ihn herab und schienen lüstern zu lachen. Er fühlte Vickys weiche Locken unter seinen Händen, die ungebändigt auf ihre Schultern herabfielen. »Halt, nicht, du musst nicht –« Aber sie hörte nicht auf ihn. Fassungslos hob er seinen Kopf, sah ihr zu, wie sie mit geschlossenen Augen hingebungsvoll bei der Sache war, eine kleine Schweißperle auf ihrer Nase, wie sein Penis gerade wieder in ihrem Mund verschwand und in diesem Augenblick rollte unaufhaltsam eine heiße Eruption über ihn hinweg. Er warf den Kopf zurück an die Lehne, krallte seine Hände unbewusst fester in ihre Locken und schrie leise auf. Ihre Lippen blieben fest um seinen Penis geschlossen, aber sie war in der Bewegung erstarrt und er spürte an ihrem Saugen, dass sie schluckte und sein Geschlecht gegen ihren Gaumen presste, was das Saugen noch mehr verstärkte.

»Vicky –«

Berauscht und benommen war er halb sitzend, halb liegend im Sessel erstarrt. Als er sich aufrichtete und die Augen öffnete, kniete sie mit gesenkten Augen vor ihm auf dem Boden. Sie hatte das Kondom entfernt, hatte ihm seine Hose und sein Hemd geschlossen, und er hatte es nicht einmal gemerkt.

Die Maske. Erschrocken tastete er sein Gesicht ab, ob sie ihm etwa unbemerkt auch die Maske abgenommen hatte, doch diese war noch da, wo sie hingehörte.

»Du warst wunderbar. Sieh mich an«, sagte er leise und ein wenig erschöpft.

Vicky schaute auf. Ihre Miene wirkte gelöst, erleichtert, ihre Lippen waren besonders rosig, ihr Gesicht glänzte leicht erhitzt. Ein paar Haarsträhnen klebten an ihrer Schläfe.

»Wie hast du das gemacht? Woher weißt du …«

Sie lächelte verlegen und legte den Kopf schief. »Ich hatte eine gute Lehrmeisterin.«

»Hm …«

Gino setzte sich auf. Er streichelte ihr über die Haare, kraulte ihren Nacken und strich dann langsam beidseitig mit seinen Fingern über ihre Schultern. Vicky kam langsam hoch, in eine aufrecht kniende Position. Ein heißes Kribbeln erfasste sie. Sie machte einen spitzen Mund und Gino beugte sich vor, um sie zu küssen. Dabei legte er langsam seine Hände auf ihre Brüste und streichelte ihre Brustwarzen. Vicky schloss die Augen. Sie gab sich ganz seinem Kuss hin.

Sein Mund löste sich sanft von ihren Lippen. »Zieh dein Höschen aus.«

Sie zuckte zusammen. »Nein, bitte nicht hier.«

»Hey, psssst, keine Sorge. Ich möchte dir nur ein wenig von dem zurückgeben, was du für mich getan hast. Also, zieh es aus.«

»Ich habe keines an«, flüsterte Vicky. »Wir dürfen keine Unterwäsche tragen.«

Gino brummte belustigt. »Ach, so ist das. Eine gute

Idee. Das werde ich von meiner künftigen Frau auch verlangen. Heb deinen Rock an und setz dich breitbeinig auf meine Schenkel.«

Vicky gehorchte. Sie stand auf, hob den Saum, raffte den Rock sorgfältig hoch, spreizte ihre Beine und setzte sich auf ihn. Dann hielt sie sich an seinen Schultern fest, um nicht das Gleichgewicht zu verlieren. Es war ein eigenartiges Gefühl, irgendwie kühl und schutzlos, wie ihr nacktes, erregtes Geschlecht in dem freien Raum über seinen Schenkeln schwebte. Sie stellte sich vor, darunter säße ein zweiter Liebhaber, verborgen vor den Augen anderer vom Stoff ihres herabhängenden Rockes, und während sie oben festgehalten und liebkost wurde, nicht aufspringen und sich entziehen konnte, würde er die Innenseite ihrer Schenkel streicheln und sie von unten behutsam lecken. Sie kicherte verlegen.

Gino ging darauf nicht ein. Zunächst saugte er an ihrer linken Brustwarze, zart, dann lüsterner, und spielte dazu im Takt mit der anderen, zupfte sie in die Länge, bis Vicky erschrocken quiekte. Aber sie versuchte nicht aufzustehen, denn es war zugleich aufregend. Langsam glitten Ginos Hände an ihrer Taille herab, während er weiter zärtlich ihre Brüste küsste, mal da, mal dort. Er schob seine Hände unter ihren Rock und Vicky hielt vor lauter Spannung die Luft an. Er tastete nach ihrem Venushügel, streichelte die zarte Haut rundum und dann begann er zu spielen. Sinnlich, zärtlich, behutsam. Vicky atmete aus, summte leise eine Melodie, verlor sich in seiner Zärtlichkeit. Ihr Kopf sank herab, sie vergrub eine Hand in seinen Haaren, gab ihm einen Kuss darauf. Nur kurz kam ihr der Gedanke, ihm jetzt seine Maske abzunehmen. Wenn sie schnell genug wäre – aber was hätte sie gewonnen? Es wäre wie ein Vertrauensbruch, dabei war sie gerade auf dem besten Weg sich an ihn zu gewöhnen, nein – sich in ihn zu verlieben, nur aufgrund dieser berauschenden Berührungen, wie er sanft ihre Perle und über ihre Schamlippen streichelte, ohne sich jedoch zu weit vorzuwagen, ohne in sie einzudringen und ihr Intimstes zu erkunden.

Sie seufzte wohlig und lüstern, gab sich ganz diesem Spiel hin. Die Erregung ließ sie zittern, sie verlor Kraft und Kontrolle, hing mehr über ihm als auf ihm zu sitzen, aber er beklagte sich nicht darüber. Er begann wieder an ihrer Brustwarze zu knabbern, zu zupfen und dann geschah es. Vicky ergab sich vollkommen der Welle aus Lust und Glückseligkeit, die über sie hinwegrollte und sie in einen Rausch versetzte, der sie alles um sich herum vergessen ließ. Sie japste, gluckste und wimmerte.

Als sie wieder zu sich kam, lag ihr Kopf an seiner Schulter, und sie wurde sicher von seinen Armen gehalten.

»Geht's wieder?«

»Hmmm.«

»Ich glaube, wir beide haben uns eine Stärkung verdient. Fühlst du dich stark genug, uns beiden ein Glas Wein zu holen? Dann unterhalten wir uns ein bisschen.«

Vicky richtete sich auf und er half ihr dabei, aufzustehen und ihren Rock glatt zu streichen. »Ja, es geht schon wieder. Rot oder Weiß?«

»Rot, am besten einen Chianti.«

Vicky öffnete die Tür des Separees und der erste, dem ihr Blick begegnete, war Tomaso. Er lehnte lässig mit dem Rücken an einer Säule und beobachtete das Geschehen ringsum. Erst jetzt bemerkte Vicky, dass die Luft voller Stimmengewirr war. Die dezente klassische Musik vermochte sich nicht dagegen durchzusetzen. Alle wirkten fröhlich, heiter, manche wohl auch vom Wein oder Champagner beduselt.

Tomaso zwinkerte ihr zu, drehte dabei den metallenen Spazierstock in der Hand, den er manchmal mit sich herumtrug. Anna hatte die Vermutung geäußert, dass der Stock innen hohl sei und es gab wüste Spekulationen über den möglichen Inhalt. Alkohol, geheime aufgerollte Papiere, ein Degen. Vicky tippte auf einen Rohrstock.

Der Spazierstock hatte genau die richtige Länge dafür und war eine hervorragende Tarnung. Aber sie behielt diese Theorie für sich.

Sie nickte Tomaso knapp zu, ging dann zu dem langen Tisch neben der Tür, auf dem eine reichhaltige Auswahl diverser Getränke bereitstand, und kehrte mit zwei Gläsern zurück. Eine Stimme drang aus dem Gewirr an ihr Ohr und sie sah sich suchend um. Signor Moreno. Er führte soeben Mariella in eines der Kabinette. Vicky sah ihnen mit Unbehagen nach. Dann nahm sie die Gläser, ging zu Gino und reichte ihm eines davon. Er hatte mittlerweile das Separee verlassen, davor auf sie gewartet und führte sie in einen anderen Raum, hinaus aus dem Saal, in dem es leiser war und verschiedene kleine Sitzgruppen zum Verweilen einluden. Er machte es sich auf dem Sofa bequem, saß mit übereinandergeschlagenen Beinen auf der rechten Seite und klopfte auf die Sitzfläche zu seiner Linken.

»Hier, setz dich neben mich.« Er hob sein Glas und stieß mit ihr an.

Vicky nippte nur ein wenig von dem Wein, ganz so, wie es ihr beigebracht worden war. Sie merkte, dass er sie musterte, wagte jedoch nicht aufzuschauen.

»Es gibt gewisse Gerüchte über dich, Victoria. Dass du es bereits mit vielen Männern getrieben hast, recht freizügig mit deinem Körper umgegangen bist. Dazu passt allerdings nicht die Aussage der Patrona. Sag mir die Wahrheit.«

Vicky fühlte, wie ihr heiß wurde. Wie weit sollte sie mit der Wahrheit gehen? Würde er es merken, wenn sie ihm nicht alles erzählte? Verlegen drehte sie den Stil ihres Glases zwischen den Fingern.

»Victoria, um mich für dich zu entscheiden, muss ich mehr über dich wissen. Das eben zwischen uns war schön. Ich wollte das nicht, du hast mich überrascht und es ist gut so. Aber – ich erwarte von meiner künftigen Ehefrau Aufrichtigkeit. Also? Was ist dran an den vielen

Gerüchten über die Jungfrau oder das Luder?«

Vicky holte tief Luft und ihre Hand zitterte leicht vor Aufregung. Ihr Stimmungshoch verwandelte sich langsam in ein Tief. Seine Frage verunsicherte sie. Ihre Antwort war nur ein Flüstern. »Es ist nicht so, wie alle meinen und wie man es Ihnen wohl erzählt hat.«

»Deshalb sitzen wir beide hier. Ich möchte die Wahrheit wissen. Erzähl sie mir.«

»Ich habe das Gerücht selbst in die Welt gesetzt, dass ich mit Männern – weil – ich wollte nicht wie ein Mauerblümchen wirken.«

Gino lachte laut auf. »Du bist viel zu attraktiv, um ein Dasein als Mauerblümchen zu fristen. Hör auf mich anzuschwindeln. Man hat dich wohl dabei beobachtet, hat mir die Patrona erzählt.«

»Ich – ich habe mich anfassen lassen, ja, das stimmt. Ich wollte die Männer scharf machen, verrückt nach mir, aber ich habe nie …« Bitterkeit stieg in ihr auf. Er war vielleicht doch nicht besser als alle die anderen, sondern hatte sie durch seine Zärtlichkeiten getäuscht. Warum sollte sie es ihm erzählen. Er würde es ohnehin nicht verstehen, sie vielleicht sogar auslachen.

»Hast du es genossen?«

Vicky nahm gerade einen Schluck Wein und hätte sich fast verschluckt. Sie hielt sich eine Hand vor den Mund und hustete.

»Vicky, antworte. Hast du es genossen, angefasst zu werden?«

»Ja und nein. Es hat mich erregt und gleichzeitig aber auch abgestoßen. Diese Gier, die war widerlich.«

»Wie viele waren es?«

Vicky wich zurück, drehte den Kopf seitlich ab.

»Sag es mir«, beharrte er.

Sie erschrak über seinen fordernden Tonfall. »Viele.«

Für einen Moment herrschte Schweigen. Als sie ihre Antwort nicht ergänzte, fragte Gino weiter. »Genauer. Ich meine, mit wie vielen hast du schon geschlafen? Was ist das für ein Märchen, du seist noch Jungfrau. Sag mir die Wahrheit.«

Ihre Wangen begannen zu glühen.

»Victoria.«

Sie zuckte unter ihrem vollen Namen zusammen und wimmerte.

»Ich warte. Wenn du mir nicht die Wahrheit sagst, werde ich nachhelfen. Von einer künftigen Lebensgefährtin erwarte ich, dass sie mir auf alles antwortet, ehrlich und ohne herumzudrucksen. Also?«

Vicky senkte den Kopf noch tiefer.

»Ich würde ungern hinausgehen und mit einem Rohrstock wiederkehren. Die Patrona leiht mir bestimmt gerne einen aus, um dir auf die Sprünge zu helfen. Willst du das?«

Sie flüsterte ihre Antwort kaum hörbar. »Nein, bitte nicht. Ich habe mich nur anfassen lassen, bitte glauben Sie mir, Signor Gino, es gab keinen Liebhaber, keinen richtigen. Ich habe noch nie, noch nie – nie mit einem Mann geschlafen.« Sie atmete laut ein. »Ich wollte das nicht.«

»Ach so, du hasst also Männer, nicht wahr? Hast du dich deshalb nicht vögeln lassen? Bist du eine Lesbe?«

»Nein.« Vicky schaute entsetzt auf und suchte seinen Blick hinter der Maske. »Nein, das dürfen Sie nicht von mir denken, so eine bin ich nicht. Das – das müssen Sie vorhin doch gemerkt haben.«

Gino beugte sich zu ihr vor. In seinen dunklen Augen blitzte ein Lichtreflex auf, der von dem gegenüber an der Wand angebrachten Spotlight herrührte. Er zeigte ihr, dass Ginos Augen tatsächlich dunkelgrau waren. Wie ungewöhnlich.

»Was ist es dann? Warum hasst du uns Männer? Weil wir heiß auf so hübsche Frauen wie dich sind? Weil wir euch vernaschen und beherrschen wollen? Aber das ist doch ganz natürlich, und wenn es nicht so wäre, wäre es euch auch nicht recht, dann würdet ihr euch nämlich nicht beachtet fühlen.«

Vicky wäre am liebsten aufgesprungen und hinausgelaufen. Sie fühlte sich mehr und mehr in die Enge getrieben. Was war in der Zeit geschehen, als sie den Wein holte? Warum verhielt er sich plötzlich streng und unnachgiebig? Hatte er sie nur getestet? Aber es war nicht nur der Druck, den er auf sie ausübte und die Verlegenheit, sich ihm öffnen zu müssen, ihr Innerstes nach außen zu kehren. Es imponierte ihr durchaus, dass er sich nicht mit einer banalen Antwort abspeisen ließ. Allmählich zeigte er wohl sein wahres Wesen und dass er nicht nur sanft und zärtlich, sondern auch dominant war. Das war ziemlich verwirrend.

Er lehnte sich langsam wieder zurück, starrte sie schweigend an. Seine Stimme klang wieder weich und warmherzig, als er sie erneut aufforderte. »Bitte Victoria, die Wahrheit. Du musst dich nicht schämen und auch keine Angst vor Konsequenzen haben. Warum hasst du uns Männer?«

Sie nahm all ihren Mut zusammen. »Nicht alle. Nicht prinzipiell. Ich hasse eigentlich nur einen Mann. Meinen Bruder. Er – er ist schuld daran, dass ich hier bin.«

»Nun, ist das so schlimm?«

Vicky stieß einen empörten Schnaufer aus. »Wie würden Sie es denn finden, wenn man Sie Ihrer Freiheit beraubt, hierher bringt und wochenlang einsperrt?«

»Ich verstehe nicht, was du meinst. Du bist doch freiwillig hier.«

Für einen Augenblick schwieg sie, dachte nach. Dann lenkte sie ein. Warum sollte er ihr glauben, sie verstand doch selbst nicht, warum und wann sie den Vertrag unterschrieben hatte. Hatte sie das?

»Ich – es, es mag Ihnen unglaubwürdig erscheinen, aber ich habe den Vertrag nicht unterschrieben, ich meine, nicht ich selbst.«

Ginos Lächeln hatte den Beigeschmack der Milde, die man jemandem gegenüber an den Tag legt, der wirres

Zeug redet, für seine geistige Verwirrung nichts kann, aber eigentlich ganz nett ist.

»Ich bin entführt worden.« Vicky hatte die letzten Worte voller Inbrunst herausgestoßen.

»Gewiss, und dein Bruder ist der Böse in dieser Geschichte, der das Ganze eingefädelt hat. Tsts, Victoria, Victoria! Wenn du mir solche Lügengeschichten in unserer Ehe auftischst, kann ich sehr ungemütlich werden.«

Vicky hob zu einem wütenden Protest an, besann sich jedoch noch rechtzeitig. Es hatte keinen Sinn darüber zu diskutieren, alle Indizien und die Geschäftspraktiken dieses Etablissements sprachen gegen sie.

»Nun, gesetzt den Fall, du wärest auf Anweisung deines Bruders entführt und hierher gebracht worden. Vielleicht liebt er dich und will für dich nur das Beste, und du verstehst das einfach nicht. Er hat sich bestimmt Sorgen um deinen guten Ruf und deine Zukunft gemacht. Anständige Mädchen sollten sich nun mal nicht so verhalten, wie du es offensichtlich getan hast.«

Vicky schüttelte energisch den Kopf und machte eine abwehrende Handbewegung. Beinahe hätte sie dabei von dem Wein verschüttet. Sie merkte, wie sie allmählich doch die Selbstbeherrschung verlor. Hastig nahm sie einen größeren Schluck, mehr und schneller als es sich geziemte.

»Nein, sehen Sie, es ist ja nicht nur das«, ihre Stimme wurde leiser und sie hatte Mühe, ihre Gedanken zu ordnen. »Dabei habe ich ihn einmal so sehr geliebt. Ich hätte alles für ihn getan, aber er … er hat mich von sich gestoßen.«

»Hmm, du meinst, du hättest mit ihm geschlafen?«

»Nein. Ich – ich – aber ich hätte –« Vicky fehlten die Worte. Was wollte sie Gino eigentlich erklären? Verwirrt sah sie ihn an.

»Victoria, hör mal, du willst mir einerseits weismachen, dass du deinen Bruder hasst, ohne einen vernünftigen

Grund zu nennen, andererseits erklärst du mir, du hättest ihn mal geliebt und dann deutest du auch noch so nebenbei an, du hättest die Männer verführt aber ohne mit ihnen zu schlafen. Findest du nicht, das klingt alles ziemlich unglaubwürdig?« Seine Stimme drückte Ungeduld aus.

»Bitte Signor Gino, ich weiß nicht, wie ich es erklären soll.«

»Dann versuch es, fang noch mal von vorn an.«

Am liebsten wäre Vicky in Tränen ausgebrochen. Aber da waren keine Tränen, nur tiefe Verzweiflung. Stotternd versuchte sie zu erklären: »Mein – mein Bruder, also, er war mein bester Freund, er ist ja eigentlich mein Stiefbruder, also, ich meine – und ich habe ihn schrecklich geliebt, er war doch alles, was ich hatte. Meine Mutter hatte ja nie Zeit, nie war jemand zuhause, und selbst wenn. Er war immer für mich da, hat mir zugehört. Aber dann – dann kam dieser schreckliche Tag, da hat er meiner Freundin mehr geglaubt als mir und – und plötzlich war alles vorbei.« Sie wusste gar nicht, wieso sie ihm das alles erzählte.

»Was hat deine Freundin ihm denn verraten?«

»Dass ich mit einem Jungen zusammen war, aber das hat nicht gestimmt. Es war alles nur ein Missverständnis.«

»Aha.« Gino schien wenig überzeugt. »Und was hat das bitte mit fremden Männern zu tun?«

Vicky verlor die Geduld. Mit einem Mal wirkte er nur noch überheblich auf sie. Überhaupt – warum nannte er sie jetzt wieder Victoria, wo er doch wusste, dass ihr Vicky viel angenehmer war. Sie hätte auf ihre innere Stimme hören sollen. Er war genauso ein geiler Bastard wie alle anderen. Dass er sie diesmal noch nicht gevögelt hatte, was bedeutete das schon. Sicher steckte irgendeine Strategie dahinter. Sie trank ihr Glas in einem einzigen Zug aus. »Ihr seid doch alle gleich. Sie sind auch nicht anders. Sie verstecken sich hinter dieser Maske und glauben, Sie könnten mir …«

Seine drohende Handbewegung ließ sie innehalten. Sie war aufgesprungen und zitterte von oben bis unten.

»Schweig. Es interessiert mich eigentlich gar nicht, warum du es getan hast. Aber ich sehe, du bist voller Hass. Hass gegen deinen Bruder, und Hass gegenüber Männern. Ich muss sagen, das hast du bisher recht gut mir gegenüber verborgen.« Er setzte sich auf, klopfte mit der flachen Hand auf das Sofa, um auszudrücken, dass sie sich wieder hinsetzen sollte. Aber Vicky blieb stehen. Sie wollte auch einmal Überheblichkeit zeigen und mit heruntergezogenen Mundwinkeln auf ihn herabsehen, ihn Verachtung spüren lassen. Aber er sprach davon ungerührt weiter. »Du musst damit aufhören. Denn wer hasst, ist nicht offen für Liebe, für die eine ewige und wahre Liebe.«

Vicky kreischte auf. »Liebe? Wissen Sie überhaupt, was das ist?«

Er packte sie, und ehe sie sich versah, lag sie halb auf dem Sofa, halb auf seinen Schenkeln. Er drückte ihre Arme neben ihrem Kopf auf das Sofa und beugte sich über sie, so nah, dass sie den Wein roch, den er getrunken hatte. Wie stark er ist, und wie schön geschwungen seine Lippen sind, schoss es ihr durch den Kopf. Verwirrt von seiner Nähe und seiner Reaktion, ließ ihre Muskelanspannung nach.

»Ob ich weiß, was Liebe ist? Oh ja, mein wildes Füllen und ich werde es dir beweisen. Aber gleichzeitig werde ich dich zähmen, Victoria. Du wirst mir gehören, keinem anderen, und du wirst mir freiwillig gehören, aber nicht weil ich dich kaufen werde. Erinnere dich an meine Worte, wenn der Tag gekommen ist. Denn du wirst dich vor Liebe zu mir verzehren.«

Seine anmaßende Behauptung schürte Vickys Widerstand, aber ehe er wieder richtig aufloderte, spürte sie seine Lippen auf den ihren und ihre Abwehr schmolz mit jeder Sekunde weiter dahin. Sie nahm kaum noch die Koseworte wahr, die er anschließend unter zarten Küssen auf ihre Wangen murmelte. Seine Nähe war berauschend und lähmend und sie war unfähig, zu denken.

Als er aufgestanden und gegangen war, blieb sie wie betäubt zurück. Nur seine letzten Worte hallten unaufhörlich in ihren Ohren wieder. »Schenke niemandem deine Unschuld als dem, den du wirklich liebst.«

Eigentlich sollte sie die Wahrheit erfahren. Er wollte sie in seinen Armen halten und seine Maske fallen lassen, aber er konnte es nicht. In manchen Augenblicken erschien sie ihm wie ein Engel. Ein unschuldiger verlorener Engel. Mit ihren kastanienbraunen Locken und ihrer eleganten Blässe sah sie für ihn aus wie ein Engel und sie duftete sogar wie einer. Als sie unter ihm lag, ihm ganz nah war, von ihm festgehalten und in diesem Augenblick so verletzlich, da drang der Duft ihres Haares und ihrer Haut durch die Nasenöffnungen seiner Maske und rührte sein Herz. Sie roch so verdammt gut, wie Engel duften sollten. Sein Engel. Sein einziger. Es war unvernünftig, aber es wurde ihm in diesem Augenblick klar. Er konnte nicht anders.

Eine Woge zärtlicher Gefühle überkam ihn und plötzlich klopfte sein Herz so laut, dass er fürchtete, sie könnte es hören, und er vergrößerte den Abstand zwischen ihnen. Ihr Blick wirkte zornig, aber auch verwirrt. Es machte ihm Angst. Was wäre, wenn – er musste dafür sorgen, dass sie nicht zu Schaden kam.

»Versprichst du mir etwas?«

Sie nickte benommen und schaute ihn mit glasigen Augen an.

»Schenke niemandem deine Unschuld, niemandem, hörst du? Sei nicht leichtfertig, nachdem du sie solange bewahrt hast. Gib sie nur dem Mann, dem du dein Herz schenkst. Versprochen?«

Sie nickte erneut, wirkte einerseits irritiert, sah ihn andererseits aber auch voller Vertrauen an. »Versprochen«, wisperte sie.

Als Antonio mit Tomaso näher kam, begann Annas Herz zu flattern. Ihr Traummann. Was konnte sie tun, damit er nicht weiter ging, sondern sich für sie interessierte?

»Das ist Anna. Sie wurde gut ausgebildet und verfügt über genügend Erfahrung, einen anspruchsvollen Mann glücklich zu machen.«

Ehe Tomaso weiter sprechen konnte, hob del Carmine abwehrend die Hand. Er sah Anna direkt in die Augen. »Sie soll selbst ihre Vorzüge sagen. Nun?«

Anna leckte sich nervös über die Lippen. »Ich – ich bin liebevoll, devot, gehorsam und bereit alles zu tun, was Sie glücklich macht.«

Del Carmine schmunzelte. »Wollt ihr das nicht alle?«

Sein Blick verwirrte Anna. »Nun – ich ...« Das war ihr ja noch nie passiert, dass ihr in Gegenwart eines Mannes auf einmal nichts mehr einfiel. Welche Vorzüge unterschieden sie denn nun von den anderen? Warum sollte er ausgerechnet sie nehmen?

»Ich – ich meine es aber auch so.«

In Del Carmines Mundwinkeln bildeten sich Grübchen. *Oh mein Gott, wie süß,* durchzuckte es Anna. *Ich muss ihn irgendwie für mich gewinnen.*

Del Carmine erlöste Anna von ihren quälenden Gedanken. »Willst du damit sagen, dass ich dir gefalle?«

Sie fühlte, dass sie rot anlief. Auch das war ihr nicht mehr passiert, seit – sie konnte sich nicht an das letzte Mal erinnern. Es musste eine Ewigkeit her sein. »Oh ja, Signor del Carmine. Schon seit ich Ihr Foto gesehen habe.«

Ihre Antwort machte ihn sichtbar verlegen. Für einen Moment schaute er zu Boden, dann hatte er sich wieder im Griff. »Nun, dann sollten wir beide uns vielleicht doch ein bisschen näher kennenlernen«, erwiderte er mit belegter Stimme.

Anna fühlte sich unsicher wie noch nie in ihrem Leben.

Antonio hatte ihr die Fesseln abgenommen, sein Jackett ausgezogen und sich breitbeinig auf das Sofa gesetzt. Sie war unschlüssig. Sollte sie sich ebenfalls setzen oder vor ihm stehen bleiben? Es schien ihm zu gefallen, sie anzuschauen.

Schließlich beugte sie sich vor, zu ihm herunter, stützte sich mit den Händen auf seinen Oberschenkeln ab und lächelte ihn zaghaft an. »Darf ich Antonio sagen?«

»Ja, ja – natürlich. Wir sollten uns auch duzen. Gib mir einen Kuss.«

Sein Blick wirkte ehrlich. Er war so – normal, nicht so aufgeblasen und *wichtig*, wie all die anderen Männer. Dabei sah er gut aus, war gut gekleidet, hatte die etwas längeren tiefschwarzen Haare mit wenig Pomade nach hinten gekämmt. Ja, er sah einfach unverschämt gut aus.

Anna beugte sich noch mehr vor, die Beine leicht gespreizt, rieb ihre Nasenspitze sanft an der seinen und drehte ihren Kopf ein wenig, um seiner Nase auszuweichen und ihn zu küssen. Sie hätte es gerne gehabt, wenn er sie in seine Arme gezogen hätte, doch er erwiderte nur ihren Kuss, ebenso sanft, ohne Initiative.

Vielleicht brauchte er noch ein wenig Zeit und war weniger temperamentvoll, als sie ihn eingeschätzt hatte? »Und nun?« Sie schaute ihn herausfordernd an, nur wenige Zentimeter von seinem Gesicht entfernt, gerade so weit, dass sein Bild scharf war.

Er wirkte vollkommen entspannt, als er ihr antwortete, die Hände links und rechts locker auf dem weichen Stoff des Sofas abgestützt, und schweifte doch immer wieder mit seinem Blick ab, hinunter zu ihren Brüsten, die sich weich und rund, mit vollen rosigen Brustwarzen zum Greifen nah vor ihm wölbten. »Erzähl mir, wie du dir unser Leben vorstellen würdest. Was erwartest du von mir?«

»Oh, viel! Ich möchte mit dir verreisen, schöne Kleider tragen, morgens lange ausschlafen, abends mit dir ausgehen –« Sie machte eine Pause und wartete seine Reaktion ab. Doch offenbar merkte er, dass sie noch nicht fertig war, denn er sah sie aufmerksam, mit leicht vergrößerten Augen und einem erwartungsvollen Lächeln auf seinen sinnlich geschwungenen Lippen an. »Und ich möchte Sex mit dir haben, hemmungslosen erfüllenden Sex.«

Antonio lachte laut auf und sein Lachen war so warm und herzlich, dass sich Anna darin vollkommen geborgen fühlte und wollte, dass er immer so lachen würde und nie mehr aufhörte.

»Du gestattest aber schon, dass ich ab und an etwas arbeite und für unseren Lebensunterhalt sorge?«

Anna fiel in sein Lachen mit ein. »Natürlich, schließlich profitiere ich ja davon.«

»Na du bist mir ja vielleicht ein dreistes Mädchen«, erwiderte er immer noch lachend.

Sie nahm all ihren Mut zusammen, raffte ihren Rock empor und setzte sich breitbeinig auf seine leicht gespreizten Oberschenkel. »Bitte liebe mich«, hauchte sie inbrünstig. Sie ließ ihm Zeit, sich von seinem Lachen zu erholen, zu einer gewissen Ernsthaftigkeit zurückzufinden, indem sie ihren Blick senkte.

»Ich schließe aus deiner Antwort, dass ich dir gefalle und du es nicht nur auf mein Geld abgesehen hast – das wie gesagt, nicht vom Himmel fällt. Du hast also Lust am Sex, das ist wichtig und du musst darum absolut ehrlich antworten: Wie oft möchtest du mit mir Sex haben?«

Anna nahm seine Hände, die immer noch nutzlos auf dem Sofa auflagen, legte sie sich auf ihre Brüste und sie sah ihm an, wie erleichtert er war, dass sie den ersten Schritt machte. Denn ab diesem Moment ließ er sie fühlen, wie begehrenswert sie für ihn war.

Seine Hände umfassten ihre Brüste fest, aber ohne grob zu sein. Er fuhr sanft und sinnlich über ihre Brustwarzen, die sich augenblicklich lustvoll verhärteten. Doch mehr machte er nicht, er ließ sie zappeln, indem seine Finger auf ihren Brustwarzen ruhten, bereit fortzufahren.

»Bitte«, wimmerte sie und schloss die Augen.

»Noch nicht, beantworte erst meine Frage. Wie oft?«

Anna riss die Augen auf und legte den Kopf schräg. »Ein bis zweimal?«

»Pro Woche?«, knurrte Antonio.

»Nein, natürlich pro Tag, wann und wie und wo du willst.«

Seine Daumen rieben sanft über ihre Nippel und Anna warf vor Entzücken den Kopf in den Nacken.

»Wo ich will? Du würdest also auch zu mir ins Büro kommen, dich auf meinen Schreibtisch vorbeugen, artig dein Röckchen lupfen und dich in Position für einen Quickie begeben?«

»Ja«, jauchzte sie in schrillem Ton auf.

Antonio packte sie an den Handgelenken. »Du wirst mir keinen Grund liefern, dich zu bestrafen?« Seine Augen funkelten lüstern.

»Oh doch, bestimmt, woran hast du denn dabei gedacht?«

Er zog sie näher zu sich, legte seine Hände auf ihre Hüften. »Ich möchte, dass du keinen Slip trägst, wenn wir irgendwo verabredet sind oder du mich im Büro besuchst. Und du sollst immer Röcke oder Kleider tragen, keinesfalls Jeans. Wenn du das nicht befolgst, wird –«

»Wird?«, wiederholte sie atemlos vor Spannung.

»Dann wird meine Hand und mein Lineal auf deinem Hintern tanzen – oder noch besser, ich deponiere einen Rohrstock in meinem Büro.«

»Keinen Rohrstock«, flehte Anna leise. Die Bekanntschaften mit Stefanos und Tomasos Rohrstock hatten unangenehme Erinnerungen hinterlassen. Ihr Po hatte noch Tage danach geschmerzt, darauf war sie nicht scharf. Ein bisschen weniger schmerzhaft genügte ihr völlig, um sie anzuheizen.

»Das liegt ganz bei dir.«

Das verbale Spiel mit Antonio verfehlte nicht seine Wirkung. Unter ihrem Rock war es längst heiß und feucht. Sie fühlte sich seinem Geschlecht so nah und doch trennte sie noch Stoff voneinander.

Sie nahm seine rechte Hand und führte sie unter ihren Rock. Seine Finger glitten über ihre feuchten weichen Schenkel, näherten sich behutsam ihrer Perle. Anna keuchte, als seine Finger ihre Schamlippen berührten und ohne zu zögern in ihre Pforte eindrangen.

»Antonio!«

»Ja, meine Liebe? Wolltest du das etwa nicht?« Er grinste vergnügt, spielte mit seinen Fingern in ihr, erkundete die Weichheit und Bereitschaft ihrer Grotte, streichelte sanft ihre Perle und brachte sie dazu, sich vor Lust auf seinem Schoß zu winden und immer lauter zu stöhnen.

Anna hielt es nicht länger aus. Sie wollte mehr. Alles. Sie glitt von seinen Beinen und öffnete seine Hose. Antonio hob wortlos sein Gesäß an, damit sie ihm die Hose ausziehen konnte, in stetem Blickkontakt mit ihr.

Sie kniete sich über seine Schenkel, senkte sich langsam auf seinen erigierten Penis herab, warf den Kopf in den Nacken und jauchzte laut auf. Seine Hände nahmen besitzergreifend ihre Brüste, streichelten sie, kneteten sanft, sein Mund saugte eine ihrer Brustwarzen, während Anna sich wand, die sich ausbreitende Feuchte auf seinem Schoß genoss, bei sich und ihm die Lust schnell vorantrieb.

Der Höhepunkt nahte, sie fühlte, wie sein Penis sich mehr in ihr ausbreitete, ihre Vagina sich um ihn zusammenzog und sich dann eine heftige Eruption in ihr entlud.

»Oh Anna«, keuchte Antonio hilflos, packte ihre Hüften und im selben Moment war es auch um sie geschehen.

Arm in Arm lagen sie eine Weile auf dem Sofa, um sich zu beruhigen und die Hitze ihrer Körper abklingen zu lassen.

»Antonio?«, flüsterte Anna.

»Ja, Liebste?«

»Wirst du –?«

»Ja, Anna. Ich kann mir vorstellen, dich zu kaufen. Es geht mir wie dir. Ich habe dich gesehen und wollte dich vom ersten Moment an. Bitte enttäusche mich nicht.«

Die Wende

Das übliche Montagsmeeting hatte mit italienischer Verspätung begonnen. Marc nahm es mittlerweile gelassen, dass er der erste war, der am Tisch saß und zunächst in Ruhe einen Cappuccino trank, ehe alle anderen nach und nach eintrudelten. Zu der Runde gehörten außer Marc und Antonio sechs Mitarbeiter, die für die Produktion, Auslieferung und PR zuständig waren. Jeden Montag wurden der aktuelle Stand und besondere Probleme besprochen.

Isabella war kurz hereingekommen, hatte Unterlagen auf dem Tisch deponiert, Gläser und Mineralwasser abgestellt. Seit ihrem gemeinsamen Abend hatten sie nie wieder darüber gesprochen, was geschehen war und sich bemüht, ganz normal weiter zu machen. Aber es fiel ihnen nicht leicht, insbesondere Isabella. Die Erinnerung war einfach da. Antonio hatte an der Stimmung der beiden sofort gemerkt, dass sein Plan fehlgeschlagen war. Er hatte resigniert.

An diesem Morgen hatte Marc Mühe, sich auf den Bericht des Produktionsleiters Cesare Graciano zu konzentrieren. Obwohl seine ganze Leidenschaft der Firma galt und er mit Leib und Seele für das Möbeldesign lebte, dass sie seit ein paar Jahren mit internationalem Erfolg produzierten, schweiften seine Gedanken bald ab. Anfangs wehrte er sich dagegen, gab sich einen Ruck, versuchte sich Notizen zu machen, doch bald lag seine Hand untätig auf dem Schreibblock vor ihm.

Es war zum verrückt werden. Da glaubte er Vicky aus seinem Leben gestrichen zu haben, doch stattdessen beherrschte sie seine Gedanken mehr denn je, seit er ihr wieder begegnet war. Er hätte sich nicht darauf einlassen sollen. Vielleicht wäre es besser gewesen, sich nicht weiter um sie zu kümmern. Auf welchen Traumprinzen wartete sie? Für wen hob sie sich auf? Marc versuchte vergeblich, sich auf ihr widersprüchliches Verhalten einen Reim zu machen. Sein schlechtes Gewissen brachte ihn noch um. Vielleicht war er schuld an dem ganzen Dilemma? Nein, das war nicht möglich. Er würde nie Vickys Anblick in der Bar vergessen, wie gerne sie vor dem Fremden ihre Brüste entblößt hatte. Er hätte sie in diesem Moment am liebsten übers Knie gelegt und versohlt. Doch wo war die Grenze? Er lebte gerne seine Dominanz aus, aber auf erotische Weise. Nicht auf erzieherische.

»Marco, was meinst du dazu?«

Antonios Stimme riss Marc unsanft aus seinen Überlegungen.

»*Scusa*, ich war mit meinen Gedanken woanders.«

Antonio sprach weiter, als wäre nichts gewesen. »Die Marktforschung hat ergeben, dass sich unser neues Chaiselongue nicht in Bordeauxrot und Anthrazitgrau verkaufen lässt. Cesare hat ein paar Alternativvorschläge.« Antonio schob die in verschiedenen Varianten gefärbten Ledermuster Marc zu, der ihm gegenübersaß. Er zog fragend die Augenbrauen hoch, doch Marc war bewusst, der fragende Blick galt nicht der Farbauswahl, sondern seiner Unkonzentriertheit. Er schüttelte fast unmerklich den Kopf.

»Also, wir hätten Azurblau, Apfelgrün, Flieder oder Bitterorange als Alternative.«

Marc unterdrückte ein Seufzen. Er fühlte sich heute überhaupt nicht in der Lage, eine Entscheidung zu treffen. Aber wenn er von seinen Mitarbeitern Professionalität und vollen Einsatz verlangte, musste er eigentlich mit gutem Beispiel vorangehen. Er setzte sich gerader auf, nahm die Lederstücke in die Hand, drehte sie im Licht. »Flieder und Apfelgrün«, erwiderte er schließlich.

Antonio lächelte zufrieden, für Marc das Zeichen, dass er genau diese beiden Farben ebenfalls bevorzugte. Damit war der neue Farbtrend abgesegnet und die Produktion konnte weiter voranschreiten.

Der übrigen Sitzung wohnte Marc einigermaßen aufmerksam bei. Als ihre Besprechung zuende war, folgte Antonio Marc in dessen Büro.

»Hey, was ist los mit dir? Du bist zerstreut. So kann es nicht weitergehen.« Er setzte sich Marc gegenüber an den Schreibtisch. »Nun komm schon, rede mit mir!«

Marc rutschte unruhig auf dem Bürostuhl herum, schlug die Beine übereinander, stellte sie dann wieder nebeneinander.

»Marco! Es hat nichts mit unserer Arbeit zu tun, das weiß ich. *Per favore*, wir sind nicht nur Partner, wir sind auch Freunde. Es geht immer noch um deine Vicky, nicht wahr?« Er suchte den Blickkontakt mit Marc, doch dieser wich ihm aus und schaute an ihm vorbei. Eisernes Schweigen von beiden Seiten. Marc betrachtete seine Fingernägel, als ob es dort etwas Interessantes zu begutachten gab. Er spielte auf Zeit, in der Hoffnung, dass Antonio nicht weiter bohren würde. Vielleicht wäre es besser, mit ihm darüber zu reden, aber seine Kehle war wie zugeschnürt. Minuten vergingen. Es war so ruhig, dass sie hörten, wie nebenan einer ihrer Mitarbeiter telefonierte.

»Ich stehe nicht auf, bevor du mir nicht glaubhaft gemacht hast, dass du ohne meine Hilfe klarkommst.«

Laut seufzend gab Marc auf. »Ich dachte, ich kenne dich. Aber ich wusste nicht, dass du so hartnäckig sein kannst.«

»Hmm.«

Marc verdrehte die Augen. »Was willst du wissen?«

»Och, was immer du mir erzählen möchtest. Vielleicht sagst du mir einfach mal, warum du deine Schwester zuerst verschacherst und dann plötzlich ein schlechtes Gewissen hast und dich um sie bemühst?«

»Weil ich jetzt weiß, dass ich sie falsch eingeschätzt habe. Ich verstehe noch nicht ganz, was sie veranlasst hat, sich als sündige Verführung zu präsentieren. Aber – der Eindruck, sie würde mit jedem herumvögeln, war vollkommen falsch. Sie –« Marc hielt kurz inne. Antonio schaute ihn erwartungsvoll an, die Augenbrauen hoch gezogen. »Sie ist noch Jungfrau.«

Antonios Mund klappte ein Stück weit auf. Dann prustete er laut heraus. »Wie bitte? Sag das noch einmal. Sie ist was?«

Doch Marc nickte einfach nur.

Antonio gab ein tiefes Lachen von sich. »Das ist doch ein Scherz, oder?«

Marc schüttelte den Kopf. »Nein. Es ist bei einer ärztlichen Untersuchung festgestellt worden.«

»Aha, ich verstehe. Jetzt hast du Gewissensbisse, weil du ihr Unrecht getan hast?« Antonio grinste breit.

»Mmh.«

»Ja, das ändert natürlich einiges. Willst du sie wieder da rausholen?«

Marc schüttelte den Kopf. »Nein, was passiert ist, ist eben passiert. Ich kann nicht hingehen und sagen: Entschuldigung, ich habe mich geirrt und gebe dir nun dein altes Leben zurück. Das Einzige, was mir bleibt, ist, für einen netten Ehemann zu sorgen und der Patrona zu sagen, dass man sie nicht zu hart rannehmen soll.«

»Aha.«

Verärgert schlug Marc auf die Unterlage seines Schreibtisches. »Was meinst du mit ‚Aha'? Das hilft mir auch nicht weiter. Wenn du nichts Vernünftiges dazu zu sagen hast, dann lass es lieber bleiben.«

Antonios amüsierte Gesichtszüge wurden ernst. »Mensch Marco, du musst doch nicht gleich beleidigt sein. Es hat mich schon ein wenig schockiert, als du mir deinen Plan vorgestellt hattest. Ist das der Marco, den ich kenne, habe ich gedacht. Und jetzt machst du dir Gedanken, ernsthafte Gedanken. Ja kannst du dir denn wirklich nicht vorstellen, warum Vicky sich so merkwürdig verhalten hat?«

»Nein.«

Antonio stand auf, holte zwei Gläser aus dem kleinen Fach unter dem Frischwasserspender in der Ecke des

Zimmers und befüllte sie. Eines davon reichte er Marc, ehe er sich wieder setzte.

»Erinnerst du dich, dass du mir mal von deiner Schwester erzählt hast? Es ist schon ziemlich lange her. Wir waren beide abends unterwegs und hatten viel zu viel getrunken, und irgendwann kam unser Gespräch auf Frauen, und du hast mir gesagt, dass du jede mit Vicky vergleichst, mit der früheren Vicky, als ihr euch noch gut verstanden habt.«

»Ach, das war sicher nur Gefasel, weil ich zu viel getrunken hatte.«

Antonio schmunzelte. »Kinder und Betrunkene sagen stets die Wahrheit. Und die Wahrheit ist, dass du deine Schwester mal sehr geliebt hast und sie dich auch. Für sie warst du der Märchenprinz, der sie vor der bösen, bösen Welt da draußen beschützt. Dann ist irgendetwas geschehen und sie hat den Glauben an den Märchenprinzen verloren und denkt nun, alle Männer wären so.«

»Wie – so?«

»Na, was weiß ich, unzuverlässig, nicht vertrauenswürdig, geile Böcke. Keine Ahnung. Das müsstest du doch eher wissen als ich.«

»Hmm, aber selbst wenn. Das liegt schon so viele Jahre zurück.« Marc war verunsichert.

»Denk doch mal nach. Wie war es denn am Anfang? Wart ihr etwa nicht ein Herz und eine Seele?«

»Doch, schon …«, erwiderte Marc. Wie Vicky sich wohl in diesem Augenblick fühlte? Hatte sie Angst? War sie einsam?

Die Schwüle, die bereits jetzt hereindrückte und die Hände an allem festkleben ließ, was man anfasste, würde sich abends sicherlich in einem starken Wärmegewitter entladen. Gewitter. Plötzlich fiel ihm ein, wie eines Nachts die Tür zu seinem Zimmer leise geöffnet worden war und in der Dunkelheit ein Schatten an sein Bett huschte. Für Sekundenbruchteile wurde der Raum durch die dünnen Stores hindurch erhellt. Vicky stand neben seinem Bett und quiekte ängstlich auf, als dem Blitz ein lauter Donner nachfolgte.

»Ich habe Angst. Kann ich bei dir schlafen, Marc? Bitte.« Der nächste Blitz flackerte auf, wiederum gefolgt von einem tiefen Donnergrollen. Sie schrie erschrocken auf, wartete seine Antwort nicht ab, sondern hob die Bettdecke an und kuschelte sich Schutz suchend eng an ihn. Es war ihm gar nichts anderes übrig geblieben, als sie in seinen Arm zu nehmen und an sich zu drücken.

Aber Vicky war kein kleines Mädchen mehr. Er fühlte die aufgestaute Bettwärme ihres Körpers und die weichen Rundungen ihrer Brüste. Als sie dann auch noch einen Arm um ihn schlang, sich noch enger und fester an ihn schmiegte, verlor er zu seinem Entsetzen fast die Kontrolle über seinen Körper.

Die Versteigerung

Endlich war es soweit. Endlich? Einige Mädchen hatten diesem Tag tatsächlich voller Ungeduld entgegen gesehen. Michelle und Elena freuten sich darauf, von ihren Ehemännern abgeholt zu werden. Aber erst einen Tag nach der Versteigerung. Sie sollten die Gäste mit Getränken und Kanapees bedienen. Auch die Patrona, Tomaso und Stefano sahen dem Tag der Tage erleichtert entgegen. Es gab genügend Interessenten, mehr, als sie Mädchen abzubieten hatten. Das bedeutete, sie würden auf jeden Fall alle verkaufen.

Der Abend begann stilvoll. Die Mädchen begrüßten die Gäste. Sie waren alle sehr schön gekleidet, in einem langen Abendkleid. Vicky hatte Dottore Francesco Cavalli in Empfang genommen. Sie wusste, dass er sich seit dem Fest für Alicia interessierte. Sie plauderte höflich mit ihm, reichte ihm ein Glas Prosecco und führte ihn an seinen Platz, als der Gong erklang. Als alle Gäste am Tisch Platz genommen hatten, mussten die Mädchen den Speisesaal verlassen. Die Gäste speisten ohne ihre *Beute*, wie Stefano zuvor erklärt hatte. Das sollte für beide Seiten die Spannung steigern. Außerdem sollten die Mädchen einen leeren Magen haben. Es war vorgekommen, dass der einen oder anderen während der Versteigerung plötzlich schlecht geworden war und sie sich übergeben hatte. Vor lauter Aufregung. Dem galt es vorzubeugen.

Nach dem Essen sollte dann die Versteigerung stattfinden. Zu diesem Zweck war in der Säulenhalle unterm Dach ein kleines Podium aufgebaut worden und ein Pult für den Auktionator.

Alle Mädchen redeten durcheinander und waren sehr aufgeregt. Auch Anna. Sie zog Vicky auf die Seite. »Er ist da, Antonio ist da. Er hat sein Wort gehalten. Ich konnte ihn nicht persönlich sprechen, die Patrona hat mich nicht gelassen. Aber er ist da. Ich habe ihn gesehen.« Sie wirbelte Vicky herum, bis ihr schwindlig wurde. »Aber – du sagst ja gar nichts.« Sie stoppte und hielt Vicky an beiden Händen. »Was ist los?«

»Signor Gino, ich weiß nicht, ob er gekommen ist. Ich weiß ja nicht einmal, wie er in Wirklichkeit aussieht.« Vicky war bedrückt. »Vielleicht heißt er sogar ganz anders.«

»Mach dir keine Sorgen. Er ist bestimmt dabei und kauft dich.«

»Nachdem ich am Schluss widerspenstig und ungezogen war? Glaubst du nicht, ich habe ihn vergrault?«

»Nein, bestimmt nicht. Dazu war er doch viel zu neugierig.«

Es schien eine halbe Ewigkeit zu dauern. Dann endlich kam Tomaso und forderte die Mädchen auf, sich auszuziehen, sich in die bereitgelegten transparenten Tücher zu hüllen und sobald alle fertig waren, in die Säulenhalle zu begeben und nebeneinander aufzustellen.

Anna jedoch schickte er stattdessen zur Patrona.

Vicky schaute ihr hinterher. Was hatte das zu bedeuten? Sie zog sich schnell aus, half Jessica dabei, sich locker in den gelblichen Stoff einzuwickeln, sie selbst hatte einen lindgrünen gewählt. Schließlich eilten sie in den Saal und stellten sich auf.

Die ersten Männer betraten den Raum. Stimmengewirr lag in der Luft. Man taxierte die Konkurrenz, wer interessierte sich für welches Mädchen, wer würde gegen wen steigern. Keiner wollte ohne Frau nach Hause gehen.

»Ich muss dir etwas mitteilen, Anna. Du wirst nicht versteigert, deshalb brauchst du dich nicht umzuziehen. Du bist vorab gekauft worden, heute Nachmittag. Halte dich also bitte im Hintergrund. Am besten, du bleibst in meiner Nähe.«

»Ja, Patrona.« Annas Herz machte einen Luftsprung. Er hatte sie bereits gekauft, wollte sie nicht dem Risiko aussetzen, dass bei der Versteigerung ein anderer den Zuschlag erhielt.

»Ach ja, und noch etwas Anna. Du wirst erst in zwei Tagen abgeholt. Dein Herr kann dich heute nicht mitnehmen.«

Antonio. Zwar verstand sie nicht, was die Verzögerung bedeuten sollte, warum er sie nicht heute Abend mit sich nahm, wenn er sowieso gekommen war. Aber das war nun egal. Sie würde Antonio heiraten. Lächelnd folgte sie der Patrona und blieb neben ihr stehen, als diese sich setzte. Auf einen Sessel, den man extra auf ein kleines Podest gestellt hatte, damit sie über die Köpfe der Stehenden hinweg sehen konnte.

Zuerst wurde Bianca von Tomaso, der die Versteigerung moderierte, auf das Podium geleitet. Er pries ihre Vorzüge an, nahm ihr das Tuch ab, drehte sie vor aller Augen. Vier Männer boten gegeneinander, doch drei davon stellten ihre Gebote bald ein. Damit war Bianca an den vierten verkauft und wurde ihm übergeben. Sie wirkte aufgeregt, aber nicht unglücklich.

Dann wurde Mariella auf das Podium geführt. Ihre makellose Haut, ihre langen naturblonden Haare, ihre Leidenschaft und ihre unterwürfige Ergebenheit wurden von Tomaso in höchsten Tönen gelobt. Zuletzt zog er mit einem Ruck das Tuch herunter, durch das man ihre nackten Formen erahnte, und ließ es zu Boden fallen. Ein *Ah* ging durch die Menge der Männer und einige reckten ihre Köpfe. Mariella stand aufrecht, die Lippen gespitzt, den Kopf erhaben, die Brüste nach vorne gestreckt, die Hände auf dem Rücken, das rechte Bein ein wenig vor das linke gestellt. Stolz und unnahbar. Als schien es ihr nichts auszumachen, nackt präsentiert zu werden. Sie wusste, wie schön sie war. Wie alle Mädchen trug sie nur ihr Halsband und ein paar halterlose schneeweiße Strümpfe, die einen schönen Kontrast zu ihrer gebräunten Haut bildeten und in einem Paar eleganter schwarzer Stilettos mit schmalen Riemchen endeten.

Doch Tomaso war mit seiner Erklärung noch nicht fertig. Er pries Mariellas üppige Oberweite und ihre großen Brustwarzen, die sich besonders für ein Piercing eignen würden. Falls der Kunde dies wünschte, würde man das noch in die Wege leiten.

Mariella verzog keine Miene. Ihr Lächeln war eingefroren und ließ nicht erahnen, was sie davon hielt. Dann drehte Tomaso sie mit dem Rücken zum Publikum und forderte sie auf, sich tief zu bücken. Sie gehorchte. Ein Raunen ging durch die Menge. Zwei oder drei Männer klatschten. Anna lief ein Schauer den Rücken hinunter. Mariella trug einen Anal-Plug. Tomaso hob diese Besonderheit hervor, dass sie noch unerfahren im Anal-Verkehr sei, ihrem Herrn der erste Ritt zustünde, sie aber auf jeden Fall ihrem Herrn in jeglicher Hinsicht gerne zur Verfügung stehen würde.

Sie wird wirklich wie eine Sklavin behandelt und verschachert, dachte Anna. *Und sie will es sogar. Dieser Punkt ist uns erspart geblieben. Aber jetzt kann ich Vicky verstehen, warum sie vor diesem Tag immer solche Angst hatte.*

Drei Männer lieferten sich in rascher Folge immer höher steigende Gebote. Einer davon war Federico. Er wirkte beinahe unbeteiligt. Sein Gesicht zeigte keine Regung. Schließlich passte einer der Männer, der andere aber steigerte mit Federico um die Wette. Kleine Schweißperlen bildeten sich auf seiner Stirn und der Preis stieg in schwindelerregende Höhen. Anna hielt den Atem an, als Tomaso mit drei Hammerschlägen auf dem Pult endlich Federico Moreno den Zuschlag gab. Dann führte er Mariella zu ihm und legte ihre Hand in Morenos. Dieser hielt sie jedoch nur kurz fest, hatte auf einmal eine Kette und goldene Handschellen in der Hand und legte Mariella diese an. Die Kette befestigte er an ihrem Halsband, das andere Ende an seinem Gürtel. Sie ließ das Ganze ohne Gegenwehr, nur mit einem eingebildeten Lächeln auf ihren knallrot geschminkten Lippen über sich ergehen und trippelte hinter ihm her, als er sich vom Podium entfernte.

Anna war froh, dass ihr ein solches Vorgeführtwerden vor aller Augen erspart blieb. Der Preis, den Mariellas neuer Herr bezahlt hatte, war allerdings beachtlich gewesen. Wie viel mochte wohl Antonio für sie bezahlt haben? Anna suchte ihn in der Menge und sah ihn an der gegenüberliegenden Wand stehen. Aus welchem Grund durfte sie nicht schon jetzt bei ihm sein? Nun, vielleicht wollte er einfach in Ruhe das Schauspiel der Versteigerung genießen. Sie lächelte. Ja, das würde es sein. Aber bald würde sie in seinen Armen liegen, was machte es da schon, noch ein wenig zu warten.

Zwei weitere Mädchen wurden versteigert, die schwarzhaarige Jessica und die fuchsrote Sandra. Beide ebenfalls zu einem verhältnismäßig hohen Preis. Beide Männer waren noch jung, höchstens Anfang dreißig, und die beiden Mädchen wirkten glücklich und erleichtert.

Dann war Vicky an der Reihe. Anna sah ihr an, wie ängstlich sie war. Ihre Augen suchten die Menge ab und sie verschränkte die Hände vor ihrer Scham, sobald sie nackt war.

»Nun meine Herren, dies ist Victoria. Ein Leckerbissen, der an diesem Abend einzigartig ist«, pries Tomaso Vickys Vorzüge an. »Alle anderen Mädchen zeichnen sich durch ihre erotische Erfahrung, durch ihre Perfektion und Ergebenheit aus. Victoria hat zwar viel gelernt in den letzten Wochen, doch ist bei ihr noch alles Theorie. Denn sie ist – und das belegt dieses amtsärztliche Zeugnis – noch Jungfrau.« Er hielt ein Dokument in die Höhe und reichte es anschließend einem der Männer, der einen Blick darauf warf, nickte und es dann zurück gab.

Tomaso nannte das Einstiegsgebot. Sofort gingen drei Männer darauf ein. Und dann stockte Anna der Atem. Ein vierter Mann meldete sich. *Antonio.* Ein Schrei der Empörung bildete sich in Annas Kehle. Antonio hatte doch *sie* gekauft! Wieso steigerte er bei Vicky mit? Er würde doch wohl nicht zwei Frauen wollen? Eine Dreierbeziehung? Oder war sie am Ende gar nicht von Antonio gekauft worden? Erst jetzt fiel ihr auf, dass die Patrona gar keinen Namen genannt hatte.

Sie bahnte sich einen Weg zu Antonio, aber zwei Hände packten sie, zerrten sie mit eisernem Griff an den Oberarmen zu ihrem Platz zurück. Eine Stimme zischte ihr von hinten eine Warnung ins Ohr. »Du bist ganz ruhig und bewegst dich keinen Millimeter vom Fleck. Kein Ton kommt über deine Lippen oder ich sperre dich die nächsten zwei Tage ins Loch.« *Signora Vicosa.* Anna hatte sie bis zu diesem Augenblick nicht bemerkt. Sie nickte automatisch. Fassungslos, vor Schreck und Traurigkeit wie gelähmt sah sie zu, wie die Männer um Vicky steigerten und Antonio mithielt. Nach und nach stiegen die anderen aus, und schließlich erhielt tatsächlich Antonio den Zuschlag.

»Nein!« Annas Aufschrei ließ alle sich umdrehen und zu ihr hinüber schauen. Ihr Blick traf sich mit Vickys. »Nein, Antonio!« Anna wurde hinaus gezerrt. Sie wehrte sich, tobte, schrie und fluchte. Aber es half alles nichts. Signora Vicosa und Stefano brachten sie gemeinsam auf ihr Zimmer und sperrten sie dort ein.

Es dauerte lange, sehr lange, ehe die Tür wieder aufgeschlossen wurde. Jemand setzte sich zu ihr auf das Bett. Anna hatte sich bäuchlings in ihren Kissen vergraben. Sie war todunglücklich und wollte nichts mehr hören oder sehen.

»Anna, ich würde mich gerne von dir verabschieden. Bitte Anna …«

Anna erhob sich ruckartig. »Du? Du hast mir Antonio weggenommen!« Sie schlug Vickys Hand zur Seite. »Rühr mich nicht an. Wieso bist du überhaupt noch hier?«

»Ich wollte nicht gehen, ohne mich von dir zu verabschieden. Es tut mir so leid, Anna. Ich verstehe das alles nicht. Ich will Antonio doch gar nicht.«

Anna sah Vicky nicht an. Sie warf sich wieder in die

Kissen. »Geh. Geh endlich und lass mich in Frieden. Hau ab! Ich will dich nie wiedersehen!« Sie weinte herzzerreißend.

Nachdem Vicky von der Patrona verabschiedet worden war, wurde sie von Tomaso hinausbegleitet. »Mach uns keine Schande, Victoria. Ich wünsche dir alles Gute für deine Zukunft. Und sei nicht traurig. Nichts ist so, wie es scheint.«

Vicky nickte mechanisch. Sie stieg in das Auto, in dem Antonio bereits auf sie wartete.

»Hallo Victoria. Du musst nun keine Angst mehr haben. Ich bringe dich, wohin du willst.«

Sie sah ihn irritiert an. »Wie meinen Sie das? Ich verstehe nicht?«

»Ich bin nicht dein Herr, Victoria. Ich habe dich nicht für mich, sondern im Namen von Signor Barberi ersteigert. Er hat gesagt, ich soll dich kaufen und dann freilassen.«

»Gino?«

Antonio nickte. »Ja, Gino.«

»Aber, aber warum?« Vicky wusste nicht, ob sie über ihre unerwartete Freiheit weinen oder lachen sollte. Gino Barberi gab einen Haufen Geld aus, um sie freizukaufen? Vermutlich hatte er soviel Geld, dass ihm das nicht wehtat, aber dennoch. Warum?

»Ich kann dir darauf keine Antwort geben. Also, wohin? Soll ich dich zurück nach Deutschland bringen? In deine Wohnung?«

Vicky sah aus dem Fenster, hinaus in die finstere Nacht. *Nichts ist so, wie es scheint*, hatte Tomaso erst vor Minuten zu ihr gesagt. Sie sollte frei sein. Nach zwei Monaten Gefangenschaft. Frei und immer noch Jungfrau. Es war zum Lachen. Obwohl sie sich ein wenig vor dem ersten Mal fürchtete, und vor dem ihr fremden Besitzer, hatte sie in den letzten Tagen gewartet und gehofft, sich vollkommen darauf eingestellt, zu heiraten und ihre Unschuld zu verlieren. Egal wie und durch wen. Es war einfach zu grotesk. Und was war mit Anna? Heulte sie sich also umsonst die Augen aus? Vicky seufzte. Zwei Monate lang hatte sie nichts selbst entscheiden dürfen. Niemand hatte von ihr gehört, ihr Briefkasten würde vermutlich überquellen, und falls man sie zu einem Vorstellungsgespräch eingeladen hatte, dann war dies inzwischen auch hinfällig, weil sie sich nicht gemeldet hatte. Und nun? Sie wandte sich Antonio zu. »Nein, das will ich nicht. Alles wäre umsonst gewesen, Signor Antonio. Bringen Sie mich bitte zu Signor Gino.«

»Was? Nein, das – das geht nicht.«

»Dann rufen Sie ihn an, bitte. Lassen Sie mich mit ihm sprechen. Er soll es mir selbst sagen und vor allem erklären.« Hatte sie Signor Barberi falsch eingeschätzt? Wenn er so großmütig war, sie zurück nach Hause bringen zu lassen, dann wäre er doch eigentlich genau der richtige Mann zum Heiraten. Kein selbstsüchtiger Herr.

Antonio schien zu zögern. »Also gut«, erwiderte er schließlich, »Ich werde ihn anrufen und fragen, ob er mit dir reden will.« Er stieg aus und Vicky beobachtete ihn, wie er hin und her lief, mit der einen Hand den Hörer ans Ohr hielt und mit der anderen in der Luft gestikulierte. Dann kehrte er zum Auto zurück, öffnete die Tür der Beifahrerseite und beugte sich hinunter.

»Er will nicht mit dir sprechen, Victoria. Ich soll dich fragen, warum du mit ihm reden willst.«

»Ich, ich möchte wissen, warum er mich nicht will. Gefalle ich ihm nicht? Aber warum hat er mich dann gekauft? Es hätte doch andere Männer gegeben – warum haben Sie mich ersteigert, für so viel Geld?«

»Victoria, das wird sein Geheimnis bleiben. War das alles?«

Vicky sah, dass er das Telefon in der Hand hielt und die Verbindung noch stand. Am liebsten hätte sie es ihm aus der Hand gerissen, aber das traute sie sich nicht. Sie musste sich schnell etwas einfallen lassen.

»Nein, nein – legen Sie noch nicht auf. Sagen Sie ihm, dass ich ihn liebe.«

Antonio lachte. »Aber du kennst ihn doch kaum.«

»Sagen Sie es ihm, bitte.«

Antonio zuckte verständnislos mit den Schultern, richtete sich jedoch auf und telefonierte. Vicky hörte nur Wortfetzen. Tat sie das Richtige? Ob sie Signor Barberi liebte, das wusste sie nicht, aber ihr Puls jagte, wenn sie an ihre letzte Begegnung zurückdachte. Er wäre sicherlich nicht die schlechteste Wahl.

»Was willst du von Signor Gino?« Antonios Kopf erschien wieder.

Vicky streckte die Hand nach dem Hörer aus, aber er schüttelte den Kopf.

»Du sollst es mir sagen.«

»Ich möchte eine Erklärung. Ich will nicht frei sein, ich möchte heiraten. Ihn heiraten.«

Antonio lachte, dann wiederholte er, was sie gesagt hatte und wartete stirnrunzelnd auf die Antwort.

»Victoria – bist du bereit, alle Bedingungen anzunehmen, die Signor Gino an eine Heirat knüpfen würde?«

»Ja, ja – ja!« Vickys Herz hüpfte vor Aufregung.

»Denk noch mal darüber nach. Du weißt doch gar nicht, wer er ist. Du weißt nicht einmal, wie seine Bedingungen aussehen.«

»Bitte, ich will. Sagen Sie ihm das.« Wie kannst du so unvernünftig sein, so leichtsinnig, protestierte ihre innere Stimme, und ihr Herz klopfte so heftig, als würde es jeden Augenblick zerspringen. Aber sie war nicht stark genug, um einfach in eine ungewisse Zukunft nach Hause zurückzufahren. Lieber wollte sie um seine Liebe und Zuneigung kämpfen. Es war ein gewisses Risiko dabei, aber sie war bereit, dies einzugehen.

Antonio telefonierte noch einmal, er ging ein Stück vom Auto weg, schien mit seinem Gesprächspartner zu diskutieren. Dann steckte er sein Mobiltelefon ein und setzte sich wieder hinter das Steuer.

»Und?«

»Ihr scheint alle beide verrückt zu sein«, knurrte Antonio. »Was mache ich hier eigentlich. Er ist einverstanden. Du hast drei Tage Bedenkzeit. Er wird dir seine Bedingungen vorlegen und du darfst darüber nachdenken. Wenn du zustimmst, wirst du aber erst bei der Hochzeit erfahren, wer Signor Gino wirklich ist.« Er schaute ihr in die Augen. »Bist du sicher, dass du dieses Risiko eingehen willst? Das ist – lächerlich.«

Vicky lehnte sich zufrieden zurück. Sie würde glücklich werden. Sie würde ihn für sich gewinnen. Sie würde heiraten. »Ja. Ich bin mir sicher. Lassen Sie uns fahren.«

Kopfschüttelnd startete Antonio den Wagen und sie fuhren hinaus ins nächtliche Rom.

Zweifel schickten Vicky durch ein Wechselbad ihrer Empfindungen. Sie sehnte sich danach, ihn wiederzusehen, oder besser gesagt, ihn zu berühren, zu küssen und seine Hände auf ihrer Haut zu spüren. Denn ein echtes Wiedersehen war es nicht, sie hatte noch nicht ein einziges Mal sein Gesicht gesehen. Und wenn es nun doch abstoßend war? Wenn er die Maske trug, um hässliche Narben zu verbergen oder eine Verbrennung? Wieso sollte er die Wahrheit gesagt haben?

Was bedeuten schon Äußerlichkeiten, sagte sie sich verbissen, um sich selbst zu beruhigen. Vielleicht war ja doch etwas an dem Spruch dran, dass die inneren Werte zählten.

Die Bedingungen waren hart und noch konnte sie davon zurücktreten. Wieder und wieder las sie den Vertrag durch, der auf dem Tisch des Zimmers lag, das man ihr zugewiesen hatte und das sie nicht verlassen durfte. Wenn sie aus dem Fenster sah, fiel ihr Blick über die Weite des Landgutes, zu dem Antonio sie gebracht hatte.

Die Fahrt war ohne Zwischenfälle verlaufen. Antonio wirkte ein wenig einsilbig, als ob er über etwas grübelte oder sauer war. Er brachte sie bis zum Hauseingang und stellte sie dort Alberto vor. Dann ging er sofort.

Alberto sah wie eine Mischung aus englischem Butler und Türsteher aus. Auf jeden Fall war er durch und durch Italiener. Ein bärbeißiger, schwarzhaariger, gebräunter und erstaunlich großer Italiener.

Er sah musternd auf Vicky herab. Ein mulmiges Gefühl beschlich sie. Sie konnte seinen Blick nicht deuten, dann lächelte er freundlich und machte eine Geste, dass sie an ihm vorbei eintreten solle.

»Signorina Victoria, ich darf Sie ihm Namen unseres Herrn willkommen heißen. Bis er Zeit für Sie findet, nehmen Sie bitte mit mir vorlieb. Mein Name ist Alberto und ich bin der persönliche Diener Ihres und meines Herrn. Ich bin verantwortlich für Ihre Sicherheit.«

Vicky nickte stumm. Albertos sicheres Auftreten schüchterte sie ebenso ein wie die große Eingangshalle.

»Bitte hier entlang, Signorina.«

Alberto ging die Marmortreppe empor voraus, ein Stockwerk höher und führte Vicky in ein abgelegenes Zimmer am Ende eines Ganges.

»Darf ich Sie mit den Regeln vertraut machen?« Er wartete ihre Antwort nicht ab.

»Sie dürfen das Zimmer nur verlassen, um ins Bad und auf die Toilette zu gehen. Beides finden Sie nebenan. Es ist ihnen weder erlaubt, das Zimmer allzu lange zu verlassen, noch das Haus zu besichtigen. Falls Sie diesen Anordnungen nicht Folge leisten, bin ich befugt, Sie anzuketten. Ich werde Ihnen das Essen aufs Zimmer bringen. Wenn Sie etwas benötigen, was nicht da ist, sagen Sie es mir bitte. Dort an der Wand befindet sich eine Klingel. Ich bin Tag und Nacht erreichbar. Haben Sie Fragen?«

»Wie lange werde ich warten müssen, bis ich Signor Gino sehen darf?«

»Das weiß nur er«, erwiderte Alberto steif. »Bitte lesen Sie sich den Ehevertrag durch, und unterschreiben Sie ihn, wenn Sie damit einverstanden sind. Ihr Name ist bereits eingetragen, der richtige Name von Signor Gino wird nachgetragen.«

»Und wenn ich mit den Bedingungen nicht einverstanden bin und nicht unterschreibe?«

»Dann habe ich Anweisung, Sie dorthin zu bringen, wohin Sie möchten.«

Vicky seufzte aus tiefstem Herzen. Sie wusste schon jetzt, dass sie unterschreiben würde, gleichgültig, um was für einen Knebelvertrag es sich handeln würde. Sie konnte nicht anders. Er hatte ihr Herz berührt. Längst hatte sie es bereut, dass sie am Schluss widerspenstig gewesen war und ihn sogar beschimpft hatte. Das war nicht fair gewesen. Trotzdem hatte er sie noch einmal geküsst und ihr sogar einen Rat mit auf den Weg gegeben. Sie sollte sich nicht herschenken. Nur dem, den sie liebte. Sie hatte seither oft darüber nachgedacht. Nur jemand, der sie liebte, konnte ihr diesen Rat erteilen. Nur jemand, dem sie etwas wert war.

Sie musste ihn wieder sehen, seine Hände und seinen Mund auf ihrem Körper fühlen – und sie wollte es endlich erleben, wollte wissen, wie es war, von ihm erobert zu werden, seine Männlichkeit tief in sich drinnen zu spüren. Sie wollte ihre Jungfräulichkeit keinem anderen als ihm schenken. Ein schmerzhaftes Ziehen setzte ein. Wenn sie an sich herunter sah, auf ihre Brüste unter der eng spannenden Bluse, dann sah sie ihre prallen Brustwarzen, wie sie sich erwartungsvoll durch den Stoff abzeichneten, als warte ihr Körper seit Tagen auf nichts anderes, als endlich das Eigentum eines Mannes zu werden – dieses Mannes.

»Wann darf ich ihn sehen? Bitte, bitte richten Sie ihm aus, dass ich ihn vermisse, dass ich ihn gerne sprechen würde.«

»Ich werde es ihm ausrichten, Signorina.«

Vicky setzte sich und las den Vertrag langsam durch. Die Vermählung sollte in genau einer Woche stattfinden. Bis dahin war es ihr nicht erlaubt, sich frei zu bewegen. Erst am Hochzeitstag würde sie den Namen ihres Ehemanns erfahren. Bis dahin solle sie allerdings jeden Moment damit rechnen, dass ihr Künftiger sie besuche. Bis zum Hochzeitstag behalte er sich die Entscheidung vor, sie zu heiraten oder doch wieder fortzuschicken.

Die Bedingungen waren hart und verdammt einseitig ausgelegt. Auch nach der Hochzeit würde es nicht einfach für Vicky werden. Im ersten Jahr ihrer Ehe würde ihr kaum Entscheidungsfreiheit zugestanden werden. Ohne seine Erlaubnis durfte sie das Grundstück nicht verlassen und nicht alleine einkaufen oder bummeln gehen. Sie würde über kein eigenes Geld verfügen, habe wie eine Sklavin ihrem Mann zu dienen und sich jederzeit für ihn bereitzuhalten.

Vicky schossen Tränen in die Augen. Es war für ihn unglaublich einfach, sie derart zu demütigen. War das die göttliche Gerechtigkeit, wurde ihr nun das Spielen mit den Männern heimgezahlt? Wenn sie nur nicht so sehr nach diesem Fremden schmachten würde. Wenn sie vernünftig wäre, müsste sie sofort aufstehen und davon laufen. Aber sie wusste, sie würde es nicht schaffen. Es war wie ein ständig schwelendes Feuer. Die Glut verbrannte ihren Körper von innen. Es war unerträglich. Sie war hoffnungslos in diesen Mann verliebt, obwohl sie ihn kaum kannte. Ihr blieb nichts anderes übrig, als auf seine Gnade zu vertrauen und zu hoffen, dass sie das Richtige tat. Wie hatte Marc manchmal gesagt: *Die Hoffnung stirbt zuletzt. Ach Marc*, seufzte Vicky leise vor sich hin, *wenn du wüsstest, wie recht du hattest.* Ohne den Vertrag noch einmal durchzulesen, setzte sie ihre Unterschrift darunter.

Die nächsten zwei Tage vergingen in gähnender Langeweile zwischen Bad, Bett, Essen, Lesen, Fernsehen. Als Alberto am Abend des zweiten Tages kam, um das Tablett mit dem Geschirr zu holen, hatte er Neuigkeiten für Vicky.

»Dein Herr möchte dich heute sehen. Zieh dich aus, nimm ein Bad und dann zieh das an, was ich dir inzwischen auf das Bett lege.«

Eine halbe Stunde später trippelte Vicky hinter Alberto her. Als sie aus dem Bad gekommen war, hatte er sie gebeten, auf einem Hocker Platz zu nehmen, hatte ihre Haare gebürstet, bis sie seidig glänzend auf ihre Schultern fielen und ein wenig Goldpuder auf Arme und Dekollete gepustet. Das wenige, was sie anziehen sollte, waren ein paar knallrote glänzende Pumps gewesen, sonst nichts. Alberto hatte ihr rote Lederriemen an Hand- und Fußgelenken angelegt. Er hatte sie gebeten, den Arm auszustrecken. Die Erziehung der letzten Wochen zeigte Wirkung. Vicky gehorchte, obwohl sie sich ein wenig genierte, völlig nackt vor ihm zu stehen. Ihr Herz blieb fast stehen, als er mit einer winzigen Bürste anfing, ihre rötlichen Schamhaare zu bürsten und ein paar einzelne Härchen, die vorwitzig im Bikinibereich wuchsen, mit einer Pinzette auszupfte.

Zuletzt erhielt sie noch ein rotes Halsband, an dem er eine Leine einhakte, mit der er sie hinter sich herführte. Zwischen den Fesseln hatte er kurze Ketten eingehängt, sodass Vicky kleine Schritte machen musste. Mehr ließen die Pumps auf dem weichen Teppich sowieso nicht zu.

Sie fühlte sich nicht nur nackt, sondern entblößt und hilflos. Sie hatte Angst, jemandem auf dem Flur zu begegnen. Manchmal hatte sie das übrige Personal auf dem Gang gehört und sie hatte bereits Maria kennengelernt, eine pummelige Mittvierzigerin, die die Zimmer machte. Wenn sie aus dem Fenster schaute, beobachtete sie die Gärtner bei der Pflege des weitläufigen Areals oder den Koch, wenn er die Gemüsebeete aufsuchte oder Kräuter schnitt.

Doch sie begegneten niemandem. Bei jedem Schritt wippte ihr Busen leicht auf und ab. Doch es war nicht nur ein Gefühl der Scham, das davon ausgelöst wurde, sondern verstärkte auch das Feuer, das von Sekunde zu Sekunde mehr ihren Körper erhitzte. Was erwartete sie? Was würde Gino von ihr verlangen? Wenn nicht bald etwas geschah, würde sie verbrennen.

Alberto führte sie in Ginos Schlafzimmer, das von einem großen Doppelbett mit weißer Bettwäsche dominiert wurde. An den vier Ecken strebten schwarz eloxierte Stützen fast bis unter die Decke empor. Alberto knotete um eine davon das Ende der Leine. Vicky musste aufrecht stehen, dann war sie alleine. Zumindest glaubte sie das.

Sie drehte ihren Kopf und sah sich um. Die gesamte Einrichtung zeigte Geschmack und war gewiss nicht billig gewesen. Die schweren Vorhänge waren mit breiten Bändern neben den Fenstern gerafft. Angenehm frische

Abendluft strömte zu den offenen Fensterflügeln herein. Die indirekte Deckenbeleuchtung war stark gedimmt und erhellte die in einem zarten Aprikosenton gefärbten Wände nur wenig. Das gesamte Zimmer lag in einem diffusen Schummerlicht.

Plötzlich wurde ein Streichholz entzündet und eine gut einen Meter hohe dicke Kerze auf einem massiven Kerzenständer entflammt.

Gino trat mit der Maske vor dem Gesicht auf Vicky zu und blies vor ihren Augen das Streichholz aus, das knapp bis über seinen Fingernagel herab gebrannt war. Er war mit einem langen seidenen Morgenmantel bekleidet, dunkelblau, mit silbernem Muster. Er strich ihr mit dem Zeigefinger über den Hals, die Kehle hinauf und hob ihr Kinn an.

»Du hast dich also dafür entschieden, dass du mir gehören willst?«

Vicky schluckte. Ihre Antwort war nur ein Hauchen. »Ja.«

»Du willst das Risiko eingehen, mir zu gehören und zu gehorchen?«

»Ja, Signor Gino.«

»Schließ deine Augen und öffne sie erst wieder, wenn ich es dir erlaube.«

Sie gehorchte sofort. Er wollte sie bestimmt testen. Sie durfte sich keinen Fehler erlauben. Sie würde artig sein und alles machen, was er verlangte.

»Warum willst du mich heiraten? Mein Geld kann es nicht sein. Du hast den Vertrag gelesen. Erst in einem Jahr werde ich dir eine Kreditkarte ausstellen lassen und mehr Bewegungsfreiheit zugestehen.«

Vicky wimmerte leise auf.

»Sag es mir«, flüsterte er nahe an ihrem Ohr und zog sie in seine Umarmung. Sie ließ sich fallen, gab sich ganz hin, fühlte den weichen Stoff, wie er sich an ihre nackte Haut schmiegte.

»Ich habe Sie vermisst. Ich kann nicht mehr klar

denken. Ich – ich liebe Sie, Signor Gino.«

Er lachte in ihr Ohr. »Du kleine Närrin, du kennst mich doch gar nicht. Vielleicht bin ich ein Perverser und du vertraust mir einfach so blindlings dein Leben an?«

Im gleichen Augenblick tat ihm sein Scherz leid. Vicky versteifte sich in seiner Umarmung. Er begann, sachte ihren Rücken zu streicheln.

»No, scusa. Es tut mir leid. Ich habe das nicht so gemeint. Es war ein schlechter Scherz. Erst einmal verzichten wir auf eine förmliche Anrede. Ich bin einfach nur Gino für dich. Ich werde dir beweisen, dass du mir vertrauen kannst. Und ich werde dir beweisen, dass auch ich dir vertraue.« Er löste sich langsam von ihr, besorgt, ob sie sicher auf ihren Füßen stand. Dann drehte er ihr den Rücken zu. »Mach deine Augen auf. Was siehst du, Vicky?«

»Sie – du nimmst gerade die Maske ab.«

Gino legte die Goldmaske auf einem Tischchen ab. Dann löste er den Gürtel, dieser fiel zu Boden. Er streifte langsam den Morgenmantel über die Schultern und ließ ihn an sich herab gleiten. Vicky hatte nur leise vor Entzücken aufgestöhnt, aber er hatte es dennoch gehört und es erfüllte ihn mit Zufriedenheit.

»Und nun schließ wieder deine Augen, ganz fest, und öffne sie erst, wenn ich es dir erlaube.«

Langsam drehte er sich auf der Stelle um. Vicky hatte gehorcht. Ihre Wangen überzog eine zarte Röte. Gino streichelte mit den Fingerkuppen darüber. Dann nahm er ihr Gesicht in beide Hände und begann sie zu küssen.

Er hatte nicht vorgehabt, das Risiko einzugehen und die Maske abzunehmen. Andererseits – was sollte schon geschehen. Falls Vicky nicht gehorchte, würde er sie züchtigen. Die Peitsche lag bereit und er würde sie allzu gerne benutzen, wenn es erforderlich war. Aber er war auch bereit alles zu geben, sie zu verwöhnen und ihr die Zeit zu lassen, die sie brauchte, sich einzuleben und sich ihm von ganzem Herzen und ohne Druck zu unterwerfen. Es lag ihm nichts daran, sie durch übermäßige Bestrafungen zu überfordern. Sie sollte erst kennen- und schätzen lernen, was es hieß, sich voller Lust und Hingabe körperlich zu lieben.

Gino löste das Halsband, schob Vicky seitlich an das Bett und stützte sie, während er sie sanft hinunterdrückte. Er hob ihre Beine auf das Bett und zog ihr die Schuhe aus. Sie zitterte, ob vor Aufregung und Nervosität, oder aus Erregung, vermochte er nicht zu sagen.

Küsse überdeckten Vickys Haut, sanft streichelnde Hände brachten jede Saite in ihrem Körper zum Vibrieren, sinnliche aufregende Schwingungen. Anfangs war es ihr schwergefallen, die Augen geschlossen zu halten, unendlich schwer. Sie hatte diesen wundervollen Po gesehen, als er sich vor ihr entblößte, in knackiger Rundheit, sexy. Sie war fassungslos, was gerade geschah – was mit ihr geschah. Sie hätte ihn zu gerne angefasst. In ihrer Vagina war ein Ziehen, ein eigentümliches Verlangen und sie hoffte, ja sie bebte vor Sehnsucht. Seit Wochen fieberte ihr Körper ungeduldig dem Augenblick entgegen, dass ein Mann von ihm vollkommen Besitz ergriff. Würde es heute passieren? Vorläufig räkelte sie sich vor Entzücken, nahm mit allen Sinnen gierig jedes Fühlen und jedes Geräusch auf, das sachte Rascheln der Bettwäsche, wenn sie sich bewegte, das leise Seufzen, das seinen Lippen entfloh – und dachte nur noch, er solle nie mehr aufhören. Würde er wieder wollen, dass sie ihn befriedigte, oder würde er sie entjungfern? Sie war zu allem bereit.

Aber Gino verlangte nichts von ihr. Er streichelte und liebkoste sie, leckte zärtlich ihre Perle, saugte und knabberte vorsichtig ihre Brustwarzen.

»Mach mich los, ich möchte auch –«

»Pscht, genieße, ein andermal kannst du dich revanchieren.«

Sie dachte nicht weiter über das Warum und Weshalb

nach. Sie wimmerte und ächzte vor Lust, wand sich in seinen Armen, öffnete sich und gab sich seinen Zärtlichkeiten hin – und erzitterte mit einem kurzen Aufschrei in ihrem erlösenden Orgasmus.

Die Erschöpfung war schrecklich und zugleich wunderbar. Vicky erinnerte sich nicht, jemals durch Zärtlichkeiten restlos ausgelaugt und dabei glücklich gewesen zu sein. Es war erstaunlich, welche Reize von ihrer Klitoris in ihre Vagina ausgestrahlt und diese zum Beben gebracht hatten. Sie war unfähig, Arm oder Bein zu heben, sich umzudrehen, ja sie war sogar zu schwach, die Augen zu öffnen. Lediglich ein Blinzeln zwischen den halb geöffneten Lidern hindurch gelang ihr. Sie sah Gino wiederum nur von hinten. Er hatte den Morgenmantel übergezogen und sprach mit Alberto. Sie hatte nicht bemerkt, wann er hereingekommen war. Die beiden unterhielten sich leise, sie verstand kein Wort, sah nur, dass Alberto seine Lippen bewegte. Dann kam er näher, hob sie auf seine starken Arme und brachte sie in ihr Zimmer, in ihr Bett.

Gefährliche Neugierde

Vicky lechzte nach einer weiteren Begegnung mit Gino. Wer war er? Zudem war ihr stinklangweilig. Warum dauerte es denn solange, das Aufgebot zu bestellen und die Hochzeit zu organisieren? Wenn sie vorsichtig genug war, würde niemand merken, dass sie gegen Mittag ihr Zimmer verlassen hatte. Nur ein Stündchen! Ein bisschen den Garten erkunden und dann schnell zurück. Es müsste klappen.

Wie eine Diebin schlich sie sich die Treppe hinab, horchte, ob jemand kam, und wich im letzten Moment zurück, als sie die Stimme zweier Frauen hörte, die sich jedoch entfernten. Dann war sie draußen. Es war herrlich. Überall duftete und summte es. Außer dem Gärtner schien niemand im Garten unterwegs zu sein. Von ihrem Fenster aus hatte sie gesehen, dass er weit entfernt, am anderen Ende zu tun hatte. Sie schnupperte an Rosen, Lavendel und Schmetterlingsflieder, sah entzückt den Hummeln zu, wie sie sich tief in trompetenartige Blüten versenkten, um kurz darauf mit sonorem Brummen wieder daraus aufzutauchen. Es würde ihr Freude bereiten, Stunden in diesem schönen Garten zu verbringen, all die Büsche und Blumen zu erkunden, in einer der Rosen umrankten Lauben in einem Buch zu lesen – wenn sie erst verheiratet war.

Schweren Herzens eilte sie zum Haus zurück, schlich unterhalb der im Hochparterre offen stehenden Fenster an der Hauswand entlang Richtung Eingangsportal. Aus einem der Fenster waren Stimmen zu hören. Zwei Männer sprachen miteinander. Das Telefon klingelte. *Pronto?* Es war Ginos Stimme. Vicky horchte angespannt.

Doch da legte sich eine Hand auf ihren Arm, packte fest zu. Erschrocken riss sie den Kopf herum und wollte protestieren, als sie Alberto erkannt.

»Das nennst du also Gehorsam?«, wetterte er laut. »Signor – Gino!«

»Was ist denn da draußen los? Ah, Alberto.«

Vicky schaute nach oben, aber er stand zu weit drinnen und sie zu nah an der Wand, um ihn zu sehen.

»Die Signorina hat ihr Zimmer verlassen und streunt im Garten herum.«

Für einen Moment war Stille, nur das Gebrumm der Insekten zu hören. »Bring sie auf ihr Zimmer und fessle sie. Ich kümmere mich später darum.«

Vicky warf sich auf die Knie, als der Schlüssel herumgedreht wurde, und senkte den Kopf, als Gino eintrat. Schweigend kam er näher. Alberto hatte ihr einen Riemen um den Leib geschnallt, an dem Handfesseln befestigt waren. Seit Stunden war sie dazu verdammt, herumzusitzen und zu warten. Nicht einmal lesen konnte sie. Er hatte ihr die Augen verbunden und ihr mit einem Knebel gedroht, falls sie sich nicht ruhig verhielt. Sie hatte sich für ihr Verhalten entschuldigt und er hatte versprochen, es Signor Gino auszurichten.

»Das also nennst du Gehorsam? Herumschnüffeln?«

»Es tut mir leid, Gino, ich war gelangweilt und neugierig …«

»Schweig. Was soll ich nur mit dir machen? Ich dachte, ich würde eine gehorsame Sklavin heiraten.«

»Bitte, bestrafe mich Gino, aber verzeih mir. Ich werde dir gehorchen, ich schwöre es. Aber bitte lass mich doch ein wenig hinaus, es ist so schön in deinem Garten und das Wetter ist so herrlich.«

Für einen Augenblick herrschte Schweigen. Vicky wagte kaum zu atmen.

»Du wirst noch genügend Zeit haben, den Garten und alles zu erkunden, wenn wir geheiratet haben. Aber vorerst erwarte ich von dir Gehorsam, absolute Unterwerfung. Wenn du das nicht willst, musst du jetzt gehen.«

»Nein. Nein, bitte schick mich nicht weg. Sag mir, wie ich dir beweisen kann, dass es mir ernst ist. Bitte, gib mir eine Chance. Strafe mich, aber bitte schicke mich nicht fort.«

»Hm, ich sollte dir deinen süßen kleinen Hintern versohlen, bis er glüht. Aber ich bin mir fast sicher, dass dir das gefällt und dass dich das erregt. Deswegen werde ich nichts tun, gar nichts, meine Süße.«

Seine Hand streichelte ihre Wange und sie neigte ihren Kopf gegen seine Hand. »Da du aus Langeweile ungehorsam warst, werde ich dich mit noch größerer Langeweile bestrafen. Bis zur Hochzeit wirst du angebunden und eingesperrt sein. Alberto wird dir nur zu den Mahlzeiten, und damit du ins Bad gehen kannst, die Augenbinde und die Fesseln abnehmen. Wenn du quengelst, lasse ich dir einen Knebel verpassen. «

Vickys Herz stand beinahe still. Sie würde sich schrecklich langweilen und noch mehr Zeit zum Nachdenken haben.

»Verstanden?«

»Ja, Gino. Es tut mir leid, wirklich«, wiederholte sie in aufrichtiger Reumütigkeit.

Seine Schritte entfernten sich. Die Tür fiel ins Schloss. Sie war wieder allein.

Es war am Abend vor der Hochzeit. Alberto war vor einer halben Stunde da gewesen und hatte ihr die Fesseln abgenommen. Der laue Abendwind blähte Vickys Nachthemdchen auf. Sie hatte den Kopf am Fensterrahmen angelehnt und blickte träumerisch über den Garten, der von der Abendsonne in ein tiefes Rot getaucht wurde.

Die Tür wurde geöffnet und sie drehte sich langsam um.

»Wann darf ich endlich dein Gesicht sehen, mein Gebieter?«, flüsterte sie, als sie die Maske sah.

»Morgen, morgen nach unserer Hochzeit, Vicky.«

Sie atmete erleichtert tief ein. Seit Stunden wartete und fürchtete sie, er würde doch noch einen Rückzieher machen. Längst hatte sie aufgegeben, sich zu fragen, warum sie dieser Mann so faszinierte. Ihr Körper und ihr Verstand waren nur noch voller Verlangen, noch mehr, seit sie gefesselt und zur Langeweile verdammt warten musste. Sie wollte ihm dienen, gehorchen, ihm gehören, alles nur um seine Küsse und seine Hände zu spüren, nach denen sie süchtig war.

Die Hochzeitsnacht rückte näher und näher, und damit ihre heiß ersehnte Entjungferung. Sie wünschte sich nichts sehnlicher, als von ihm erobert zu werden, ihm ihren Körper zu schenken und gleichzeitig hatte sie mit jeder Stunde eine immer größer werdende Angst davor. Würde es wehtun? Würde er zärtlich sein und ihr Zeit lassen, oder würde er eine andere Seite von sich zeigen, die sie noch nicht kannte und sich einfach in einem schnellen Akt nehmen, was ihm gehörte?

»Zieh dich aus. Bist du bereit, jederzeit eine Strafe entgegen zu nehmen, wenn ich es für notwendig erachte?«

Vicky streifte das dünne Nachthemd ab. Die hereinströmende Luft jagte ihr ein Frösteln über die nackte Haut. »Ja, Gino, jede Strafe, die du für angemessen hältst.«

Er zeigte ihr den Rohrstock, den er hinter seinem Rücken versteckt gehalten hatte, und machte eine Handbewegung, dass sie sich in Position bringen sollte.

Vicky biss sich auf die Unterlippe und gehorchte. Sie drehte ihm den Po zu, beugte sich nach unten und stützte sich mit den Händen auf dem Sessel ab.

Seine Hand streichelte zärtlich über ihre Haut. »Es gibt immer zwei Arten von Züchtigungen. Eine erotische, auf einen aufgewärmten Po und nicht zu hart, die einfach nur der gemeinsamen Lust dient und die ich bevorzuge. Aber es gibt auch die strafende Züchtigung, für ungehorsame Ehefrauen, die herumschnüffeln und ihre Versprechen nicht halten.«

Ein Pfeifen war zu hören, dann brannte sich der Schmerz brennend in Vickys Haut. Sie schrie laut auf. Ein zweites und drittes Mal folgte. Zitternd hielt sie aus und widerstand der Versuchung aufzuspringen.

»Steh auf und sieh mich an.«

Sie gehorchte, schaute zu ihm auf und rieb sich ihren Po mit beiden Händen.

»Ich höre?«

Verwirrt stammelte sie herum. »Ich, was – danke, dass du mich gestraft und auf den rechten Weg gebracht hast«, murmelte sie verlegen. Es war ihr gerade noch rechtzeitig eingefallen, was man ihr beigebracht hatte. Misstrauisch behielt sie den Rohrstock im Auge.

»Diesmal waren es nur drei. Damit du weißt, was dich bei Ungehorsam erwartet. Das nächste Mal sind es zehn. Bist du darauf erpicht?«

Vicky schüttelte den Kopf. Sie konnte sich lebhaft vorstellen, dass sie zehn Hiebe nicht regungslos und ohne zu Schreien ertragen würde.

Er nickte zufrieden und gab ihr einen zarten Kuss auf die geschlossenen Lippen. »Schlaf jetzt. Gute Nacht.«

Die Hochzeit

Die Tür ging auf und irgendjemand kam herein und riss die Vorhänge auf. Vicky zog die Bettdecke über ihren Kopf und stöhnte. Heute war der Tag der Tage. Sie hatte das Gefühl, überhaupt nicht geschlafen zu haben, hatte sich nur im Bett herumgewälzt, aber sie wusste, dass es Einbildung gewesen war.

»Signorina, aufstehen. Ich habe Ihr Frühstück mitgebracht.«

Vicky gab nur ein verhaltenes Brummen von sich. Sie hörte, wie die Tür wieder geschlossen wurde, und schob langsam ihre Nase unter der Bettdecke hervor. Igitt. Die Sonne schickte genau auf ihre Augen einen ihrer Morgenstrahlen und Vicky blinzelte. Na prima. Exakt das Wetter, das sie sich in ihren romantischen Jungmädchenträumen immer für ihren Hochzeitstag gewünscht hatte.

Hochzeit? War es heute wirklich soweit? Sie musste verrückt sein, dass sie zugestimmt hatte. Gab es nicht doch noch einen Ausweg?

Langsam schob sie die Bettdecke zurück, räkelte sich und schwang die Beine über die Bettkante. Vielleicht würde es gar nicht so schlimm. Vorsichtig betastete sie ihren Po, aber von der kleinen Züchtigung war nichts mehr zu spüren.

Sie tappte barfuß zum Fenster, das bereits offen stand, und schaute hinaus, über den weiten Garten. Vögel zwitscherten in den Zweigen und weiter entfernt sah sie, wie eine braune Katze herumstreunte. Vicky stützte ihre Arme auf dem Fensterbrett auf. Bei näherer Betrachtung war dies ein wunderschöner Ort zum Leben. Wie hatte Anna immer gesagt, um sie zu beruhigen? *Du wirst nichts arbeiten müssen, er wird dir jeden Wunsch von den Augen ablesen, aber du musst dafür …* Genau, das war es. Dieses *»aber«*.

Vicky schüttelte den Kopf, ging zu dem kleinen Tisch, auf dem das Frühstückstablett stand, und setzte sich. Sie zog schaudernd die Schultern hoch. *Anna.* Wenn sie doch diese lässige Art hätte, genauso mit ihrem Schicksal umzugehen. Aber sie war nun mal nicht Anna, sondern sie selbst. Wer sie wohl vorab gekauft hatte? Sie war immer stark und optimistisch gewesen, bis zu dem Moment, als sie glaubte, Antonio hätte Vicky für sich ersteigert. Warum hatte ihr niemand die Wahrheit gesagt? Die Arme.

Vicky nahm einen Schluck von dem nach einer Prise Zimt duftenden Kakao. Wann hatte sie sich zuletzt selbst Frühstück gemacht? Selber etwas gekocht? Eingekauft? Es schien ihr eine Ewigkeit her zu sein. Würde es ihr auf Dauer gefallen, umsorgt und verwöhnt zu werden, oder würde sie sich dabei langweilen? Und – wer war er denn nun wirklich, der Mann mit der Maske, der ihr einerseits seine Zärtlichkeit bewiesen hatte und andererseits eine Strenge ausstrahlte, die sie frösteln ließ.

Mitten in ihre Gedanken hinein wurde erneut die Tür geöffnet. Maria stemmte resolut die Hände auf die Hüften und sah missbilligend auf Vicky herab. Wenn Alberto keine Zeit hatte, brachte Maria ihr das Essen. »Signorina, Sie haben ja überhaupt nichts gegessen.«

Der dicke Kloß in Vickys Kehle verhinderte, dass sie antwortete. Sie schüttelte lediglich den Kopf. Maria erschien ihr wie eine Mischung aus ihrer eigenen Mutter und der Patrona, und das wirkte einschüchternd genug. Wie um Himmels willen sollte sie dieser Frau in Zukunft begegnen, der sie in wenigen Stunden als Frau des Hausherrn gegenüberstand. Wie sollte dieser Rollenwechsel vonstattengehen? Oder war es umgekehrt, würde sie gar nicht dem Personal als künftige Gattin des Hausherrn übergeordnet sein? Vielleicht war alles anders, und die Angestellten hatten die Aufgabe, auf sie aufzupassen?

»*Avanti*, wir dürfen keine Zeit verlieren, Signorina.«

Maria unterbrach resolut Vickys Grübeln. Sie scheuchte sie ins Bad, nachdem Vicky geduscht hatte von dort in ein Ankleidezimmer am Ende des Flures. Von da an fühlte sich Vicky wie eine Schaufensterpuppe, die frisiert, geschminkt, manikürt und angekleidet wird, an der jeder herumzupft, sie dreht, zwischendrin kritisch betrachtet, ändert und so fort.

Vicky versuchte einfach alles über sich ergehen zu lassen, aber in ihrem Kopf rotierte es weiter. Als wäre sie plötzlich aus einem Koma erwacht, realisierte sie, dass ihr Leben in kurzer Zeit eine völlige Wendung nehmen würde. Hatte man sie in den vergangenen Tagen mit Valium oder etwas Ähnlichem ruhiggestellt oder litt sie einfach unter einer Art Verdrängungskomplex?

Panik erfasste sie. Was war, wenn der Mann, den sie heiratete, bisher nur seine nette Seite gezeigt hatte? Gino – und wie weiter? Wie verdammt hieß denn nun der Mann, der ihr Ja-Wort erwartete?

Plötzlich trat völlige Ruhe ein. Das italienische Geschnatter der drei Frauen, deren Aufgabe es war, Vicky perfekt herzurichten, war verstummt. Sie lächelten Vicky zufrieden an und zogen sie vor einen hohen Spiegel. Wer war das? War das tatsächlich ihr Spiegelbild? Vicky schnitt eine Grimasse und der Spiegel erwiderte sie. Sie drehte und wendete sich und ihre Beklommenheit wich einem Glücksgefühl. Sie sah fantastisch aus. Wie ein Modell, wie eine vollkommene junge Dame. Die enge Korsage aus weißer Brokatspitze betonte die Rundungen ihrer Brüste und ihre schlanke Taille, die Schultern waren frei und die Haut glitzerte von dem Goldpuder, mit dem man sie eingestäubt hatte. Der weite Glockenrock aus glänzender Seide umspielte in weichen Falten ihre Beine und gab kaum die Sicht auf die hohen, mit funkelnden Steinen besetzten weißen Pumps frei.

Ein lauter Schrei des Entsetzens unterbrach Vickys stumme Betrachtung und ließ sie erschrocken herumfahren.

»Nein, nein, Sie dürfen nicht hereinkommen, das bringt Unglück, wenn Sie Ihre Braut vor der Hochzeit …«

Eine lässige Handbewegung beendete Marias Protest.

Der Bräutigam stand in einem weißen Anzug im Türrahmen. Das einzig Farbige an ihm war eine rote Krawatte, eine rote Rose im Knopfloch und die bekannte goldene Maske vor seinem Gesicht.

Vicky senkte die Augen und machte aus einem Gefühl der Unterwürfigkeit heraus einen Knicks. Sie sah, wie seine Füße sich näherten, bis er vor ihr stehen blieb.

»Schau mich an, *cara mia.*« Eine Hand griff ihr unter das Kinn und hob es sanft an. »Guten Morgen. Ist alles bei dir in Ordnung?«

Die tiefe samtige Stimme ging Vicky durch und durch und beruhigte sie. Es würde vielleicht doch alles gut werden. Seine Finger fuhren behutsam über ihre geschminkten Lippen und sie wünschte sich nichts sehnlicher, als dass er sie küssen würde. Wie sah er wohl aus? Was verbarg er hinter dieser Maske? Er war ihr die Antwort schuldig geblieben, warum er sie trug.

»Danke, es ist alles ganz – wunderbar.« Vicky schämte sich, dass sie stotterte, aber sie war von seiner Erscheinung und von ihrem eigenen Spiegelbild überwältigt.

Er zog eine Schmuckschatulle aus seiner Jackettasche und öffnete sie. Mehrere zueinanderpassende Schmuckstücke lagen darin, alle mit roten Rubinen besetzt und meisterlich gearbeitet. Vicky wurde das Gefühl nicht los, sie vielleicht schon einmal irgendwo gesehen zu haben, aber wo? Wahrscheinlich in einer dieser Modezeitschriften oder einer Schaufensterdekoration.

»Ich habe lange überlegt, ob ich dir zu diesem besonderen Anlass neuen Schmuck kaufen soll. Doch dann dachte ich mir, dass ich das jederzeit nachholen kann. Ich finde, meine Braut sollte etwas Traditionelles tragen. Dieser Schmuck hat meiner Mutter gehört und davor meiner Großmutter. Ich hoffe, er gefällt dir?«

Vicky strich mit den Fingern über den Schmuck, der in schwarzen Samt gebettet war. »Er ist einzigartig. Ich danke dir.«

Unter dem empörten Stöhnen der ungeduldig herumstehenden Damen gab er ihr einen Kuss auf ihre roten Lippen. Dann legte er ihr die Kette um den Hals und das Armband ums Handgelenk. Nur das Anstecken der Ohrringe überließ er ihr selbst.

Nach einem letzten prüfenden Blick nickte er in die Runde und ging pfeifend hinaus.

Leute, die Vicky noch nie gesehen hatte, gratulierten ihr herzlich zur bevorstehenden Vermählung. Sie quälte die Vermutung, mehr belächelt als angelächelt zu werden. Alle schienen etwas zu wissen, was sie nicht wusste. Natürlich, alle kannten ihren Ehemann, aber alle schwiegen darüber. Nur eine war genauso ahnungslos: Anna.

Mit einem lauten Aufschrei waren sie sich in die Arme gefallen, nachdem sie sich in der Menge entdeckt hatten. Annas erfreuter Blick genügte, um Vicky wissen zu lassen, dass sie nicht mehr böse auf ihre Freundin war. Ihre Kleider raschelten und ihre schnellen Schritte hallten im Stakkato auf dem Fußboden aus rotem Marmor, als sie aufeinander zu eilten.

»Was machst du denn hier – noch dazu in einem Brautkleid?«

Anna sah nicht weniger schön aus als sie selbst. Das Brautkleid ähnelte ihrem, nur waren auf dem Saum kleine rosafarbene Röschen aufgenäht und sie trug auch farblich identische Pumps. Sie lachte laut.

»Man hat dir wohl gar nichts verraten, wie? Wir beide feiern heute Doppelhochzeit, wusstest du das nicht?«

»Nein.« Vicky kreischte vor Freude, packte Anna an den Hüften und wirbelte mit ihr herum, bis ihr schwindlig war.

»Wer ist dein Bräutigam?«

Anna schmunzelte. »Na wer wohl. Dieser Schuft, der mich an der Nase herumgeführt hat, indem er dich kaufte.«

»Antonio?«

»*Si.* Antonio. Er hatte den Auftrag, uns beide vor der Auktion zu kaufen. Aber die Patrona wollte sich nicht die Stimmung verderben lassen und hat deshalb nach langem Hin und Her nur einem Vorabkauf zugestimmt, und das war ich. Antonio blieb also nichts anderes übrig, als alle anderen zu überbieten, die dich auch haben wollten. Das hat den Preis natürlich in die Höhe getrieben und das Ganze noch spannender gemacht.«

»Oh ja«, seufzte Vicky und verdrehte in Erinnerung daran die Augen.

Sie gingen langsam Arm in Arm eingehängt in den Garten, zwischen den plaudernden und flanierenden Gästen hindurch, und setzten sich auf eine weiße Bank.

»Erzähl, wer ist denn nun dein Künftiger? Warum kam er nicht selbst, um dich zu kaufen? Ich dachte, ich müsste sterben vor Enttäuschung und vor Wut, dass Antonio nicht mich genommen hat.«

Doch statt darauf zu antworten, stellte Vicky ihrerseits eine Frage. »Wann hast du es denn erfahren?«

»Noch am selben Abend. Weil ich mich nicht beruhigte und nur noch geheult habe, kam schließlich die Patrona und klärte mich auf. Antonio holte mich am nächsten Morgen. Du glaubst gar nicht, wie erleichtert ich war.«

»Oh doch«, seufzte Vicky.

»Aber nun sag endlich, wer steckt hinter diesem Signor Gino?«

»Ich weiß es immer noch nicht. Aber woher weißt du –?«

»Antonio hat mir verraten, dass er dich für Signor Gino gekauft hat, aber zu mehr war er leider nicht bereit.« Anna kicherte. »Er hat mir ein bisschen den Hintern versohlt, weil ich so neugierig war und immer weiter gebohrt habe. Ich kann dir verraten, er versteht sich darauf, und noch mehr auf das erotische Nachspiel.«

»Anna!«

Anna schaute schuldbewusst, aber die Grübchen in ihren Mundwinkeln verrieten, dass es ihr nicht ernst damit war.

Vicky dachte laut nach. »Es ergibt alles gar keinen Sinn. Stell dir vor, Signor Gino wollte mich freilassen.«

»Wie bitte?« Anna riss erstaunt die Augen auf. »Warum das denn? Warum hat er dich dann gekauft?«

»Ich weiß es nicht. Aber ich habe Antonio gebeten, ihn anzurufen und er hat gesagt, er will mich heiraten, wenn ich ihn will. Verstehst du? *Wenn ich will.* Da habe ich ja gesagt. Was hätte ich denn auch tun sollen, Anna. Ich habe mich auf einmal so entwurzelt gefühlt, so allein. Niemals hätte ich geglaubt, dass zwei Monate alles verändern könnten.«

Anna schaute Vicky ernst an. »Hast du keine Angst?«

»Doch. Aber nicht vor Signor Gino, sondern vor unserem ersten Mal.«

Die Gäste verstummten. Aus den aufgestellten Lautsprechern erklang die bekannte Melodie des Hochzeitsmarsches, gespielt von einer Band, die für die musikalische Untermalung der Feier engagiert worden war. Die Blütenpracht des Gartens war die geeignete Kulisse für diesen feierlichen Tag. Der Himmel war so strahlend blau, dass es in den Augen schmerzte, hinaufzublicken.

Anna wurde von ihrem Vater, der rechtzeitig angereist war, zum Altar geleitet, an dem zuerst der Standesbeamte und direkt danach ein katholischer Priester die Hochzeitszeremonie vornehmen sollte. Das Ganze fand auf einer großen Wiese inmitten des Parks statt, die zu klein war, um alle Gäste aufzunehmen. So waren auch auf den angrenzenden, von Blumenrabatten abgetrennten Wegen noch Stühle aufgestellt worden, damit alle Gäste Platz fanden.

In Ermangelung eines männlichen Verwandten wurde Vicky von Tizian del Carmine, einem Onkel Antonios zur Trauung geleitet. Zuerst wurden jedoch Anna und Antonio miteinander vermählt. Da Vicky in gebührendem Abstand warten musste, bekam sie davon zu ihrem Leidwesen nicht allzu viel mit, nur das Ja-Wort der beiden über die Lautsprecher.

Dann war es soweit. Tizian del Carmine kam auf sie zu, reichte ihr seinen Arm und geleitete sie über den gestreuten Blumenteppich zur Musik mitten zwischen den Gästen hindurch zum Altar. Sie hörte Stimmen wispern. *Was für eine schöne Braut. Seht nur. Der glückliche Bräutigam.*

Ihr Bräutigam. Immer noch maskiert erwartete er sie. Vickys Anspannung wuchs ins Unerträgliche. Gleich würde sich das wohlgehütete Geheimnis um seine Identität lüften.

Nach einer gut formulierten feierlichen Ansprache, deren Inhalt Vicky vor lauter Aufregung gleich wieder vergaß, folgte der eigentliche Akt der Verheiratung.

»Willst du, Gino Barberi, die hier anwesende Victoria Rossmann zu deiner …«

In Vickys Ohren setzte ein Summen ein. Sie fühlte sich einer Ohnmacht nahe. Erst sein »Ja, ich will«, riss sie aus ihrer Betäubung.

»Willst du, Victoria Rossmann, den hier anwesenden Gino Barberi zu deinem Ehemann nehmen, ihn lieben, ehren und ihm gehorchen, heute und bis in alle Ewigkeit?«

»Ja, ich will«, erwiderte Vicky mit zitternder Stimme und gab sich völlig seinem leidenschaftlichem Kuss hin. Wer war er? Wen hatte sie geheiratet? Sie hatte niemals von sich selbst geglaubt, dass sie sich auf ein solches Abenteuer einlassen würde. Das Leben konnte ja so aufregend sein.

Gino und Antonio tauschten. Gino hatte mit Anna getanzt und Antonio mit Vicky. Jetzt schmiegte sie sich wieder in seine Arme, die sie angenehm fest hielten. Alles war bis jetzt beeindruckend und – anstrengend gewesen. Die vielen Gäste, der Nachmittagskaffee im Freien, das gemeinsame Anschneiden der beiden Hochzeitstorten.

Vicky hatte so sehr gehofft, dass Gino seine Maske nach ihrem Ja-Wort abnehmen würde, aber aus einem Grund, den nur er kannte, musste sie weiter darauf warten. Sie war mit einer Maske verheiratet! Die Enttäuschung darüber musste ihr wohl im Gesicht stehen.

»Geduld, *cara mia.* Lass mir mein kleines Geheimnis, bis wir beide alleine sind.«

Dann spazierten alle zum Haus, begaben sich in den großen Saal. Es kam der erste gemeinsame Tanz, danach einer mit diesem und mit jenem Ehrengast oder Verwandten … Vicky war aufgeregt und dennoch schien ihr Herz beinahe vor Glück zu zerspringen.

»Geht's dir gut?«, flüsterte er ihr während des Tanzes ins Ohr.

»Ja, ich glaube schon«, hauchte sie zurück. »Bin ich jetzt wirklich deine Frau oder träume ich das alles?«

Gino lachte leise. »Nein, noch nicht ganz. Nur auf dem Papier. Aber das dauert nicht mehr lange, dann bist du es, meine Frau.«

Er dirigierte sie beim Tanz langsam zum Rand, nahm sie bei der Hand und zog sie mit sich fort, hinaus aus dem Saal, den Flur entlang und die große, in der Mitte mit einem roten Teppich belegte Treppe hinauf. Vor seiner Schlafzimmertür umarmte er Vicky und küsste sie zärtlich.

»Ich sollte dich wohl am besten über die Türschwelle tragen«, murmelte er und sah sie an. »Möchtest du das?«

Vicky nickte lächelnd. Sie legte eine Hand um seinen Hals und er hob sie hoch. Der Stoff ihres Brautkleides war weit und lang, hing bis auf den Boden herab und Gino musste aufpassen, nicht darauf zu treten. Vicky streckte die Hand aus und drückte die Türklinke herunter. Er gab der Tür einen Stoß mit dem Fuß und sie schwang auf.

Eine Wolke von Rosenduft schlug ihnen entgegen und machte sie beide für einen Augenblick benommen. Überall standen Vasen voller Rosen, auf den Möbeln, aber auch auf dem Fußboden. Vor allem rote Rosen, aber auch rosa- oder pfirsichfarbene, pastellgelbe und schneeweiße. Es war überwältigend. Auf der weißen Bettdecke waren rote Rosenblätter verteilt und auf dem Kopfkissen war ein aus Rosen gebundenes Herz niedergelegt. Unter der Decke hingen rote Luftballons in Herzform, mit Glückwünschen der Gäste auf einem Kärtchen am herabhängenden Faden.

Gino setzte Vicky auf dem Bett ab, sodass nur noch ihre Unterschenkel über die Bettkante hinaus ragten.

»Es ist wunderschön, und wie das duftet. Wie im Paradies. Und was machen wir jetzt?« Sie legte den Kopf schief und sah herausfordernd zu seiner Maske auf.

»Jetzt, meine Liebe, besiegle ich unsere Ehe und mache dich unwiderruflich zu meiner Frau.«

»Dann soll ich mich also ausziehen?« Sie wackelte übermütig mit den Füßen auf und ab.

»Nein, du machst gar nichts, bleib einfach so sitzen. Ich möchte nicht, dass du irgendetwas tust. Ich werde dich gleich selbst ausziehen.«

Vicky sah ihm stumm zu, wie er sein Jackett ablegte, Krawatte und Hemd, das von der Sommerhitze durchschwitzt war, die Schuhe von sich schleuderte und ihr wurde plötzlich klar, dass in diesem ruhig und kontrolliert wirkenden Mann eine Kraft und Energie steckte, die ihr bislang nicht bewusst gewesen war. Wie vertraut und wie fremd er ihr gleichzeitig war. Sein Körper war sehnig, muskulös, aber nicht wie der eines Athleten, eher wie der einer antiken Statue, von einer natürlichen Schönheit und Vollkommenheit, und das traf auch auf sein Gesäß zu, dass er soeben vor ihr entblößte. Dann drehte er sich langsam um und betrachtete sie, fast ernst, mit einem wohlwollenden Lächeln auf seinen Lippen und sie hatte den Eindruck, als zwinkerte ihr durch die Maske hindurch mit einem Auge zu.

Sie betrachtete ihn von oben bis unten. Sein Geschlecht war noch nicht für den Akt bereit, noch nicht standfest, doch die Vorhaut hatte sich zurückgezogen und es war eindeutig, dass er von Sekunde zu Sekunde mehr in der Erwartung erregt war, sich in wenigen Minuten mit ihr zu vereinen, sie ihrer Unschuld zu berauben und sie unverrückbar zu seiner Geliebten und Ehefrau zu machen. Niemand würde ihm das mehr nehmen, dass er der Erste war, der ihre Pforte überwunden hatte und in ihre Vagina eingedrungen war.

In diesem Augenblick durchzuckte sie die Erkenntnis, dass dies der Tag der Tage war. Der Tag, den sie solange wie möglich hinausgezögert hatte, weil sie es anders machen wollte, als ihre Mutter, anders als ihre Schulkameradinnen, die sich leichtfertig dem Erstbesten hingaben, wohl wissend, dass dies nicht der Einzige in ihrem Leben sein würde. Vielleicht war ihr Warten falsch gewesen. Vielleicht hatte sie etwas verpasst. Vielleicht war es aber auch richtig, nämlich richtig für sie. So stand ihr nun der Moment bevor, in dem auch sie endgültig ihre Jungfräulichkeit verlieren würde. Obwohl sie es die ganzen letzten Tage über gewusst hatte, obwohl sie es herbeigesehnt hatte, dass es endlich geschah, hatte sie jetzt auf einmal Angst. Sie würde ein Stück von sich hergeben, sich ihm überlassen und sich dabei verlieren. Nie mehr gab es einen Weg zurück.

Gino hatte ein gutes Gefühl dabei gehabt, Vicky auf dem Bett abzusetzen und sich zunächst selbst zu entkleiden. Er hoffte, es würde ihr gefallen, ihm dabei zuzuschauen. Seines makellosen Körpers war er sich durchaus bewusst. Er hatte wohl ein wenig Glück und war von der Natur gesegnet, dass er nicht leicht zunahm. Ein wenig Mäßigung genügte, außerdem ging er morgens eine Stunde joggen, wenn es die Zeit erlaubte, oder traf sich gelegentlich mit Antonio zum Tennisspielen.

Sie war schön und sie sah verletzlich und zugleich wie ein Engel aus, wie sie halb sitzend, halb liegend auf dem Bett auf ihn wartete, mit leicht schräg gelegtem Kopf.

Sein Engel. Die Erfüllung seiner Wünsche. Der weiße Schleier umhüllte ihren Kopf und ihre Schultern wie eine weiße duftige Wolke.

Er ging langsam näher, doch da war etwas, was ihn irritierte. Sie hob den Kopf und sah ihm in die Augen. Er hatte wiedergefunden, was er verloren glaubte. Jetzt sah sie fast aus wie damals, als junges Mädchen, ein wenig unsicher und verängstigt, und doch herausfordernd und lockend. Wie er sie begehrte. Es tat fast weh, so sehr liebte er sie. Endlich würde sie ihm gehören. Jetzt und für immer.

Er beugte sich vor, hielt ihre linke Fessel und zog ihr den Schuh aus. Dann den anderen, ohne dabei den Blickkontakt zu verlieren. Ihr Lächeln wirkte ein wenig eingefroren. Er streckte die Hand aus und streichelte ihr sanft über die Lippen. »Was hast du, Vicky?«

»Nichts.«

Langsam schob Gino den langen Rock nach oben, bis der Spitzenansatz ihrer schneeweißen Strümpfe sichtbar wurde. Dann befand er jedoch, dass es reizvoller wäre, sie wäre mit nichts als den Strümpfen bekleidet, wenn er sie ihr auszog, und reichte ihr seine Hände, während er sich aufrichtete. »Komm, steh auf, damit ich dir das Kleid ausziehen kann.« Er zog sie hoch und löste vorsichtig den Schleier aus ihrem Haar. Ihre Locken waren ein wenig verdrückt und er bewunderte die Friseuse, wie sie es geschafft hatte, den Schleier sicher in den weichen Haaren zu befestigen. Er ließ ihn zu Boden gleiten und sie standen beide mittendrin, in der Wolke aus zartem Gespinst.

Gino legte seine Arme um Vicky und küsste sie zärtlich. Ihre Lippen waren warm und weich, und ihr Mund öffnete sich willig. Ihre Zungen spielten leicht und vorsichtig miteinander, doch die Nähe ihres Körpers war zu berauschend, um sich diesem Kuss länger hinzugeben. Sein Geschlecht forderte etwas anderes.

Er löste sich langsam von ihren Lippen und zog den

Reißverschluss ihres Kleides auf, hob den Rock hoch und streifte ihr das Kleid über den Kopf. Er umarmte sie und presste sie an seine Brust. Ihr Busen fühlte sich trotz der Sommerhitze kühl an, kühl auch ihre Hände, die auf seinem Rücken lagen. Er schob sie rückwärts auf das Bett, zog sich von ihr zurück und strich mit beiden Händen langsam von ihren Schultern abwärts, über ihre Brüste, die erhabenen dunklen Brustwarzen, den schlanken Bauch, der sich unter ihrem nervösen Atem schneller hob und senkte, als es vonnöten war. Hatte sie etwa Angst?

Er griff unter die gummierte Spitze, die das Herabrutschen der Strümpfe verhinderte, und rollte den Strumpf ihres linken Beines vorsichtig herunter, wiederholte dasselbe mit dem anderen. Er hätte sie auch herunterreißen und ihr neue kaufen können, es spielte wahrlich keine Rolle, aber eine innere Stimme warnte ihn, zu dominant aufzutreten. Da war etwas in ihren Augen, in ihrer Miene, das dort nicht sein sollte. Nicht heute, nicht jetzt. Ihnen blieb noch viel Zeit, die vielen Spielarten körperlicher Liebe zusammen auszuprobieren. Er würde heute Nacht nichts Ungewöhnliches von ihr verlangen.

Er kniete sich neben ihr auf das Bett, spielte mit den Fingern um ihre Brustwarzen. »Was ist los mit dir, Liebes? Wovor hast du Angst? Dass es wehtun wird?« Als Vicky nichts antwortete, fuhr er fort. »Das kann sein, muss aber nicht, und es geht schnell vorbei. Danach wirst du es nur genießen, mit jedem Mal mehr, da bin ich mir ganz sicher.«

»Das ist es nicht«, flüsterte Vicky.

»Was dann?«

»Ich habe Angst mich zu verlieren. Nichts wird mehr sein wie zuvor. Du wirst dir meinen Körper nehmen und ich werde mir nicht mehr selbst gehören. Ich werde deine Sklavin sein.«

Er holte erleichtert Luft. »Aber Vicky, das geht mir doch

genauso. Ich werde mich an dich verlieren so wie du dich an mich. Glaube mir, eigentlich ist das schon längst geschehen. Ich will nie mehr ohne dich sein, und so wie du mir gehörst, werde ich auch dir gehören.«

Vicky presste die Lippen zusammen und sah zur Seite.

»Liebes, bitte entspann dich.« Gino beugte sich über sie, küsste ihre Brüste, knabberte an ihren Brustwarzen, doch sie seufzte nur verhalten. Er nahm vorsichtig ihr Gesicht in die Hände und küsste sie sinnlich, rieb sich dabei sanft an ihrem Körper, doch auch das nahm nichts von ihrer Anspannung und er begriff, dass diese Hochzeitsnacht nicht so verlaufen würde, wie er sich das vorgestellt hatte, romantisch, erotisch, sich nach dem Körper des anderen verzehrend. Dabei war sie unter seinen Händen schier zerflossen, nur wenige Tage zuvor.

»Was kann ich nur tun, um dich zu entspannen? Hm? Sag es mir?«

Vicky schaute ihn an und ihre Antwort war fast wie ein Piepsen. »Tu es, ich weiß, dass du es tun musst. Also bringen wir es hinter uns.«

Gino war zu verblüfft, um darauf sofort etwas zu erwidern. »Aber – ich möchte, dass du unsere Hochzeitsnacht in guter Erinnerung behältst. Natürlich werde ich nicht auf unsere Vereinigung verzichten, aber ich will, dass auch du dabei Lust empfindest.«

»Bitte, tu es einfach, ich – ich kann nicht …« Vicky biss sich auf die Lippen und schloss die Augen.

Gino unternahm einen letzten Versuch, sie zu erregen und aus ihrer Verkrampfung zu erlösen. Er hauchte viele kleine Küsse auf ihre Haut, während er nach unten rutschte, malte dabei mit seinen Fingern Kreise und Kringel auf ihre Haut. Als er ihre Beine auseinander schob, ließ sie ihn gewähren. Er leckte ihre Perle, streichelte die Innenseite ihrer Schenkel, doch es fehlte die ermutigende Reaktion, die ihm gesagt hätte, dass es ihr gefiel. Sie war viel zu verspannt und zu trocken. Er würde ihr also mehr als nötig wehtun.

Ein wenig ratlos richtete er sich auf, dann erhob er sich und öffnete die unterste Schublade einer Kommode, in der er für den Notfall ein Gleitgel aufbewahrte. Er verteilte ein wenig davon auf seinem Penis, auf diese Weise würde er wenigstens leicht in sie eindringen.

Er kehrte zum Bett zurück, nahm ein Kissen und schob eine Hand unter ihren Po. Sie öffnete die Augen. »Heb deinen Po an, Liebes, wenn ich dir ein Kissen drunter schiebe, wird es leichter gehen.«

Sie gehorchte. Dann kniete er sich zwischen ihre Schenkel und versuchte sie anzulächeln. Seine Eichel glitt mühelos zwischen ihre Schamlippen und er sah, wie ihre Augen größer wurden. Die Idee mit dem Gleitgel war gut gewesen. Es erleichterte das Eindringen in ihre enge, nicht bereite Vagina. Mit einem Ruck stieß er sich hinein und Vicky zuckte leise stöhnend zusammen. Es war ihm fast unangenehm, dass sie ihre Augen nicht von ihm abwandte, sondern ihm zusah, während er sich langsam in ihr bewegte, was mit jedem Mal ein wenig leichter ging. Er brummte bei jedem Stoß vor Erregung, bemerkte jedoch zu spät die Veränderung, die in ihr vorging. Als er zum finalen Stoß ansetzte und sich mit einem Aufschrei in ihr entlud, schenkte sie ihm endlich den Blick, auf den er die ganze Zeit über gewartet hatte, einen Blick voller Liebe und Leidenschaft, voller Erwartung und Hingabe. Doch es war zu spät. Er konnte seinen Orgasmus nicht zurückhalten. Es war vorbei.

Gino sank langsam neben ihr auf das Bett und schloss für einen Moment die Augen. Seine Brust hob und senkte sich unter seinen tiefen Atemzügen. Als er seine Lider wieder öffnete, hatte Vicky sich neben ihm auf einen Arm aufgestützt und sah ihn an.

»Es tut mir leid …«, sagte er ein wenig schuldbewusst.

Sie schüttelte den Kopf. »Das muss es nicht. Es war – nicht so schlimm, wie ich befürchtet hatte, ja, es war – sogar ein wenig schön. Ich glaube, ich habe etwas verpasst, nicht wahr?«

Erleichtert lachte er auf. Er zog sie zu sich herab, in seinen Arm und fühlte ihren warmen Atem an seiner Brust. »Ja, du hast etwas verpasst, vielleicht hätte ich doch noch ein wenig warten sollen, aber es war nicht zu erwarten, dass es dir plötzlich doch gefallen würde. Wir holen das aber nach, versprochen.«

Vicky richtete sich in seinem Arm auf, legte eine Hand auf seine Brust und streichelte über seine Brustwarze. »Wann?«

Gino lachte erneut. Er gab ihr einen Stups auf die Nase. »Hat man euch nicht beigebracht, dass die männliche Erregung ein wenig Zeit braucht, wieder zu Kräften zu kommen?«

»Doch«, erwiderte sie und machte dennoch einen Schmollmund. Gino zog sie wieder zu sich herab, küsste sie sinnlich. Dann lagen sie eine Zeit lang träumend Arm in Arm einfach da, bis Vicky mit einer Frage die Stille brach.

»Darf ich dich etwas fragen?«

»Sicher.« Bestimmt würde sie ihn bitten, die Maske abzunehmen. Der Zeitpunkt war gut gewählt. Es machte ihn ein wenig nervös nicht zu wissen, wie sie reagieren würde.

»Wirst du mich schlagen?«

Gino zuckte zusammen. Mit dieser Frage hatte er auf keinen Fall gerechnet. »Um Himmels willen, nein. Wie kommst du darauf?«

»Na, weil die anderen Mädchen manchmal die Peitsche oder den Rohrstock oder so – und weil du gesagt hast, wenn ich nicht artig bin …«

»Uff, hast du mir einen Schrecken eingejagt. Schlagen heißt jemanden ernsthaft verprügeln. Aber das hat doch wohl keine von euch erlebt, oder?«

»Nein, nein, so nicht. Außer vielleicht Mariella, ich weiß nicht. Dieser Federico Moreno ist glaube ich ziemlich kalt.«

»Na, du meinst also eine erotische Züchtigung. Ja, das

könnte schon vorkommen, wenn du unartig warst und es verdient hast – oder auch, wenn mir einfach danach ist. Aber nur das. Ich habe das mit der Strafandrohung niemals ernst gemeint.«

Vicky richtete sich auf und saß auf einmal auf ihm und kitzelte ihn wie verrückt. Alles ging so schnell, dass Gino gar nicht dazu kam, zu reagieren. Er rollte sich unter ihr hin und her und lachte.

»Hör auf, hör auf damit.« Er packte ihre Hände und sah das übermütige Blitzen in ihren Augen.

»Hättest du jetzt Lust dazu?«

»Lust wozu?« Im selben Moment dämmerte ihm, was sie meinte. »Du möchtest, dass ich dir in unserer Hochzeitsnacht deinen entzückenden Hintern versohle?«

Sie nickte. Doch ihr Gesichtsausdruck verriet, ganz sicher war sie sich nicht bei dem, was sie sich wünschte. Vielleicht war es nur Neugierde oder bloße Provokation, weil sie wissen wollte, wie weit er gehen würde. Doch gleichgültig, was sie sich dabei gedacht hatte, der Gedanke, sie hier und jetzt ein bisschen zu versohlen, war reizvoll genug. Es war verrückt, doch auf einmal schoss ihm eine Szene aus der Erinnerung ins Gedächtnis und er wusste, er hatte sogar einen Grund sie zu züchtigen.

»Ich glaube, du hast tatsächlich eine Strafe verdient, für das, was du in der Vergangenheit angestellt hast.«

»Oh, bin ich dafür nicht schon genug in den letzten Wochen gestraft worden?«

Er zog sie ein wenig näher zu sich herunter. »Wie war das damals mit dem Notar, dem du deine Telefonnummer gegeben hattest? Hast du ihn getroffen? Hast du ihn auch zum Narren gemacht?«

Vicky erstarrte. Ihre Miene sagte alles. Sie verstand gar nicht, wovon er sprach.

»In München. Bei der Testamentseröffnung.«

Vickys Augen starrten ihn aufgerissen an. Er hatte sich verschiedene Pläne zurechtgelegt und wieder verworfen, wie und wann er ihr die Wahrheit sagen wollte. Und er war mehr als erstaunt gewesen, dass alle Hochzeitsgäste dicht gehalten hatten. Er hatte nicht wissen wollen, welche Geschichte Antonio ihnen als Begründung aufgetischt hatte. Er atmete tief durch, dann zog er langsam die Maske von seinem Gesicht.

»Marc«, stammelte Vicky fassungslos. Zu seiner Beruhigung sah er keinen Schrecken oder Empörung in ihrer Miene, nur Erstaunen.

In der nächsten Sekunde fand sie sich über seinen Beinen liegend wieder. Seine Hand ging erst leicht auf ihrem Po und ihren Oberschenkeln nieder, fast wie ein Streicheln, ein leichtes Klapsen, das jedoch immer lauter und damit auch intensiver wurde, zuerst ein wenig Wärme erzeugte, doch dann in einen brennenden Schmerz überging, der immer nur kurz anhielt, weil er nie zweimal auf dieselbe Stelle niederkam, dafür aber einen gleichmäßigen Flächenbrand entfachte. Zuerst lag sie ganz still, gab keinen Laut von sich, schien nur zu erfühlen und in sich aufzunehmen, was geschah. Bestimmt versuchte sie auch, die Überraschung über seine Identität zu verdauen. Doch dann, als ihre Haut sich allmählich rötete, fing sie leise zu seufzen an, zu stöhnen und schließlich wand sie sich auf seinen Schenkeln und strampelte mit ihren Beinen.

»Es reicht, es reicht, hör auf«, keuchte sie.

Marc hielt kurz inne und lachte. »Oh nein, es reicht noch nicht. Weißt du, das Spiel soll dir zwar gefallen, aber wann es genug ist, bestimme immer noch ich. Vergiss nicht, du gehörst mir.«

Doch sie gehorchte nicht. Ruckartig drehte sie sich auf seinen Schenkeln und ihre Hände schnellten vor und begannen auf ihn einzuschlagen. »Nein, nein, so einfach mache ich es dir nicht, du Schuft!«

Marc war perplex. Er hatte erwartet, dass sie alles hinnehmen würde, dass die Erziehung und Erfahrung, die sie in den vergangenen zwei Monaten gemacht hatte, sie zu einer willigen und hingebungsvollen Sklavin gemacht hatte, dass die Erleichterung, nicht einen Fremden, sondern ihn zu heiraten, sie sanft gestimmt hatte, doch diese Reaktion passte dazu nicht im Mindesten. Er fühlte keinen Schmerz unter den Hieben ihrer geballten Fäuste, die gegen seine Brust prallten. Seine Endorphine schalteten alles aus, was nicht ins Schema Lust hineinpasste. Als er endlich realisierte, dass sie gegen ihn aufbegehrte und er dringend etwas unternehmen musste, seine Position zu verteidigen, packte er ihre Handgelenke und hielt sie mit eisernem Griff fest.

Vicky keuchte von der Anstrengung. Marc erwartete in ihrer Miene nun Enttäuschung oder Wut abzulesen, doch weder das eine noch das andere war der Fall. Es schien ihr einfach nur Spaß gemacht zu haben. Verstand er ihr Verhalten richtig? Sie hatte es darauf angelegt, ihn zu provozieren, aus der Reserve zu locken?

»Lass locker. Ich will dir nicht wehtun.« Es dauerte, bis ihre Gegenwehr nachließ. Allmählich lockerte er auch seinen Griff. »Du kleine Hexe. Was fällt dir ein, nicht zu gehorchen«, knurrte Marc. Vicky antwortete mit einem unschuldigen Augenaufschlag. Marc ließ sie los. »Leg dich wieder hin und diesmal die Hände auf den Rücken.« Er versuchte seiner Stimme die nötige Strenge zu geben und sie gehorchte prompt. Er hielt ihre Handgelenke mit einer Hand fest und streichelte mit der anderen über ihren Po, auf dem die Rötung bereits ein wenig nachließ.

»So ungezogen bereits in der Hochzeitsnacht«, brummte er leise. Es amüsierte ihn nicht nur, er fühlte, wie dieses - wenn auch nur gespielte - Aufbegehren, seine Lust zu neuem Leben erweckte. War sie vielleicht doch nicht ganz so unschuldig, trotz ihrer körperlichen Unerfahrenheit? Hatte sie gelernt, wie man einen Mann verführte? War dies der Vorgeschmack auf eine von Sinnlichkeit und Erotik geprägte Zukunft? Er konnte sich das jetzt sehr gut vorstellen.

»Und jetzt gestehe, was hast du mit dem Notar angestellt?«

Vicky versuchte ihn verdutzt über die Schulter hinweg anzuschauen. »Spielt das jetzt noch eine Rolle? Ich habe dem Dummkopf die Telefonnummer einer Domina aufgeschrieben.«

Marc lachte, zuerst ungläubig und glucksend, dann immer lauter und heftiger. Vicky wurde davon angesteckt und fiel mit ein.

»Dann bleibt mir leider nichts anderes übrig, als dich ein wenig zu erziehen, du hast es ja nicht anders gewollt. Du freches Mädchen.«

»Ja, mein Ehemann«, schnurrte Vicky und wand sich lüstern auf seinen Schenkeln. Sie spielte mit ihm, sie versuchte, ihn nach ihrem Willen einzuspannen. Fast so wie früher. Marc klatschte ihr unter dieser Erkenntnis grimmig seine Hand auf die rechte Pohälfte, dennoch seufzte sie ergeben. Er fuhr fort und diesmal dauerte es nicht solange, bis ihre Haut glühte. Wie zuvor kam der Moment, an dem sie zu jammern begann, er solle aufhören. Doch diesmal hielt er sie eisern fest. Er würde sie diese Schwelle überwinden lassen, obwohl er ein wenig Sorge hatte, er könne sie überfordern. Er verlangsamte seine Schläge, nahm ein wenig an Intensität zurück, gab jedoch trotz ihres Wimmerns nicht nach. Sie wand sich und versuchte sich erfolglos ihm zu entziehen, doch ihr Gejammer nahm einen anderen Klang an, hatte einen Unterton dabei, der ihm lustvoller erschien und seine Erregung an einen Punkt brachte, wo ihm das nicht mehr genügte.

Er rollte sie von seinen Beinen und beugte sich über sie, hauchte ihr einen Kuss auf die Lippen und knurrte leise. »Mein kleiner Wildfang, bist du bereit, mir deinen Körper jetzt willig zu schenken?«

Sie schnappte nach seinen Lippen und verfehlte ihn um Millimeter mit ihren Zähnen. »Niemals, du Lüstling.« Dabei lachte sie.

Sie gab nach, als er ihre Schenkel auseinander schob und ihre Augen wurden größer, als er ihre Beine sanft anhob und sich über seine Schultern legte. Ihre Hände tasteten nach seinen harten kleinen Brustwarzen und er stöhnte unter ihrer Berührung vor Lust auf.

Dann drang er ganz langsam und vorsichtig in sie ein, aber diesmal war sie nicht nur warm und feucht, er spürte ihre volle Hingabe. Ihre Vagina fühlte sich anders an als zuvor, nicht eng, nicht unvorbereitet. Vicky presste sich ihm entgegen, seufzte vor Lust bei jedem Stoß, den Mund leicht geöffnet und ihre Blicke hingen aneinander, als könnten sie etwas vom anderen versäumen, wenn sie auch nur einen Moment von ihm abließen.

Marc ließ sich Zeit, soviel Zeit, wie er selbst ertragen konnte. Er genoss es, ihre erwachende Lust mitzuerleben, das Erstaunen in ihren Augen über das völlig neue Erleben ihres Körpers, die Sehnsucht nach Erfüllung. Es schmerzte ihn, dass er nicht schon vor Jahren den Irrtum über ihre wahre Persönlichkeit erkannt hatte und zugleich fühlte er eine glückselige Erleichterung darüber, dass alles gut gegangen war. Um ein Haar hätte er Vicky zum zweiten Mal verloren, seine kleine Vicky. Seinen Engel.

Ihr Seufzen und die Glut in ihren Augen feuerten ihn an. Ihr Kopf lag inmitten der roten Blätter des inzwischen zerwühlten Rosenherzens.

Marc erhöhte ein wenig seinen Takt, stieß etwas fester zu und sie nahm ihre Hände von seiner Brust, krallte sie überwältigt in seine Schultern. Doch es war ihm gleichgültig, ob er am Morgen verkratzt aussehen würde, auch der Schmerz war ihm egal. Wie eine leidenschaftliche Raubkatze schnurrte und fauchte sie, selbstvergessen, trunken von der Leidenschaft, die sein Penis in ihrer unberührten Vagina entfachte. Dann machte sie die Augen zu, ihre Fingernägel bohrten sich noch tiefer in seine Haut, er stöhnte und bäumte sich unter dem spitzen Schmerz auf. Sie schrie, presste einen heiseren glutvollen Schrei heraus, jedoch ohne jegliche Qual, ein Schrei der Befreiung, der Erlösung.

Ihre Lider schlossen ihn aus von der Intensität ihrer

Lust und Ekstase, aber es war in Ordnung. Nicht jede Frau hatte bisher seinem Blick solange standgehalten. Er empfand dies als besondere Intimität, fühlte sich mit ihr dadurch völlig eins, nicht nur sexuell, sondern ganz und gar, vertraut und verschmolzen. Sie empfand, was er empfand. Lust und Leidenschaft in der gemeinsamen Vereinigung. Vollkommene Erschöpfung. Losgelöst vom schlaffen Körper, in einer höheren Sphäre. In so einem Augenblick sollte man sterben, in dem Moment intensivsten Glücks, dann hatte es sich gelohnt – gelohnt zu warten.

Ende